ナチの妻たち——第三帝国のファーストレディー

NAZI WIVES: THE WOMEN AT THE TOP OF HITLER'S GERMANY

ジェイムズ・ワイリー
大山晶 訳

中央公論新社

Nazi Wives:
The Women at the Top of Hitler's Germany
by James Wylie

Japanese translation arranged with
SUSANNA LEA ASSOCIATES
through Japan UNI Agency, Inc., Tokyo

ナチの妻たち——第三帝国のファーストレディー✣目次

装幀・本文組　濱崎実幸

ナチの妻たち——第三帝国のファーストレディー

謝辞

揺るぎない献身と支援を提供してくれた、シール・ランド・アソシエイツのエージェント、ソニア・ランドに、そして本書を世に出してくれたガイア・バンクスと海外の諸権利に携わってくれた方々に感謝を捧げたい。熱意をもって仕事に打ち込んでくれたヒストリー・プレスのローラ・ペレヒネク、原稿を本にまとめてくれたアレックス・ウェイト、素晴らしい仕事をしてくれたヒストリー・プレスのみなさんに感謝する。最後に友人と家族にも感謝を。彼らのまごころと寛大さがなければ、本書を書き上げることはできなかっただろう。

序

一九三七年七月一〇日の晩、ベルリンの新聞社で社交欄を担当していたドイツ系ユダヤ人ジャーナリスト、ベラ・フロム〔一八九〇—一九七二〕は、ラブ・コメディの映画、『踊るブロードウェイ』〔監督、ロイ・デル・ルース、一九三五年、米〕を観に行った。一九二九年にアメリカで公開され、シリーズ化された『ブロードウェイ・メロディー』〔監督、ハリー・ボーモント、米〕の第二弾である。ヒット曲『ユー・アー・マイ・ラッキー・スター』が流れ、ブロードウェイへの進出を目論む登場人物たち、舞台裏での滑稽な陰謀、高級マンションや屋上パビリオンといった華やかなロケーションが映画を彩り、フィナーレではダンスフロアに二台のグランドピアノが滑るように登場し、トップハットと燕尾服を身に着けたコーラスラインを従えてタップダンサーが踊る。

映画館に到着し、ベラが車を停めると、図らずも二人の親衛隊（SS）隊員の注意を引いてしまった。一人が彼女のナンバープレートを書き留め、もう一人がカメラを彼女に向け、「素早く写真を撮る」。ここまで厳重な警備がされていた理由は、鉤十字をつけた数台の大型車が停まったときに判明した。車から降りてきたのは、ハインリヒ・ヒムラー〔一九〇〇―四五。当時、SS全国指導者〕とその妻マルガレーテ〔一八九三―一九六七〕。「恐ろしげなボディーガード」[*1]に付き添われて、二人は映画館に入っていった。館内で「死の天使たち」に側面を守られて着席すると、ヒムラーとマルガレーテは、楽しく浮かれ騒ぐ一〇一分間の映画を堪能した。非現実的で滑稽と言っていいほどの事態だが、ヒムラーが一般的にどのような印象を持たれていたかを考えると、むしろ落ち着かない気分にさせられる。彼は面白味に欠けた衒学者であるとともに無慈悲な狂信者で、ゲルマン民族が支配者民族だという狂気じみた幻想に取りつかれていたからである。

ではなぜ、彼は陽気なMGM〔アメリカの映画会社「メトロ・ゴールドウィン・メイヤー」の略称〕ミュージカルにマルガレーテを連れて行ったのだろう。ヒトラーも含めた他のナチ・エリートとは異なり、ヒムラーはハリウッドの最新封切り映画を観たがる熱心な映画ファンではない。ひょっとしたら、毎日の厄介な仕事を忘れるために、現実逃避してくつろぎたかったのかもしれない。あるいはアメリカ社会の退廃の一例として、批判的な目で映画を観たのかもしれない。そうでなければ、単に妻のご機嫌を取ろうとしたのかもしれない。彼の長い勤務時間と絶え間ない出張は、当初から結婚生活の大きな弊害となっていた。このように連れ立って夜に外出するのは、じつにまれなことだ。ドレスアップも、車列を組んだ制服姿の護衛を招集することも、ご機嫌な映画で妻を楽しませることも。

悲しいかな、マルガレーテが『踊るブロードウェイ』を楽しんだかどうかは定かでないし、夫が時間を都合して機嫌を取ってくれたことに感謝したかどうかもわからない。ひょっとしたら、この夜、彼女を最もわくわくさせたのは、居合わせた人々の間に恐怖と畏怖がさざ波のように広がるのを見ながら、SSの護衛つきでベルリンの通りをスピードを上げて走り抜けたことだったかもしれない。

ナチズムに関する数千冊の本のなかに、ヒトラー政権の高官の妻たちに焦点を当てたものはほとんどない。ゲルダ・ボルマン〔一九〇九―四六。ヒトラーの側近でSSの大将となったマルティン・ボルマンの妻〕、マクダ・ゲッベルス〔一九〇一―四五。ナチス政権下で国民啓蒙・宣伝大臣を務めたヨーゼフ・ゲッベルスの妻〕、カーリン・ゲーリング〔一八八八―一九三一。ナチ党の重鎮で、後に国家元帥となるヘルマン・ゲーリングの妻〕とエミー・ゲーリング〔一八九四―一九七三。ヘルマン・ゲーリングの後妻〕、イルゼ・ヘス〔一九〇〇―九五。ナチ党副総裁でSSの大将だったルドルフ・ヴァルター・ヘスの妻〕、リーナ・ハイドリヒ〔一九一一―八五。SSの大将及び警察大将だったラインハルト・ハイドリヒの妻〕、マルガレーテ・ヒムラー。夫たちは消すことのできない痕跡を私たちの集合的記憶に刻みつけたが、必要な支援、激励、指示を彼らに与えた妻たちは、歴史の片隅に追いやられたままだ。ナチ時代の女性たちの全般的な体験は一九八〇年代に重要な研究テーマとなり、調査領域が広がり、ナチのプロパガンダが掲げ続けたステレオタイプとは異なる複雑かつ微妙な実態が明らかになったが、体制の最頂部にいた女たちは無視されてきた。

こうなった理由の一つに、注意して取り扱わなければならない性質の原資料が多いという点が挙げられる。この数十年で明らかになった情報は多いものの、生き延びた日記や手紙から失われている部分はまだかなりある。一方で、幾人かの妻たちは戦後執筆した自伝のなかで、夫は美徳の鑑だったし自分たちは罪のない傍観者だったと、盛んに主張している。同時代の人々の回想録や記憶（それぞれに彼ら自身の意図が隠されている）に逸話や噂やゴシップが入り混じり、事実とフィクションとを区別することが困難になっている。

こういった出版物は過去の調査に影響を及ぼすし、歴史家がこういった女性たちを相応に重視してこなかった理由を十分に説明してはいない。そして、公人としての夫と私人としての夫とはまったく違うという妻たちの主張を肯定している。だがこれは綿密に調べれば、ぼろが出る。ナチは市民生活のすべてを管理しようとした。食べるもの、着るもの、セックスの相手、話すべきジョーク、クリスマスの祝い方。公（おおやけ）と私（わたくし）の区別を無意味にしていた。そして明白な特権はあったものの、妻たちは一般の女性と同じ圧力を受けていた。彼女たちの社会生活は政治的思惑によって決定された。交友関係も断たれた。家族との関係ですら、不意に打ち切られた。彼女たちの振る舞いはナチ・エリート内部での闘争の要因になった。とくにヒトラーが絡む場合には。総統の寵愛を失えば、夫のキャリアに深刻な影響が及ぶ恐れがあった。

　たとえ妻たちが夫の日々の決定に内々に関与していなくとも、夫たちの残忍な仕事の証拠は至るところにあった。壁にかかった略奪された美術品、屋根裏部屋に隠された人間の皮と骨で作った椅子、地元の強制収容所で収穫された果物や野菜、自宅の畑を耕す強制収容所の囚人。誕生や結婚や葬儀といった家庭生活の儀式も、ナチのイデオロギーと密接につながっていた。ひょっとしたら、こういった女性たちを額面どおりに受け取り、非重要人物として扱うほうが簡単だというのには、次のような理由があるのかもしれない。彼女たちを重視するということは、夫たちがごく正常な日常生活を営み、すぐにわかるほど人間らしい感情を味わっていたと認めることを意味する。恋に落ち、冷める。勘定書きや体重について心配し、子どもをどこの学校に行かせるか悩む。ディナーパーティーやピクニックを計画する。休暇に観光に出かける。多くの点で、彼らが私たちと変わりないと認めるのは、認知的不協和を引き起こす。矛盾した認知を同時に抱くことで、ひどく不安になるのだ。

しかし彼女たちの物語は、ナチの支配の性質とナチ指導者たちの心理状態に関する重要な洞察を提供し、ナチの盛衰を決定した重要な出来事に対する新たな見方を示してくれる。本書の狙いは、妻たちがナチ運動にかかわるようになった瞬間からの（いくつかの例では、夫と出会ってすらいない）彼女たちの人生を、闘争、権力掌握、凋落、崩壊の年月、さらには否定と妄想に明け暮れた戦後の衰退期まで追うことにある。彼女たちは豪奢な生活とＶＩＰの地位を享受する一方で、結婚生活の破綻、夫の浮気、自殺、暗殺、逃亡、窮乏、投獄に耐えてきた。しかしこういったあらゆる苦難や試練にもかかわらず、ヒトラーへの献身はけっして揺るがなかった。

✢　✢

彼女たちはそれぞれ、突きつけられた要求に自分自身の能力でさまざまに立ち向かった。みな個性あふれる非常に興味深い人々だが、この女性たちの経歴は驚くほど似ている。立派な教育を受け、みな保守的な中産階級、つまり専門的職業、実業家、軍人、下級貴族の出身である。こういった階級では、男女の性別による役割は厳格に規定されていた。どんな功績があろうと、女性が何より望むのはよき夫を見つけることだった。両親たちは、プロテスタントであろうとカトリックであろうと敬虔な信者で、娘たちにはその趣味、関心、政治観を形作る価値観が植えつけられていた。つまり、ドイツ文化、ドイツ音楽、美術、文学、哲学は他に優り、ドイツ人は科学の分野で優れた業績を上げ、軍隊は無敵だという確信である。皇帝と国家への献身的愛情、社会主義に対する嫌悪、そして物騒な集団は彼らを破滅させるという恐怖である。その結果、彼女たちは工場で働いている女性たちよりも、互いに似通った点が多くなった。

彼女たちが育った時代に、ドイツは農業社会から工業社会へと急速に変化し、帝政と民主主義体制の間で不安定な政治的取引が行われ、大規模な海軍と一連の植民地でドイツを世界的大国にしようという攻撃的な努力がなされた。しかし執拗に愛国心を唱えていたにもかかわらず、危機感は蔓延していた。国内では近代化の波（とくに階級間対立の激化）に順応しようともがき、対外的には敵意に満ちた隣国に囲まれている状態だったからだ。ブルジョアジーはとくにこういったストレスと緊張に脆弱で、彼ら自身の誇大な優越感と、未来に対する拭い去れない不安の両方に苦しんでいた。

第一次世界大戦が始まった際は、栄光を予想して国民が団結したので、こういった緊張は解消されるかと思われた。悲惨な戦いが長引くと、戦争努力を支援するために国民はみな動員された。その一方で、包括的な検閲と執拗なプロパガンダによって、どんな代償を払っても最終的な勝利は必ず得られると信じ込まされた。

こういった女性たちの若い頃の（家庭や学校での）生活は、戦争一色に染められていた。教室では戦場の統計データや兵士たちの物語が語られ、聖職者は前線での勝利を祈った。おもちゃからゲーム用カードに至るまで、あらゆるものが軍隊をモチーフにして作られた。とくに中産階級の母親たちは、大々的に展開される慈善活動に参加した。食べ物の寄付を募ったり、冷たくじめじめした塹壕で戦う男たちのために、靴下や肩掛けを編んだりしたのである。

戦争の最後の年は、すでに不安定になっていた体制にショックに次ぐショックを届けた。ロシアにおけるボリシェヴィキの権力掌握が国境を越えて革命を拡散し、軍隊内でも反乱が起こる恐れが生じた。

西部戦線における決死の大規模攻撃の失敗は、取り返しのつかない撤退につながった。そしてドイツの主要同盟国であるオーストリア＝ハンガリーとトルコの崩壊。市民の士気を弱らせた飢餓、栄養失調、病気。ストライキとデモ。和平交渉の呼びかけと皇帝の退位。

　敗北と降伏ののちドイツは混沌と暴力に飲み込まれ、一九一九年までドイツ全土は内乱へと駆り立てられた。急進的な左翼がもう少しで支配権を得るところだったが、その後義勇軍（フライコーア）（元兵士や熱狂的な志願兵で構成された右派の民兵組織）によって無慈悲に粉砕された。彼らは、難問を抱えつつ新たに誕生したヴァイマール共和国政府によって行動の自由を与えられた。共和国はヴェルサイユ条約によって負わされた屈辱的な条項の責任を問われた。

　その結果、これらの女性たちはじつに不安かつ不安定な環境で大人になった。昔は確実だったことがそうではなくなった。両親たちの世代の上品なしきたりは、しだいに的はずれに見えてきた。切り離された彼女たちは、できそうもないことを約束してくれる自称救済者にそれぞれ引きつけられていくことになる。

第I部　頂点へ

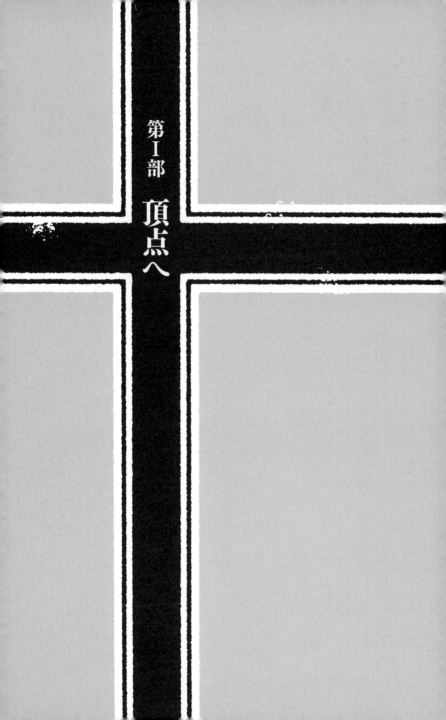

第1章　初期の伴走者たち

一九二〇年の春、イルゼ・プレールはミュンヘン郊外にあるこぎれいな学生寮に引っ越した。ドイツ人女性に開かれた教育の機会を活用しようと考えてのことである。イルゼが生まれた一九〇〇年、女性の大学入学が初めて認められた。八年後には、女子用ギムナジウムも誕生している。これは大学入学資格試験（アビトゥーア）合格を目指す生徒向けの有料の高校だ。

こういったギムナジウムには裕福な家庭の娘でなければ入学できなかったが、イルゼにとっては何の問題もない。父親がベルリンのプロシア宮廷の侍医や、精鋭のポツダム守備隊の軍医長も務めた評判の医者だったからである。イルゼは一四歳でこういった一流の高校に入学した。明るく活発で人気者の彼女は、とくに音楽と文学に没頭した。またハイキングやキャンプも楽しんだ。中流階級の若者の間では、味気ない都市生活から逃れ、野外活動に出かけることに人気が集まっていた。この「自然回帰」運動は、当初は女子禁制だったが、イルゼが参加し始めた頃には完全に男女混合で行われていた。

だが、気楽な一〇代に第一次世界大戦が影を落とす。筋金入りの愛国者で軍隊を断固支持していたイルゼだが、前線の比較的平穏な区域に配置されていた父が一九一七年春に戦死すると、フランス北部戦線が破滅的状況にあるという現実を直視せざるをえなかった。

父を亡くした辛さに追い打ちをかけたのは、敗戦のショックと、ドイツを分断しかねない大混乱である。その後、イルゼのギムナジウム最終年に母が博物館長と再婚したので、イルゼが大学入学資格試験を終えないうちに一家はミュンヘンに引っ越した。継父と暮らすよりも、イルゼはむしろ一人で寮暮らしをしたいという意志を伝えた。

ある晩、イルゼは同じ寮に住む若者と行き合った。背が高く、すり切れたぼろぼろの軍服姿のその男は、ぶっきらぼうにルドルフ・ヘスと名乗った。彼のやつれた外観はイルゼの心を強く捉えた。中央でつながりそうな濃い眉、落ちくぼんだ目、取りつかれたような表情。そっけない態度を取られたにもかかわらず、イルゼはたちまちのうちに彼に魅(ひ)かれた。二六歳のヘスも同様に感じたかどうかは定かでない。すべてのナチ高官のなかで、ヘスは最も謎めいた人物である。精神分析医から歴史家に至るまで、何十人もの専門家が彼を理解しようと躍起になってきた。ヘス自身も当惑していた。ある友人への手紙で、彼は自分のなかには二つの相反する面があり、その間で板挟みになっていると告白している。宇宙の神秘について熟考する修道士のような生活を送りたいと願う一方で、戦いに飢えた残虐な野蛮人にあこがれる気持ちもあるというのだ。

しかしイルゼを引きつけたのは、まさにこの、思想家でもあり活動家でもある点だった。運命的な出会いの晩にヘスが着ていたぼろぼろの軍服は、イルゼはすぐに気づいたが、悪名高いエップ義勇軍

〔フランツ・リッター・フォン・エップ（一八六八―一九四七）が組織したヴァイマール共和国の義勇軍〕のもので、彼はミュンヘンの左翼政府が暴力的に倒されたさなかの一九一九年に入隊していた。

ヘスは兵役経験者で、二度負傷し、武勇により鉄十字章も授けられていた。一度目は地獄のようなヴェルダンの戦い〔一九一六年にフランスのヴェルダンで起こった独仏の大規模戦闘。第一次世界大戦の主要な戦いの一つ〕で「想像しうるあらゆる死の恐怖」*1を目の当たりにし、榴散弾で撃たれた。二度目はルーマニアで、歩兵隊が突撃する際、胸を撃たれた。傷が癒えるとパイロットの訓練を受け、長年抱いてきた飛ぶことへの衝動を満足させたが、戦闘で自らの力を試す前に終戦を迎えた。

開戦時、ヘスは人生の重大な岐路に立たされていた。大学への進学を希望していたにもかかわらず、父から家業を継ぐよう言い渡されたのだ。エジプトの港湾都市アレキサンドリアを拠点にした貿易会社である。アレキサンドリアの砂漠の端に建つ宮殿のような大邸宅で、ヘスの超俗性は培われた。父は厳格な人物で、皇帝の誕生日を一年で最も重要な日と考えていた。ヘスは母親のほうに親しみを感じていたようである。母は優しく知的な女性で、彼が早くから占星術に興味を持ったのも母の影響だった。

一九〇八年、ヘスが一四歳のとき、一家はドイツに帰国した。ドイツでは夏を過ごしたことしかなかったので、彼は初めて見る雪に感動した。寄宿学校に送り出されたが、ドイツにいても相変わらず異邦人のままだった。懸命に勉強して大学入学資格試験に合格し、不本意ながら商業学校に入学した。お粗末な成績は父との間に衝突を引き起こしたが、ヘスが軍に入隊したことで問題は解消された。

戦争が終わると、父の事業がイギリスに接収されたため、ヘスは歴史と経済の学位を目指せるようになった。面白半分でトゥーレ協会（アーリア人の神話と先史時代の北欧文明に関心を寄せる半秘密結社）にも顔を出したが、ヘスに最も知的影響を及ぼしたのは、軍人としてのキャリアと学究とをうまく結びつけていた五〇歳の地政学教授カール・ハウスホーファー〔一八六九—一九四六〕である。ハウスホーファーは日本に駐在し、国が繁栄できるか否かは利用可能な生空間の大きさにかかっていると結論づけたのち、レーベンスラウム〔生存圏〕の概念を発展させていた。ハウスホーファーはヘスをとくに聡明とは考えていなかったが、気骨のある男だと称賛している。教授とその家族は、ヘスを息子のように扱った。イルゼも含めた緊密な友情は数十年続き、関係者すべてに功罪相半ばする結果をもたらすことになる。

　ヘスは禁欲的な性格だったが、イルゼは彼を追いかけ、二人は一緒に過ごすようになった。プラトニックな交際である。まだ童貞だったヘスは、セックスにまったく関心を示さず、その後数年経っても、二人の間に肉体関係はなかった。代わりに彼らはドイツ文化、とくに一八世紀末から一九世紀初めの作家や作曲家をともに好み、それをもとに精神的な結びつきを強めていくことを心がけた。二人のお気に入りは詩人で哲学者のフリードリヒ・ヘルダーリン〔一七七〇—一八四三〕だった。彼の初期の作品は自然を崇拝し、後期の作品は神を崇拝している。イルゼはヘスにヘルダーリンの難解な小説『ヒュペーリオン』を贈り、詩的な献辞を添えた。二人の愛は「力にあふれ、しかも二人の精神のように優しく」、一方で彼らの「心臓は波を操る海神の三叉の矛よりも強く波打っている」[*2]と。

　しかし、二人の間に断ち切れない絆を作り上げたのは、ヒトラーへの共通した反応である。ドイツをどん底から這い上がらせ、栄光への道を歩ませる人物を発見したと、彼らは確信していたのだ。二人が出会ってまもなく、ヘスは小さな集会でヒトラーの演説を聞いた。興奮覚めやらぬヘスは宿舎に駆け戻ると、イルゼの部屋に飛び込み、この驚くべき人物とその衝撃的なメッセージについて熱弁を振るっている。数週間後、イルゼは彼と連れ立ってナチの別の集会に参加し、同様に強い感銘を受けた。ヒトラーの有毒なイデオロギーにイルゼが何の疑いもなく熱狂した様子は、学友への手紙に顕著に表れている。そのなかで彼女は自分の考えを率直にこう記した。「私たちは反ユダヤ主義者です。それはつねに変わらず、徹底していて、例外もありません。私たちの運動の基本となる国家的かつ社会的という二本の柱の根底には、この反ユダヤ主義という目的があるのです[*3]」。

イルゼは一九二〇年の秋には大学入学資格試験を終え、定時制大学でドイツ語と図書館学のコースを履修し、古書店で働き始めた。ときどきミュンヘンを出て田舎を散策するとき以外は、余暇の大部分をナチの活動に費やした。リーフレットを配り、ポスターを貼り、党の機関紙を手伝い、ヘスがヒトラーにつき従い左翼の敵との頻繁な乱闘で体を張っている間、ヘスの秘書を務めたのである。

努力の甲斐あって、イルゼとヘスはヒトラーの休憩中そばにいる特権を享受し、ヒトラーの腹心の部下たちとともにくつろぐようになった。イルゼも他の多くの者たちも、ヒトラーがよく笑っていたと証言している。冗談を言うのは苦手だが物真似をすることもあり、自分に関することでない限り、巧みな話術で面白おかしく語られる話を聞くのをことのほか好んだという。

✢　✢

ヒトラーに初めて会った頃のゲルダ・ブーフは、内気で繊細で夢見がちな芸術を愛好する少女で、すぐにヒトラーのお気に入りになった。「アドルフおじさん」は若者、とくに少女たちに特別な関心を寄せており、保護者気取りで彼女たちの文化的・政治的・道徳的幸福に貢献したがった。当時、彼が一番目をかけていたのはヘンリエッテ・ホフマン〔一九一三—九二。後にヒトラー・ユーゲントの指導者バルドゥア・フォン・シーラッハと結婚する。後出〕だった。ヒトラーの最も親密な仲間の一人で専属写真家となるハインリヒ・ホフマン〔一八八五—一九五七〕の九歳の娘である。ヒトラーは毎日午後になるとホフマン家を訪れ、ピアノの稽古をするヘンリエッテに、ゲルマン神話や民話についてどれだけ知っているか、あれこれ質問するのだった。ヒトラーはゲルダとはそれほど多くの時間を過ごしたわけではないが、家を訪ねたときにはいつでも惜しみない気配りを彼女に見せている。

ゲルダの人生にいつもヒトラーがかかわっていたのは、職業軍人の父ヴァルター・ブーフ〔一八八三—一九四九。後にナチスの調査及び調停委員会委員長〕によるところが大きい。ブーフは一九〇二年に一九歳で陸軍に入隊した。結婚した翌年の一九〇九年にゲルダが生まれている。一九一四年には中尉になった。貴族階級出身でない数少ない士官の一人である。西部戦線で軍務に就き、順調に昇進して大隊を指揮するまでになった。一九一八年に退役したのは、愛してやまない陸軍を一〇万人のお粗末な規模にまで削減するという連合国の講和条件に嫌気がさしたからである。そしてミュンヘン周辺をうろつく不満を募らせた元兵士たちの仲間に加わり、ドイツ義勇軍解散とカップ一揆（一九二〇年春の軍事クーデターで、ドイツ史上最大のゼネストに敗れた）失敗後の傷を癒やした。ヒトラーに進むべき道を示されたブーフはすぐに彼の魔力に屈し、ヒトラーは「神のお恵みによりドイツ人民に遣わされた人物だ」[*4]と断言している。

ブーフはまさにヒトラーが探し求める新たな人材だった。一点の曇りもない名声を持つ将校クラスの代表者というわけだ。運動におけるブーフの活動の場は突撃隊（SA）だった。褐色シャツ隊という名でも知られている。ヒトラーは、街頭で暴れ回るこの無頼派集団を実戦可能な準軍事部隊に変えるため、ブーフのように経験豊かな人材を必要としていた。一九二三年の夏、ブーフはミュンヘンから約一六〇キロ離れたニュルンベルクを本拠地として二七五人のSA隊員を監督し、戦闘への準備を開始させた。これにより、ブーフは再び家を離れることになる。ゲルダは子ども時代を回想して、父は「ときどき来る客にすぎず、家族と長い時間を過ごすことはなかった」[*5]と不満を漏らしている。結局のところ、娘時代のゲルダにブーフがしてやった一番有益なことは、ヒトラーに引き合わせたことだった。

✣　✣

ブーフがニュルンベルクでの仕事を引き受ける前に、褐色シャツ隊は新たな最高指導者を得ていた。元空軍のエースで戦争の英雄ヘルマン・ゲーリングである。彼の空軍での功績（二〇機撃墜の功で栄誉あるプール・ル・メリット勲章を授与され、レッド・バロンの死後、リヒトホーフェン飛行隊を引き継いだ）は、大きな名声をもたらしていた。戦闘機パイロットは正真正銘の名士である。騎士道的決闘に臨む空の騎士と称せられる彼らは、大衆の想像力をかきたて、塹壕戦という地味で不快な現実からの救いを提供した。ゲーリングはトップランクの有名人だった。戦後数年間ストックホルムにいたときでさえ、彼の評判はなお高かった。

ゲーリングに潜在的な価値があることをヒトラーが理解していたのは明らかだ。ゲーリングは軍部のエリートや貴族につながる扉を開くことができた。また、ミュンヘンの有力者とつながれば、この地を民族革命の出発点として利用し、ヒトラーの当面の野望実現に役立てることができた。二人が知り合ったのは一九二二年末、ミュンヘンを訪れたゲーリングが集会でヒトラーの演説を聞いた直後のことで、ヒトラーは彼を運動に勧誘した。

ゲーリングはヒトラーと手を組んだ理由について、長年にわたり、さまざまな発言をしている。選ばれた人間に服従しようと熟考して決めたにせよ、大衆を動かすヒトラーの能力を計算したうえでの賭けに出たにせよ、創設まもないナチ党がゲーリングにお山の大将になる機会を与えたのは間違いない。しかし取引を後押ししたのは、ゲーリングのスウェーデン人の新妻、カーリンだった。すでに筋金入りの反ユダヤ主義者だったカーリンは、ヒトラーを熱烈に崇拝していた。彼女にとって、ヒトラーは古代北欧神話の英雄も同然だったのである。そこでカーリンは二人の男の関係を強固にすべく尽力した。

カーリンと未来の夫の出会いは、まるで恋愛小説のようだった。荒れ狂う嵐の晩のことである。凍えるような猛吹雪が吹き荒れていた。しかしスウェーデンの裕福な探検家エリック・フォン・ローゼン伯爵は、ストックホルムから九六キロ離れた居城に送り届けてくれるパイロットを懸命に探していた。妻とその妹である三一歳のカーリン・フォン・フォックが彼の帰りを待っていたからである。そのような危険な旅を敢行できるパイロットはゲーリングしかいなかった。ぞくぞくするような決死の飛行で、技術と度胸は限界まで試された。視界がゼロに等しいなか、彼はどうにか城の近くの凍った湖面に飛行機を着陸させた。堂々たる城内（アーリア人を題材にしたタペストリーや北欧の彫像や古代の武器や二つの巨大な鍛鉄製鉤十字が飾られていた）に案内されたゲーリングは、燃え盛る火のそばに座ってブランデーを飲み、すっかりくつろいだ気分になった。

ゲーリングは子ども時代の多くを、代父〔洗礼式に立会い、神に対する契約の証人となる人。女性なら代母〕で後見人でもある評判の医師ヘルマン・フォン・エッペンシュタイン騎士（リッター）が所有する二つの城（バイエルンとオーストリアにあった）で過ごした。一八九三年、フォン・エッペンシュタインはアフリカ旅行中に、植民地の総督だったゲーリングの父と出会った。その若く魅力的な身重の妻は、高熱に苦しんでいた。ゲーリングは今にも生まれそうで危険な状況にあった。それをフォン・エッペンシュタインが処置し、窮地を救った。ゲーリングの父がつつましい年金をもらって退職したのち、フォン・エッペンシュタインはともに城で暮らすことを一家に提案した。彼がそんなことを言い出したのは、心から一家のことを考えたからではない。フォン・エッペンシュタインはゲーリングの母と不倫関係にあったのだ。一つ屋根の下、彼女は急速に年老いていく夫と愛人の間を行き来した。

フォン・エッペンシュタインは自分が貴族の家柄であることを大いに誇り、機会があるごとにそれをひけらかした。生まれはユダヤ人だったが、医師としてさらに成功を収めるため、キリスト教に改宗し、それによってプロイセンで大きな影響力を持つエリートたちに近づくことができた。彼は荘園領主のように振る舞い、中世の服装をした吟遊詩人がつき従う豪勢な宴会で主人役を務めた。

カーリンも同様のバロック的な環境で育った。父親は貴族階級の大佐で、イギリスとアイルランドの血を引く母親は醸造を営む名家の出身である。カーリンには四人の姉妹がおり、一族の他の女性たちとともに自然崇拝的なキリスト教系宗教結社、エーデルワイス会（エンブレムにこの花があしらわれていた）を結成していた。小さいが美しく装飾された石造りの専用礼拝堂で、彼女たちは礼拝をし、民謡を歌い、集会を開いた。第一次世界大戦中には毎日、跪（ひざまず）いてドイツの勝利を祈ったという。

カーリンとゲーリングは高尚で幻想的な育ち方をしたことで、大がかりなドラマの主役のような、仰々しい自意識を身に着けた。しかし二人は人生にひどく失望してもいた。終戦後、ドイツはヴェルサイユ条約によって空軍の保有を禁じられ、ゲーリングは怒りと苦しみに苛まれた。幼い頃から狩猟や登山のみならず、軍隊に関するすべてに心を奪われていたゲーリングは、スリル満点な活動から離れられず、スウェーデンで命知らずのスタントを見せて観客を仰天させ、一夜にして空中ショーのスターとなり、センセーションを巻き起こした。しかし目新しさは徐々に薄れる。やがて彼は街の花形ではなくなった。落ち込んだゲーリングは、飛行機での旅客輸送を始めた。ゲーリングが危険も顧みずフォン・ローゼンの依頼に応えたのは、彼がいかに冒険を切望していたかの表れである。

一方、カーリンは陸軍将校ニルス・フォン・カンツォウ〔一八八五―一九六七〕との愛のない結婚に縛られていた。二一歳で結婚して三年後に妊娠し、トラウマを残すような出産に耐えた。息子のトーマスは愛しかったが、母親になる十分な心構えができておらず、上品な社会の息の詰まるような雰囲気から逃げ出したくてたまらなかった。それで七歳の息子と夫をストックホルムに残し、伯爵の城に避難していたのである。

大広間でゲーリングを迎えた瞬間、二人は互いから目を離せなくなった。どうしようもなく魅かれ合い、不倫の恋は急速にエスカレートしていった。カーリンは姉に自分とゲーリングはトリスタンとイゾルデのようだと語っている。「私たちは媚薬を飲んでどうすることもできなくなっているの」。そしてゲーリングに宛てたカーリンの手紙には、「あなたは私のすべて。あなたのような人は他にはいない」といった芝居がかった告白や、「あなたのそばにあるものすべてにキスします」[*6]といった激しい欲望があふれている。当然、夫の気づくところとなった。離婚する他ない。カーリンはカンツォウから経済的支援を受ける代わりに息子の養育権を失った。

ゲーリングがミュンヘンに落ち着くとカーリンも合流し、スウェーデンでの事務的な民事婚ののち、ミュンヘンで家族や友人に囲まれて結婚式を挙げた。二人が住む郊外の二階建ての家は、すぐにヒトラーと仲間たちの集う場所となった。カーリンの姉マリーは二人を頻繁に訪問しており、ヒトラーはカーリンが一緒にいるときすっかりくつろいだ様子だったし、カーリンのほうもヒトラーのそばで本当に輝いていたと懐かしそうに回想している。

一九二三年の晩春には、ゲーリングは褐色シャツ隊の指揮官となり、練兵場での訓練や連隊での訓練に着手し、なんとか形になるところまでこぎつけた。カーリンは家に宛てた手紙で、ゲーリングが「暴徒たちを……正真正銘の軍隊に生まれ変わらせ」、彼のおかげで数千人のＳＡ隊員が、今では「総統の命令で行軍する準備の整った、熱心な活動家になったのです[*7]」と自慢している。

第2章　逃げた者、囚われた者

一九二三年一一月八日の昼下がり、カーリンは肺炎をひどくこじらせ、床についたままになっていた。弱った体にはきわめて熱い魂が宿っていたが、痩せてきゃしゃな体は多くの問題を抱えており、とくに肺感染症にかかりやすかった。そのとき夫が現れ、驚くような知らせをもたらした。ずっと語り合ってきた民族革命を、その夜、ビアホールで決行するというのだ。バイエルンで最も大きな力を持つ三人、すなわち州総督、州警察長官、陸軍少将が、そこで大規模な政治集会を主催する。計画は一見単純だが、きわめて野心的だった。集会に乱入し、三人を説得して市の拠点を明け渡させ、彼らの旗のもと、集団でベルリンに行進するという。

ハイパーインフレにより、ドイツの社会構造は解体されていた。ヴェルサイユ条約で定められた賠償金の支払いを巡りフランス軍部隊がルール地方を占領したことで、国家主義右派の歩兵たちの活動が再び活発化していた。ザクセンとチューリンゲンでは左翼による深刻な暴動が起こっていた。条件は整ったように思われた。しかし、最悪の事態は過ぎたという見方も広がりつつあった。機会を逃すことを恐れたのか、ヒトラーと仲間たちは実行を決意した。

午後八時半、ヒトラーはヘスを伴ってビアホールに乱入し、すぐ後にゲーリングと突撃隊（ＳＡ）の一団が続いた。要人たちは壇上から引きずり降ろされ、観衆も監視下に置かれた。階上の部屋では取引が行われていた。三人のお偉方は一揆を支援すると約束した。

午後一一時頃、奇妙な静けさが漂っていた。ヘスはあらかじめ準備していたミュンヘンから四八キロ離れた一軒家に人質（そのなかには裁判長、警察署長、バイエルン政府大臣もいた）を移し、さらなる指示を待つよう命じられた。一揆が首尾よく運んでいると確信したゲーリングは、万事順調だ、とカーリンへの伝言を頼んでいる。

しかしそうはいかなかった。別の場所の状況を監視するためにヒトラーがビアホールを後にすると、三人の要人は闇に乗じてこっそり逃げ出した。彼らはすぐに軍と警察を動員し、重要拠点に配置した。朝までに一揆の失敗は明らかになった。

ヒトラー、ゲーリング、他の主だった者たちは果敢に抵抗する姿勢を見せようと決意し、約二〇〇〇人の部隊を集合させ、高く旗を掲げ、市庁舎に向けてデモ行進を始めた。市庁舎は武装した警官に守られていた。短いにらみ合いののち、銃が火を噴いた。混乱のなかヒトラーは肩を脱臼し、一四人のナチと四人の警官が命を落とし、ゲーリングは鼠径（そけい）部の真下の太ももを撃たれた。大量に出血したため、混乱した現場からすぐさま連れ去られ、近所に住むユダヤ人老女の家に運び込まれた後、開業医の診療所に移された。

深夜にゲーリングから楽観的なメッセージを受け取っていたカーリンは、今や現実を突きつけられていた。病の床から這い出し、夫のそばに駆けつける。適切な治療が必要なのは明らかだった。それも早急に。しかしミュンヘンにとどまれば、逮捕は免れない。そこでカーリンは夫を車に乗せ、オーストリア国境に近い知人宅に運んだ。翌一〇日の朝、二人は国境を越えようとしたが税関職員に逃亡者であることを気づかれ、ゲーリングは最寄りの警察署に連行された。重傷を負っているのを見て、警察は逃げられないと油断したのだろう、無防備に放置していたところ、彼は窓から逃げ出し、待っていた車に乗った。国境で運転手は偽のパスポートを見せ、後部座席のゲーリングに毛布をかぶせて隠した。たくらみは成功し、彼らは国境を越えられた。差し当たり、ゲーリングは裁判を免れることができた。

✢　✢

大きな混乱のなか、イルゼは恋人がどうなったのか、まったくわからなかった。ヘスは律義に自分の持ち場にとどまり、ビアホールから連れてきた人質とともに郊外の邸宅に潜伏していたが、時が経つにつれ緊張は高まった。ようやく午後も半ばになった頃、ヘスは仲間たちの不面目な失敗を知る。警察がすぐにでもやってくるのではないかと恐れて、彼は、茫然としうろたえた人質を車に押し込み、森のなかをぐるぐると逃げ回りながら、どうすべきかを考えた。

結局、ヘスは人質を置き去りにし、徒歩で逃げた。電話を探し、イルゼに連絡しようと考えたのだ。ようやく連絡がつくと、イルゼは自転車に飛び乗り彼に会いに来た。数キロごとに交代で自転車を漕ぎ、二人はミュンヘンに引き返すとハウスホーファー教授の家に向かった。簡単な話し合いののち、ヘスは逃亡することに決めた。翌日には彼はオーストリアにいた。

一方、ゲルダの父はニュルンベルクにいて、あまりに速く展開した事件にどう対処すべきか考えていた。一揆の噂は昨夜のうちに届いていたが、ブーフは静観することに決めていた。午前中、大失敗の知らせが徐々に伝わってきた。ヒトラーが重傷を負ったという情報に激怒して、ブーフはSA隊員に「ヒトラーの血はユダヤ人の血で贖（あがな）われるだろう」[*1]と話している。しかしその後、それは賢明ではないと考え直した。ところがブーフに最後通告が突きつけられた。SAをすべて解散するよう、当局に命じられたのだ。逮捕を免れたブーフは二日間拒否したのち、解散に同意した。しかし彼はSAが完全に崩壊するのを防ごうと固く決意し、一一月一三日、ミュンヘンで事態の収拾に当たった。

その頃、SAのかつての指揮官はインスブルックにいた。ホテル・チロルで二晩過ごしたのち、譫妄（せんもう）状態のゲーリングは病院に運び込まれることになる。医師たちが治療に着手し、ふさがっていた銃創が再び切開された。彼は苦悶し続け、カーリンはその様子を一九二三年一二月八日付の母親宛の手紙にこう記している。「痛みがあまりにひどいので、彼は枕にかみついて、私に聞こえるのは不明瞭なうめき声だけです……医師は毎日モルヒネを投与していますが、痛みは一向に収まりません」[*2]。

ゲーリングが苦しんでいる間、ヘスはさまざまなつてを頼って潜伏し、ミュンヘンとの間を行き来しては病に伏したイルゼを見舞ったり、自首すべきかどうかをハウスホーファーに相談したりしていた。ヒトラーと共謀者の裁判が予想よりうまくいったので（裁判官が同情的だったため、ヒトラーは証言台で演説をぶち上げ、内外の新聞報道で注目を集めた）、ヘスの気持ちはしだいに自首するほうに傾いていった。

一九二四年四月一日の判決で問題は解決した。反逆罪で有罪となったものの、ヒトラーはわずか五年の禁固刑で済んだ（本来なら終身刑に値する）。それがさまざまな法的解釈によって約一八か月にまで減らされ、半年後には仮釈放される見込みとなった。この寛大な処置に勇気づけられたヘスは、思い切って五月一二日に自首し、ヒトラーと同じ判決を受けて、ミュンヘンから西へ六四キロほど離れたランツベルク刑務所にヒトラーとともに収監された。

　ヒトラーとヘスは、決闘して有罪判決を受けた者や政治犯が入る特別な棟（「要塞」と呼ばれていた）に収容された。住み心地は非常によかったようだ。囚人服もなければ強制的に髪を切られることもない。明るく風通しのよい自室に絵や花を飾ることも許された。タバコや酒を買うこともできたし、毎日ビール一リットルの配給もある。労役の義務もなく、彼らは暇な生活を送った。刑務所の庭にも自由に出入りできた。正午に昼食、午後四時半頃にお茶とコーヒー、午後六時に夕食。午後一〇時の消灯前には温かい飲み物と焼き菓子が出される。棟全体がナチの休暇村のようだった。

　他の受刑者と同じくヘスは週に六時間面会を許され、イルゼは毎週土曜日に訪れた。階段でヘスとヒトラーに迎えられ（ヒトラーはいつも彼女の手にキスをして喜ばせた）、二人はそれから座って昼食をともにした。ある週末、イルゼはそれまで「まったく政治に関心のなかった」母親をヒトラーに会わせている。彼の丁重な振る舞いに骨抜きにされた母親は、「ミュンヘンに帰るとすぐに」[*3]入党した。

　ヒトラーはふんだんに与えられた自由な時間を生産的に使うべく、本の執筆にとりかかった。さまざまなタイトルを検討したのち選んだのが、『わが闘争』である。タイプライターを与えられると、ヒトラーは二本指で熱心にキーを叩き、それをヘスがチェックした。ヒトラーはヘスの反応を窺い、ヘスは批評家の役を担った。

ヘスからイルゼへ次々と送られた手紙には、二人であれこれ考えながら原稿を進める際、ヒトラーとの間に感情的な結びつきが生まれた様子が熱烈かつ詳細に記されている。ヘスが第一次世界大戦の回想のくだりを読んだ際には、ヒトラーは感情を抑え切れず泣き出したという。「突然彼は原稿を落とし、頭を抱えてすすり泣いた」[*4]。ヒトラーはヘスを信頼し、自分の女性観や結婚観についても打ち明けている。結婚に魅力を感じないわけではないが、独身のままなら妻子という重荷を背負うことなく自分の定めを全うできるとヒトラーは語った。

こういった貴重な体験により、ヘスは自分がヒトラーの魂の素晴らしさを垣間見た気になり、こういった親密な瞬間をイルゼにも伝えた。話を聞いたイルゼは、ヘルダーリンの詩集をヒトラーに贈った。彼の創作意欲がいっそうかきたてられると期待してのことである。イルゼにとっては残念なことに、ヒトラーは詩を読まず、ヘルダーリンの詩は不可解だと考えていた。それよりも彼は、ヘスの師であるハウスホーファー教授がランツベルクを数回訪問した際、話した内容にずっと興味を示した。教授は自分の考える生存圏について概説したのである。人口の大きさを考えると、ドイツは現在の国境を越えて東に領土を広げなければ生き延びることも繁栄することもできない、というのだ。

のちにハウスホーファー教授は、ヒトラーには自分の複雑な理論を理解できるほどの学識は絶対になく(「ヒトラーはこういった理論をけっして理解しなかったし、理解するための正しい見識も持ち合わせていなかった」)[*5]、その意味を故意に曲解したと主張している。ハウスホーファーは征服よりも集団移住をすべきだと考え、ヒトラーの民族的帝国主義が求める大量虐殺の暴力をけっして支持しなかった。しかしハウスホーファー教授はランツベルクで、妙に創造力に富んだヒトラーの頭におそらく種を植えつけてしまったのだろう。その後の何年かの間に、ヒトラーのユダヤ人やボリシェヴィキに対する異常なまでの嫌悪は、無秩序に広がる東方の帝国というグロテスクな考えとなって現れた。

一九二四年一二月二〇日、八か月半の獄中生活を送ったのちヒトラーは出所し、支持者を満載したおんぼろのレンタカーに迎えられた。そのなかにイルゼがいたかどうかについては諸説あるが、一週間後、ヘスが釈放された際に彼女が迎えに来ていたのは間違いない。その晩、ヒトラーお気に入りのレストランに三人は集まり、店の自慢料理であるラヴィオリを食べた。再会した彼らは、運動を再び軌道に乗せるための苦しい戦いに取り組んだ。

ヒトラーは一切の政治活動を禁じられ、党は非合法化された。彼の最初の仕事は、最も献身的な支持者たちの士気を高めることだった。出所後まもなく、ヒトラーはブーフ家と再び連絡を取った。ヒトラーが一家の「タイル張りのストーブ」のそばに座って、闘争に専念すると再び明言していたのをゲルダははっきりと覚えている。「未来に暗澹（あんたん）たる見通ししか持てないなら、私は戦い続けはしない」[*6]。

一方イルゼと党機関紙の音楽評論家は、『わが闘争』の草稿を編集し首尾一貫した文章に整える仕事に没頭した。一九二五年七月一八日、第一巻の出版準備が整い、一九二九年までに二万三〇〇〇部、一九三二年までに約二五万部、一九四五年までに一二〇〇万部を売り上げた。

✢　✢

獄中のヒトラーに面会した三五〇人のなかにカーリン・ゲーリングがいた。彼女は一九二四年四月一五日、ある提案への支持を得るために訪れている。夫妻でイタリアに行き、ムッソリーニ〔一八八三―一九四五〕と接触しようというのだ。ヒトラーの態度は曖昧だった。それでもカーリンは神のごとく崇拝する相手に再び元気づけられ、ランツベルクを後にした。「彼は愛と真実と燃えるような信念にあふれた天才です[*7]」。

　厳しい冬だった。ゲーリングはクリスマスの頃には退院したが、体調は依然深刻で、ますますモルヒネに頼るようになっていた。ホテルは宿泊料を三割引にしてくれたが、二人は経済的に逼迫（ひっぱく）していた。オーストリア当局も迷惑な客を追い出そうとしていたため、イタリアは魅力的な選択に思えた。夫妻は一九二四年五月にイタリア入りし、ヴェネツィアとフィレンツェに短期滞在した後、ローマに落ち着いた。

　その頃、ムッソリーニはイタリアでの支配力強化に忙しかった。ゲーリングは（ついでに言えばヒトラーも）お呼びでなかったわけだ。カーリンはそうでないふりをしたがったが、ゲーリングはイル・ドゥーチェ〔イタリア語で「国家指導者」を指す称号。ムッソリーニのこと〕にまったく近づけなかった。間に立つ地元のファシスト関係者が拝謁を拒絶したのだ。ゲーリングはドアを叩き続けたが、無駄だった。

　汚い宿屋でその日暮らしを続けながら、夫妻は危機的状況に陥っていた。ゲーリングの体重急増。深刻なモルヒネ中毒。彼は真剣に自殺を考えていた。自分自身の健康もおぼつかなくなったため、カーリンは手遅れにならないうちにイタリアを離れるべきだと悟った。行く先は当然スウェーデンである。

　一番の心配事はゲーリングの看護だったが、カーリンはヒトラーが夫のことを忘れてしまったのではないかとやきもきした。ストックホルムに着く前に、カーリンはドイツに立ち寄ってヒトラーに会い、ムッソリーニとの有益な対話が始まったと言って彼を安心させている。彼女はゲーリングの薬物性の精神疾患、危険な気分変動、攻撃的なかんしゃく、常軌を逸した行動が露見しないよう、細心の注意を払った。

スウェーデンに戻った後カーリンは結核を患い、ゲーリングのモルヒネ中毒を満たすために持ち物をいくらか質に入れることを余儀なくされた。万策尽きた彼女は、家族の支援を受け、夫を養護施設に入れることに同意した。ゲーリングは鎮痛剤の投薬量を減らすことを嫌がり、適応もできず逆上して暴れ、薬品戸棚を破壊しスタッフに暴力を振るったため、拘束衣を着せられ、ラングブローの精神科病院に強制連行された。小部屋に閉じ込められ、薬物を強引に断ち切られ、禁断症状でゲーリングは悪夢のような幻覚と偏執性妄想に苦しめられた。彼はわめきたて、ユダヤ人とその悪魔のような陰謀に殺されると怒鳴り散らした。診断書によると、彼は「ユダヤ人医師が彼の心臓を切り取りたがっており」、旧約聖書のアブラハムが「赤く熱い爪を背中に突き立てる」[*8]妄想に苛まれていたという。

しかしカーリンは気丈に振る舞い、夫の回復を確信していた。一〇週間後、別の発作を引き起こす一時的な再発はあったものの、彼は社会復帰できるほど元気になった。自分がどれほどひどい状態だったかを認めるのが恥ずかしく嫌だったため、ゲーリングが生涯におけるこの時期について話すことはほとんどなかった。何年も経ってから彼はカーリンの息子に、正気を失っていた自分を彼女が救ってくれたのだと告白している。

第3章 結びつく者たち

一九二七年の秋、政府が恩赦を発表し、ゲーリングは逮捕される恐れなくドイツに戻れることになった。帰国してみると党は再建と強化の途上にあり、投票によって権力を掌握しようと準備を進めている最中だった。

釈放後、ヒトラーは多くの時間を費やして国内を回り、ばらばらになったナチ運動をまとめ、最高指導者としての自らの立場を回復した。今ではヒトラーの秘書となったヘスは、ヒトラーにつねにぴたりとつき従い、イルゼをほったらかしにしていた。ナチの理念に傾倒していたとはいえ、イルゼは二人の関係が遅々として進まないことに不満だった。肉体関係のないまま七年が過ぎ、ヘスがいつまで経ってもプロポーズしてくれないように思えたのだ。「私たちはあまりに忙しいものだから結婚できないの。彼はいつだって遠くにいるし、私も働いているから」[*1]と結婚の遅れを一笑に付したにもかかわらず、イルゼはしばらく外国に行こうかとも考えていた。大学の課程も終えたし、古書店でのパートタイムの仕事は、彼女をミュンヘンに縛りつける理由にはならない。外国に行けばヘスと別れられる。

イルゼによれば、問題を解決してくれたのはヒトラーだった。ヒトラーお気に入りの場所の一つ、カフェ・オステリアで三人で食事をしていたときのことだ。イルゼが自分の将来について話していると、ヒトラーが彼女の手を取ってヘスの手に重ね、「この男との結婚について考えたことはないのかね」[*2]と尋ねたのだという。彼女の答えはもちろん「あります」だった。ヒトラーの願いを拒否するなどできないヘスは、ぐずぐずと先延ばしにするのをやめた。結局、ヘスが両親への手紙で説明したように、イルゼは彼の「よき同志」であるとともに「誠実な友人」で、二人は「互いを好き」で人生について同じ考えを共有していたのだ。ヘスがそれまで出会った他の女性と比べれば、彼女は「天使」[*3]だった。

従来の慣例に囚われず、イルゼとヘスは教会での結婚式はしないことに決めた。一九二七年一二月二〇日、二人はこぢんまりした民事婚を挙げる。ヒトラーとハウスホーファー教授が立会人を務めた。新婚夫妻は懐（ふところ）が寂しかったが、イルゼはヴィニフレート・ワーグナー〔一八九七―一九八〇。リヒャルト・ワーグナーの子ジークフリートの妻〕を通じて借金をすることができた。毎年ワーグナーを称えて開催されるバイロイト音楽祭の支配者ヴィニフレートは、第一次大戦以前からイルゼと面識があり、ヴィニフレートがヒトラーと親交を結んだのち、再び引き合わされていたのだ。

ワーグナー〔リヒャルト。一八一三―一八八三〕の大ファンだったヒトラーは、ヴィニフレートと懇意になるのを喜んだ。彼女のほうも隠しようのない畏敬の念でヒトラーを見た。彼女の夫ジークフリート・ワーグナー〔一八六九―一九三〇〕は、バイセクシャルの自由奔放な人物で、年齢は妻とふた回り以上離れていたが、するべきことをして後継ぎを作りなさいという母（リヒャルト・ワーグナーの未亡人）からの圧力に屈していた。ヴィニフレートは立て続けに四人の子どもをきちんと産み、ヒトラーと家族ぐるみのつきあいをした。長女によると、ヒトラーは夜遅くに立ち寄っては子ども部屋にいる彼女たちを起こし「彼の恐ろしい冒険の話[*4]」を聞かせたという。

ヴィニフレートはイルゼを気に入り、若いカップルを喜んで助けた。恩を感じたヘスは、返礼としてヒトラーの運動について逐次報告している。お金を得たイルゼとヘスはミュンヘンの小さなアパートに入居した。だが共同生活を始めたからといって二人の性生活が改善されたわけではない。イルゼは友人に「自分が修道女のような気がする[*5]」と書き送っている。

ナチは運動における女性の役割について新たな規範を定めており、ヘスはイルゼもそれに従うよう求めた。彼女は党員であり続けることができたが（当時、党員の約八パーセントが女性だった）、それ以上の何者でもない。ナチでは女性が公的な役割を担うことはできず、一方、もっと主流の保守的な右派政党は、こういった女性部門から選挙の候補者を出していた。イルゼは親ナチの女性団体になら参加できたかもしれない。一九二三年に創設されたドイツ女性団（DFO）のようなグループだ。こういったグループは一九二八年一月に正式に党の傘下（さんか）に組み込まれたが、ヒトラーのヒエラルキーにおける彼女の位置を考えると、その選択肢はありえなかった。

しかし、だからといって、イルゼが脇に追いやられていたわけではない。彼女はヒトラーに近い立場にいたことで（ヒトラーは彼女を信頼し、尊重し、彼女の忠実さを重んじていた）、少々特殊ではあるが重要な権限を与えられている。彼女のそつのなさと人間味は、ヒトラーが慎重を要するデリケートな個人的問題を解決しなければならない際に必要だった。一九歳の姪、ゲーリ・ラウバル〔一九〇八―三一。本名はアンゲリカ・マリア・ラバウル」との関係もそれに当たる。

ゲーリが初めてヒトラーの注意を引いたのは、ヒトラーの異母姉である母親とともに刑務所に面会に来たときのことだった。ゲーリが学校を卒業すると、ヒトラーは小さな山間(やまあい)の町ベルヒテスガーデン近くの質素な別荘（ナチの支援者から格安の賃料で借りていた）にゲーリの母を家政婦として呼び寄せた。それを機に、ゲーリはヒトラーの側近グループにしっかり溶け込んだ。別荘の素晴らしい立地とのどかな雰囲気は、長く物憂い午後にピクニックをしたり、湖で泳いだり、森を散策したりするのに絶好の環境だった。側近たちはみなゲーリを喜んで受け入れた。彼女は気取らず、自然体で、快活で、茶目っ気があった。そしてヒトラーの気分に好ましい影響を与えた。イルゼはゲーリが好きだった。ヘスは頭が切れる女性だと評している。ハインリヒ・ホフマンは「みんなを上機嫌にする魅力的な女性[*6]」と考えた。ヒトラーのお気に入りの座を奪われ、ゲーリを恨んでもおかしくない立場のホフマンの娘ヘンリエッテですら、彼女が「信じられないほど魅力的[*7]」だと感じている。

人前では、ヒトラーはゲーリに対し「アドルフおじさん」として振る舞った。しかし彼の感情はけっして清らかなものではない。ヒトラーはゲーリにひどくのぼせ上がっていた。問題はゲーリもヒトラーのお抱え運転手エミール・モーリスも、これに気づいていなかったことである。二人は互いに魅かれ合い、結婚の相談もしていた。激怒したヒトラーは年齢を口実にゲーリの前に立ちはだかり、エミールと別れるよう求めた。ゲーリは拒否した。彼女を失うことを恐れたヒトラーは、次のような条件を提示して、イルゼに仲立ちを頼んだ。若い恋人たちは結婚まで二年間待たねばならない。その間、ヒトラーのいるところでしか会ってはいけない。ゲーリは承諾し、一九二七年のクリスマス・イヴにエミールに手紙でそれを伝えている。「まる二年の間、私たちがキスできるのはほんのときたまで、そのうえいつもアドルフおじさんの監視の目が光っているのよ」。ゲーリはまた、イルゼが果たしている重要な役割についても感謝していた。「イルゼはとてもいい人なの。あなたの愛が本物だと信じているのは彼女だけよ」[*8]。

ヒトラーは望むものを手に入れた。数か月も経たないうちにエミールは去り、忘れ去られた。一九二九年の末にゲーリはヒトラーの新しいアパートの空き部屋に引っ越している。その後もイルゼがゲーリの生活にかかわり続けたのは、一つには心から彼女を心配したからだったが、一番の理由は信頼できる情報源としてヒトラーに必要とされたからだった。イルゼのおかげで、ヒトラーはミュンヘンを離れてもゲーリの行動を把握することができた。

✣　✣

一九二七年九月一八日、ミュンヘンからベルリンへ向かう汽車のなかで、マルガレーテ・ボーデンはハインリヒ・ヒムラーという眼鏡をかけた平凡な外見の若者と知り合った。会話が弾み、三時間経って列車を降りる頃にはすっかり親しくなっていた。いったんは別れたものの、二人は文通を始めた。恋愛関係にある間、文通がほとんど毎日の習慣となったのは、一緒にいるよりも離れていることが多かったせいである。

マルガレーテは三五歳で、ヒムラーより八歳年上だった。裕福な地主の家に生まれた彼女は、第一次世界大戦が始まった一九一四年にはドイツ赤十字社に加われる年齢に達しており、看護師になった。一八六〇年代に設立されたドイツ赤十字社には、開戦時、フルタイムで働ける慈愛深い天使たちが六〇〇〇人いたという。マルガレーテのような上流階級や中産階級出身の女性にとって、看護はふさわしい職業と考えられていたのである。彼女は訓練を終えると制服（修道衣に似ていた）に身を包み、野戦病院に配置された。前線に近い村の教会や学校が病院に充てられることが多く、二〇〇床のベッドが置かれていた。

爆撃や空襲には無防備だったので、スタッフは半年ごとに交代になる。しかしマルガレーテはどこに行っても、重傷を負ったり、手足を切断されたり、トラウマを抱えたりして次々と運び込まれてくる傷病兵たちのひどく痛ましい姿から逃れることはできなかった。前線で看護した経験が彼女にもたらした影響を数値化するのは難しい。無邪気さの喪失をどうしたら量れるだろう。人間の善良さに対する信頼については？　戦闘が終わったとき、マルガレーテはまだ二五歳だった。以後、彼女はつねに実年齢よりもずっと老けて見られることになる。

第一次世界大戦の終結後まもなく、マルガレーテは結婚した。この結婚についてはほとんど何も知られていない。わかっているのはただ結婚がうまくいかず、二年で離婚したということだけだ。一九二三年、父親からの経済的援助を受けて、マルガレーテはユダヤ人婦人科医が経営するベルリンの私立診療所の共同経営者になった。看護師長としての彼女の得意分野はホメオパシー〔同質療法〕だった。薬草による治療や自然療法である。

ヒムラーも代替療法に関心を持っていた。彼は科学技術恐怖症ではなかったものの、大規模な工業化はドイツ人の魂の基盤を破壊する異質な力になると考えていた。農民文化に立ち返り、旧世代が蓄積してきた農民の知識を活用すべきだと信じていた。さらに重要なのは、子どもの頃から慢性的な胃の不調に悩まされてきたことである（小学校時代、一六〇日病欠している）。彼の胃腸の状態は二人の手紙のなかで何度も繰り返される話題だった。マルガレーテはヒムラーの体調はストレスと働きすぎによるものだと考え――「あなたの胃はこれまでのあなたの仕打ちに復讐しているのよ」[*9]――カラシ、酢、タマネギを食べて適度な休息をとることを勧めている。

マルガレーテがヒムラーに魅かれたのは、一つには戦争中世話をした若者たちをヒムラーが思い出させたからかもしれない。若い兵士たちが看護師を母親のように慕うことは多かったし、ある手紙で彼女はヒムラーに、幼い頃の写真を持っているかと尋ねている。同様に、マルガレーテの金髪と青い目が非常に魅力的だったことは別として、彼女のがっしりした体つきと少しきつい態度は既婚夫人のような雰囲気を漂わせており、ヒムラーに子煩悩な母を思い出させたとも考えられる。母はいつも病弱な息子を甘やかし、いまだに息子に食べ物の包みを贈り、汚れものを洗ってやっていた。

切手収集を趣味とする厳格な父は、ヒムラーも学んだとても評判のよいギムナジウムの校長だった。父がバイエルン王子の家庭教師を務めていたことは、一家の特別な誇りだった。ヒムラーは懸命に勉強し、父の掲げる高い水準にかなうよう最善を尽くした。

一四歳のときに第一次世界大戦が勃発すると、ヒムラーは戦争に行くのが待ち遠しくてたまらなかった。しかし基礎訓練を受けられる年齢にようやく達した一九一八年には、訓練が非常に過酷なものだと知り、何度もホームシックにかかっている。おまけに前線に配備される前に休戦となった。意気消沈し、軍服を脱ぐ気にもなれなくて、彼はさまざまな民兵組織を渡り歩き、最後に突撃隊（ＳＡ）でビアホール一揆に端役として少しだけかかわっている。

ヒムラーは一九二〇年代半ばには党のため献身的に働くようになり、忠誠を誓う相手をグレゴール・シュトラッサー〔一八九二－一九三四。ナチ党全国指導者〕（ナチの左派として頭角を現していた）からヒトラーへと鞍替えしている。ヒトラーに対するヒムラーの愛はあらゆる面に及んだ。崇拝にも似た、心底からの感情的な執着だった。マルガレーテと汽車で出会う少し前に、ヒムラーは親衛隊（SS）の長官代理になっている。これはヒトラーを警護するために結成されたエリート集団だが、当時は明確なアイデンティティーもない、誕生したての小さな一団にすぎなかった。

二人の初期の文通には、優しさとロマンティックな言葉のやり取りも見られるが、マルガレーテの根底にある悲観主義（「悲しみや不安のない愛なんて、私には想像もできない」）や、人間性に対する否定的な見方も示されている。彼女は新参者に対して疑い深く、社交的なかかわりを恐れたが、同時に深刻な孤独を感じてもいた。大晦日に思いを巡らせ、自分の運命を嘆いている。「明日は誰もがパーティーを開く恐ろしい日で、私は一人で過ごさなければならないの。嫌でたまらないわ[*10]」。

二度目のデートで、雪の降り積もるバイエルンのホテルにクリスマス前の三日間滞在した際、二人は性的関係を結んだ。マルガレーテはとくに性的関心が強いわけではなく、ヒムラーは童貞だった。数年前、彼は女性を一切断つと誓っていた。若い男性は童貞を守り、豊富で貴重な性的エネルギーをもっと有意義な活動に向けるべきだとする準科学的なパンフレットを読んでいたからだ。それに禁欲生活を送ると決めていれば、女性の前で悲惨な失敗をせずに済むという利点もある。ヒムラーにとってセックスは恐ろしいものであると同時に魅力的なものでもあった。

学生時代の日記に、ヒムラーは簡単に肉体関係を結ぶ若い女たちにどれほどショックを受けたかを繰り返し書く一方で、そのような野性的で奔放な生き物に身を任せるのはどんな感じだろうと夢想もした。同じ頃、彼は二人の親友の恋人たちを好きになってしまったため、彼らとは疎遠になっている。ヒムラーは拒絶されたことで、彼女たちが道徳的にも疑わしいと結論づけた。ヒムラーにしてみれば、マルガレーテは理想的な相手だった。性経験はいくらかあるが、寝室で彼に自信を無くさせるほどではないからだ。二人がセックスしたかどうか、確たる証拠があるわけではないが、休暇を終えた後の彼らの手紙からは、関係に変化があったことが窺える。愛称で呼び合い、愛情表現を用いるようになった。ヒムラーは彼女の「美しく愛しい体」[*11]に言及してさえいる。

一線を越えた二人は、できるだけ早く結婚することに決めた。しかしいくつか障害があった。ヒムラーは近づきつつある国会選挙（五月二〇日に予定されていた）でナチを躍進させるために非常に忙しい生活を送っていた。また、結婚計画の肝は、マルガレーテがベルリンのクリニックの経営権を売却し、そのお金で土地を買うことにあった。二人で農場を経営しようと考えていたのだ。これはヒムラーが長年抱いてきた大望だった。一九一九年の秋、彼はミュンヘンで農業を学び始めた。教科書での勉強と農場での実習からなるコースだ。一九二二年八月に修了したのち、彼は肥料会社に職を得る。しかし一年ほどで退職し、ナチ党に加わることになった。一方のマルガレーテは父親の大きな農場で育ち、家畜の世話をしたり穀物を育てたりするのに慣れていた。

しかしユダヤ人共同経営者との契約解消は思いのほか長くかかった。マルガレーテは手紙のなかで、「人間のくず」、「ユダヤ人の暴徒」などと悪口を言っている。彼女にとって彼は、すべてのユダヤ人が等しく信用できないという生きた証拠だった。「他のユダヤ人たちも同じようなもの」[12]だとも書いている。

マルガレーテが婚約者と同じ歪んだ異様な考えを持っていたことを示す証拠はほとんどないものの、育った社会環境からくる偏見は共有しており、そのなかには根強い人種差別主義と俗物根性も含まれた。マルガレーテの反ユダヤ主義は本能的な反応だった。田舎か都会かにかかわりなく、下層階級に抱いていた恐怖や不信と同じようなものだったのである。ヒムラーは彼女に政治教育を施すことに意欲的で、自分の演説やパンフレットの写しと、有名な人種差別主義の学術書を送っている。彼女はそれを律義に読み、熱心な素振りを見せようとした。しかし彼女は過激な振る舞いを容認するわけではなく、しばしばヒムラーの暴力的な言葉を問題視した。「なぜあなたはそのような残虐なやり方で短剣に手を伸ばそうとするの？　結局のところ、人間は穏健なほうがよいのではないかしら[13]」。

最終的に、彼らはナチズムの哲学的・歴史的ルーツについて議論するよりも、二人がともに楽しむパズル本を完成させるほうに多くの時間を費やした。党大会に出席するのさえ気が進まず、マルガレーテはヒトラーがヒムラーを支配していることに嫉妬し、不満を率直に述べた。「そんなにボスと始終一緒にいる必要があるのかしら。彼に入れこみすぎだね」。ヒムラーは彼女に、ヒトラーは革命家で「意気地なしの官僚[14]」ではないのだと言い聞かせている。

五月の選挙が終わり、マルガレーテがクリニックから手を引く件についての折衝がほぼまとまると、二人は一九二八年七月三日にベルリンの戸籍課で結婚した。立会人を務めたのはマルガレーテの父と兄である。ヒムラーの家族は誰も出席していない。彼の両親は敬虔なカトリック教徒で、息子がプロテスタントの女性と結婚するのをなかなか受け入れられずにいたのだ。新婚旅行には出かけていない。ヒムラーは八月の間、年に一度の党大会とバイロイト音楽祭に出席して留守だった。新婚夫婦は夫が再び出立する前に、九月初めの三日間、なんとか休みをとることができた。

✣　✣

国会選挙の結果、党の得票率は三パーセントに満たず、目標達成までの道がいかに遠いかをナチははっきりと思い知らされた。惨めな結果の主因は、ヴァイマール共和国が一九二三年の最悪の状態から不死鳥のように甦ったことにある。さらに、アメリカからの多額の融資、継続維持可能な賠償金の支払いに関する合意、ヨーロッパの隣国との外交的緊張の緩和、ふつうの生活に対する大衆の熱望がこれを後押しした。

ナチの国会議員一二人のうちの一人は、元気を回復したゲーリングだった。カーリンとともにスウェーデンから戻った彼は、党が発展するための重要な役割をすぐに引き受け、大物と親しくなっては、のどから手が出るほどほしい資金提供を依頼した。しかし金を工面するには金が必要だ。あるいは、少なくともあるように見せかけることが必須だ。彼にとって幸運なことに、戦時の功績はいまだに価値があった。ドイツ最大の民間航空会社ルフトハンザは、注目度を高めるためにゲーリングを代理人に選び、ひと月に一〇〇〇ライヒスマルク〔ライヒスマルクは一九二四―四八年のドイツの通貨単位〕という大金を提供した。

ゲーリングとカーリンは贅沢なアパートに引っ越し、まもなく上流階級のための夜会を主催するようになった。客は貴族や旧皇帝の一族、産業界のリーダーや有力な銀行家などである。カーリンと夫は上品で控えめな仮面をかぶり、ヒトラーの意図について客たちが抱いている不安をやわらげた。華やかで魅力的なホステスのカーリンは、仲間のナチをもてなすときにはまるで別人のようになり、彼らの議論や討論に頭から飛び込んだ。カーリンは女性だったものの、彼女が議論に介入するのは大目に見られるどころか歓迎すらされた。とくにゲッベルスはこれらの議論を明らかに楽しんでいた。これは彼女の紛れもない過激さとイデオロギーの熱烈さのためだった。母親に宛てた当時の手紙のなかで、カーリンは敵について毒のある言葉を吐いている。「毎日、曲がった鼻をした共産主義者たちが、ダビデの星のついた赤旗を掲げて行進しているのよ[*15]」。

その年なんとか当選したゲーリングの仲間の一人は、ゲルダの父である。ミュンヘン一揆以来、ヴァルター・ブーフは弁護士、教師、ワインと葉巻のセールスマンなど、さまざまな職を転々としながら、ヒトラー復活への望みをけっして捨ててはいなかった。彼の信念は一九二七年一一月に報いられた。父親が最高裁判所の判事だったおかげで、ブーフはナチ党の裁判所である調査及び調停委員会（USCHLA）委員長となり、内部のもめごとや規律違反を処理することになったのである。

その頃には、ゲルダは高校を卒業して大学入学資格試験に合格し、幼稚園の教員になろうとしていた。芸術や工芸に関心のある者にはうってつけの職業である。彼女はドイツの子ども向けの物語を読み、ギターで民族音楽を奏でた。彼女の弟は、姉は「子どもたちと一緒にお絵かきをしたりリノリウム版画をしたりするときが一番幸せそうだった[*16]」と回想している。しかし、子どもを世話したり養育したりする仕事を選んだからといって、ゲルダが父親の政治を拒否したわけではない。ヒトラーやその思想に囲まれて育ったゲルダは、自分自身の考えを発展させることができなかった。彼女の世界観は完全にナチズム、つまり彼女の紛れもない信念によって形作られていた。

どちらかといえばゲルダは父よりも狂信的で、それは彼女がマルティン・ボルマンというがっちりした、ハンサムでたくましい猪首（いくび）の男と深くかかわるようになってからはっきりした。ボルマンは一九二七年二月に入党している。これは比較的遅い参加だ。地元の広報を短期間担当したのちＳＡに入り、そこでゲルダの父と初めて接した。ナチ・エリートの多くはボルマンを社会的地位の低い人間で、文化的素養に欠ける粗暴なちんぴらと考えていた（あるライバルは、彼を豚にたとえている）。しかし彼は紛れもない中産階級の出身である。父親は身分の低い家に育ったが、軍楽隊のトランペット奏者として出世し、退役後は郵便局で事務員を務め、苦労しながらも着実に階段を上がっていった。

後年、ボルマンは父の功績について誇らしげに語っているが、実際はほとんど父のことを知らなかった。彼が三歳のときに亡くなったからだ。母親はボルマンと弟のアルベルト、そして亡夫が前の結婚でもうけた二人の継子を育てなければならず、妻を亡くした義兄とすぐに再婚した。彼は地元銀行の重役で、自分の子が五人いた。その結果、ボルマンは大家族のなかで育ったが、兄弟姉妹の誰も好きではなく、また義理の父に無視されているように感じ、彼を軽蔑するようになった。

私立学校に行かせてもらうお金は十分にあったが、ボルマン本人は算術の才能を見せた以外は、ほとんどの科目で苦しんだ。伝統的なギムナジウムに入るほどの学力がなかったため、ボルマンは一四歳で技術専門学校（一流よりは少々落ちるが、それでも十分上等だった）に入り、農業関係の勉強を好んでいたが、一九一八年六月に召集された。しかし戦場に行く前に終戦を迎えている。

復員したボルマンは家に戻らず、三二八ヘクタールの大農場で監督の仕事を得た。地主は彼が数字に強いと知り、会計と給与支払いを任せている。雇い主は大の国家主義者で、おもにドイツ義勇軍出身者を雇って自分の土地で働かせていた。このような環境で、ボルマンはさまざまな反ユダヤ主義の極右団体にかかわるようになった。

一九二三年五月三一日の夜、ボルマンは人生の重要な転機を迎える。自分の先生だったヴァルター・カドウ〔一八六〇―一九二三。学校教師。元ナチ党員で、後にドイツ共産党に入党〕の残虐な殺害に関与したのだ。この男はかなり借金を溜め込んでいながら、返済せずに逃げ出していた。ところがカドウは致命的な誤りを犯した。どういうわけか、舞い戻ってきたのである。カドウが共産主義者のスパイだという噂に背中を押され、ボルマンは汚い手段に訴えた。六人の仕事仲間に、カドウを拉致し殴打するよう命じたのである。襲撃者たちは泥酔したカドウを捕まえ、ボルマンが提供した馬と荷馬車を使って近くの森に運び、木の枝で頭を叩き割り、のどを掻き切り、頭に銃弾二発を撃ち込み、裸にして服を焼き、死体を埋めた。

ボルマンは殺人者たち（そのなかに未来のアウシュヴィッツの所長ルドルフ・フェルディナント・ヘース〔一九〇〇―四七。SSの将校〕もいた）とともに逮捕され、裁判を待ちながら半年以上を過ごすことになる。一九二四年三月一二日、彼らは裁判の日を迎えた。結果は実行犯に一〇年、ボルマンには一年の懲役刑である。彼は良好な服役態度で、厳しい規則と退屈で単調な労働に順応した。一日に一五〇〇箱のノルマを割り当てられ、「タバコ、薬、キャンディ、楽器の弦など、さまざまな種類の紙容器を貼り合わせ」なければならなかったという。だがその一方で、ボルマンは気を散らすものが何もないのをこれ幸いと、自分の「考え、とくに政治的思想」[*17]について熟考している。彼はドイツ人民の敵は罰せられなければならないという確信を強めて、刑務所を後にした。

ボルマンは仕事に復帰しようと農園に戻ったが、自分がもはや歓迎されていないことに気づいた。農場主はボルマンが自分の妻エーレンガルトと不倫関係にあることを察知していたのだ。ボルマンはけっして二人の関係を認めなかったが、その後二〇年間エーレンガルトとの文通を続け、ときどき、それも深夜に彼女を訪問している。

ボルマンは激しい性的衝動を抑え切れないタイプの男だったが、制御する気はさらさらなく、いつでもどこでも可能なら、社会的規範などどこ吹く風で性欲を満たそうとした。ボルマンがゲルダに魅かれた理由を理解するのは容易だ。ほっそりして手足が長く、非常に魅力的な彼女は、若さの輝きを放っていた。さらに、有力なナチの娘と交際すれば、党で順調に出世できるという思惑もあっただろう。

一方、ボルマンの粗野な男らしさは、世間知らずのゲルダには魅力的に映った。彼とデートしたのは父への反抗もあったかもしれない。ブーフはボルマンをろくでなしの悪漢だと考えていた。しかし二人の邪魔をしないことに決めた。ゲルダは若いから一時的にのぼせ上がっているが、二人が合わないとわかればすぐに熱も冷めると考えたからである。

しかし結果はブーフの敗北に終わる。毎日曜、ボルマンはミュンヘン郊外のブーフの家までオペル〔同名のドイツの自動車メーカーの車〕でやってきて、母親の監視のもと、ゲルダと午後を一緒に過ごした。一九二九年四月、長い散歩から戻った後で、ボルマンは礼儀正しく彼女に結婚を申し込んだ。正式な婚約後、カップルはもう少し自由を許されるようになり、八月初め頃、ボルマンはゲルダの処女を奪った。彼女はすぐに妊娠した。

二人は九月二日に結婚し、ヒトラーとヘスが立会人を務めた。結婚写真ではゲルダが白い服にヴェールとギンバイカの花輪をつけているのに、夫は革製の長靴を履き、他の客たちもみなナチの制服に身を固めており、著しく対照的だった。しかし写真に写っている男たちの誰もが、ゲルダが運命によって自分たちと結びついた存在であることを疑わなかった。

✣　✣

ミュンヘンから数キロ離れた場所で、マルガレーテ・ヒムラーも出産を間近に控えていた。しかし夫にはもっと優先すべき仕事があった。一九二九年一月四日にSS長官に任ぜられたからだ。このとき彼が、ヒトラーに命じられればたとえ自分の母親でも撃つ、と宣言したのは有名な話である。ヒムラーは人種的に純潔な戦士の精鋭軍を作り上げるという使命に完全に没頭していた。

ヒムラーは質素な自宅の修理と鶏小屋の造作（ぞうさく）は監督していったものの、すぐに出発し、妻に農場の世話を任せた。これはとくに変わったことではない。ドイツでは小規模農家の経営は妻たち（この手の農業では従事者の約八割が女性だった）が負うことが多く、一方、夫たちは町でもっと金になる仕事に就いていたからである。マルガレーテは家禽の他に鵞鳥、兎、七面鳥、豚の世話をし、さらにはさまざまな果物や野菜も育てなければならなかった。そのうち夫婦は薬草も栽培したいと考えるようになった。

妊娠したことでマルガレーテの生活はますます負担が増え、きつくなるばかりだった。出張先からヒムラーはあまり働きすぎないよう妻に命じたが、農場を維持するには全力を傾けなければならない。収支を合わせようと思うならなおさらである。彼女は体調を崩した。マルガレーテもお腹の赤ん坊も、危険な状態だった。ヒムラーが一九二九年八月七日に党大会から帰宅すると、彼女は苦しみもだえていた。

ヒムラーは急いで妻を病院に運び、翌日娘のグードゥルーンが帝王切開で生まれた。

マルガレーテは三週間入院した。退院するとヒムラーは、彼の留守中妻の手伝いをさせるために乳母を雇った。あいにくマルガレーテはこの乳母に我慢できず、別の人間に替えてほしいと頼んだ。「無礼なうえに怠け者」[*18]なのだという。マルガレーテの期待に応えられなかった多くの使用人の第一号である。

新年までにマルガレーテは普段どおりの仕事に戻った。ジャガイモを掘り、薪を割り、枝を払い、肥料を運び、エルダーベリーとクランベリーの実を摘み、地下室のマッシュルームの世話をする。こういった肉体労働すべてが重い負担となり、彼女は生理が止まった。手紙のなかでヒムラーは、熱い風呂に入り、シナモン入りの温ワインを飲むよう助言し、「精神的不安」[*19]が原因だろうと推測している。彼は自分の長期にわたる不在がマルガレーテのストレスの一番の原因だということに、まったく気づいていなかった。

✢　✢

ゲルダは妊娠で健康を損なうことはなかった。一九三〇年四月一四日に息子を出産し、アドルフと名づけている。理由は聞くまでもない。ヘスはボルマンをかわいがっていたので、彼とイルゼが代父・代母になった。一一日後、ボルマンは昇進し、党救済基金の責任者となった。これは増大しつつあるナチのメンバーが、敵との暴力沙汰で怪我したり命を落としたりした場合に保険金を給付するセクションである。

ボルマンは党の仕事とは別に、ヒトラーの側近への道にまんまと入り込むことに成功し、一九三〇年、ヒトラーから慎重さを要する極秘の任務を与えられた。ハインリヒ・ホフマンの写真スタジオで助手を務める一七歳の少女の家系を調べるという仕事だ。ヒトラーはこの少女にひとめぼれし、彼女が間違いなくアーリア人かどうかを知りたがったのである。ボルマンは徹底的に調査した末、エーファ・ブラウン〔一九一二―一九四五〕にはユダヤ人の血が一滴も混じっていないと断言することができた。

第4章　来る者と去る者

一九三〇年の夏、離婚したばかりのマクダ・クヴァントはやるべきことを探していた。離婚に当たり、元夫はかなり気前よく財産を分与してくれた。ベルリンの一等地にある広々としたアパート、十分暮らせるだけの手当、田舎の屋敷を使う権利。マクダは洗練された物腰で、多数の言語を使いこなせ、見聞が広く、優美で落ち着きがあり、高尚な人間とも気楽に接することができる女性で、男性の取り巻きにも不自由せず、裕福な有閑生活を送っていた。

マクダが元夫、ギュンター・クヴァント〔一八八一―一九五四〕に出会ったのは一九一九年のことである。彼は三七歳、マクダが一八歳。彼女はその年大学入学資格試験に合格して花嫁学校に入学しており、ベルリンからその学校に戻る汽車に二人は乗り合わせたのだった。クヴァントはマクダに夢中になり、彼女の学校に足しげく通い、二人きりの時間を十分に過ごしたのち、プロポーズした。大きな社会的成功を収めた男（クヴァントは繊維製品と化学薬品と自動車の会社を所有し、ＢＭＷの企業支配権も持っていた）

の注意を引いたことに喜んだマクダは、結婚を承諾した。短い婚約期間ののち、二人は一九二一年一月四日に結婚している。

　落ち着かない子ども時代を送ったため安定を求めたというのも、マクダが突然結婚した理由の一つかもしれない。マクダが三歳のときに母親は技師の父親と離婚し、二年後に再婚している。義父はユダヤ人実業家で、マクダは彼が大好きだった。一家はブリュッセルに引っ越し、マクダは厳格なカトリック修道院の付属学校に送られた。

　一九一四年、マクダはドイツに戻り、ギムナジウムに入学した。戦争中、母は二度目の夫と別れている。それによりマクダは実父と再会した。実父からは仏教について教わり、ユダヤ人の学校友達の兄からはシオニズムについて短期集中で教わった。しかし、まったく異なる二つの哲学に対する純粋な関心は、彼女が主婦になった時点で薄れてしまった。

　マクダはクヴァントの最初の結婚でできた二人の子どもの継母となった。さらに三人の孤児を養子に迎えたのち、一九二一年にマクダは息子ハーラルト〔一九二一―六七〕を産んだ。突然大家族とそれに見合うだけの使用人を任され、マクダは家政の切り盛りに最善を尽くした。その間、夫はますます蓄財に励み、毎晩書斎に閉じこもり、ドイツの一進一退する経済を新たに有効利用する方法を考えていた。

　クヴァントが夜出かけてよいと考えるのは正式な晩餐会のダンスくらいで、それも一〇時には帰宅する。マクダはといえば、とても美しく活発な若い女性なのだから、ベルリンが差し出してくれるものを試してみたくてたまらない。このドイツの都はヨーロッパで最も華やかかつ多様なナイトライフで名高かったが、マクダは家でくすぶっていなければならなかった。おそらく妻の焦燥感に気づいたのだろう、クヴァントは彼女をロンドンやパリに連れて行き、大西洋の向こうにも二人で何度か旅行に出かけている。アメリカとメキシコで休暇を過ごし、仕事と遊びを兼ねて東海岸にかなり長く滞在した。マクダは本領を発揮し、自分の役割を完璧に果たした。

しかしマクダの目がより広い世界に向かって開かれたことで、ベルリンでの生活がいかに制約に満ちたものであるかはますます明白になった。さらに悪いことに、青年になっていた継息子が継母への恋心を募らせていた。危険を察知したクヴァントとマクダは、この息子をパリに留学させることにする。だがパリに到着してほどなく、彼はひどい盲腸炎を患い病院に運び込まれた。拙劣な手術のせいで敗血症になり、数日後に亡くなった。

ほころびかけていた結婚生活の破綻はこれで決定的になった。まもなくマクダは若い学生と熱烈な恋に落ちる。彼が何者かについては諸説あるが、それらを裏づける具体的な証拠はない。しかしマクダに近い者たちは、この恋が火遊びを遥かに超えていたことを認めている。マクダの感情はあまりに強く制御不能だったため、彼女は関係を断とうとしたがかなわなかった。クヴァントにも露見し、離婚は目前となる。何もかも失うはめになった（離婚法は、とくに妻に非がある場合には夫側に有利だった）マクダは、たまたまクヴァントの昔のラブレターを発見したため、自分のことは棚に上げ、それをネタに夫を非難した。世間の物笑いになることを恐れたクヴァントは、豪勢な暮らしができるだけの資産をマクダに与えた。

しかしマクダは満たされず、目的を見失っていた。それまでの彼女は政治について深く考えることはなかったが、ベルリンに住んでいれば、ナチと敵との間に繰り返される衝突を無視することはできない。

何人かの友人に促され、マクダはナチの大きな集会に参加した。会の目玉はヨーゼフ・ゲッベルスである。

ヒトラーを除けば、ゲッベルスはナチで最も有能な演説家だった。辛辣な意見と容赦ない人格攻撃を毒舌に織り交ぜ、聴衆を思いのままに煽り、攻撃性をむき出しにする。彼は非常に知的で高い教育を受け、ハイデルベルク大学で文学の博士号を取得していた。しかし敵意と、くじかれた野望への恨みに満ちてもいた。作家を志したものの（いくつかの芝居を演出し、悲惨な自伝的小説を書いていた）、成果を上げられず、一方、小柄な体型、内反足（ないはんそく）、明白な跛行（はこう）のせいで、幼いときからあざけられることが運命づけられていた。

ロワーミドル階級の出身で経済的につねに厳しかった（父親は工場の帳簿係だった）ゲッベルスは、それでもキリスト教系のギムナジウムに入学できた。両親は敬虔なカトリック教徒で、息子が司祭になるのを望んでいた。ゲッベルスは優秀な生徒で、大学入学資格試験の成績はトップクラスだった。兵役検査には合格できず、一九一七年四月にボン大学に入学し、大学と他のいくつかの機関で学んだのち、一九二一年に博士号を取得する。三年後、彼はナチの強硬な姿勢に引きつけられ、運動に加わった。ゲッベルスがヴァイマール共和国に抱く感情は軽蔑ばかり。彼は完全に反ユダヤ主義で、主流の社会を嫌悪していた。

ゲッベルスは自分の怒りを上流階級、ビジネス・エリート、ユダヤ人金融資本に向けた。ベルリンのナチ運動は、労働者階級を恐ろしい共産主義から乗り換えさせるために、どちらかといえば社会主義的な姿勢を取っていた。ゲッベルスはここを拠点に、熟達したプロパガンディストとして頭角を現すことになる。彼の新聞、『デア・アングリフ』紙はその見本だった。当初ヒトラーが信頼に足る男かどうかについては確信が持てない様子だったが、一九二〇年代末には、ゲッベルスは完全に総統の天才ぶりの虜になっている。「生まれながらの護民官、有望な独裁者だ」[*1]。

マクダは集会と、ゲッベルスの痛烈なレトリックに気持ちを強く動かされた。彼女は入党し、律義に『わが闘争』と『二十世紀の神話』〔吹田順助、上村清延訳、中央公論社、一九三八年〕を読んだ。後者はナチの自称哲学者、アルフレート・ローゼンベルク〔一八九三―一九四六〕がでっち上げたとりとめのない寄せ集め本である。マクダは幼い頃からいくつかの包括的な思想体系に触れていたことで（ベルギー人乳母から叩き込まれたカトリックの教義、実父から仏教、ティーンエイジャー時代の友人の兄からシオニズム）、何かを信じる必要性を感じていた。十分には自覚していなかっただろうが、いつも従うべき大義を探していたのだ。

マクダは瞬く間にナチの地区婦人部のリーダーになったが、彼女の存在は他のメンバーとの間に摩擦を引き起こした。このようなあまりに特権的なレディーから命令されるのを彼女たちが嫌ったからである。欲求不満に陥ったマクダは目標をより高め、ゲッベルスのプロパガンダ部門での仕事に志願した。ゲッベルスは当然彼女に目を留める。マクダの疑う余地のない気品と美しさに打ちのめされたゲッベルスは、自分の私的な記録保管の責任者になるよう求めた。そのようなごく近い場所で仕事をすれば、彼女を口説きやすくなると踏んでのことである。

マクダがゲッベルスの人生に入り込む約六週間前、ナチはみごとな飛躍的進歩を遂げた。一九三〇年九月一四日、国会選挙で約一八パーセントの得票率を達成したのである。ウォール街で起きた株の暴落とそこから引き起こされた世界大恐慌は、ヴァイマール共和国の不安定な基盤を打ち崩し、政治の中心部にいた中道派を一掃し（有権者を極右や極左に走らせた）、ヒンデンブルク大統領〔パウル・フォン。一八四七―一九三四。ヴァイマール共和国第二代大統領〕を取り巻く保守的な集団に権力を集中させた。高齢の大統領は名目上のリーダーにすぎず、彼の人気は、第一次世界大戦中、ドイツの最も有名な軍司令官の一人だった功績によるものだった。一九二五年に当選し、しっかりと安定した社会を築くことが期待されたが、国は絶望的な状況に追い込まれ、彼の威光は害悪を及ぼすものでしかないことが判明した。

一九三〇年、ヒンデンブルクは憲法第四八条に従い大統領緊急命令権の発動に踏み切る。これによって彼は首相を指名し、国会に諮らずに統治する権限を得た。新たな内閣は経済の緊急事態に対処できず、デフレ措置を講じ、歳出削減を行ったが、火に油を注ぐ結果にしかならなかった。銀行は破産し、企業は倒産し、失業は手に負えない状況に陥った。その恩恵を受けたのがナチである。彼らには系統立った全国的運動を開始するためのとっておきの手があり、高まる危機を背景に、認知度が増大していたことが実を結んだ。

ゲーリングはこの年、ずっと休むことなく遊説に出かけた。慢性的な体の不調にもかかわらず、カーリンは夫をできる限り支えた。彼は陰謀に携わり、ドイツじゅうで大勢の群衆に演説していたからだ。ナチが選挙で躍進を遂げたことでカーリンは元気を取り戻し、夫妻は一〇月一三日に豪華なパーティーを主催している。出席者はヒトラー、ヘス、ゲッベルスその他高官たちで、上昇気運に乗りつつあることを祝った。

✣

✣

ヒトラーの旗のもとに殺到した者たちのなかに、ティーンエイジャーのリーナ・フォン・オステンがいた。すでに筋金入りのナチ信奉者だった兄に誘われて党の集会に参加したところ、若者を狙った運動の力強さに発奮し、転向したのだった。彼らは明るい新たな未来の主たる受益者となる。党が反ユダヤ主義を掲げていたことも一つの要因だった。リーナは彼女の静かな世界の片隅に住み着いたポーランド系ユダヤ人を、外来種のようなものだと言って嫌っていたのだ。

リーナはフェーマルン島（バルト海に面したドイツ北東部の島）の実家を出て自立する最初の機会を得た。両親を嫌っていたわけではないが、村は狭量な人々の住む僻地で、一方父親の祖先が貴族だったことは、永遠に過ぎ去ったものをしきりに思い出させた。広大な土地を所有するデンマーク貴族の家系でありながら、徐々に土地を失っていき、父はしがない教師の身なのだから。一九二〇年代初頭のハイパーインフレでリーナの家族の資産はさらに減り、一家は父の勤める赤レンガの学校の建物に引っ越さなければならなかった。

リーナ自身も教師になることを決め（当時、教師の約三分の一は女性だった）、本土のキール港に向かい、女学生用の下宿に入居して実業学校で教員養成課程を終えた。課程も終わりに近づいた一九三〇年一二月六日、リーナは数人の友達とダンス・パーティーに参加する。その晩はリーナにとって特別な晩となった。二七歳の海軍将校ラインハルト・ハイドリヒと知り合ったからである。

少なくともナチの他の要人と比べて、ハイドリヒの風貌がいわゆる理想的なアーリア人だったという点については、いろいろと言われている。背が高く、ブロンドで、運動選手の体格（子どもの頃体が弱かった彼は、丈夫になるためにスポーツを始め、ランニング、水泳、フェンシングに秀でていた）をしていて、軍服姿は間違いなく格好よかったが、一方で頭が非常に大きく、目が細く、口は大きく、耳が突き出していた。リーナは彼を魅力的だと感じ（「私はこの意志が固そうだけれど控えめな青年に心惹かれた」[*2]）、翌日会うことを承諾した。長い散歩や観劇やレストランでの食事の間、ハイドリヒがどれほど自分に心を開いてくれたか、そして一緒に過ごした三日目の晩にどのようにプロポーズしてくれたかを、リーナは興奮気味に回顧録に記している。

リーナは自分たちの愛を運命的な愛、真実の愛だと言いたがった。彼が突然求婚したのは彼女をベッドに連れ込むために必要な前置きだったと推測する者もいる。しかし別の解釈もある。ハイドリヒは他の女性とも交際していた。確証は得られないのだが、結婚を前提に、その女性がハイドリヒとすでにセックスしていたということはありそうだ。ハイドリヒがそれほど急いでリーナと結婚しようとしたのは、もう一方のもつれた関係から抜け出したくてたまらなかったからなのだろうか？　もしそうなら、執行猶予がついても、それは一時しのぎにすぎなかった。のちに振られた女性が戻ってきて、彼を苦しめることになるからだ。

身体的に強く魅かれ合った以上に、リーナとハイドリヒには大きな共通点がいくつかあった。二人とも育った環境から逃げ出し、異なる運命を自力で築き上げようと決めていた。二人とも負けん気が強く、非常に野心家だった。二人とも冷静で打算的な性質を持っていた。どちらもばかげた行為を容認しなかった。どちらもうぬぼれが強く、大多数の人間は自分たちより劣っていると考えていた。

ハイドリヒは音楽の素晴らしい才能に恵まれていた。彼の父親は無名の作曲家だったが、故郷のハレ〔ドイツ中東部の都市〕で音楽院を経営し成功していた。ハイドリヒは幼い頃からヴァイオリンを始め、何時間も、しっかりとひたむきに、厳しい練習に打ち込んでいた。驚異的な技術を磨いただけではない（彼の仕事至上主義と完璧主義を見ればわかるだろう）。彼のクラシック曲の解釈は、たぐいまれな感受性と感情表現の多彩さを窺わせた。リーナは彼が「感情を音の響きに換えることのできる芸術家[*3]」だったと記している。

ハイドリヒは父親の後を継がず軍人になる道を選択し、一九二二年、海軍に入隊した。仲間の士官候補生からは人気がなかった。高飛車で横柄だと思われたためである。また、ヴァイオリンを演奏するなど女々しいとみなされ、しきりにからかわれた。しかしハイドリヒは侮辱を跳ね返した。彼はあざけられるのには慣れていた。学校でも、早熟で粘り強く目標以上の成果を上げる彼は初日から標的にされた。ハイドリヒにとって重要なのは、上官が彼を将校にふさわしい人材と考えるかどうかだけだった。

上官たちはそう考えたのだろう。一九二六年、半年の巡航後、ハイドリヒは海軍少尉に任官した。一九二八年には海軍中尉に昇進し、無線通信士としての特別な訓練も受けている。さらなる出世も見込まれたことから、リーナはもう教師の仕事に就くのは不要と考えた。それに、職業婦人に結婚後も仕事を続けることを期待する者はいない。二人は双方の両親を訪ね、同意を得た。そこまで来て二人を打ちのめす事態が発生した。ハイドリヒの前のガールフレンドが、自分の受けたひどい仕打ちに苦しみ、復讐を企てたのである。

この謎めいた女性が何者だったかはわかっていない。ただ、海軍の上層部と個人的なつながりを持つ重要人物の娘だったという説もある。紳士らしからぬ振る舞い（彼女はハイドリヒに暴力を振るわれそうになったと訴えている）をしたと告発され、ハイドリヒは海軍の審判所に出頭しなければならなかった。訴訟の記録はすべて廃棄されているが、ハイドリヒの運命を決したのは告発そのものではなく、彼の人を見下したような傲慢な態度だったと主張する関係者もいる。一九三一年四月三〇日、ハイドリヒは海軍を免職になった。リーナによれば、彼は裁定にひどくショックを受け、神経がすっかり参ってしまい、何日も部屋に閉じこもり、家具を強打し、感情を抑え切れずに泣いていたという。リーナは恋人を再び立ち直らせなければならなかった。

ヒトラーが「鉄の心臓」と呼んだ男がヒステリックな子どものように振る舞ったのを想像するのは難しいが、その真偽はともあれ、事件全体に関して最も驚くべきは、リーナの献身的愛情がけっして揺るがなかったことだ。このような状況下では、彼女が婚約を解消しても誰も責めなかっただろう。リーナはまだ一九歳で、幸せをつかむチャンスがこれで最後というわけではない。明らかにリーナは、自分の導きがあればハイドリヒはまだ頂点に立てると確信していた。

✣　✣

一九三一年二月の末には、マクダとゲッベルスは深い関係になっていた。最初から、二人の間の性衝動は強く、互いに激しく魅かれ合った。うっとりしたゲッベルスは天にも昇る心地だった。「夢を見ているようだ。満ち足りた至福の気分だ[*4]」。しかし彼の明るい気分は続かなかった。始まった当初、二人の関係は非常に不安定だった（もし彼の日記が判断基準になるなら、二人の関係は苦しみと恍惚の間を行き来したが、そこにたいした違いはないのだった）。そして二人とも、互いの行動に疑いを抱いていた。騒動や、苦悩に満ちた自己分析の原因は、マクダの若い恋人が再び現れたことにある。

ゲッベルスの性格のなかで最も病的だったのは、非常に激しい嫉妬心である。マクダのように魅力的な女性と一緒にいられることで彼が抱いた途方もないうぬぼれを考えれば無理からぬことだが、ゲッベルスはマクダが別の男といると考えただけで耐えられなかった。一夫一婦制をブルジョアの時代遅れの慣習として一蹴し、自分の貪欲な性欲は隠さなかったというのにだ。

マクダはゲッベルスが恥知らずな女たらしだという評判は十分承知していた。だが、彼は行動的で、やる気にあふれ、明らかに上昇気運にある。一方、若い恋人に具体的な見通しはほとんどない。恋に悩む学生は切羽詰まってマクダのアパートに現れて銃を振りかざし、自分のもとに戻ってくれなければ殺すと脅した。口論はヒートアップし、若者は発砲したが、弾は彼女をかすめ、ドアの枠に命中した。マクダは警察に通報し、学生は連行された。

マクダをヒトラーに紹介した際には、さらに複雑な事態が生じた。マクダがゲッベルスに対してどれほどためらっていたとしても、ヒトラーがかかわっている場合には、そのような躊躇はない。それはマクダにもゲッベルスにも共通した感情である。一九三一年の春、マクダとゲッベルスは、ヒトラーと数時間ともに過ごした。ドイツ義勇軍にいたこともある元軍人で、一時ヒトラーの特別顧問を務めていた突撃隊（SA）高官、オットー・ヴァーゲナー〔一八八八―一九七一。一時期ヒトラーの経済顧問を務める腹心だった〕も同席していた。ヴァーゲナーは「彼女の無垢な魂にヒトラーは喜びを感じ、彼女の大きな瞳はヒトラーに見つめられるのを待ちこがれていた」と述べている。

のちにヒトラーはヴァーゲナーに、マクダから大きな感銘を受けたと打ち明けている。その後数週間にわたり、ヒトラーはマクダのことを話題にし続けた。彼はヴァーゲナーに、「彼女なら、私の人生において大きな役割を果たすことができるだろう」、「私のひたすら男性的な本能とは対極をなす女性の片割れを務めることができるだろう」と述べている。しかしどんな形態をとれば、そのような関係が可能になるだろう。ヒトラーは、第三帝国の未来の指導者としての義務を果たすには、独身を貫き、人民の幸福に専心し、彼らのために自らに課した孤独に耐えなければならないと信じていた。となれば、マクダとの接触は、できるだけ秘密にしなければならないだろう。だがもし彼女が他の誰かと一緒なら、二人が会っていても秘密を保つのはずっと簡単になる。ヒトラーはヴァーゲナーに「彼女が結婚していないのは非常に残念だ」と述べた。

その後二人きりで長い道のりを歩きながら、ヴァーゲナーはマクダにヒトラーの考えを伝え、ヒトラーが結婚に嫌悪感を抱きながらも、妻のような役割を果たせる女性、すなわち知的で情緒豊かな精神的伴侶を持ちたいと考えていると説明した。ヴァーゲナーはマクダが自分の意味するところ（もし彼女がヒトラーと特別な絆を結びたいならゲッベルスとの結婚を考えるべきだ）を理解したと確信すると、難題を受け入れる用意があるかとマクダに尋ねた。マクダは躊躇しなかった。「アドルフ・ヒトラーのためなら、私はすべてを引き受ける覚悟ができています」[*5]。

ヴァーゲナーの証言を裏づけるものはないが、マクダがヒトラーに夢中になっていたのは疑いようがない。おそらくこの奇妙な三人婚を念頭において、彼女はゲッベルスと婚約したのだろう。二人は七月に婚約を公表し、シャンパンを飲む内輪の集まりで、ヒトラー、イルゼとヘス、ヴァーゲナー、その他数人にお披露目をした。しかしゲッベルスはヒトラーに対するマクダの明らかな感情に不安を抱いていた。そして八月に自分の不安を日記に吐露している。「マクダはボスのそばにいるときには少々ぼうっとしている……私はひどく苦しんでいる……一睡もできなかった」[*6]。しかし苦しんでいたにもかかわらず、ゲッベルスはヒトラーから好意を寄せられることを何よりも欲していたので、ヒトラーと対決はできなかった。結局のところ、彼は自分の愛する指導者との関係を断ち切ることはできなかったのである。

✢　✢

リーナ・ハイドリヒは夫がナチに入ったのを自分の手柄にしたがった。彼女によれば、二人が結ばれたとき、夫には政治的見解といったものはなく、ほとんどの政治家を無能で愚かな文民だと考えていたという。ハイドリヒがまだナチズムとかかわっていなかったのは本当だが、青年期以降のハイドリヒの行動を見れば、彼が断固として右翼的な側にいたのは間違いない。

故郷の街が戦後の混乱に巻き込まれた際、ハイドリヒはすぐに地元のドイツ義勇軍に志願し、共産主義者との戦闘中、伝令役を務めている。その後入隊した海軍は恐ろしいまでに国家主義かつ反ユダヤ主義で、ヴァイマール共和国に敵意を抱き、ヴェルサイユ条約には猛反対で、ドイツの問題を権威主義で解決することに賛成していた。ハイドリヒにとってナチズムは遠い存在ではなく、リーナは夫がナチの信奉者になると確信していた。

一九三一年の春、ハイドリヒがヨット・クラブで小遣い稼ぎをしていたところ、彼の代母が親衛隊（SS）に求人があることを知らせてくれた。彼女の息子が創設されたばかりのSSに入隊しており、機密情報収集の部署を率いる人材をヒムラーが探しているという噂を聞きつけたのである。コネを利用してハイドリヒは面接を受けることを許された。リーナが喜んだのは言うまでもない。

しかし土壇場になって、ヒムラーが病気のため面接は中止という連絡が来た。ハイドリヒは旅行を取りやめ日程を変更するつもりでいたが、リーナはチャンスが二度と来ないのではないかと心配し、彼がすでに出発したと電報を打ち、夫をミュンヘン行きの夜行列車に乗せた。翌朝の六月一四日、ハイドリヒはヒムラーの家に向かった。マルガレーテがドアを開け、待ち受ける夫のもとにハイドリヒを案内した。

ヒムラーが家にいるのは、マルガレーテにとってめったにない喜びだった。この一年というもの、彼女は辛抱強く畑の世話をしてきたが、事業全体は破綻に近い状況だった。めんどりはあまり卵を産まず、餌をやる余裕がないため鵞鳥を殺さなければならなかった。彼女に重圧がかかっていたのは明白である。しかし夫はあまりに仕事に没頭していたので、妻が難儀していても口先だけうまいことを言ってやり過ごすばかりだった。彼はSSの隊員数を大きく増やし、制服や儀式を正式に定める一方で、弁護士、研究者、新卒者、不満を抱く貴族を指導者候補として慎重に採用した。同時に、敵の情勢を監視するためにSSの秘密諜報機関の設置を目指していた。

問題は、諜報にかかわる仕事というものがヒムラーには皆目見当がつかなかった点である。彼の知る限りでは、ハイドリヒは海軍時代にその分野での経験がいくらかあったが、ハイドリヒがかかわっていたのが純粋に技術的な分野だったということをヒムラーはわかっていなかった。それで、情報部隊をどのように組織したらよいのかとヒムラーに尋ねられて、ハイドリヒは趣味で読んでいたイギリスのスパイ小説から得た限られた知識を頼りに答えた。ヒムラーは感心して彼の採用を決め、数百万人を死に至らしめることになる協力関係がここに始まった。

ゲーリ・ラウバルはヒトラーのミュンヘンのアパート（と彼のベッド）に居を定めてから、さまざまなことに手を出しては失敗していた。そのなかには演技と歌も含まれていた。ヒトラーが留守の間、時間つぶしをするためである。ヒトラーがミュンヘンにいるときには、彼のルーティンと習慣に合わせる他ない。ゲーリの社交的なつきあいは、イルゼ夫妻と楽しく昼食をとるにしても、マルガレーテ・ヒムラーを突然訪問するにしても、ヒトラーを中心に展開した。マルガレーテはヒトラーとゲーリが玄関前の階段にいるのを見てびっくりしたが（「私は言葉を失った」）、二人の訪問を楽しんだ。「私たちは一緒にコーヒーを飲み、たいへん愉快に過ごした」[*7]。

✢　✢

しばしば時間を持て余したゲーリは、ちょっとした楽しみをほしがった。しかし、言うは易く行うは難し（かた）。ミュンヘンでは毎年四旬節〔復活祭の前日までの日曜日を除く四〇日間〕に入る前に謝肉祭が催される。呼び物は仮面舞踏会、ダンス、パレードなどだ。ゲーリは豪華なダンス・パーティーに出席させてくれと、ヒトラーを説得した。ハインリヒ・ホフマンとヒトラーの出版者がお目つけ役として同行するのが条件である。制約はあったものの、ゲーリは出席できることに興奮し、自分が着たいドレスのデザイン画を描いた。驚くほど大胆というわけではないものの、比較的露出度の高いデザインだった。イルゼによると、ヒトラーはそれを見て激怒したという。「裸で出かけるようなものじゃないか」とゲーリを怒鳴りつけ、代わりのデザインを描き始めた。ゲーリは彼の激しい言葉にひどく腹を立て、スケッチをつかむと、「部屋から走り出てドアを荒っぽく閉めた」[*8]。ヒトラーは自分の振る舞いを謝罪したが、ゲーリは結局いつもの白いイブニング・ガウンでパーティーに出かけた。エスコート役の男性二人はゲーリの行動すべてを監視し、彼女は午後一一時には帰宅した。

一九三一年の秋、ゲーリは欲求不満と惨めさに耐え切れなくなった。まだ二三歳なのに囚人も同然で、逃げ出したくてたまらなくなっていたのだ。生まれ育ったウィーンに帰って再出発させてくれと懇願したがヒトラーは耳を貸さない。そんなことを考えたと言って叱りつけるだけである。ゲーリは自分がけっして解放してもらえないのだと悟った。

九月一八日の晩、ヒトラーがニュルンベルクに出かけている間に、ゲーリは護身用に持たされていた銃を取り出し、銃口を胸に当てて撃った。彼女は床に倒れた。銃弾は肺を貫通し、背骨の基部あたりにとどまった。うつぶせになり、ひどく苦しみながら、ゲーリは出血多量でゆっくりと死んでいった。

翌朝、ゲーリの遺体は（すでに死後硬直が始まっていた）十中八九、家政婦によって発見されたと思われる。ただしイルゼは、自分の夫が最初に到着しドアをこじあけてなかに入ったとずっと主張している。発見者が誰であれ、事件をヒトラーに伝えるありがたくない仕事をしたのはヘスだった。ヒトラーがホテルを出ようとしているときに電話でなんとか連絡がついたのである。ショックを受け苦悩したヒトラーはミュンヘンに急ぎ戻った。途中、彼は制限速度の二倍のスピードで走ったとして違反切符を切られている。戻ったヒトラーは警察から事情聴取を受けた。警察は大まかな捜査をして目撃者に話を聞いていた。スキャンダルになる恐れがあった。

四八時間にわたり噂が飛び交い、左翼系の新聞は殺人だと叫び、ヒトラーへの信頼は危機に瀕するかと思われた。しかしその後騒ぎは徐々に収まった。検視した医師がゲーリは自殺したという確信を得たからである。公的捜査からも検視官の所見に矛盾する点は見当たらず、事件は決着した。ゲーリの遺体はオーストリアに運ばれ、ウィーンに埋葬された。ヒトラーは葬儀に参列しなかったが、一週間後、厳粛な面持ちで一人墓を訪れている。彼のアパートのゲーリの部屋はそのまま残された。

　イルゼは、ヒトラーが本当に愛したのはゲーリだけで、彼女の死後ヒトラーは二度と本当の恋をすることはなかったと断言している。彼はありふれたことを楽しんだり喜んだりできなくなったという。しかしこの感傷的なイメージには、ヒトラーがエーファ・ブラウンともつきあっていたという事実が考慮されていない。ヒトラーはホフマンの写真スタジオに定期的にエーファを訪ねていた。彼女はまだそこで働いており、ヒトラーは彼女を食事に連れ出したり、ときには映画に連れて行ったり、贈り物をしたりしている。ゲーリはエーファの存在を知っていた。二人は一九三〇年の一〇月祭(オクトーバーフェスト)（一六日間にわたり大いに酒を飲む祭）で偶然出くわし、ふたことみこと言葉を交わし、不穏なまなざしを向け合ったという。ゲーリの自殺後、ヒトラーとエーファのかなり他愛ない、少しばかり浮ついた関係は、もっと真剣なものに変わった。エーファが気づいていたかどうかはともかく、彼女はゲーリの立場を引き継ごうとしていた。

✢　✢

　ヒトラーに助けが必要なとき、そばにいてやりたいのはやまやまだったが、ゲーリングは自分自身が難局に直面していた。その年の初めから、カーリンの容体が急激に悪化していたのだ。一九三一年六月にはサナトリウムに入ったが、心拍は弱まり、脈も不明瞭になり、意識はもうろうとして死が近づいていた。終わりが近いことを悟ったカーリンとゲーリングは、ヒトラーから贈られた新しいメルセデスで一緒に最後の旅に出る。二人は進路を南に取り、バイエルン、それからオーストリアに向かった。ゲーリングは代父フォン・エッペンシュタインの城を訪ね、カーリンを紹介している。

九月二五日にカーリンの母が亡くなった。彼女は葬儀のためストックホルムに戻ることを固く決意していた。そんなことをすれば死ぬと医師が警告したにもかかわらずだ。夫が旅に付き添い、駅で息子のトーマスに迎えられた。トーマスは今では一〇代後半になっており、母親と和解できるほど成長していた。彼は「母がこれほど美しく見えたことはなかった」と回想している。すべてが大きな負担となり、カーリンは衰弱した。ゲーリングは連日、妻に寄り添った。トーマスは「彼が席をはずすのは髭を剃ったり風呂に入ったりそそくさと食事をとったりするときだけで……それ以外のときにはつねに跪き……母の手を握り、髪をなで、顔の汗を拭き、唇を拭ってやっていた」[*9]と回想している。

カーリンが死の瀬戸際にいるとき、ゲーリングは突然呼び戻された。ベルリンでヒンデンブルク大統領に面会せよというのだ。結局のところドイツの運命を握っているのはヒンデンブルクであり、彼はヒトラーを警戒していたが、かつての戦争の英雄、ゲーリングには好意的だったからである。ゲーリングはカーリンを置いていきたくないと取り乱したが、彼女は義務を果たすようせがんだ。そんなときですら、彼女にとっては他の考慮すべき事柄より、大義に尽くすことのほうが重要だったのである。

カーリンは一〇月一七日午前四時に亡くなった。ゲーリングは四日後、彼女の一族の私的な礼拝堂、エーデルワイス礼拝堂での葬儀のために戻った。カーリンの死は彼の心にぽっかりと穴を開けた。どんな力や富をもってしてもふさぐことのできない穴を。

その年を締めくくったのは、二つの結婚式である。ヒトラーとの関係を巡りマクダとゲッベルスの間でなかなか決着がつかずにいた緊張は収まった。ゲーリの死後まもなく、マクダとヒトラー、ゲッベルスとヒトラー、そしてマクダとヒトラー、ゲッベルスの三人による私的な会合が持たれ、その結果、彼らは暗黙の合意に達した。マクダとゲッベルスは結婚する。そうすれば二人はヒトラーのそばにいられ、ヒトラーはマクダのそばにいられるというわけだ。一九三一年一二月一九日、ゲッベルスとマクダ（おそらくすでに妊娠していた）は民事婚の手続き後、礼拝式で結婚した。立会人を務めたのはヒトラーである。マクダから感謝のキスを受けたヒトラーの目には涙があふれていた。

✢　✢

一二月二六日にはリーナとハイドリヒが教会の通路を歩いた。家族や友人と並んで出席していたのは、地元のナチの女性グループである。彼女たちは手作りの鉤十字を準備していた。ＳＡとＳＳの隊員たちは白シャツと黒ズボンに身を包み（一時どちらの組織も公共の場での制服着用が禁じられていたため）、教会の外で儀仗隊を編成していた。ナチのお気に入りの讃歌「ホルスト・ヴェッセルの歌〔ナチ党の党歌〕」の旋律が響き渡った。

ハイドリヒは今ではミュンヘンを拠点にしていた。ハンブルクで支持者の老婦人から小さなフラットを借り、ＳＳの仕事を覚え、親衛隊保安諜報部（ＳＤ）の枠組みを少しずつ作り上げてから数か月が経過していた。給料はわずかだったが（店員よりも少なかった）、リーナと二人でミュンヘン郊外に小さな家を借りて結婚生活を始めるには十分だった。

結婚式の五日後、ヒムラーはSS隊員の結婚に関するガイドラインを発表した。彼は隊員が北欧系であること、人種的に不純でないことを望んだ。SS隊員はすべて、配偶者が生物学的に適切であることを裏づける証明書を求めなければならない。証明書なしで結婚した者は除名される。リーナがアーリア人であることには一点の曇りもなかったが、ハイドリヒ自身にはまもなく厳しい視線が注がれることになる。

第5章　大躍進

愛する人を亡くしはしたが、ゲーリングもヒトラーも一九三二年の最初の数か月に、いくらかの慰めを見出した。確実とは言えないものの、多くの人々はヒトラーがその年の早い時期にエーファ・ブラウンと関係を結んだと考えている。

エーファはもっと前の世代の女性が課されていたような昔ながらの制約にはほとんど縛られていなかった。戦後のドイツ社会に変革をもたらした新しいタイプの「現代的な」女性に近かったと言えよう。タバコを吸い、アメリカのジャズクラブから生まれた最新流行のダンスを踊り、ファッション雑誌を読み、最新の化粧品を買い、映画スターや有名人を崇拝し、自立を重んじる（エーファのような若い独身女性はほとんどが働いており、ふつう小売店や娯楽産業や業務管理の仕事に就いていた）。ホフマンの写真スタジオを辞める気はなかったし、仕事を通して写真に対する真面目な関心も抱いていた。

しかしエーファは別な面で、自然な女らしさというヒトラーの理想を体現していた。本物のブロンド、強健でスポーツ好き（体操と水泳）、健康の維持管理。政治や国の状況にはまったくと言っていいほど興味がなく、気取ったところやしとやかさはほとんどなく、壮快なほど自由奔放で、精神年齢が幼く、ヒトラーには扱いやすかった。彼女から見れば、ヒトラーは礼儀正しく、しばしばチャーミングで、寛大で気が利いて、一方、彼の名声が高まりつつあることに彼女は気をよくし、わくわくした。ヒトラーが自分に近づく人間に対してどれほど残酷で冷淡かを、エーファはまだ理解していなかった。

その春、まだ悲嘆に暮れていたゲーリングは、三八歳の女優エミー・ゾンネマンと、束の間旧交を温めた。彼女はヴァイマール国民劇場に出演していた。ゲーリングもヴァイマールを訪れており、ショーの後、二人はカイザー・カフェでばったり出会ったのである。近くの公園まで散歩しながら、ゲーリングはエミーにカーリンのことを詳細に話し、妻の死で自分がどれほど動揺しているかを語った。「彼は奥様のことを話してくれました……大きな愛情と心からの悲しみを込めて。彼がひとこと話すごとに、私の彼への尊敬の念は高まっていったのです」。次にゲーリングがヴァイマールを訪れたときには二人は昼食をともにし、まもなくエミーはベルリンでのレセプションに招かれ、そこで「感動的な晩」を過ごした。

エミーは、自分は政治に無関心な芸術家で、ゲーリングの仕事について話すのは極力避けたと主張している。「政治的な問題に興味を持つにはかなりの努力が必要でした」。夫とは「劇場や本や絵画や人間関係[*1]」について話すほうがずっと幸せだったという。エミーにとって何より重要だったのは、ゲーリングが彼女を女性としても女優としても尊敬してくれる点だった。彼女は一二歳のときに『ヴェニスの商人』を見て演技に取りつかれた。父親はチョコレート工場を所有する裕福な企業家で、娘が舞台に立つことには断固反対だったが、母親はもっと親身になってくれた。そんなとき、エミーにチャンスが訪れる。著名な監督が、彼女が育ったハンブルクに演劇学校を開き、二名に奨学金を与えると発表したのだ。もしそれに選ばれれば、父も女優になることを許してくれると、エミーの母は断言した。エミーは正式に選ばれ、訓練を終えたのち、小さな地方劇場で女優としてのキャリアを開始した。

一九一四年、エミーはゲーテの『ファウスト』でグレートヒェンを演じた際、俳優のカール・ケストリンと出会う。二人は一年後、ウィーンでの共演を機に結婚した。戦争の残りの期間、カールがオーストリア軍に徴集されたため、二人は離れ離れになって過ごすことが多かった。エミーにとってカールは「知的で気品があり非常に教養がある」男性だったが、二人の関係には情熱が足りなかった。「私たちはただの親友同士にすぎなかったのです[*2]」とエミーは漏らしている。それで一九二〇年に二人は円満離婚した。二年後、エミーはベルリンから南へ二四〇キロほど離れたヴァイマールに移った。ヴァイマールはその後の一〇年間彼女の拠点となる。エミーは古典劇でも、イプセンやオスカー・ワイルドといったもっと現代的な劇作家による作品でも、幅広く主要なキャストを演じた。彼女にとって幸福な時代である。三部屋あるアパートに住み、仕事を愛し、仲間の俳優たちと楽しくつきあい、ヴァイマールのバーやレストランで休憩時間を過ごした。エミーが初めてゲーリングに会ったのは、ある私的なパーティーでのことである。ホストが書いた芝居を、彼女の劇場仲間が戸外で演じるという趣向だった。そのパーティーにゲーリングはカーリンと出席しており、エミーは彼女を魅力的な女性だと思った。「彼女は具合が悪そうでしたが、何とも言いようのない魅力にあふれていました」。

ゲーリングとつきあい始めても、カーリンがつねにゲーリングの心を捉え続けていることに対し、エミーは大きな思いやりと心配りを見せた。けれども彼女に多くの選択肢があったわけではない。ゲーリングからエミーへの最初のプレゼントは亡き妻の写真だった。彼女がアパートを訪ねた際には、ゲーリングはカーリンの思い出を偲ぶために聖堂として保存しておいた部屋を彼女に見せている。「四方の壁にかけられた無数の額から、彼女の美しい目が見下ろしていました」[*3]。それにもかかわらず、エミーは決心した。彼女は機が熟すのを待ち、ゲーリングが自分に適した男性であると確信した。しかしゲーリングもヒトラーも、一九三二年にはロマンスにうつつをぬかしている余裕はなかった。この年は立て続けに選挙が行われ、二度の国会選挙に加え大統領選挙も実施されたからである。ヒトラーはヒンデンブルクの対立候補になることを決意した。ヒトラーが勝つと本気で考える者はいなかったが、高い地位を目指す正当な候補者という立場を確立するのは理想的な方法と思われたのだ。

ミュンヘンでは集票組織（その中心にはヘスがいた）が大車輪で動いていた。権力を掌握するための戦いに直接携わることは許されていなかったものの、イルゼは非公式な役割を担い、支持者や資金提供者や、彼女の社交サークルの内外で支持者になってくれそうな人々と連絡を取り続けた。サークルには作家や画家、哲学者といった、市の代表的な文化人も含まれている。彼らの多くは、イルゼが古書店での仕事を通じて知り合った人々だった。

大統領選挙の第一回目の投票で、ヒトラーは三〇パーセント、ヒンデンブルクは四九パーセントを超える票を獲得した。二回目の投票で、さらに二〇〇万票がヒトラーに投じられたが、ヒンデンブルクの得票率は五三パーセントに達した。落胆を拭い去ることはなかなかできなかったものの、この戦いによりヒトラーが国の舞台で政治家の役割を果たせることが明確になった。当面の優先事項は、ここで得た信頼を次回の国会選挙に結びつけることである。

ヒトラーは選挙遊説のために飛行機で国じゅうを飛び回ったが、そうでないときにはベルリンのカイザーホーフ・ホテルのスイートにいるか、あるいはマクダとゲッベルスのアパートにいた。彼の非公式の司令部である。ヒトラーはこの頃にはかなり厳格な菜食主義者になっていたため（まだ卵は食べていたが、乳製品は食べなかった）、適切な食べ物を間違いなく取れるよう、マクダはつねに心がけていた。ヒトラーは毒を盛られるという妄想に取りつかれていたので、マクダは彼がホテルに滞在しているときでさえ食事を届けた。

選挙戦は極度の暴力行為を伴う醜い争いとなった。政治集会は往々にして無秩序な状態に陥り、ゲーリングが剣を振りかざし、大勢での殴り合いが始まったこともある。共産主義者の赤色戦線戦士同盟〔ヴァイマール共和国時代の共産党が保持していた準軍組織。RFB〕と突撃隊（SA）は街頭で乱闘を繰り広げた。標的を絞った攻撃もあれば、行き当たりばったりの襲撃もあった。五月末にはマルガレーテとグードゥルーンの住む家が何者かに銃撃されたため、二人はしばらくの間友人宅への避難を余儀なくされている。ハイドリヒは機転を利かせ、リーナをふた月の間田舎に行かせた。

ハイドリヒを悩ませていたのはリーナの安全だけではない。六月にハイドリヒと同郷のある親衛隊員が、ハイドリヒを告発していた。ユダヤ人の祖先がいる事実を隠しているというのだ。驚いたヒムラーは広範な調査を命じ、その結果、問題の原因が明らかになった。ハイドリヒの父方の祖母である。彼女の再婚相手がたまたまユダヤ風に聞こえる姓の持ち主だったのだ。これは決まりが悪くはあっても、致命的な問題ではない。ハイドリヒがユダヤ人であるという可能性は消えた。彼はSSでの仕事を再開することができた。

ハイドリヒがユダヤ人を組織的かつ冷酷に迫害したのは、自分のルーツに不安を感じていたからだとする説には興味をそそられるが（ハイドリヒが子どもの頃、父親は地元の反ユダヤ主義者に目をつけられており、ハイドリヒに嫉妬した同僚がこの人種的中傷を蒸し返して、彼を悩ませたり傷つけたりし続けた）、ハイドリヒが自己嫌悪によって動かされたという証拠はないも同然だ。当然のことながら、リーナは夫が疑わしい過去を贖う必要に迫られて行動したとはまったく考えていない。

ハイドリヒの欠点はむしろ自信過剰だったことだ。ハイドリヒは周囲を窺いつつ下手に出るなどということはなく、自分が弱いとは微塵も感じていなかった。自分は事実上無敵だと考えていた。

✢　　✢

選挙でさまざまな混乱が起きるなか、ボルマンはナチの保険資金の管理者として多忙をきわめた。増加していく死傷者や、それによって生じる補償請求に的確に対処したことで、ボルマンは几帳面かつ誠実な人間という評価を得た。かなりの金額を処理したにもかかわらず（彼が自由に使えるお金は三〇〇万ライヒスマルクあった）、ボルマンはけっして金を使い込むような真似はしていない。

忙しいことではゲルダも引けを取らなかった。一年前、彼女はふたごの女の子を出産していた。一人はイルゼの名をもらい、もう一人はボルマンの元恋人エーレンガルトの名をもらったが、こちらは数か月後に亡くなっている。子どもの死をゲルダがどう感じたかについての記録は残っていない、だが、一九三二年の秋には再び妊娠している。夫は仕事の虫だったため、急速に増えていく家族の世話はゲルダに一任された。夫妻は父ヴァルター・ブーフと断絶状態にあったため、両親を頼ることはできなかった。

不和の原因が何だったのか、理由を特定するのは難しい。ブーフは仲違いの原因について明言を避け、ただボルマンとの間にはつねに悪感情があったと述べるにとどめている。終戦間際に書かれたゲルダから夫への手紙には、詳細は不明だが、両親との接触を断った件について言及されている。原因が何であれ、不在がちだった父を失ったことを後悔した様子はゲルダにはない。

ボルマンはといえば、自分に対する岳父の評価が低いことは十分承知していたので、ゲルダとブーフを仲違いさせることに良心の呵責(かしゃく)は覚えなかった。さらに、ボルマンは今や党に不可欠な存在である。出世していくのにブーフの後ろ楯はもはや必要なくなっていた。ボルマンは自分自身の親類もかなり遠ざけていた。その結果、ゲルダの多くの子どもたちは祖父母なしで育つことになる。代わりに、彼らはナチ・エリートのなかに代わりとなる家族を見つけた。

七月三一日、ドイツでは国会選挙が実施された。ナチは得票率三七パーセントを超え、みごとな成功を収めた。国の経済状況は壊滅的で、労働人口の三分の一以上が失業しているにもかかわらず、政府は何の手段も講じることができていない。このような切迫した状況で、ヒトラーのまがうかたなきカリスマ性と巧みに作られたイメージが、単純明快なメッセージ（荒廃した国家を結束させ、ドイツの誇りと力を回復できるのは彼だけだ）と結びついて、幅広い層の人々を引きつけたのである。

ナチ党は今では国会第一党となっていた。都市の労働者階級（全体的に見ると、左派を支持する者が多かった）を除いて、ナチは社会経済の全般的な層から票を集めた。貧困化した地方の労働者や苦しい生活を送る農民、小売店主や職人、さらには役人、専門家、金融業者、相続財産で暮らす者、といった具合である。

それまで中道の保守政党に投票していた多くの女性は態度を変え、ヒトラーに忠誠を誓った。半年前、ナチは党を支持する婦人団体を一つにまとめていた。国家社会主義女性同盟（NSF）である。ナチへの女性票増大を反映して、NSFは一九三二年に急速に規模が拡大し、二万人に満たなかった会員が一〇万人を超えた。

ヒンデンブルクは第二党になった社会主義政党を嫌悪していたため、選択肢は限られた。ナチを行政に参加させることは避けられない状況になりつつあったが、ヒトラーは首相就任を望み、七月末と八月初旬に激しい議論が交わされたものの、彼にその職を与える覚悟のできた者はいなかった。夏から秋にかけて、ナチは機会を逸したという見方が強まった。

国会は停滞し、一一月に再び選挙が行われたが、不穏な気配は強まるばかりだった。ナチの得票率は四パーセント下落した。党が大衆を引きつける力もこれが限界かという凶兆である。ヒトラーは二者択一を迫られた。支持率が下がるリスクを負いながら、首相への指名を待ち続けるか。それとも勝つ見込みのない内戦に突入するリスクを負いながら、暴力的な権力掌握を試みるか。

ミュンヘンではハイドリヒも深刻な問題と戦っていた。親衛隊保安課報部（SD）は慢性的に資金不足で、存在そのものが危機に瀕していたのである。彼とリーナは九月にそれまでの小さなアパートを出て、二階建ての家に引っ越した。二人は二階に住み、一階はハイドリヒの部下七人の住居とSDの事務処理に使われた。リーナは自分を「見張り役で料理人で家政婦だった」と形容している。安全対策として、リーナは警報器代わりに犬を二匹飼った。家は広い庭の奥にあり、正門からはかなり離れている。

いざとなれば「罪に問われるものを隠す」[*4]時間があるというわけだ。リーナは乏しい生活費で家計をやりくりすべく最善を尽くした。肉と魚は高すぎたので、代わりに安くできる野菜スープを作る。週の一番のごちそうは、伝統的なバイエルン風ポテトサラダとビールだった。

ハイドリヒは褐色シャツ隊の隊長エルンスト・レーム〔一八八七―一九三四。ナチ党の草創期に活躍。SA幕僚長〕に接触した。SSは誕生以来、名目上は独立組織だったが、厳密には、レームの指揮下にあって規模も影響力も膨れ上がっていた、この肥大化した組織の一部だった。レームは前線の元兵士で、一般市民だったことはほとんどない。彼にとって、議会での権力掌握は単なる余興で、過去の出来事を帳消しにし、ドイツを広大な軍の野営場にする血まみれの革命への序曲にすぎなかった。

リーナはレームの後ろ楯を得られたのは自分の力によるものだと主張している。切り詰めた生活を強いられていたリーナは、地下室のボイラーに点火するためのマッチの数を注意深く数えていた。ところがマッチが立て続けになくなる。誰かが盗んだに違いない。そこでリーナは泥棒の正体を暴いてやろうと決心し、爆発するマッチをジョークショップで買ってきて、ふつうのマッチに混ぜておいた。だが、彼女は大切なことを失念していた。レームとヒムラーが視察に来る予定だったのである。

リーナが止めるまもなく、レームは葉巻に手を伸ばし、火をつけた。大きな爆発音。リーナはレームが「蒼白になった」[*5]と回想している。ヒムラーは身を守るために飛びのいた。レームはリーナの剛勇ぶりとアイデアを非常に面白がり、喜んで追加資金を承認してくれたという。この歓迎すべきニュースとともに、リーナの懐妊という事実も明らかになった。九か月後、レームは子ども〔長男クラウス〕の代父になった。

✢　✢

一九三三年一月一日、ヒトラーはバイエルン国立歌劇場でワーグナーの『マイスタージンガー』を観劇していた。連れはイルゼとヘスなど選ばれた数人、そして彼の特別な客、エーファ・ブラウンである。彼女がヒトラーの恋人だということは認知されていた。ヒトラーが公の場にエーファを伴うと決めたのには、数か月前の彼女の自殺未遂が関係していた。

ヒトラーに自分のことだけを考えてほしくて、エーファは彼が注意を向けてくれるのをずっと待ち続けていた。だが、ヒトラーは一九三二年にはほとんどミュンヘンにいなかったし、たとえミュンヘンにいても、エーファのために時間を使うことはほとんどできない。エーファは彼の不在と沈黙を自分なりに拒否のサインと受け止めた。不安は絶望に変わる。ゲーリと同様に、エーファも自分のピストルを持っていた。殴り書きの別れの言葉を残し、引き金を引く。弾は彼女の首にとどまり、わずかに動脈をはずれた。大量に出血したエーファは、なんとか医師に電話することができた。ハインリヒ・ホフマンの義理の兄弟である。彼はすぐに駆けつけると、彼女を病院に運んだ。弾の摘出は成功した。

エーファが本気で死ぬつもりだったかどうかは疑いを免れない。自殺未遂は助けを求める叫びだったのだろうか？　エーファはそれがヒトラーの気を引く唯一の方法だと考えていたのだろうか？　彼女の真意がどうあれ、ヒトラーはショックを受け、誠意を行動で示した。彼女をもっと大切にすると誓った。イルゼのような親密な知人とともに劇場に連れて行ったのは、エーファが大切な存在であることを彼女にわからせる彼なりのやり方である。

ゲッベルスもオペラに同行するはずだったが、緊急事態でベルリンに急ぎ戻らなければならなくなった。マクダは九月一日に長女ヘルガを無事出産していたが、以前からの心臓の病気を悪化させていた。完全に回復していなかったのに再び妊娠し、一二月二三日に流産し、入院した。容体が安定したので、ゲッベルスはクリスマスと新年をバイエルンでヒトラーと過ごしても大丈夫だと考えたのである。

そうはいかなかった。ヒトラーのオーバーザルツベルク（森や農場のある山岳地帯）の山荘には電話がない。そこでゲッベルスは元日に近くの街ベルヒテスガーデンまで下りて、ベルリンの病院に電話をかけた。マクダは感染症にかかって高熱を出し、危篤状態だという。心配のあまり度を失ったゲッベルスは、乗車できる最初の列車を捕まえ、夜を徹してベルリンの妻のもとに向かった。到着するとマクダは危険を脱しており、ゲッベルスは安堵した。続くてんやわんやの数週間、ゲッベルスはできる限り妻を見舞い、マクダはゆっくりと体力を回復していった。

ゲーリングはクリスマスをエミー・ゾンネマンと過ごした。ためらいがちに始まったエミーとゲーリングの関係は、慎重に、しかし着実に進んでいた。エミーはゲーリングのアパートに定期的に宿泊している。しかし彼の心からカーリンが消えることはけっしてない。クリスマスが過ぎると、ゲーリングはエミーを残し、カーリンの家族とスウェーデンで新年を過ごした。帰国するとゲーリングは、ナチの将来がかかっているドラマで重要な役を演じ、ヒンデンブルクや彼の策士たちと緊張をはらんだ交渉をしながら問題を少しずつ解決していった。大統領側はヒトラーを受け入れなければ政権に対する民衆の同意を得られないし、かといってヒトラーを受け入れればある種の独裁政治を促してしまうという板挟みに陥っていた。

その月はだらだらと過ぎていき、老将軍と側近たちの姿勢は、ヒトラーの首相就任を認めてもよいのではないかという方向にしだいに傾いていった。ヒトラーに望むものを与えれば、彼の集める大きな支持が自分たちの崩壊しつつある地位を補強し、自分たちが心から恐れる共産主義者の脅威を打ち負かす手助けをしてくれるだろう、と考えたのだ。もしヒトラーに首相の座を与えなければ、暴力革命のリスクを負うことになる。SAは今では一〇〇万以上の兵力を有しているのだから。彼らは、ヒトラーを仲間に入れておくほうがよい、そうすればヒトラーをコントロールできる、という見解で一致した。外に立たせてドアをどんどん叩かれるよりはましだ、と考えたのである。

一月三〇日、ヒトラーは首相に指名された。ヒトラーをこの地位に就ければナチを骨抜きにできると信じていた策士たちは、ひどい判断ミスを犯した。ドイツ最大の州で首都もあるプロイセンの内務大臣にゲーリングを任命したのである。この称号は、州の全警察部隊の掌握を意味する。ゲーリングはこれにより圧倒的な影響力を行使することになった。その晩、ナチの支持者はSAやSSとともに勝利の松明行列に参加した。ヒトラー、ゲーリング、ゲッベルス、ヘス、ヒムラーもこの記念すべき日にベルリンにいて、カイザーホーフ・ホテルのバルコニーに立ち、勝利を大いに喜んだ。エミーは別として（ゲーリングは彼女が行進を見物できるように部屋を取ってやっていた）、彼らの妻や恋人でそこにいて様子を見物した者はいない。翌朝、ヘスは新しい時計を買い、放心した様子でイルゼに手紙を書いている。

「これはすべて夢だろうか。それとも現実だろうか[*6]」。

マクダは二月二日に退院し、帰宅するとヒトラーが出迎えてくれた。数週間後の二月二七日の晩、ヒトラーはゲッベルス夫妻と食事をとっていた。マクダはうっかりヒトラーに鯉料理を出してしまった。

怒ったヒトラーが（彼が魚を食べられないのをマクダは失念していた）皿を下げるようマクダに指示したそのとき、電話が鳴った。国会議事堂が燃えているという。

　現場に最初に到着したのはゲーリングである。彼が豪華に装飾していた（非常に燃えやすい貴重なタペストリーも掛けられていた）執務室は、猛烈な勢いで燃えている場所のすぐ隣だった。うろたえた彼は、助けを求める前にエミーに電話をかけている。彼女はゲーテの『ファウスト』に再び出演するためにヴァイマールに戻っていたのだ。放火が実はナチの仕業であるという憶測はその後数十年間ささやかれ続けたものの、決定的な手がかりは得られていない。一人のオランダ人が放火の罪で告発され、左翼とのつながりは明確でないものの、今も彼が最も有力な容疑者とされている。それまでにもいくつかの公共の建物に放火しようとしていたからだ。

　ナチの動きは早く、これは共産主義者が本格的な反乱を開始する先触れだ、と主張した。翌日、ヒンデンブルクは法の支配を事実上一時停止する大統領緊急令にサインし、大規模な一斉検挙（プロイセンではすでに進行していた）が開始された。拘束され、拷問にかけられた者は数千人に及ぶ。最前線で指揮を執ったのはゲーリングである。彼はＳＡに警察権を与え、ゲシュタポ〔ナチス・ドイツ期の秘密警察部門〕を結成させた。数週間で刑務所は満員になり、あふれ出た人々を留置するために間に合わせの収容所が作られた。ゲーリングは恥ずかしげもなくその規模を自慢している。政治パンフレット『ドイツの再生』のなかで、彼は無頓着に「初めは行き過ぎた行為があるのもごく自然なことだ。あちこちで暴力行為が起こるのも当然なことだ」[*7]と述べている。

　一方、国会選挙は三月五日に行われることになった。ヒトラーは過半数を獲得したがっていた。そうすれば国会を完全に解体できるからだ。ヒトラーはその晩、マクダとゲッベルスとともにワーグナーの『ワルキューレ』を鑑賞したのち、ラジオで結果を聞くために首相官邸に向かった。敵対する党に暴力と威嚇によってさんざん圧力を加えたにもかかわらず、ナチの得票率は四四パーセントにとどまった。しかし、小規模な国家主義政党に連立するよう脅しをかけ、さらに中央党を説得して協力を取りつけたことにより、ナチは全権委任法を強引に通過させることができた。これによりヒトラーは国会を自由に停止させ意のままにできるようになった。

運動の発祥地であることを考えれば皮肉なのだが、バイエルン州はナチの支配に抵抗した。その指導者たちは保守的な国家主義者で、姿勢を変えることを拒否したのである。これはリーナにとって強い欲求不満の種だった。敵があらゆる場所で粉砕されているというのに自分の地元は、と思うと複雑な気分だったのだ。一方彼女の夫はこの動きに直接参加できないことに苦しんでいた。

しかし全権委任法により、ヒトラーは州の政治家を押し切ることができた。三月九日、リッター・フォン・エップ（彼のドイツ義勇軍に、何年も前にヘスが参加していた）がバイエルン州長官に任命され、ヒムラーが警察を任された。手加減されるはずもない。数日間にわたり、何百人もの社会主義者、共産主義者、邪魔な役人が暴行を受け、さらし者にされ、逮捕された。

リーナは両親への手紙で歓喜を隠し切れず、「ＳＡとＳＳが楽しく仕事をしていた」様子を、詳細に書き送っている。犠牲になった者たちのなかには著名なユダヤ人もいた。「彼らはそのユダヤ人を犬用の鞭で打ち、靴と靴下を脱がせ、家まではだしで帰らせたのよ」[*8]。

リーナが味わった勝利感を、マクダとその夫はまだ味わえていなかった。二人はともに新政権でゲッベルスがどのような地位に就けるかを心配していた。ゲーリングはプロイセンで暴れ回っている。それなのにゲッベルスには自分が努力したことを示す具体的な功績がないのだ。ドイツ全域のメディアと文化活動を支配したい。ゲッベルスの望みを最終的にヒトラーはかなえ（出版物を除いて）、三月一四日に彼を国民啓蒙・宣伝大臣に任命した。その権威のもと、ゲッベルスは文化的制作物、つまり音楽、演劇、美術、文学、映画の各領域を管理するサブセクションの設立に着手した。

✢　✢

新たな地位を得たことの満悦感に浸って、ゲッベルスは五月一六日、ベルリン国立歌劇場で上演された『蝶々夫人』〔プッチーニ作のオペラ。一九〇四年初演〕にマクダを伴った。映画監督レーニ・リーフェンシュタール〔一九〇二－二〇〇三〕と彼女の交際相手も一緒である。レーニは元ダンサーで、怪我によってダンサー生命は断たれたものの、カメラを撮る側に回る以前は多くの映画に出演していた。最初の代表作『青の光』の封切り後、レーニはゲッベルスとヒトラーの注意を引くことになる。ヒトラーは私的な面談を求め、一九三二年の党大会で、レーニはマクダの内輪のパーティーに招待された。レーニはマクダに感嘆している。「完璧なホステスぶりで、私はすぐに彼女を好きになった」。しかしゲッベルスには不快感を抱いた。

外に集まったパパラッチをうまくやり過ごし、夫妻のボックス席に落ち着いたレーニは、ゲッベルスの隣に座ることになった。彼は「私のガウンの下に強引に手を押し込んできた。手は私の膝を触り、太ももを上がってこようとした」[*9]。レーニは脚を固く閉じ、彼が手を離さざるをえなくなるまで締めつけた。レーニの自伝によれば、ゲッベルスが彼女のガードを突破しようとしたのはこれが最初ではない。レーニは情報源としてとりわけ信頼性が高いわけではないが、ゲッベルスの挙動に関する彼女の記述は、多くの女優やその卵が彼から受けたセクハラと一致している。

レーニの記述は日付に関しては曖昧だが、マクダが病院で生死を賭けて闘っている間にゲッベルスがレーニを追いかけ始めたということはありうる。レーニがたいへん迷惑したことに、ゲッベルスは毎日のように電話をかけてきた。やめてほしいと彼女が頼むと、二度にわたって彼女のアパートに押し掛けてくる。彼は懇願し、ひれ伏し、威張り散らし、脅したが、彼女はなんとか抵抗した。

無礼な行動はオペラの晩で最後になったわけではない。その夏、ゲッベルスは一緒に車に乗っているときにレーニに襲い掛かり、もう少しで車が道路からはみ出すところだった。以後、ゲッベルスは可能性が皆無だと悟り、彼女に手を出さなくなった。レーニのキャリアを台無しにすることができたなら、そうしただろう。しかしレーニはヒトラーに認められた才能の持ち主で、簡単には追放できなかった。

マクダが疑っていたかどうかは定かでない。レーニと変わらず親しくしていたのだから、疑っていなかったとも考えられる。差し当たり、マクダは自分が知らないことでは自分は傷つかないという原理に基づいて行動していた。それにゲッベルスの後釜に喜んで座る男はいくらでもいたのだから。

✢　✢

こういった騒動や興奮が繰り広げられているなか、マルガレーテ・ヒムラーは家事に追われていた。夫妻は二月に農場を売却し、ミュンヘンのヒトラーのアパートと同じ通りにある贅沢なアパートに引っ越した。彼女はグードゥルーンの日々の成長を「育児日記」につけ始め、そのなかでちょっとしたしつけの悪さを心配する一方で、娘のお茶目な行動を称賛してもいる。マルガレーテは日記を自分自身の育児能力を観察し評価するのにも使っていた。

その後三月に、夫妻は五歳の少年ゲルハルトを養子にしている。彼の父親はSS隊員で、ベルリンの乱闘でひと月前に亡くなっていた。少年を引き取ったのは、ヒムラーの評判を高めるだけでなく、ヒムラーに息子ができるということでもあった。マルガレーテはもう息子を産んではくれない。グードゥルーンのときにひどい難産だったため、二度と子どもを産まないよう医師に助言されていたからである。マルガレーテは当初新たに息子ができたことを喜んだ。「明るく」、「非常に素直」[*10]な少年と思われるゲルハルトが、グードゥルーンによい影響を与えてくれることを期待したのだ。だがマルガレーテの前向きな姿勢は長く続かなかった。まもなくゲルハルトが彼女にとって心配の種となったからである。息子ができたことに気をよくし、マルガレーテばかりにさらなる責任を背負わせて、ヒムラーはSS拡大への次なる計画を練り始めた。彼はSSに恐怖と監視の機構を独占させるだけでなく、その犠牲者に対する絶対的な権力をも欲したのである。

三月半ばの時点で、この地の刑務所には一万人を超える囚人が詰め込まれていた。過密状態を緩和するため、ダッハウ（ミュンヘンの二六キロ北西）の街はずれにある放棄された軍需品工場が、急ごしらえの強制収容所となった。数週間の間に、ヒムラーはそれをSSの管轄下に置いた。

ダッハウを支配下に置くことの目的について、ヒムラーは次のように述べている。ナチの強制収容所はすべて自分に属することになる、と。しかし、ドイツから思想的な敵を追放するという野望が自分をアウシュヴィッツの門へと導くことになるとは、ヒムラーには微塵も想像できなかっただろう。

第II部 上流社会

第6章　帝国のファーストレディー

一九三三年四月二〇日、ヒトラーは四四歳の誕生日の晩をプロイセン州立劇場で過ごした。鑑賞したのは、彼に捧げられ、三月の選挙の準備期間中に初めてラジオで放送された感動的なプロパガンダ作品の初演である。にぎやかな祝いの催しはつつがなく運び、エミーはこの芝居でベルリンの舞台へのデビューを果たした。

ドイツ演劇界のこの新たな時代にエミーは前途有望なスタートを切ったが、それにさらなる弾みをつけたのが、著名な俳優兼監督グスターフ・グリュントゲンス〔一八九九－一九六三〕との友人関係ならびに仕事上の同盟関係である。彼はゲーテの『ファウスト』に登場するメフィストの解釈で名声を手にした。しかしナチの権力掌握後、彼が獲得したあらゆるものが取り上げられる危険が迫っていた。

グリュントゲンスはバイセクシャルで、共産主義者を支援し、一九二〇年代に左派系の劇場に出演していた。しかし彼は自分と同類の人間の多くがたどった運命を、エミーのコネで回避することができた。

エミーは「芸術的にも人間的にも」、グリュントゲンスと「結びついている」と感じていた。プロイセンの大臣として劇場、コンサートホール、オーケストラの管理をゲーリングが引き継いだことから、エミーはグリュントゲンスを優遇してくれるよう、彼を説得した。ゲーリングはプロイセン州立劇場でのグリュントゲンスの契約を更新したのち、一九三四年に彼を総監督に昇進させている。

こういった計らいは、エミーのキャリアにとっても大きな後押しとなった。成功していたとはいえ、それまで地方の一俳優にすぎなかった彼女が、今では全国的な舞台に出演できるようになったからだ。エミーはのちにこう述べている。「私はドイツの女優なら誰もが描く野望の頂点に到達したのです」。グリュントゲンスの舵取りで、彼女は双方に有益な創造的協力関係を築いた。「彼は私が持てる才能すべてを発揮するのを助けてくれました[*1]」。

『ファウスト』で何度も経験した役を短期間演じたのち、エミーとグリュントゲンスは秋のシーズンの皮切りに喜劇『コンチェルト』を上演した。これは老ピアニストが若い女性の弟子を誘惑しようと躍起になり、その一方で辛抱強い妻が夫を改心させようとする笑劇だ。劇評はよく、一九三四年夏にまずミュンヘン、それからハンブルクで巡回公演が行われている。ミュンヘン行きはたいへんな事態になった。オーバーザルツベルクに行く途中で、ゲーリングとエミーの車が別の車と衝突したのだ。ゲーリングは衝撃でハンドルに胸を激しくぶつけ、肋骨を二本折った。エミーの頭はフロントガラスを突き破り、そのときに頭皮を深く傷つけた。二人とも重傷だったが、幸運にも命は落とさずに済んだ。

ベルリンに戻ると、エミーとグリュントゲンスは別の喜劇『ミンナ・フォン・バルンヘルム』〔ドイツの劇作家ゴットホルト・レッシングの戯曲。一七六七年〕を上演することにした。エミーが主演である。これはよく演じられる古典劇で、第三帝国では二〇〇回以上上演された。エミーとグリュントゲンスの芝居はほぼ一年間にわたり上演されている。ナチの時代に、ドイツの劇場で喜劇が最も人気のジャンルだったのは間違いない。自分たちで制作した政治風刺劇に観衆を引き寄せようとする政権の努力は惨憺たる結果に終わったが、ナチは喜劇の価値を評価していた。安全弁、つまり自分たちが市民に突きつけた要求から彼らを解放し逃避させる役割を果たすからである。『夫なき蜜月』や『中庭での騒動』といった現代作家の作品であれ、国内外の作家による人気の古典作品であれ、安心して上演できる作品には事欠かなかった。『十二夜』と『じゃじゃ馬ならし』は最も多く上演されたシェークスピア作品である。その一方でオスカー・ワイルド〔一八五四―一九〇〇。アイルランド出身の作家〕の機知に富んだ風俗喜劇も大人気だった。同様に人気を博したバーナード・ショー〔一八五六―一九五〇。アイルランド出身の作家〕の『ピグマリオン』〔一九一三年初演〕は、グリュントゲンスのヒギンズ教授で一九三五年に映画化されている〔監督、エーリヒ・エンゲル、一九三五年、独〕。

エミーは自分の名声やゲーリングとの交際で手にした影響力を、自分のためには使っていない。演劇界の至るところで、ユダヤ人芸術家は恐れおののいていた。仕事を奪われたり、辞職に追い込まれたりした者が大勢いたからである。エミーはゲーリングの助けを得て、いつでもどこでも仲間の芸術家を助けられる場合には介入した。社交欄のコラムニスト、ベラ・フロムは日記に、「エミーが非アーリア人の友人たちに誠実である点は素晴らしい」[*2]と書いている。

しかし、エミーができることにも限界があった。そしてゲーリングが彼女のためにできることにも。ヘンニー・ポルテン〔一八九〇―一九六〇〕は第一次世界大戦以前からの大スターだった。多くのヒット作を飛ばした彼女は一時期ハリウッド映画にも出演し、サイレント映画からトーキーにうまく転換を図ることができていた。しかしポルテンの夫はユダヤ人である。さりとて、彼女に夫と離婚する気はない。その結果、誰も彼女を雇わなくなった。エミーはゲーリングに働きかけたが、何もできないというのが彼の答えである。エミーは納得せず、せがみ続けた。困り果てたゲーリングは、とうとうオーストリアの映画産業で働いている弟アルベルト（熱心な反ナチだった）に頼み、ウィーンに彼女の仕事を見つけてやった。

✢　✢

エミーへの注目がしだいに高まっていったことで、帝国のファーストレディーとしてのマクダの地位は微妙なものになった。ナチが政権を掌握した際、この役割を担う一番の候補者はマクダだった。一九三三年五月一四日の日曜日には、初めて母の日のラジオ演説を行っている。母の日を国民の休日にしようという草の根運動は一九二〇年代に勢いを増し（ドイツ花卉販売者協会からの熱烈な支援を受けた）、その後ナチが公式に祝日に定めた。

演説のなかでマクダは、ドイツの母親はヒトラーの「高貴な精神的・道徳的目標」を「本能的に」理解し、「彼の熱烈な支持者であるとともに熱狂的な戦士」[*3]になる覚悟ができている、と誇らしげに宣言した。放送に対する反応は驚くほど好意的で、彼女は帝国じゅうから何百通もの手紙を受け取っている。彼女宛の手紙が入った郵便袋は（とりわけ金を無心する手紙と人間関係についての助言を求める手紙が多かった）、処理するための秘書を二人雇わなければならないほど増加した。

マクダと子どもたちは雑誌や定期刊行物用の写真に繰り返し登場した。ナチの理想の家族としてである。彼女はドイツの女性に求められる務めを明らかに果たし、子どもを産み続けていたが（一九三四年から三七年にかけて、さらに二人の女児と一人の男児を出産している)、母であることが性に合っていたわけではない。マクダが子どもたちと写った何十枚もの写真を見ると、彼女はいつも少し距離を置き、よそよそしいほどで、デザイナーの手になる装いで申し分なく身なりを整えている。

一九三三年の晩春、ファッションへの関心が強かったマクダは、新しく作られたドイツ・ファッション協会の名誉会長に就任した。ドイツ固有のスタイルを奨励し、退廃的な外国の影響を捨て去り、服飾業界からユダヤ人を追い出すために設立された機関である。この最後の目標は、とくに大きな問題をはらんでいた。服飾産業の多くはユダヤ人が所有していたからである(ベルリンの既製服の七割はユダヤ人の会社で作られていた)。マクダとエミーのお気に入りのトップデザイナーたちも、多くがユダヤ人だった。エリート・デザイナーは顧客が著名人であるため保護されていたが、一九三〇年代末にはファッション業界は完全にアーリア化された。

フランスのブティックやハリウッド映画が宣伝する「最新」ファッションからドイツ女性を守る、というのも協会の主要目的の一つだが、これも問題だらけだった。あるナチの評論家が「ドイツ女性に売り出すファッションを決めているのは、パリの売春婦だ[*4]」と述べたように、外国のスタイルに対する悪意に満ちた批評は広まっていたものの、伝統的な民族調の服(バイエルンの農民の衣装であるギャザースカートなど)を着せる努力はあまり成功していない。さらなる混乱の原因となったのは、ゲッベルスが後援する新聞が、あでやかなイブニングドレスや水着姿の女性の写真撮影を毎回呼び物にしていたことである。この新聞には、さらに女性読者からの相談欄もあった。一九三四年四月には、ショートヘアとロングヘア、どちらにすべきかといった悩ましい問題に取り組んでいる。

こういった矛盾したメッセージを体現していたのがマクダである。ナチ政権は口紅からつけまつげに至るまで化粧品を激しく非難し、「自然のままの」外見（SSの機関紙『ダス・シュヴァルツェ・コーア』は女性が半裸で運動競技をしている写真を好んだ）を支持したが、マクダはエリザベス・アーデンといった贅沢なブランドを使って完璧に化粧を施し、出かける前には髪を四二回梳かした。彼女はこういった問題に関して、「未来のドイツ女性は上品で美しく、知的であるべきだ」[*5]と公に述べている。

マクダはまた、定期的に最高級のファッション誌『レディー』の表紙を飾った。そのドイツ版の権利を保持するヴォーグは、シャネルなどパリのデザイナーの服を宣伝していた。ファッション協会の名誉会長職を引き受けるに当たり、マクダはドイツ女性を「できるだけ女らしく」[*6]することへの責任を再度主張している。

警告を受けたゲッベルスは即座に妻が活動を止めるよう行動を起こし、ジャーナリストたちに「ファッション協会とゲッベルス夫人を関連づけて報道することがないように」[*7]と釘を刺した。一九三三年八月半ばに協会が最初の展示会を催した際には、マクダはもはや関与していない。おそらくゲッベルスが妻を解任したのだろう。彼女の姿勢によってイデオロギー論争が巻き起こるのを防ぐためだったかもしれないし、あるいは官公庁を掌握するナチ高官の妻に向けられがちな敵意のためかもしれない。だが、ゲッベルスが嫉妬心から妻に注目が集まるのを嫌がったという可能性もある。

しかしゲッベルスはマクダを家庭の女神といったイメージで演出することは続けた。これはかなり空しい努力である。結局のところ、マクダが食器を洗ったり床を磨いたりするなど誰が想像できるだろうか？　そんなことは使用人の仕事だ。それにもかかわらず、ナチはドイツ女性を非常に有能な主婦に変えるためならいかなる苦労も惜しまなかった。とくに彼らが容赦なく国を戦争に駆り立てたせいで資源や物資が市民経済から枯渇し、しだいに家庭用品に厳しい制限が課されるようになってからはなおさらだった。バター、牛乳、卵、砂糖、コーヒーはすべて乏しくなり、布地や家具も不足した。何千人という女性が数日から数週間の講習に参加し、魚の調理法、日曜の焼肉に代わるもっと入手しやすい食材の調理法、古いベッドシーツから服を作る方法、缶詰や保存食、夫のスーツをスカートやベストにリメイクする方法などを学んでいる。

マクダは自らの考えを述べる機会を奪われ、自分が最上の主婦として紹介されることに当惑していたが、くじかれた創造性のはけ口を家のなかに見つけることでなんとか折り合いをつけた。彼女には室内装飾の才があり、夫妻が複数の屋敷を手に入れた結果、やるべきことは山ほどあった。そんなときでさえ、ナチ・イデオロギーの要求には従わなければならない。マクダの場合、従うべきはヒトラーの芸術観である。ヒトラーは彼が言うところの「退廃芸術」を嫌った。これは基本的に抽象的な絵画や実験的な美術を指す。それゆえヒトラーは、マクダがエミール・ノルデの作品を選んだときには激怒した。ノルデはドイツの最も有名なモダニストの一人である。その絵がこともあろうに宣伝省のゲッベルスの公邸の壁にかけられていたのだ。ヒトラーがかんかんに怒った後、絵は急いで取り外され、夫妻の湖畔の別荘にひっそりとしまい込まれた。

✢

マクダと女王の座を争っていたにもかかわらず、エミーはまだカーリンの幻影と張り合わなければならなかった。一九三四年六月、ゲーリングはカーリンの遺骸をスウェーデンからドイツに運び埋葬し直した。ストックホルムの墓石が傷つけられたからである。亜鉛で内張りしたカーリンの棺は武装衛兵に守られ、鉄道で運ばれた。† 街を通過するたびに教会の鐘が鳴らされ、駅には黒い布が垂らされた。ベルリンの北にあるゲーリングの新たな地所に到着すると、ワーグナーの『神々の黄昏』が流れるなか、棺は地下の霊廟に厳粛に安置された。ヒトラーは花輪を捧げ、カーリンが運動のために払った犠牲に賛辞を述べた。

† 一九九一年、カーリンハル〔ゲーリングがベルリン北東部のショルフハイデに建築した屋敷。カーリンの名を使って命名〕の敷地内で白骨化した遺体の入った棺が発見された。二〇一三年にDNA鑑定でカーリン・ゲーリングのものであることが証明されたのち、遺体はスウェーデンに再埋葬された。

その月のナチの女性向け主要紙は儀式の様子を報じ、カーリンの美点を称賛している。「この北欧女性の人生を私たちの模範としよう。一人の真の女性のたぐいまれな自明の忠誠心と内面の偉大さを前にして、私たちは畏敬の念に打たれ沈黙する他ない」*8。彼女に忠実だった姉〔ファンニー・フォン・フォック・ヴィラーモヴィッツ＝メレンドルフ。一八八二―一九五六〕はカーリンを称賛する伝記〔『ゲーリング夫人』一九三三年。邦訳、アルス、一九四一年〕を執筆し、これはベストセラーになった。一九四三年までに九〇万部を売り上げている。

カーリンの新たな墓はゲーリングの田舎の邸宅、カーリンハルに建てられた。もっともこの「邸宅」という言葉は適切とは言い難い。狩猟小屋を模して造られた建物内には四六メートルのプール、地下に映写室とトレーニングジム、地図の部屋、御影石の暖炉つきの執務室、巨大な図書室、制服姿の下僕が給仕する広い宴会場が備えられていた。建物はヴェローナ産赤大理石の柱と最新式の電気制御の窓に囲まれ、窓にかかったカーテンにはＨの文字が金糸で刺繍され、屋根裏部屋には軌道が一八メートルもある鉄道模型が置かれ、堂々たる玄関ホールには彫像や絵画が並んでいた。恋人の亡妻の名がつけられた家で暮らすことにエミーは居心地の悪さを感じたかもしれない。しかし大邸宅の女主人になってハリウッドのトップ女優ですら手の届かない豪奢な生活を送る興奮に比べれば、それは取るに足らないことだったろう。

一九三五年、おそらくはヒトラーから促されたのだろう、エミーとゲーリングは婚約を発表した。カーリンハルで開かれた婚約発表パーティーもそれなりに豪華だったが、結婚式本番はその比ではない。四月一〇日、ベルリンは休日となった。イギリス大使エリック・フィップスがロンドンに提出した報告書のなかで、その様子について記している。「ベルリンを訪れた者は……君主政治が復活したのかと思うかもしれない……街路は装飾され、交通はすべて遮断された……軍用機二〇〇機が空中を旋回していた」[*9]。

市庁舎で挙式したのち、三二〇人の招待客（ヒトラーとナチ高官全員が含まれていた）はベルリン大聖堂に移動し、それから豪華な宴会に移った。エミーは多くの贈り物を受け取っている。ブルガリア王はサファイアをちりばめたブレスレットとともに国の最高の勲章を、彼女の故郷ハンブルクは純銀の船を、ドイツ有数の石油化学企業ＩＧ（イーゲー）・ファルベンの科学者たちは合成宝石ふた粒をプレゼントした。

結婚式の前夜、エミーは最後の舞台出演を終えた。どれほど心残りがあったにしても、彼女は「演じ続ける」[*10]のが不適切であることは認識していた。エミーが引退したのは、ナチ高官の妻は職に就いてはならないという方針に従うためだけではない。ナチの政策がそれ以上に推進する、女性の居場所は家庭にあり職場にはない、という考えにも従ったのである。

政権はドイツ女性を自分たちに都合のよい型に押し込もうと必死だったが、その多くと同様に、戦争への準備が最優先になってからは「女は家庭に」などとは言っていられなくなる。しかしこの頃は労働人口における女性の割合はあまり変化することなく、ヴァイマール時代と同程度で約三分の一にとどまっていた。ナチの優先事項を反映して、高校教師が一五パーセント減少したのも含め、専門的職業における女性の雇用レベルは急落したが、農業、工業、事務作業では増加した。こういった勤労女性の大半は独身である。既婚者は約三五パーセントにすぎない。

エミーは引退したからといって、演劇の世界にかかわったり、自分の影響力を行使したりするのをやめたわけではない。お気に入りのクラシックの音楽家や指揮者を保護したり、売り込んだりするのにひと役買っている。とくにグリュントゲンスは別格だった。一九三六年、一部の批評家が、グリュントゲンスの『ハムレット』がイデオロギー的に疑わしいという考えを表明した。批評しだいで強制収容所に送られかねないと知り、グリュントゲンスは泡を食ってスイスに逃亡している。エミーは彼の突然の失踪に驚き、夫に彼を追わせ、ゲーリングはグリュントゲンスを説得して帰国させることができた。ゲーリングは関係したジャーナリストたちをゲシュタポに逮捕させ、そのうちの一人にはグリュントゲンスに直接謝罪させている。それでもまだ心細いと感じたグリュントゲンスは、ゲッベルスとも近づきになろうとした。同年、グリュントゲンスは映画スター、マリアンネ・ホッペと結婚した。これには二つの目的があった。結婚すれば、彼の性的嗜好に関する噂を鎮めるのに役立つ。さらに、相手が映画女優であれば、ゲッベルスの勢力圏に入ることができる。グリュントゲンスは境界の両側で巧みに立ち回り、ナチ時代を苦しむことなく生き延びた。

✢　　✢

ナチのファースト・カップルとして確固たる地位を築いたエミーとゲーリングは、自信満々な態度でベルリン社交界に君臨した。二人とも芝居じみた行動や振る舞いを見せるのが大好きだった。ゲーリングはエミーに劣らないほどのたいした役者で、服装の趣味が異国風なことでも有名だった。彼はしばしばトーガやトルコのスリッパ〔つま先の反ったスリッパ〕を身に着けて客を迎えている。また、めまいがするような色鮮やかで凝った軍服を着ることでも知られており、その胸にはドイツ空軍総司令官(ルフトヴァッフェ)として自らに授与し続けた勲章がふんだんにつけられていた。

絶え間なく変わるゲーリングの衣装を、市民はいつも楽しみにしており、彼の風変わりな衣装についてのジョークを思いついては喜んでネタにした。途方もない虚栄心のおかげで彼は他のナチ指導者よりも人間的、かつ好意的に見られていたので、意地悪なジョークというよりは温かみのあるジョークである。たとえばこうだ。ゲーリングの副官が「空軍省で水道管が破裂しました！」と報告してくる。するとゲーリングが妻に向かって叫ぶ。「エミー！　急いで私の海軍大将の軍服を取ってきてくれ！」[*11]。

夫妻がこれ見よがしに振る舞った典型的な例を挙げるとしたら、一九三六年一月一二日に開かれたゲーリングの四三歳の誕生日パーティーだろう。二〇〇〇人を超える客が会費五〇マルクを支払って、ベルリン国立歌劇場でのどんちゃん騒ぎに出席した。集まった会費は慈善事業に寄付されている。フルオーケストラがワルツや、不適切な部分を削除したジャズを演奏し、シャンパンが際限なく飲まれ、トンボウラ〔回転ドラム式の福引〕が行われた。マジパン〔挽いたアーモンドと砂糖を練って作る菓子〕で作ったミニチュアの戦車や機関銃、ダイヤモンドをちりばめた鉤十字のブローチなどが賞品である。当然のことながらマクダはこの会を病気で欠席し、脇役になどなりたくないヒトラーも家にいた。

ゲーリング夫妻が古代の皇帝と皇后のように振る舞っているという評判は、彼らが家でライオンを育てることに決めたと知れると、さらに高まった。ベルリン動物園から仔ライオンを借りて、大きくなったら動物園に返す、というのだ。エミーは自分のライオンを安全なペットか小さな子どもであるかのように扱った。「新しく来た仔ライオンを風呂に入れてやると、いつも初めはひどく怖がりました。でもライオンたちは、週に一度体を洗われて石鹼だらけになるということを、すぐに理解するようになりました」[*12]。

エミーにしてみれば、彼女が演じた役割はすべて、ゲーリングが実際に行っていた醜い真実を隠すのに役立っていた。準備を加速化させた彼の空軍の初仕事はスペイン内戦だった。彼らはフランコの右派軍とともに戦い、小さな町ゲルニカの破壊に関与している。一九三二年にヒトラー・ユーゲントの指導者バルドゥア・フォン・シーラッハと結婚したヘンリエッテ・ホフマンは、エミーが空想世界に逃避したことについて鋭い心理観察を見せている。「エミーはもし……制服が舞台衣装で、彼女の宮殿が舞台装置で、戦争の喧騒が場面に流れる効果音、彼女の素晴らしいプレゼントが単なる小道具だったとしても、満足だっただろう。彼女はけっして現実を求めてはいなかった」[*13]。

彼らに後れをとるまいとしていたのが、マクダとゲッベルスである。際限なく続く歓迎会や外交的な夜会や公式の場でマクダに会ったほとんどの人々は、明らかに彼女を魅惑的な女性と考えた。注目すべき例外はベラ・フロムである。フロムは「これほど氷のように冷たい目をした女性」を見たことはない、その目は「決意と並々ならぬ大望[*14]」にあふれていたと主張している。

しかしマクダが振り返るとどこにでもエミーとその夫がいて、催しにおいて自分たち夫婦よりも強い印象を残していた。社交行事のハイライトの一つに競馬がある。ベルリン競馬場は、一八六七年に創設されたウニオンクラブが運営しており、五〇〇〇人の有料会員がいた。クラブはナチのもとで急速に拡大し、スタンドは拡張され、馬の数も増え、サロンや動物病院といった競馬場外の施設もできた。マクダやエミーのような高位の女性客専用の特別な観覧席もある。そこで淑女たちは心おきなく飲み食いや賭けを楽しむことができた。

ゲッベルスはこの競馬場で毎年ファッションショーを開くお膳立てをすることで、自分を印象づけようとした。誰よりも、ベラ・フロムの助けを借りて。しかしゲーリングはベルリン大賞（第三帝国の首都の大賞と改名された）の勝者に破格な高額賞金を提供することであっさり話題をさらっていった。これはその年一番のレースだったと言えよう。

ゲッベルスとマクダがどれほど頑張って輝こうとしても、ゲーリングの莫大な収入には太刀打ちできないというのが本当のところだった。ヒトラーには劣るものの、ゲーリングはナチで二番目に金持ちだった。ほとんどの軍事専門家が次の大きな戦争で決め手となるのは空軍力だと考えており、ゲーリングの空軍はヒトラーの再軍備計画の一番の受益者となっていたからである。ゲーリングは航空機の設計と製造に決定的な発言力を有していた。契約を発注し、国や民間からの投資で入って来る莫大な資金を配分する。これにより、彼は空軍の予算から大金を恥ずかしげもなく流用したり、契約と引き換えに不法な賄賂を企業から受け取ったりすることができた。

一九三六年、ゲーリングの帝国は劇的に成長した。ヒトラーが彼を四か年計画の責任者に任じたからである。この計画は経済全体を総力戦に向かわせ、鉄や石油やゴムなど、いくつかの重要な物資の自給自足を促すというものだ。ヒトラーは再軍備に消極的な経済大臣にしびれを切らしていた。四年計画の局を作りそれをゲーリングに任せることによって（彼がまったく素質に欠け、関連する経験もなかったにもかかわらず）、ヒトラーは大臣の影響力を徐々に弱らせ、自分と同じくらい戦争に没頭している男の権限を拡大させたのだった。このまとまりのない複合体を任されて、ゲーリングは大々的に窃盗を働くことができた。BMWやボッシュといったドイツの企業や、スウェーデンの企業であるエレクトロラックスやエリクソン、またアメリカの企業であるスタンダード石油やゼネラル・モーターズも、「ヘルマン・ゲーリング企業体」の貢献者に数えられる。

ゲッベルスもゲーリングに劣らず堕落していたが、彼の収入源はとても莫大とは言えない。彼とマクダは宣伝省の公邸とベルリンの家に加え、市街からさほど遠くない湖畔に二つの不動産を所有していた。一番大きい家はシュヴァーネンヴェルダーにある英国式のカントリーハウスで、ポニーの小屋と、四つの寝室を備えた客用離れがあった。次に大きいのは国から資金を得て購入したランケにある家で、小さめのマナーハウス〔荘園邸宅〕だが、それでも十分広かった。

しかしゲーリングとエミーはベルリンに家を三軒持っていた。拡大し続けるカーリンハル、オーバーザルツベルクの大きな別荘、そしてゲーリングは代父の城も両方相続している。ゲッベルスはヨットを購入し、とても自慢していたが、ゲーリングは大型ヨットを二艇所有していた（カーリン一世号とカーリン二世号)。ゲッベルスが購入した大きな森も、カーリンハルを取り巻く四万ヘクタールの土地とは比べものにならない。ゲーリングはこの土地を私的な狩猟場として使っていた。エミーとゲーリングの家に招かれた客は、質・量ともに素晴らしい食事をごちそうになった。ゲッベルスの屋敷で出される食事はけちくさいことで名高く、客たちはあらかじめ腹を満たしてから訪問することもしばしばだった。

休暇の過ごし方も、ゲーリング夫妻のほうが上だった。どちらの夫婦も仕事と遊びを兼ねて海外に頻繁に出かけている。わずか二日間ということもあったが、もっと長く滞在する場合もあった。しかしゲッベルスはほとんど一人で旅している。マクダが妊娠しているか、あるいは産後の回復期に当たることが多かったからだ。彼女はローマと北イタリアは何度か訪れ、一九三六年九月のギリシャへの一〇日間の小旅行では、夫に(他の数組の夫婦も)同行している。ブダペストとベオグラードに立ち寄ってから、一行はアテネに飛んだ。そこで歓声とビュッフェスタイルの昼食に迎えられ、王との会談、首相との着席形式の食事が続き、自由時間には観光も楽しんだ。ゲッベルスはアクロポリスやパルテノン神殿、デルフォイの円形競技場など、いにしえの栄光に驚嘆したが、マクダは暑さで体調を崩した。それからさまざまな島々や古代遺跡への四日間の船旅が続いたが、彼女はひどい船酔いに苦しんだ。

一方エミーは自分のヨットで何度も小旅行を楽しんでいる。ライン川を下ったり、アドリア海をセーリングしたり、といった具合だ。同盟候補国への公式訪問もあった。一九三九年の春、夫妻はリビアを訪問し、ファシストの総督、イタロ・バールボ元帥〔一八九六―一九四〇〕の夏の別荘に滞在している。彼は先住民族の反乱に厳しい戦いを仕掛け、イタリアの支配を守っていた。

到着の翌日には大がかりな歓迎パーティーが開かれ、「投光照明で照らし出された噴水とムーア人の岸沿いにあるおとぎ話にでてくるような城[*15]」に滞在した。

護衛」はまるで「アラビアンナイトの世界」だとエミーは感想を述べている。この旅では他にも軍事パレードと砂漠でラクダに乗るというハイライトがあり、それをエミーは「荒海で船に乗っているようだ」とたとえている。翌年、夫妻はブルガリアとセルビアの王家の客としてバルカン半島を訪ね、「海

✢　✢

ライバルに対しマクダとゲッベルスのほうが明らかに優位に立っていたと言えるのは、ヒトラーとの特異な関係である。この三角関係は政権掌握後も途切れることなく機能し続けていた。ヒトラーは頻繁にマクダと子どもたちをひょっこり訪ね、誕生日を一緒に祝い、海岸に一緒に出かけたり、夜遅くまで議論したりした。マクダとゲッベルスの五回目の結婚記念日に、ヒトラーは親愛の印として、結婚に関する彼自身の状況を思わせる、カール・シュピッツヴェーク〔一八〇八―八五。ドイツの画家。ビーダーマイヤー時代を代表する〕の一九世紀半ばの油絵を贈っている。『永遠の花婿』と題するこの絵には、若い花嫁に花束を差し出す中年男性が描かれているのだ。

ゲッベルスは首相官邸での昼食会の常連でもあった。彼がそこで期待されたのは、宮廷道化師の役割である。ゲッベルスの皮肉の才能は伝説的で、彼が生贄を選び、剃刀のように鋭い舌で情け容赦なくずたずたにするのをヒトラーは楽しんだ。同時にヒトラーは、「ゲッベルス夫人に数人の若い女優をお茶に招くようしばしば頼み、そういったお茶会に出席して楽しんだ[*16]」。

ヒトラーはエミーには慎重な態度を取っていた。彼女を軽んじたり批判したりはしなかったものの、

ヒトラーにとってエミーはくつろげる相手ではなかった。彼女がイデオロギーに心酔していないことに気づいていたのかもしれないし、あるいは彼女が自分を神格化しないことに不安を覚えたのかもしれない。マクダに対するような親密さや心の交流はなかった。

しかしマクダとの特別な関係は一九三五年のニュルンベルク党大会で壊れ、ほぼ回復不能となった。不和の原因はエーファ・ブラウンが党大会に参加したことにある。彼女はマクダや他の多くのナチ指導者にここで初めて紹介された。ヒトラーが秘密の恋愛関係を世間の目に触れる形で示したのは、一九三三年初めに劇場に同伴したときと同じ理由によるものだった。エーファは再び自殺を試みたのだ。

エーファは一九三四年にはかなりヒトラーに会うことができていた。それでもう大丈夫だと錯覚した彼女は、一九三五年初頭にないがしろにされたことで、耐え切れなくなった。二月六日のエーファの誕生日をヒトラーは忘れていた。何週間も電話すらしなかった。ようやく三月二日に二時間会うことができたが、翌日彼はさよならも言わずにベルリンに戻っている。三月の残りと四月じゅう、エーファはほったらかしにされていた。彼女は耐え難い状況に陥っていた。

エーファの苦悩が記された日記が二二ページ分残っているが（日記のその部分だけが現存している）、それはこの時期に書かれたものである。三月四日、エーファはヒトラーが来てくれるかもしれないというはかない望みにすがり、「気をもんで」いた。一週間後には「彼は何か目的があって私を必要としただけなのだ」と強い不満を漏らしている。四月二九日には悲し気に、「愛は当面、彼の検討課題ではないようだ[*17]」と認めている。

エーファはヒトラーがのどのポリープを除去するためにちょっとした手術を受け、休息していたのを知らなかった。五月の終わりになってもヒトラーの状況を知らずにいたエーファは、精神がひどく不安定になり、二八日にはほぼヒステリーの頂点に達した。その晩、彼女は睡眠薬を大量に飲んだ。すんでのところで妹が発見し、面倒見のいい医師が来てエーファを救ってくれた。

ヒトラーは償いをすべきだとわかっていたので、その九月、党大会で他の高官の妻たちの間に彼女の席を設けさせたのである。おそらくマクダはエーファがヒトラーにとって実際にどれほど大切な女性であるかを理解していなかったのだろう（彼が若い女性を伴うのは珍しいことではなかった）。マクダはエーファについて否定的な発言をした。ヒトラーの護衛の一人によれば、マクダは「この気まぐれで不満そうな顔をした娘がＶＩＰの観覧席に座っていること」に「ひどくショックを受けていた[*18]」という。マクダの発言はヒトラーの耳に届いた。激怒した彼は、半年以上もの間、社交の席でマクダに会うのを拒否した。彼女のヒトラーへの強い気持ちを考えれば（彼の運転手は、マクダがヒトラーといるときには「彼女の卵巣ががたがたいうのが聞こえる[*19]」とかなり辛辣に述べている）、接触を拒否されたのは拷問にも近く、おそらく結婚生活に対する不満が高まる一因となった。ヒトラーの定期的な訪問が途絶えると、マクダとゲッベルスが抱える問題を無視するのはますます難しくなった。

ゲッベルスも苦しんでいた。彼のすべてとも言えるべき人物の愛顧を失ったことで苦しみ、びくびくしていた。ゲッベルスもマクダも、協力してヒトラーを取り戻そうとした。二人はシュヴァーネンヴェルダーに所有していた小さなコテージをヒトラーの専用に整えた。ようやく一九三六年四月一九日、ヒトラーは自らそのコテージを見に来て、マクダと和解した。それでも、この喜ばしい展開は彼女を元気づけるには十分でなかった。ヒトラーとの和解から数週間しか経たない頃、ゲッベルスは妻の悲惨な精神状態を日記に綴っている。「彼女は涙を流し、ひどく悲し気だ」。「ときにはかんしゃくを起こす。女にはありがちなことだが」[20]。

✢　✢

一九三五年の党大会でもうひとつセンセーション（とエーファとの摩擦）を巻き起こした人物がいる。英国貴族の姉妹、ダイアナ・ミットフォード〔一九一〇―二〇〇三。イギリスのリーズデイル男爵ミットフォード家に生まれた六人姉妹はミットフォード姉妹と呼ばれる。その三女〕とユニティ・ミットフォード〔一九一四―四八。ミットフォード姉妹の四女〕だ。ミットフォード家はやや芸術家肌で突飛で型破りな上流階級の一族で、作家のイーヴリン・ウォー〔一九〇三―六六。イギリスの作家〕が彼らのことを詳しく記録している。ダイアナは、一九三二年にイギリス・ファシスト連合を創設した元労働党の政治家、オズワルド・モズリー〔一八九六―一九八〇。準男爵〕の愛人だった。しかしナチズム、とくにヒトラーに強く傾倒していたのは、妹のユニティのほうである。

当時、ユニティはヒトラーと恋愛関係にあるのではないかという憶測が飛び交っていた。しかしダイアナはそうは考えていない。「ユニティはヒトラーに対し無限の賛美と好意を寄せていたけれど、恋に落ちてはいなかった」と述べている。そしてヒトラーが単にユニティの享楽的な性格を面白がっただけだと考えている。ハインリヒ・ホフマンは、ユニティはヒトラーの理想の女性のタイプであるうえ、「プロパガンダ」に役立つ可能性があった、と述べている。ヒトラーは戦争を決意しており、イギリスの中立を確実にするためにユニティの「底なしの愛情」[21]を利用しようとしていたのだという。しかしヒトラーはその目的にはダイアナのほうを想定していたようだ。彼はダイアナとは何度も一対一で会っている。モズリーとの不倫関係のせいでイギリスではダイアナの信用が落ちていることを、ヒトラーは完全には理解していなかった。

一九三四年にミュンヘンに到着すると、ユニティとダイアナは党大会に紛れ込み、ユニティは狂信的なファンのように振る舞った。ヒトラーをこっそり追跡し、ヒトラーの毎日の行動を注視し、習慣と行動パターンを覚え、自分の存在に気づいてくれる瞬間を待ち望んだのである。一九三五年二月九日、ヒトラーはとうとうカフェ・オステリアでユニティに目を留めた。ようやく接触に成功したユニティは、ダイアナを説得し、ミュンヘンで合流した。姉妹はナチの忠実な支持者たちからさまざまな反発を食らっている。二人の襟ぐりの深く開いた服やたっぷりと塗られた口紅に苦情を漏らす人々もいた。ヴィニフレートの長女、フリーデリント・ワーグナー〔一九一八－一九一〕はもう少し寛大だ。彼女はダイアナが「イギリス風の涼し気な青い目をしてじつに美しい」と述べ、ユニティは「魅力的な少女」だが、笑うと「今まで見たことがないほどどみっともない歯が露わになる」[22]と書いている。

マクダはユニティに好意を寄せ、彼女の生き生きしたユーモアセンスを称賛した唯一の人物である。ユニティがベルリンにいるときには、二人はいつも一緒に過ごしていた。買い物に行ったり、映画を観たり、オペラを観たり。マクダはダイアナも好きで、彼女もマクダを称賛し、自伝にこう書いている。

「私はマクダ・ゲッベルスと子どもたちが大好きになった」。

マクダはダイアナとオズワルド・モズリーがドイツで結婚するために尽力している。ダイアナが離婚した夫は非常に裕福なギネス家の一員で、一方のモズリーは最近妻を亡くしたばかりだった。イギリスで結婚すれば、当然、否定的な評判が立つ。二人はともにそのような事態は避けたいと考えていた。ダイアナはマクダに「体裁を整えるための」[*23]助けを求め、一九三六年一〇月六日、結婚式が挙行された。式場は宣伝省内のゲッベルスの私室である。ダイアナは淡い金色のチュニックをまとい、ヒトラーは新婚夫妻を祝福して銀の額縁入りの写真にサインを添えて贈った。その後マクダが結婚式のごちそうで二人をもてなし、ダイアナに革装のゲーテ全集を贈っている。

その二か月前、ヒトラーは姉妹を一九三六年のオリンピック大会に自ら招待していた。彼はスタジアムに行き来するのに運転手つきのリムジンを二人に提供している。姉妹はマクダとゲッベルスの家に滞在した。ダイアナとユニティは気晴らしに夫婦にイギリスの室内ゲーム「アナロジーズ」を教えた。ゲームの参加者は、比喩を使ったヒントを聞いて、それが誰を指しているのか推測しなければならない。たとえば、その人を色にたとえると何？　という問いに対し、ゲッベルスはヒトラーのことを「火のような赤」[*24]と答えている。

オリンピック大会の間、ナチは大規模な魅力攻勢をかけた。訪問者の記念すべき日を台無しにするようなものはベルリンの通りから撤去された。反ユダヤのプロパガンダは下ろされ、路上生活者やこそ泥は手際よく排除された。開催期間に当たる二週間、参加国からは多くの代表者たちが首都を訪れる。帝国のファーストレディーの称号を狙う競争者たちにとっては、自分たちの国際的な名声を高める絶好のチャンスだった。

イベントの雰囲気を盛り上げるべく、ヒトラーは大会初日に晩餐会を主催した。ゲーリングがバトンを受け取り、翌日ごく内輪での昼食会を主催している。この日のメニューの呼び物は、カンガルーの尾のスープだった。さらに八月六日には、大がかりで豪華な公式晩餐会を催した。一方、ゲッベルスとマクダは一五日に予定されている自分たちの大パーティーのためにエネルギーを温存していた。

その前に、ゲーリングとエミーは空軍省のグラウンドで彼らの最後のイベントを主催している。素晴らしい食事と月明かりの下でのバレエ鑑賞ののち、舞台は突然回転木馬、カフェ、ビールのテントが並ぶ移動遊園地に変わり、農民の扮装をした俳優たち、白馬、ロバの行列が畏れかしこまった群衆の間を進んでいった。

二日後、マクダとゲッベルスは約三〇〇〇人の客を孔雀島に迎えた。魅惑的な森林に覆われた自然保護地域と本土とをつなぐのは浮桟橋である。当初ゲッベルスのパーティーはゲーリングのパーティーと同等、もしくは上回るとさえ思われた。並木の歩道はランプで照らされ、三組のオーケストラがダンス音楽を奏で、戸外でのバーベキューが行われ、みごとな花火が打ち上げられた。しかし夜がふけ、若いカップルが茂みのなかへと消えていくにつれ、事態はしだいに始末に負えなくなっていく。警備のために召集されていた親衛隊（SS）と突撃隊（SA）の隊員が大量のただ酒をがぶ飲みして、ささいないざこざが騒動に発展した。瓶や椅子が投げられ、脅えた客たちは避難場所を求めて走り回った。面目を失い、恥ずかしい思いをし、疲れ切ったマクダは、壊れたガラスの残骸や倒れたテーブルや乱れた格好で逃れた人々の上に朝日が昇るのを見て、胸も張り裂けんばかりにむせび泣いた。

✢　✢

一九三七年五月のある晴れた朝、エミーは引退した俳優たちのための介護施設を夫とオープンし、「幸福の絶頂に到達した」と述べている。エミーはマリー・ゼーバッハ基金（一九二〇年代に、困窮した俳優に宿泊施設を提供するために設立された）の理事会に加わっており、ゲーリングを説得して悪戦苦闘する組織に資金を供給した。彼の太っ腹な寄付金のおかげで、財団は土地を購入し、風光明媚な森に三五の部屋と広い食堂と図書室が自慢の、新しい施設を建てることができたのである。エミーの貢献に感謝した財団は、彼女の名を掲げ、彼女の指図のもとで運営を成功させ続けた。一九四五年にソ連軍が到着した際、ホームはまだ居住者を受け入れていた。

その後、まったく予想もしなかったことだが、エミーは妊娠に気づいた。これ以上の喜びはない。ようやく、帝国の母親たちの仲間に入れるのだ。懐妊の噂は瞬く間に広がり、まもなくドイツ全域で話題にされるようになった。エミーが四二歳、ゲーリングが四四歳であることや、ゲーリングとカーリンとの間に（彼の性的不能ではなく彼女の虚弱体質が原因とはいえ）子どもができなかったことを考えれば、ゲーリングが父であることはかなり疑わしかった。エミーとゲーリングの性生活はすでに数々の新婚初夜のジョークのネタにされており、その多くは彼の寝室での能力に関するものだった（たとえば、エミーが肉体の復活を信じられなくなったので、ハネムーン後、教会に行くのをやめた、など）。妊娠を機に、ジョークは次から次へと広まった。その年の早い時期に夫妻がイタリアの独裁者と過ごしていたことから、ムッソリーニが父親だという奇怪な風説に基づくものもある。彼の性欲旺盛な婿、ガレアッツォ・チャーノ伯〔一九〇三―四四〕が相手だと非難する者さえいた。伯爵はマクダ・ゲッベルスとも情事にふけったと言われている。さらにまことしやかなのは、運転手やゲーリングの空軍の副官を標的にしたものだ。空軍のある高官がゲーリングに、もし赤ん坊が女の子なら、どのように祝えばよいかと尋ねる。ゲーリングはこう答える。「一〇〇機で儀礼飛行してほしい」。では男の子だったら、と問うと、「一〇〇〇機の儀礼飛行だ」と答える。ではもし子どもがいなかったら、と尋ねると、答えはこうだ。「副官を軍法会議にかけろ[*25]」。

ゲーリングは自分のユーモアセンスを自慢したがり、お気に入りのジョークをメモする手帳を持っていたが、自分の男性機能やエミーの品位が危機にさらされるとなれば、もう彼は笑わない。ベルリンの有名なナイトクラブできわどいジョークを放ったコメディアンを、ゲーリングは短期間、強制収容所送りにしたと言われている。このしばしば繰り返される話の信憑性は立証が難しい。一九三六年に不幸なコメディアンを厳罰に処し、ゲーリングが解放しないうちにダッハウに送ったのはゲッベルスだということも同じくらいありうる。

しかし、ゲーリングがその問題に非常に敏感だったのは間違いない。自分が父親でないと匂わせる発言があれば激怒した。猛烈な反ユダヤでひどく下品なナチのタブロイド紙を発行し長く編集者を務めた人物が、エミーに関する下品な見解を新聞に載せた際には、ゲーリングは彼を容赦なくやっつけている。編集者は党の法廷に引きずり出され、除名はなんとか免れたものの、ナチ・エリートの地位を追われた。

結局、エミーとゲーリングの親になる喜びを奪えるものは何もなかった。夫婦の視界に立ち込める唯一の暗雲は、健康問題だった。妊娠はエミーの長期にわたる坐骨神経痛をさらに悪化させる恐れがあり、一方ゲーリングは歯の具合が非常に悪く、処置に苦しんでいた。痛みを麻痺させるために、少量のコデインを含む鎮痛薬が処方された。モルヒネより遥かに中毒性は低いものの、ゲーリングは治療が完了しても、一日に約五回常用し続けている。まもなく、彼は一日一〇回服用するようになった。

✢　✢

一九三七年一〇月二九日、マクダと夫はドイツの文化環境の偉大さと素晴らしさをアピールするために宣伝省で華麗なレセプションを開いた。ゲストはヒトラー（晩餐ではマクダの向かい側に座った）、至るところに姿を見せるハインリヒ・ホフマン、多数の有名な映画監督、男優、女優たちである。

その晩はずっと軍事作戦のごとく正確にプログラムが進められた。午後八時二〇分に始まった晩餐会では、さまざまな料理（蟹サラダのアスパラガス添え、コンソメスープ、メインの鵞鳥のブラウンポテト添え、デザート、チーズの大皿ラディッシュ添え、果物）が約一〇分ごとに供されている。午後九時二五分には客はコーヒー、焼き菓子、葉巻に移り、その後ＶＩＰと一般の招待客が合流して一時間にわたるコンサート（シューベルト、リヒャルト・シュトラウス、シューマンの作品が演奏された）を楽しんだ。

一番の上座に座っていたのは、チェコの二二歳の女優リーダ・バーロヴァ〔一九一四―二〇〇〇。本名ルドミラ・バブコヴァ〕である。ゲッベルスは彼女と熱烈な肉体関係にあった。映画産業を仕切るゲッベルスは、好景気業界の頂点にいた。一九三三年から三四年にかけて売れたチケットは約二億五〇〇〇万枚。それが一九三六年から三七年には三億六〇〇〇万枚に増加している。映画ファンはお決まりのコメディを楽しもうと列に並んだ。製作された全映画の五〇パーセント以上がコメディである。一番人気の女性スター、ツァラー・レアンダー〔一九〇七―八一〕はロマンティック・コメディが専門で、似合いの夫を見つけることと仕事の板挟みになる女性を演じた。

それほどの権力を握れば、権力を利用したい誘惑にかられる。ゲッベルスはキャスティング・カウチ

〔役と引き換えに性的関係を迫ること〕の方法を積極的に取った。すでに大きな成功を収めている女優は、自分のキャリアを傷つけずにゲッベルスをかわすことができたが、若い卵たちは拒否すれば報復を免れない。アンネリーゼ・ウーリヒは有望なスターだったが、ゲッベルスの誘いを撃退した後、彼女の新作映画がスクリーンにかかることはなかった。

　ゲッベルスが不貞を繰り返していることは、周知の事実だった。しかしマクダは彼の不品行に耐え続け、見て見ぬふりをしている。ベルリンの家で、マクダとゲッベルスは寝室を別にしていた。ある嵐の晩、マクダは目を覚まし、夫の部屋に続くドアに鍵がかかっているのに気づいた。朝になって、マクダは夫とベッドをともにした女性客と顔を合わせるはめになる。マクダは何も言わず事件を見逃した。結局、夫の一夜限りの情人が二人の結婚に脅威を与えることはないと確信したからである。

　マクダはマクダで、必要とあらばその場限りの情事にふけることもためらわなかった。腹が立つと、彼女は自分の火遊びについて暴露し、ゲッベルスをあざけるのだった。そういった情事の一つに関係していたのが、クルト・リューデケ〔一八九〇―一九六〇〕である。彼は一九二〇年代初頭にミュンヘンでナチに入党し、人脈づくりのために渡米した。彼によると、マクダと初めて会ったのはニューヨークで、彼女は当時の夫ギュンター・クヴァントと一緒だったという。一九三〇年にドイツに帰国したのち、リューデケは再会を果たした。

　マクダとリューデケは折を見つけては二人きりで過ごした。最後に会ったのは一九三六年である。渡米中のスキャンダラスな振る舞いにより除名になった直後のことだ。リューデケの強大な敵のなかには、ゲルダの父ヴァルター・ブーフもいた。調査及び調停委員会委員長だったからである。リューデケは著書『私はヒトラーを知っていた（I Knew Hitler）』（一九三七年）のなかでマクダとの密通について直接言及してはいないが、彼女に魅かれていたことは隠し立てせず、「自然が彼女に与えてくれた温かさと魅力」について語り、マクダは「美しく、洗練されており、知的だった」[*26]と記している。

マクダは夫に屈辱を味わわせることである程度満足を得たが、夫の度重なる不貞に疲弊し、ゲッベルスがリーダ・バーロヴァと出会ってから事態はますます悪化した。プラハで生まれたバーロヴァは舞台で修業を積み、一九三四年にドイツに来た時点で、すでに多くの映画に出演していた。黒髪と官能的なまなざし、魅惑的な外国風のアクセントでしゃべる彼女には、男を誘惑して破滅させるセクシーな妖婦という役があてがわれた。一九三五年に封切られたバーロヴァの最初のドイツ映画では、彼女を巡って決闘が行われる。二本目の映画は海で死ぬ。これらの大げさなメロドラマは平凡な映画だったが、好意的な批評を受け、映画スターのボーイフレンドを従えて、彼女のキャリアは前途洋々であることが確実視された。

一九三六年、バーロヴァはシュヴァーネンヴェルダーのゲッベルス家の近所に著名な恋人と住んでおり、森を散歩しているときにゲッベルスと出会った。ゲッベルスはすぐに彼女に夢中になった。魔法にかかったかのように。そして時を待たず、自分の気持ちを伝えた。バーロヴァはゲッベルスを寄せつけなかった。恋人がいたし、ゲッベルスの評判も熟知していたからである。しかし彼の粘り強さと、心からの愛の告白にほだされて、彼女は警戒心を解いた。

関係を結ぶことに成功したゲッベルスは、バーロヴァの映画を熱心に宣伝し始めた。一九三七年、彼女は『祖国に告ぐ』を大ヒットさせた。舞台は第一次世界大戦中。主人公のドイツの戦闘機パイロットがフランス領空で撃墜される。命拾いしフランスの旅芸人の一座に加わった彼は、バーロヴァ扮するフランス人女性と恋に落ちる。彼女は恋人をフランス軍に引き渡すかどうか、決断を迫られる。彼女は決意する。恋人はスパイとして告訴され、もし有罪判決を受ければ、銃殺刑に処される。バーロヴァの切々たる訴えで彼の命は助かる、という話だ。この映画は高い評価を受け、ある批評家は「今までのバーロヴァよりもずっといい」[*27]と熱く語っている。

有頂天になったゲッベルスは、二人の関係を以前にも増して隠さなくなった。彼は危険な領域に足を踏み入れていた。マクダを苦しめただけではない。ゴシップ通によれば、バーロヴァの恋人である長身の男にゲッベルスは殴られたという。だが、プロパガンダの巨匠は自分自身をコントロールすることはできなかった。スターがたくさん集まるプレミア上映会にマクダが出席をしぶれば、ゲッベルスはバーロヴァと腕を組んで現れるのだった。

危険に気づいたマクダはゲッベルスと対決し、激しく言い争った。しかし彼女は反撃し続ける力を奮い起こすことができなかった。その年の早い時期に女の子を産んでいたからである（彼女の健康に悪影響を与えた）。友人たちは彼女が落ち込んだ様子なのに気づいた。酒とタバコの量も増えた。それから晩秋にマクダは再び妊娠し、対決を迫る意志を失った。

しかしゲッベルスは、自分の次官がマクダと激しい恋に落ちてしまったことに気づいていなかった。彼はボスが妻にひどい仕打ちをしていることに耐えられず、ゲッベルスを裏切る準備を進めていた。

第7章　南へ

ゲルダ・ボルマンはいろいろな意味でナチの理想的な妻だった。化粧品を使わず、ブロンドの髪を編み、伝統的なバイエルンの服装をしていた。子どもたちも同様である。現存している何枚かの写真を見ると、『サウンド・オブ・ミュージック』〔監督、ロバート・ワイズ、一九六五年、米〕のセットから抜け出してきたかのようだ。家でのゲルダは、夫の要求に一も二もなく従った。彼女は公的な役割を果たしたことはないし、政権の宣伝活動にも関与していない。パーティーにはやむを得ず出席したが、後ろのほうに隠れていた。何よりも彼女は並外れた母親で、英雄的といっていいほど子どもを産んだ。一九三三年から四〇年にかけて、ゲルダはそれまでにいた二人の子どもに加え、さらに五人を出産している。

ナチに関する限り、これは女性が果たすべき最も重要な役割だった。人口増加の推進である。出生率向上は最優先の目標で、政権は目的達成のために総力を結集した。報奨制度を設け、大家族には補助金を支給した。宣伝機関は映画を作り、ラジオ番組を放送し、母親を賛美する展示会を催した。医療従事者と科学団体、とくに栄養学者と不妊治療専門家も活動に加わっている。ゲシュタポは母親には不適応と考えられる者を取り締まった。

政権は妊娠中絶に対しても断固たる措置を取った。ヴァイマール時代には堕胎を罪とする考えは弱まっていたが、ナチは非常に厳しい処罰を導入し、有罪判決の数は六五パーセント増加している。避妊に対する方針は甘くなったが、それは概してナチが性感染症の広がりを懸念したからだった。顰蹙(ひんしゅく)を買ったものの、コンドームは鉄道駅や公衆トイレの自動販売機で手に入った。あるナチの医師の計算によると、毎年約七〇〇〇万個のコンドームが売れたという。

全般的に見て、ゲルダの子どもの数は標準どころか例外に近い。出生率は上昇したとはいえ（一九三三年に人口一〇〇〇人当たりの生児出生は一五人未満だったが、三九年には二〇人に増加している）、一九二五年の数字よりもまだ少し低かった。一方、四人以上の子どものいる家庭の数は一九三三年に全体の四分の一だったのが、三九年には五分の一に減少している。厳しい家計をやりくりする下層階級の女性にたくさんの子どもを産む余裕はなく、一方、働かなくても十分やっていける女性は、小人数の家族なら手に入る自由を諦める気などさらさらなかった。

目標達成が困難だと知ったナチは、新たな手を考え出した。「ドイツの母名誉十字章」の授与である。これは帝国の多産な女性に贈られる勲章だ。四人の子がいれば銅章、六人か七人いれば銀章、八人以上で金章が授与される。申請者が適格であるかどうかは、厳しく審査された。それにもかかわらず、三〇〇万人の母親が名誉十字章を授与されている。ゲルダは金章に相当したが、ヒトラーの母の誕生日に催される式には出席していない。代わりにマクダが（彼女は銀章を獲得していた）優れた母親の代表に選ばれた。

マクダと同じくゲルダも、子どもの世話を一人でする必要はなかった。乳母も料理人も清掃人もいたからである。ナチが政権を掌握して最初の数年は、ボルマンの生活スタイルはまだ比較的地味だった。だがボルマンがどんどん昇進していったおかげで、一九三〇年代半ばには、夫妻は他のナチ高官と同じ特権的な生活を享受できるようになった。

ボルマンのキャリアが躍進したのは、ヘスのおかげである。一九三三年四月二一日、ヘスは総統代理に任命された。その年のナチ党便覧には、彼の職務が次のように概説されている。「党指導者のあらゆる事柄」と「党内で行われるあらゆる仕事の局面」が「彼の管理下に置かれる」。「すべての法と布告」についても同様である。[*1] これはヘスにとって意義深い昇進だったが、適した仕事とは言えなかった。ヘスは官僚タイプの人間ではない。事務処理が苦手だったので、日常業務の大部分をボルマンに任せた。ボルマンはナチの保険資金の業務を管理しながら、手腕を発揮した。その年の七月には、ヘスはボルマンを自分の首席補佐官に任じている。ボルマンの力はドイツ人の大多数には知られていなかったが、本物だった。党を動かすレバーは、彼の手に握られていたのである。ボルマンは仕事を委任し、地方の党組織のボスに指示し、任務を割り振った。やがて、組織全体が彼に依存するようになった。それに役立ったのが、ボルマンの書類整理棚のような頭である。彼の頭は情報の宝庫だった。ヒトラーはボルマンの記憶力（「彼は何も忘れない」）と効率のよさ（「他の者たちなら一日かかるところを、ボルマンは私のために二時間でやってくれる」[*2]）が頼りになるのを知っていた。

ボルマンはじつに仕事熱心で、一晩に数時間しか眠らず、部下たちにも限界まで働くことを強いた。

ヒトラーに最も長く仕えた秘書、クリスタ・シュレーダー〔一九〇八―一八四〕は、ボルマンは「勤勉さで際立っていたが、自分のスタッフにも同程度の勤勉さを求めた」[*3]と書いている。要求が多く短気で厳しいボルマンは、部下からは人気がなかった。使用人たちは彼の次々と繰り出される怒りを恐れながら暮らしていた。ヒトラーの運転手によれば、ボルマンは魅力的な人物だったかと思うと、次の瞬間、「サディスティックにけなしたり、けんか腰になったり、傷つけたりした」[*4]という。ボルマンがひどく威張り散らすが仕事ができる人間だということを、ヒトラーは知っていた。「ボルマンは実に頼りになる男だ。どんな障害があろうと関係なく、私の命令を無条件ですぐに実行してくれる」[*5]。

誰もが口を揃えて証言することだが、ボルマンは家でも同じ調子だったという。ゲルダが虐げられた、おどおどした主婦だったと広くみなされるようになったのはそのためだ。あるナチ高官はボルマンを「友人たちの面前で、妻を劣った存在であるかのように扱って恥をかかせることを喜ぶ男」[*6]と評している。家庭内の決まりごとがわずかに違っていたり、何かが間違って行われていたり、間違った場所に置かれていたりするだけで、ボルマンはゲルダに毒舌を浴びせた。あるヒトラーの従者は、ボルマンが家族を脅えさせていたのは誰もが知っていたと証言している。「強い怒りを抑えられなくなると、彼は妻や子どもに暴力を振るった」[*7]。ボルマンは、大きな犬を怖がったからといって二人の子どもを鞭で打ち、水たまりに落ちたからと言って一人の子どもを蹴ったという。

そのような侮辱的な扱いをゲルダがどう感じていたか、見きわめるのは難しい。彼女は抵抗しなかった。助けも求めていない。誰かを信用して打ち明けるということもしていない。ゲルダはナチ・イデオロギーに基づき、夫に従うのが義務だと信じていた。彼女はボルマンに心から尽くしていた公算が大きい。子どもたちに関して言えば、ゲルダは幸せそうに子どもたちと遊び、歌を歌い、絵を描き、物語を読んでやっていた。しつけをし、罰するのは父親の仕事だったのだ。夫への手紙のなかで両親との不和について語り、ゲルダは冷静かつドライに子どもたちのことを論じている。「子どもたちはいつも身勝手です。自分自身の興味と領域があって、両親には何の気兼ねもしないのです[*8]」。

✢　✢

政権掌握直後の数か月、ヒトラーは重要な客や要人を迎えるのに、ナチ高官の妻たちの一人を手元に置いて、帝国の首相事務局の接待役として試用したことがあった。このシステムはたいそう迅速に施行されたが、イルゼ・ヘスはとくに居心地の悪い状況ではそのような装飾的役割にまったく不向きだということを実証してみせた。ヴィニフレート・ワーグナーの長女フリーデリントは、そのような状況に居合わせたことがある。当時ティーンエイジャーで少々反抗的だったフリーデリントは、一九四〇年にドイツを永遠に去り、一年後に渡米し、母親と彼女のナチの知人に対する厳しい批判を書いた。

フリーデリントはイルゼを「ぽっちゃりしていて、やぼったいブロンドで、声が低く」、「おしろいと化粧」を軽蔑していると評し、ヒトラーが現れるまでの間、客を退屈させないためにイルゼが「ヒトラーのお気に入りのキャンディ」を客に勧めた様子について回想している。不運なことに、ヒトラーはいらいらしていた。昼食でイルゼの隣に座ったヒトラーは無言のままいらだち、フリーデリントとヴィニフレートと他の人々はまずそうなヌードルスープに我慢したのち、コーヒーの席に移動した。もはや感情を抑えられなくなったヒトラーは隣室に駆け込み、部下の一人に一〇分間しゃべり続け、大きな声で叫んだ。イルゼとそこにいた人々には、彼の激しい非難が一言一句聞こえたという。屈辱を感じ恥ずかしさで身がすくんだイルゼは、「お客様がお帰りになります、とヒトラーに勇気を振り絞って告げるのがやっとだった」[*9]。

喧騒が延々と続くベルリン社交界のなかで、イルゼはけっしてくつろいだ気分になれなかった。ベラ・フロムは彼女がめったに姿を現さなかったと記している。夫は職責のため首都にいることが多くなっていたが、イルゼはベルリンに行くのは最小限にとどめていた。イルゼがベルリンで暮らす気になれなかったのは、この都が罪の要塞と言われていたからである。そんな有害な環境に長く身を置けば、道徳心が徐々に損なわれてしまう。ミュンヘンにいれば、イルゼは学生時代から彼女を動かしてきた価値観に忠実であり続けることができたし、彼女と夫が自らに課した目標を維持することもできた。彼らはナチ精神の継承者になろうとしていた。何年ものちに、イルゼはヘスに、「理想主義者として自分たちの生得権を外部の物事のためにけっして売り渡さない」[*10]という誓いを思い出させている。

他のナチ・エリートは党の経費で私腹を肥やしていたが、イルゼとヘスはこれまでどおり、つつましい中産階級の生活を送っていた。富裕層の住むミュンヘン郊外にある彼らの家は、広い庭といくつかの離れがついていたが、他のナチ高官の家に比べれば質素なものだ。彼らが行く一番近い田舎の別荘は小さな山荘で、夏の休暇にはそこを拠点にハイキングやキャンプに出かけ、冬にはスキー（滑降ではなくクロスカントリー）に出かけた。ヘスの道楽といえば、高価な自動車である。お気に入りのブランドはメルセデスで、公道を爆走するのが何よりの楽しみだったにもかかわらず、党から毎月支給されるガソリンの割当量を使い切ると、ヘスは追加の燃料代をポケットマネーで支払うのだった。

ヘスは正直者だったし、物質的な富を蓄積することに無関心だったので、「党の良心」と呼ばれていた。これは政権のあからさまな犯罪行為を考えれば、理想に恥じない暮らしをしているという素晴らしい肩書きである。一九三四年六月の長いナイフの夜〔おもに突撃隊（SA）隊員に対して行われた粛清事件〕では、ヒトラーがSAの指導者を排除し、多くの恨みを晴らしたが、行き過ぎた暴力で死者数が増加し、罪のない市民が誤って殺されたことで生じた混乱をヘスは処理しなければならなかった。

標的はルートヴィヒ・シュミット博士〔一八九六―一九六三。医学者、政治運動家〕という人物のはずだった。それなのに犯人は、尊敬を集めている音楽評論家、ヴィリー・シュミット博士を誤って虐殺した。彼の未亡人は四人のSS隊員が夫を連れ去ったときの様子について記している。そのとき夫はチェロの練習を、彼女は食事の支度をしていた。封印された棺に入った夫の死体が運び込まれ、SSが経済的な補償を申し出るまで、妻は夫がどうなったのか何も聞かされていなかった。彼女は憤然として金の受け取りを拒否した。SSからの再三の要求にうんざりして、彼女は褐色館（ミュンヘンにある巨大な党本部）に苦情を言いに行った。

対応は迅速だった。七月三一日、未亡人の家の戸口にヘスが現れた。この事件の不幸な成り行きを知った彼は、謝罪に訪れたのである。ヘスは犯人は罰せられると約束した。彼女の記憶によれば、ヘスは「ご主人は大義に殉じたのだと考えてください」[*11]と助言したという。ヘスが心から謝罪しているとわかったので、未亡人は殺された夫の俸給に相当する年金を毎月受け取ることに同意した。

もっと個人的なレベルでは、ヘスは夫婦で親しくしているカール・ハウスホーファー教授〔一八六九―一九四六。地政学者〕のために便宜を図っている。教授は妻がユダヤ系だったため、妻の安全と自分の評判と息子アルブレヒト〔一九〇三―四五。地理学者〕の職業的成功について案じていた。ヘスは国外で生活する二〇〇〇万人のドイツ人のニーズに応えるために作られた二つの組織の長にハウスホーファー教授を就けている。ヘスはまた、父親と同じ分野で研究していた才能ある学者のアルブレヒトのために、ベルリン政治大学に職を確保してやった。何年ものちにハウスホーファー教授は、「自分と家族が党からひどい目に遭わされないよう」ヘスが「守ってくれた」[*12]と述べている。

イルゼも活動を開始した。一九三三年の末、彼女はゲシュタポの手荒なやり方と立ち入った監視についてヒムラーに苦情を書き送っている。彼女がとくに問題視したのは、ＳＳが誰彼構わず電話を盗聴しようとする点だった。そこで彼女は、なぜヒムラーの部下が政権の忠実なメンバーを監視し続けるのか教えてほしいと要求した。ヒムラーはびくともせず、ヘスにイルゼの手紙のことを知らせた。ヘスは激怒し、二度と抗議するなと妻に命じている。

しかし、イルゼが果敢に抵抗する姿勢を見せたからといって、そこに深い意味があるなどと考えてはならない。彼女はゲシュタポのやり方に異議を唱えたのであって、彼らの動機に異議を唱えたわけではないからだ。彼女も夫も、強制収容所や拷問部屋には文句をつけていない。ヘスは自分のサインを必要とする多くの禁止処置をまったく疑問視していない。彼はハウスホーファー教授を助けたかもしれないが、ニュルンベルク法については何とも思っていなかった。一九三五年に通過したこの法は、ユダヤ人を他の人々と公式に分け隔てするものである。彼らは事実上ドイツ市民ではなくなった。わずかな例外を除いて、ユダヤ人は非ユダヤ人と結婚したり性的関係を結んだりすることを禁じられた。

そんなわけで、ヘスとイルゼの狂信ぶりは衰えず、彼女は毎年九月に開催されるニュルンベルク党大会では、必ず観覧席正面の数列目に陣取った。一週間にわたりヒトラーへの忠誠を示すこの大会は、年を追うごとにますます凝った、派手なものになっていた。もっと文化的な行事で同様に参加を強制されたのが、バイロイト音楽祭である。イルゼは音楽祭を管理・後援するヴィニフレート・ワーグナーと親しく、近況を報告し合うのを楽しみにしていた。その一方で、議論に巻き込まれたり、巨匠のどのオペラが演奏されるべきかや、誰が指揮をすべきかといったことで言い争ったりするのは注意深く避けた。

他の高官たちはワーグナーの音楽会に出席するのに乗り気ではなく、しぶしぶ出席しているにすぎなかった。一般市民の関心はさらに低いため、チケットをさばくのは難しい。バイロイトの財源は悲惨な状況で、壊滅的な資金不足に陥る可能性があった。しかし、ヒトラーはつねにヴィニフレートを救い、席が必ず埋まるよう手配した。SAや国家社会主義教員組合、ナチの婦人団体による大量の予約がなされ、一九三四年からはゲッベルスの宣伝省が音楽祭の経費の三分の一を引き受けている。

ミュンヘンにいるイルゼは、ナチの忠実な支持者とさまざまな内容の手紙を熱心にやり取りし、助言を与えたり、多数の要望や質問を処理したりした。彼女は自分を一種の誠実な仲介人と考えたがったが、思いがけず相手を怒らせることもあった。ある親類から一九三五年の党大会のチケットを求められたイルゼは、親類が「長年にわたる党の支持者」でないことを独善的な言い方で指摘し、チケットの入手が「このように困難で、古くから運動に携わった同志ですら欠席せざるをえない[*13]」ときに特別扱いはできない、と答えている。

イルゼは他人の私生活に干渉する傾向があり、ボルマンの弟アルベルトの結婚問題にも首を突っ込み、そのせいでボルマンとトラブルになっている。アルベルトは兄とは正反対の礼儀正しく洗練された人物で、もちろん保守的で、大学を卒業して銀行に勤めた経験があった。ボルマンはアルベルトを一九三一年に党に引き込み、ヒトラーの総統官房に送り込んだ。これは純粋な管理部門で、ヒトラーの膨大な郵便を処理するのがおもな仕事である。兄弟は仕事上の慇懃な関係を維持していたが、それはアルベルトが結婚を決めるまでのことだった。ボルマンは相手が北欧系でないことを理由に、結婚に反対していたのだ。

しかしイルゼはアルベルトも婚約者のことも好きだったので、二人に結婚を勧めた。そこで一九三三年に彼らは結婚した。ボルマンは激怒し、二度と弟に話しかけなかった。クリスタ・シュレーダーによると、二人は互いを無視するためならいかなる苦労も惜しまなかったという。もしボルマンか弟のどちらかが「面白い話」をしたら、たとえ他のみなが笑っていても、もう一方は「まじめくさった顔を崩さない」[*14]のだった。イルゼに対しては、ボルマンは人前では親しげな態度を示したが、この一件以来彼女に敵意を抱いていた。

イルゼの振る舞いにいらついたのは、ヒトラーも同じである。一九三〇年代半ばには我慢の限界に達していたようだ。長年ヒトラーの侍医を務め、側近の一人だったカール・ブラント博士〔一九〇四―一九四八〕によれば、ヒトラーはしばしば「大望を抱いている」とイルゼを批判し、「男を支配しようとするがために女らしさのかけらもない」[*15]と不満を漏らしていたという。女性は政治的意見を持つべきではなく、たとえ持っていても口をつぐんでいるものだというヒトラーの古風な考えは、イルゼの悪びれることのない知性偏重主義と真っ向から対立した。

一九三六年六月一三日、ゲルダ・ボルマンは五人目の子どもを産んだ。男の子だったので、代父のヒムラーの名をとってハインリヒと名づけられた。ボルマンはSSの最高権威者と不安定な同盟関係を築いていた。ヒムラーはこの赤ん坊の最初の誕生日にテディベアを贈っている。その年、ボルマン家は新しい不動産を二つ手に入れた。一つはヘス家と同じミュンヘン郊外の高級地に建つ大きな邸宅である。これは九月半ばには入居可能になったが、大規模な修理と改修がさらに一年間続いた。もう一つはオーバーザルツベルクの三階建ての山荘である。

✢　　✢

ボルマンが購入した山荘はバイエルン・アルプスにあった。台地に建っており、傾斜の下には森が広がり、そびえたつ山の峰々に囲まれている。彼は改造に着手し、外観の一部と外壁はそのまま使用したが、内装はすっかり作り直し、大幅に増築した。一九三七年の秋、ゲルダ一家は終の棲家となるであろうこの家に移った。訪れたジャーナリストは仰天した。「地下室から屋根裏部屋までことごとく豪奢で、すべてが最上のものだった」[*16]。

オーバーザルツベルクでゲルダの最も近い隣人はヒトラーだった。彼が手に入れた天空の城、ベルクホーフは、ヒトラーの滞在時には一時的な司令部となった。ベルクホーフは元はヒトラーが一九二七年から借りていたコテージで、一九三三年六月に買い上げた。以前からの建物を完全に壊したわけではなく、それを核に上方と外側に増築した。工事は一九三六年三月に始まり、突貫作業の結果、七月八日には居住可能になっている。

ボルマンとヒトラーの新居の資金は、ともにアドルフ・ヒトラー・ドイツ経済基金によって賄われた。この基金はある鋼鉄王が発案し、仲間である産業界のリーダーたちを説得して、従業員の賃金から一部をヒトラーに寄付させたものだ。基金創設時からボルマンはこの宝箱を管理し、ヒトラーの個人的な経理担当者兼会計処理係となっていた。一九三三年から四五年にかけて、三億五〇〇〇万ライヒスマルクという金額をボルマンは処理している。

あえて孤立した場所に建てられていたものの、ベルクホーフの複合施設は外界との連絡はよかった。無線局に三つの電話交換所、郵便局もあった。また、近くの市場町、ベルヒテスガーデンには鉄道の駅があり、ヒトラーが個人的に使用する小空港もあった。ボルマンはセキュリティーを厳重に整えている。周囲に張り巡らされた高さ一・八メートルのフェンスには電流が通され、居住者やスタッフはみなIDを携行し、SSのエリート隊員のための兵舎があった。

ベルクホーフでヒトラーは会議を開いたり、くつろいだり、戦略にかかわる重要な決断や問題について熟考したりした。ボルマンもここでヒトラーの腹心としての立場を確固たるものにした。ヒトラーのあらゆる思いつきや無意味な要求を遂行し、最終的にヒトラーの所有地の門番となったのである。長年にわたり、ボルマンの管理下でこの一帯はナチ・エリートのための広大な私有地となり、学校や機能的な農園も設けられた。建設工事に雇われた多くの労働者に飲酒と喧嘩以外の気晴らしを与えるために、オーバーザルツベルクから六・四キロ離れたバラックに劇場と売春宿（二〇人ほどのフランス人とイタリア人の売春婦がいた）が作られた。

当初、ボルマンは四〇〇人以上の地元民を立ち退かせることに専念した。時価よりもかなり高い金額を支払って、改築したり取り壊したりするために家や畑を買い取ったのだ。あるとき、ヒトラーがある建物を指し、周囲の雰囲気にそぐわなくて嫌な気分だ、と述べたことがあった。ボルマンは即座にその家を買い上げ、住人を追い出し、建物を解体して建っていた土地を草地にした。次にヒトラーが立ち寄ったとき、彼の目に映ったのは、野原で草を食む牛たちだった。

また、ひと目でもいいから総統の姿を見たいと毎日ベルクホーフの外に集まってくる旅行者の件でも、いろいろと問題があった。ヒトラーはぶらりと外に出かけていっては、通り過ぎていく彼らに素晴らしい指導者の姿を見せてやるのだった。終わるまで一時間かかることも多く、夏には灼熱の太陽の下に立っていなければならない。体調を崩してしまう。一九三七年七月に、ヒトラーは何の気なしにこのことをボルマンに話した。忠実なしもべはすぐに仕事にとりかかった。二四時間経たないうちにボルマンは庭師に命じて大きなライムの木を引っこ抜かせ、ヒトラーが木陰に立てるよう植え替えさせた。

ボルマンは自分の個人的な習慣ですら、ヒトラーの習慣に合わせて修正している。ボルマンはチェーンスモーカーだが、主のいる場ではタバコに火をつけない。ヒトラーがタバコを嫌っていたからだ。また、ヒトラーの菜食主義の食事にも従った。もっともハインリヒ・ホフマンは、「生のニンジンと葉を食べていた」ボルマンが、「自室で一人になると」ポークチョップを食べていたと証言している。[*17]

この新たな環境で、ゲルダはゆっくりと少しずつではあるが自分の殻を破り、ある程度自立することができた。それはおもにエーファ・ブラウンとよい関係が築けたことによる。一九三五年の自殺未遂の後、ヒトラーはエーファに対し格別の注意を払っていた。その年の八月にはエーファと妹のために寝室が三つあるアパートを借り、翌年三月には、二階建ての家と新車を買ってやっている。エーファにとってもっと重要だったのは、ベルクホーフでヒトラーの続き部屋を与えられたことだった。しばらく時間がかかったし、行動の自由も制限されたが、ベルクホーフで彼女は自分が本来持つべきものを手に入れた。

　エーファとゲルダは年が三歳しか離れておらず、威圧的でないゲルダの態度はエーファに気に入られた。エーファにとって一番残念だったのは、ゲルダがいつも妊娠していたり主婦の務めがあったりするせいで、自由な時間がほとんどなかった点である。エーファはゲルダに嫉妬する理由がないことはきちんと理解していた。ゲルダに対するヒトラーの愛情に変わりはなかったが、それはあくまでも「アドルフおじさん」という役割の範囲内でのことだった。毎年ヒトラーはゲルダの誕生日に赤いバラの花束を贈っている。しかしヒトラーはゲルダがドイツの母親の模範であることも評価していた。ベルクホーフの常連によれば、彼は「ゲルダに特別敬意を払っていた[*18]」という。

　エーファはゲルダの夫にはほとんど興味を示していない。ボルマンも彼女にあまり構わなかった。しかし二人ともヒトラーと相互依存の関係にあることと、彼らがともにヒトラーに対して抱いている重要性とを認識し、互いに利益を得られるような関係を発展させ、ヒトラーが関与する場で共同戦線を張り、対抗意識は日常生活のささいなことにとどめていた。ときが経ち、ヒトラーがベルクホーフに来る頻度が減ると、ベルクホーフの支配を巡る両者の勢力争いは表面化した。

✢　　✢

バイロイトをオペラの故郷と位置づけたヒトラーは、今度はミュンヘンをドイツ芸術の活気ある中心地にしたいと考えた。一九三三年一〇月一五日、ヒトラーは新たな美術館、ドイツ芸術の家（ハウス・デア・ドイチェン・クンスト）〔現在は「芸術の家（ハウス・デア・クンスト）」という名になっている〕の定礎式典を催す。その様子はラジオで放送され、ニュース映画にもなっている。三年後、新古典派の建物が完成した。一九三七年七月一八日、ヒトラーは開館の祝辞のなかで、ドイツ芸術において「生きる喜び」を表現する新しい精神と、モダニズムを実践する「いびつな無能者やばか者」[*19]とを比較している。このめでたい瞬間を祝うために、ナチは二〇〇〇年に及ぶドイツの文化と歴史に敬意を表した大がかりなパレードを挙行した。さまざまな時代を模した行列は長さ九・六キロに及び、サクソン族の軍艦、中世の騎士を運ぶ山車（だし）、さまざまな神話の場面、有名な王や軍事指導者への捧げ物、ワーグナーのような文化の巨人への捧げ物が終わるまで三時間かかった。

　これと同時に開催されたのが、退廃芸術展である。大急ぎで改造された倉庫を会場としたこの展覧会は、禁止された芸術家の作品を展示したが、開場するや、ドイツ芸術の家よりも遥かに大衆に人気があることを証明した。ドイツ芸術の家に展示された農民の絵や裸の彫像や戦いを勇敢に描いた絵は、ピカソ、マティス、ゴッホといった国内外の画家による七三〇点の作品を含む退廃芸術に太刀打ちできなかった。こちらの展覧会には一日平均二万人、延べ二〇〇万人を超える人々が訪れている。ドイツ芸術の家を訪れたのは、一日に約三〇〇〇人にすぎない。

　イルゼと夫は芸術の後援者を自任しており、自宅を一種のサロンにしたいと考えた。彼らが選んだ芸術家の一人がモダニスト、ゲオルク・シュリンプフだった。ミュンヘンを拠点にしたシュリンプフは当初表現派で、自らの左派的姿勢を反映する絵を描いていたが、一九二〇年代末には、様式的にも政治的にも右派に転じている。スタイルと見解の転換によりシュリンプフは厳しい非難を免れ、一九三三年にベルリン国立美術学校の教授に就任した。しかし一九三七年に風向きが変わった。シュリンプフは解任され、絵の展示が禁じられる。彼の絵はギャラリーや美術館から排除され、退廃芸術展に展示されている他の美術品の仲間入りを果たした。

しかしヘス家はシュリンプフの絵を家の壁にかけていた。以前からシュリンプフの作品を嫌っていたヒトラーは、一九三四年にヘス家を訪問した際、大嫌いな絵を見て狼狽する。ヘスはそれまでヒトラーの後継者にふさわしい人物と思われていた。彼は党の指導的地位にいたし、一〇年以上もヒトラーの傍らにいた。しかしその晩以後、ヒトラーは考えを変えた。彼は報道担当官に、「美術や文化に対する感性が欠如している[20]」者を副司令官にすることはできないと語っている。この会話の直後、ヒトラーはゲーリングを後継者に指名した。

ヘス夫妻との夜会を嫌ったナチはヒトラーだけではない。マクダは「ヘス家のパーティー」は「とても退屈で、ほとんどの人は招待を断る」と断言している。誰もタバコを吸うのを許されない。アルコールの代わりにイルゼが出すのは「フルーツジュースとペパーミント・ティー」で、「会話は飲み物と同じくらい乏しくて退屈だった」。ヘスは「いつも夜の一二時にパーティーをお開きにする[21]」ので、客たちは早くに逃げ出せるのをうれしく思ったという。

ヘスが楽しく過ごすことに消極的だったので、イルゼはその分、自分が補おうと最善を尽くしたが、なかなかたいへんだった。映画監督のレーニ・リーフェンシュタールは、お茶に立ち寄った際、イルゼが「夫が黙っている」と「快活に……しゃべっていた[22]」のを覚えている。しかしヘスにも楽しく過ごすときはあった。一九三七年一〇月末、彼とイルゼはウィンザー公夫妻をもてなした。夫妻は小旅行でドイツを訪れ、ベルクホーフで午後を過ごし（そこではマクダがホステスを務めた）、その後ヘス家に立ち寄ったのである。

公爵はごく短い間だがイギリス国王エドワード八世〔一八九四―一九七二〕だった。ジョージ五世〔一八六五―一九三六〕の死後、一九三六年一月に王位を継いだものの、アメリカ社交界の花、ウォリス・シンプソン〔一八九六―一九八六〕（当時二度目の結婚をしていた）との恋愛が原因で一一か月後に退位したのだった。シンプソンの離婚が決まって、二人は一九三七年六月に結婚している。

イルゼは公爵が「ことのほか賢い王」に、夫人は「素晴らしい」王妃になっただろうと考えた。楽しい夕べが過ぎていき、途中でヘスと公爵は階上へと姿を消した。一時間後にイルゼが様子を見に行くと、「二人は屋根裏部屋にいた。そこで夫は大きなテーブルに、第一次世界大戦のドイツとイギリスの艦隊模型のコレクションを並べていたのだ」。公爵とヘスは船を動かし、「興奮しながら」[*23]その最も劇的な海戦の一つを再現していたという。

ミュンヘンのナイトライフに関しては、イルゼと夫はめったに出かけることはなかった。例外は、モーツァルトやバッハやブラームスといったお気に入りの作曲家の音楽を聴きにクラシックのコンサートに行くときだけである。ミュンヘンの低俗で怪しげな場所に出没し、快楽ばかりを追い求める野蛮な党の仲間を、二人は慎重に避けていた。

ユニティ・ミットフォードはそちらのグループに属していた。ヒトラーにはめったに会えないし、姉のダイアナはモズリーとの結婚後はほとんど不在である。ユニティは町をうろつくナチの享楽的なグループと合流し、旺盛な活力と情熱を発散させていた。しかし実のところ、ユニティの精神はしだいに不安定になりつつあった。健康にほとんど留意せず、食事は十分にとらないし、ほとんど眠らない。不適切な恋人たちやうまくいかない恋愛関係も、状況を悪化させるだけだった。むしろイルゼが肩に手を置いて安心させ、助言してやったほうが、ユニティにとっては有効だっただろう。イルゼは親身になって悩める若い女性の面倒をみてくれると一部では評判だったからだ。だがイルゼと夫は、ユニティを礼儀知らずで善悪の区別もつかない侵入者と考えていた。

結局、イルゼとヘスの静かなライフスタイルは二人に似合っていたが、一つ注目すべき例外があった。ヘスは冒険したい気持ち、肉体的危険を冒してみたいという気持ちを完全には失っていなかったのだ。第一次世界大戦時の訓練を生かして、彼は再び空を飛び始め、ドイツの最高峰ツークシュピッツェ山の頂上を目指す、年に一度のレースに参加していた。一九三二年に二位。二年後にはチャレンジカップで優勝し、有名なアメリカの飛行家でナチの支持者でもあるチャールズ・リンドバーグから祝電を受け取っている。

夫の優勝をイルゼが誇らしく思ったのは間違いない。だがもし、彼がばかげた行動をとって最終的にどこに飛んでいくかを知っていたなら、応援などしなかっただろう。一方、ヒトラーはそれに伴う危険に不安を感じ、即座にヘスに飛行禁止を言い渡している。差し当たりヘスにできることといえば、車のハンドルを握っているときに命知らずのスピードを出してみせるくらいだった。副官によると、ヘスはメルセデスを「飛行機を操縦するかのように運転していた」という。「彼が今にも離陸しようとしているように同乗者は感じていました[*24]」。

エーファはベルクホーフで明らかに尊重されていたし、苦労した末にやっと高い地位も得ることができたが、それでもまだ厳格な制限が課されていた。一定の原則に従って、自室に引きこもらされたり、ミュンヘンの別宅に戻されたり、数時間姿を消しているよう指示されたりしたのだ。ゲルダの家に泊まることも多かった。退去を命じられるのは、ベルクホーフをＶＩＰの客や外国の政治家が訪れるときである。ヒトラーがゲーリングやゲッベルスといったナチ高官や役人とハイレベルな政治の話をする際にも、同じルールが適用された。

✢　✢

ナチ高官の妻子が夫とともにヒトラーと食卓を囲む誕生日や季節の祝日といった社交的な催しには、エーファも同席するのがふつうだったが、マクダが家族を連れずにベルクホーフに滞在するときには目立たないようにしていた。マクダが一人で訪問する機会は少なく、期間もそれほど長くなることはない。問題の多い結婚生活から逃れ、最愛のヒトラーに元気づけてほしいときに、彼女はやってくるのだった。

しかしマクダはけっしてベルクホーフのコミュニティの一員にはならなかった。彼女とゲッベルスはこの地域に地所を持つことすらしていない。これは一つにはエーファのせいだった。マクダは自分の権威を強く主張しようとしたが、エーファは今では一歩も後には引かないくらい毅然としていた。この力関係の変化がよくわかるエピソードがある。出産を間近に控え、エーファと雑談していたマクダは、前かがみになるのがたいへんなので靴紐を結んでくれないかと頼んだ。自分のほうが格上なのだから跪けというこの求めに屈することなく、エーファは落ち着き払ってベルを鳴らすと、メイドにやらせた。

エミーと夫のゲーリングは複合施設内に立派な家を所有していたが、ベルクホーフのメンバーとは言えなかった。夫妻にはカーリンハルがあったことを考えれば、彼らがさほど頻繁に南へ行かなかったのもわかる。しかしエーファも要因の一つだった。エミーは明らかにユニティやマクダのようなヒトラーの注意を引く競争相手ではなかったので、理由を突き止めるのは難しい。だが何らかの理由で、エーファは意図的にエミーを避けていた。ひょっとしたら、ヒトラーがエミーを不快に感じていることを察知していたのかもしれない。エミーの気取った、女王然とした態度を嫌っていたのかもしれない。エミーを怖がっていたのかもしれないし、世代間の対立だったのかもしれないし、単に彼女が好きでなかったのかもしれない。

原因が何であれ、エーファはエミーに背を向けた。それに関する証言は、ベルクホーフの多くのスタッフから挙がっている。ヒトラーもゲーリングもよそにいる間に起こった内々のできごとを、彼らは知っていたのだ。どうやら関係改善を図ろうとしたエミーが、エーファと侍女たちを午後のお茶に招いたらしい。しかしエーファと侍女たちは現れず、エミーへの謝罪も弁解もなかった。あまりの無礼に、エミーが友好の手を差し伸べることは二度となかった。

一方、イルゼはつねに歓迎された。エーファは彼女を長年の友人で秘密を打ち明けられる相手とみなしていた。しかしイルゼは、ヒトラーからもはや友人と認識されていないことを察知したのか、どうしても行かざるをえない場合にしかベルクホーフを訪問していない。代わりに、イルゼはエーファがベルクホーフから追い出されたときに彼女の世話をしてやることが多かった。イルゼは二人で「山などに徒歩旅行に出かけた[*25]」と回想している。

エーファはイルゼとの交際を大切にしていたし、イルゼもエーファの立場の難しさを理解し、彼女に思いやりと同情を示した。しかしイルゼはどれほどエーファを称賛しても（彼女の外見や愛すべき性格を褒めても）、ヒトラーが真に愛したゲーリとエーファとを比べないわけにはいかなかった。エーファは身代わりとして何ら問題はないけれど、オリジナルにはかなわない。イルゼはそう考えていた。

✢　✢

ヘスは時折ベルクホーフに一泊する際、ウンタースベルクの間を使用した。この部屋を彼以外の人間が使うことはめったになかった。最上階にあるこの特別室には木の羽目板を使用した広いリビングがあって、机、浴室、寝室が備えられ、バルコニーからはザルツブルクまで延びる山々を見渡す絶景を望める。この部屋に泊まれてヘスは気をよくしただろうし、自分の出世を実感もしただろう。だが、それは彼がヒトラーも含めたナチ・エリートから離反し孤立しつつあることの現れでもあった。多くのナチ・エリートにとって、彼は自分の世界に没頭する、屋根裏の奇人だった。

管理業務の大部分をボルマンが処理するようになると、ヘスには自由な時間が増え、秘密の趣味にふけることができるようになった。思春期のヘスは占星術に夢中になり、一九〇七年にはダニエル彗星に感激している。これは二五年間、北半球で最も明るく輝いた彗星で、七月半ばから八月の終わりまで明け方に見ることができた。ヘスはのちにこの彗星を初めて見たときのことを回想している。「尾が空の三分の一を埋め尽くすほど勢いよく揺らめいていた。毎晩私はその速い動きと変化する形を観察するために起きていた。以来、私は星々への関心をけっして失うことはなかった[*26]」。

一九三三年、イルゼはヘスをエルンスト・シュルテ＝シュトラートハウス〔一八八一－一九六八〕に紹介している。イルゼは一九二〇年代初頭に古書店で働いているときに、彼と知り合った。シュトラートハウスは文学研究者で、愛書家のためにいくつかの定期刊行物を出していた。オカルトの権威でもある。ヘスが十二宮の星に魅了されているのを知って、イルゼは二人を引き合わせた。一九三四年、ヘスはシュトラートハウスを文化的事項に関する助言者としてスタッフに招き入れている。同時にシュトラートハウスはヘスのお抱え占星術師となり、毎日彼のホロスコープを提示した。イルゼは夫ほどオカルトに熱中してはいなかったが、彼の神秘主義的な見解を是認し、夫と同様に、超自然の力が人間の運命を形作ると信じた。彼女は「極度に霊的な緊張が起こると、理性の範囲外にある領域から、私たちを裏切らない知識が訪れる」[*27]と語ったことがある。

占星術に対する政権の姿勢は曖昧だった。占星術は代替宗教のようなもので、一般市民に人気があるのでなおさら危険な存在だ、というのが公式見解である。その結果、占い師たちは突然迫害の波に襲われた。一九三七年、ドイツ占星術協会は解散させられ、その定期刊行物は発禁になった。

ヘスはシュトラートハウスの占星図を頼りにしていると名指しされることが多かったが、占星術に関心を持っていたのは彼だけではない。ヒムラーもさまざまな機会に占星術師に助言を求めていたし、ヒトラーが透視能力者と会っていたという推測もなされている。相手は皺だらけのロマ族の老人で、魔術の心得があったと言われている。しかし党の方針に一番違反しているのはヘスだと考えられており、彼が催眠術に手を出し、霊能者を雇って金属のような固体を操っているという噂が流れた。

ヘスが好きだった分野はもうひとつある。代替医療だ。これは彼自身が慢性的な健康問題に悩まされていたことに起因する。ヘスが最初にかかったストレス性の病気は、緊張をはらんだ一九三二年秋に突然生じた炎症性の腫れ物で、深刻な病状だったため入院している。以来、彼はさまざまな問題に悩まされた。腹部膨満、腎臓痛、動悸、腸の不調、不眠症。こういった症状を緩和するため、ヘスは食餌療法を採り入れることにした。ヒトラーが菜食主義者になったときには、ヘス夫妻も同調している。消化管までもがヒトラーと協調関係にあったのだ。しかし食事のこととなると、ヘスはヒトラーよりさらに口うるさかった。当初はイルゼがどんな苦労も厭わず、夫のためにしかるべき食事を用意していたが、結局ヘスはどこにでも同行してくれる特別な料理人を雇った。ヘンリエッテ・ホフマン（夫バルドゥア・フォン・シーラッハとともにウィーンに住んでいた）によると、ヘスはウィーンを訪れた際、「ほうれん草と得体の知れない食材の入った小鍋を持参した」[*28]という。

他の食べ物を断固拒否したせいで、ヒトラーとの間には軋轢が生じた。首相官邸で食事する際、ヘスが食べ物を持参し、ヒトラーが用意した菜食主義の食事を拒絶したからである。昼食会に居合わせた客によると、いらいらしたヒトラーは、自分の「一流の料理人」にヘスの好きなものを何でも用意させると申し出たという。しかしヘスは辞退し、「自分の食事の材料は、特別なバイオダイナミック農法で作ったものでなくてはならないのだ」[*29]と説明した。ヒトラーはヘスの辞退を自分へのあてつけと取り、今後は自宅で食事するよう勧め、彼をめったに招かなくなった。

ヘスのかたくなな姿勢は、個人的な奇行の枠を超えていた。イルゼの支持を得た彼は、かなりの時間とエネルギーを代替療法の宣伝と学習と発展に捧げた。一九三四年、ヘスは医療従事者を管轄するナチの公的機関に働きかけ、広範な団体（ドイツ自然治癒協会や温泉及び気候科学協会や水療法士連盟など）を受け入れることに成功した。次に彼はドレスデンにルドルフ・ヘス病院を自然療法のセンターとして設立し、名高い心理療法家カール・ユング〔一八七五―一九六一〕の理論を称賛するガンの専門家（他の職員も同様だった）に運営させた。この病院の患者は、水治療法やさまざまな食餌療法や断食療法を受けた。

一九三七年、ヘスはベルリンで世界ホメオパシー会議を開催している。彼の開会の辞は「これまで排除されてきた療法を偏見のない心で検討してほしい」という医療従事者への懇願で始まった。それからホメオパシーは「生物」を治療するための最も適切な「科学の形態」だと宣言し、「ホーリズム〔全体論〕に対する需要」は「ますます高まっている」[*30]と自信たっぷりに述べ、ナチ・ドイツにおける政治情勢のおかげで大きな前進をする機会が与えられたのだと聴衆に請け合った。

占星術に関してもそうだったが、ヘスはだまされやすい人間だったため不当にカモにされ、偏執狂や彼らのわけのわからないたわごとにだまされた。生薬に関心があることがみなに知られていたヒムラーは当然のことながら、政権も自然治癒力を利用しようとしていた。最優先事項はガンに対する戦いである。植物をベースにした食餌療法で病気を撃退する研究がなされ、食品や日常の家庭用品に化学物質が使用されていることがガンの潜在的原因だとみなされた。

ヘスがオーガニックな薬を試し、神秘的な予言に依存したのは、一つには彼とイルゼになかなか子どもができなかったからである。運動の指導者という自分のイメージを考えれば、自分たちの子どもをナチの一員に加えられないのは恥ずべきことと思われた。二人はともに、目標達成のためなら努力を惜しまなかった。ヘスは自分のセックス嫌いを克服すべく懸命に努力した。二人の苦労は報われなかったが、イルゼは望みを捨てることを拒んだ。マクダはゲッベルスのスタッフの一人に、イルゼは「ここ何年もの間に五回か六回、いよいよ子どもができるわ、と断言してきたの。でも、たいていは占い師がそうなると言っただけにすぎないのよ[*31]」と話している。

絶望したヘスは自分の主義を捨て、精力剤を探し求めた。ハインリヒ・ホフマンのミュンヘンのスタジオの真向かいには薬局があった。毎日、ヘスが薬局に入っていき、生殖能力を高めてくれる強壮剤を抱えて出てくるのが目撃されている。

この驚くべき薬は、おそらく性的不能を治すさまざまなホルモン系の錠剤の一つで、処方箋なしで入手できるものだったのだろう。最もよく売れた商品は、マグヌス・ヒルシュフェルト〔一八六八―一九三五〕が作ったティトゥス・パールズである。ヒルシュフェルトは著名な性科学者だったが、彼の性学研究所はナチによって閉鎖された。しかし、彼の処方で作られた製品は倉庫に残っていた。その製造会社は女性向けに豊胸薬も作っていた。胸の形を「徹底的に[*32]」変える、というのが売り文句である。

ヘスがサプリメントを飲んでいた頃、ティトゥス・パールズの広告はとくに彼のような男性をターゲットにしていた。疲れ切った、中年の幹部クラスの人間が、自分の性生活を活気づけようとしていたのである。販売キャンペーンに潜在するメッセージ（性的能力の劣る男性は、生殖できないのだからコミュニティの役立つメンバーではない、ということを暗示している）は、まさにヘスに当てはまった。一般的に問題はイルゼではなくヘスにあると考えられており、事態を好転させるためのプレッシャーも彼にかかった。

薬のおかげか、星の配列のおかげか、はたまた彼の食事の奇跡的な力のおかげか、イルゼはとうとう一九三七年の初めに妊娠した。夫妻は興奮し、今やイルゼに課せられたきわめて重要な義務は男の子を産むこととなった。そうすれば彼らは役割を果たすことになる。ヘスは好ましい前兆はないかと探した。俗説では、夏にカリバチが例年よりも多く見られると、男の子が生まれる確率が高くなるという。ヘスは蜂蜜の壺でおびき寄せ、自宅の庭の周辺を飛ぶカリバチを注意深く数え続けた。

効果は上々だった。一一月一八日、イルゼは男の子を産み（彼らの唯一の子である）、ヴォルフ・リュディガー・ヘスと名づけた。代父はヒトラーで、「ヴォルフ」とはヒトラーの昔の愛称である。イルゼと夫は誇らしげな両親となった。しかしそれによってヘスはわずかに残されていた威信も失った。マクダとその夫によれば、ヴォルフが生まれたとき、ヘスは「南米のインディオ」のように「躍り上がって喜んだ」という。ヘスはそれから党の地方支部のボス全員に指令を出した。自分の息子が「象徴的にドイツの土の上で」人生を始められるよう、「特別製の揺りかごの下に広げる」「ドイツの土を入れた袋」を送れというのだ。ゲッベルスはそのリクエストを非常に面白がり、自分が都会の大管区指導者であることを示すために「ベルリンの舗道の石」[*33]を送ろうと考えたが、結局自宅の庭から取った肥料を密封して送ることに決めた。

第8章　SS妻の会

マルガレーテ・ヒムラーとリーナ・ハイドリヒはベルクホーフの派閥の一員ではなかった。マルガレーテは公式行事で二、三度訪れたにすぎない。リーナは正面玄関を通ったことすらない。夫たちはその帝国を広げつつあったが、妻である彼女たちはマクダやエミーと同じ仲間ではなかったし（リーナにもマルガレーテにも、これといった公的プロフィールはなかった）、あるいはゲルダやイルゼのようにヒトラーの取り巻きにもなっていなかった。

二人とも、自分たちが二流の地位に置かれていることが不満だった。夫の業績を考えれば、もっと敬意を払われてもよいのではないかと思っていたし、夫のおかげで自分たちの地位が高いと認められるべきだと考えていた。二人ともヒムラーとハイドリヒのことをヒトラーが十分評価していない、あるいは他の高位のエリートに対するほど寛大ではないと、ひっきりなしに不満を漏らしていた。マルガレーテは夫が「十分に認められていない」[*1]と、日記に繰り返し記している。

しかし力を合わせ一致協力するのではなく（夫たちはそれをとてもうまくやっていた）、二人はつねに対立していた。マルガレーテにしてみれば、親衛隊（SS）の妻たちのボスになりたいというリーナの露骨な野心は不快でたまらない。リーナにしてみれば、軽蔑するしかない女に従属するのは耐えられない。リーナはマルガレーテがどこを取っても自分より劣っていると考えており、冷酷に彼女をこき下ろす機会をけっして逃さなかった。たとえば彼女はマルガレーテの肥満体型をあざけっている。「サイズ五〇の下ばき。あの女に合うのはそれだけよ」。そして彼女を「狭量でユーモアセンスのないブロンド女」、「いつもしきたりばかりを気にする女[2]」とけなしている。

マルガレーテに否定的な考えを抱いていたのはリーナだけではない。ヘンリエッテ・ホフマンも「狭量な気難しい女で、不幸になるために生まれてきたようだ」と考えていた。マルガレーテが「夫を支配し、意のままに操っている[3]」というリーナの意見には、多くの者が賛成している。ナチの排他的なグループは彼女を重んじようとはせず、ユニティ・ミットフォードでさえ、「ヒムラー夫人をおおっぴらに笑い者にした」。

ユニティの無礼な言葉はマルガレーテは共通の知人に伝わり、マルガレーテは共通の知人に「ろくでなしのユニティ」についての愚痴を漏らした。知人はユニティに代わって謝り、それからユニティに物の言い方に気をつけるよう注意したという。この優しい女性（長年運動にかかわっていた）は、マルガレーテに同情を示した。「第一次世界大戦を看護師として過ごした気の毒な人」で、仕事に全力を尽くしたのだ、と。その結果、「彼女には何も残らなかったのだ[4]」と。他の人々はこの評価に同調し、マルガレーテがあんな調子なのは、戦争で神経を病んだからだと言い合った。状況しだいで残酷なものにも思いやりに満ちたものにもなりうる、根拠のない憶測である。

マルガレーテはリーナが敵意をむき出しにしていることは十分承知していて、それを夫に言いつけた。ヒムラーも前々からリーナの辛辣な物言いやSSの仕事に口出しする傾向を苦々しく思っていた。いらいらしていたのはハイドリヒも同様である。ヒムラーは自身の副官カール・ヴォルフ〔一九〇〇―八四。SSの将軍〕の妻でマルガレーテもリーナもよく知っているフリーダ〔一九〇一―一八八〕に、リーナにそれとなく話をしてほしいと頼んだ。フリーダは海軍のボートレースの際に説得を試みたが、リーナは自分がおかしいとはすんなりと認めず、「私はまったく信じ難い理由で非難され、夫は私を抑えられないと非難された」と怒り、フリーダの助言をはねつけている。

間接的な働きかけに失敗したので、マルガレーテはヒムラーを説得して、リーナと離婚するか、それともSSを辞職するか、どちらかを選べとハイドリヒに迫らせたという。ハイドリヒはリーナにそのおりを伝えたに違いない。ゲーリングのガーデンパーティーでヒムラーと同席した際に、リーナがヒムラーと決着をつけると宣言したからである。普段の口達者と自己主張は微塵も見せず、リーナはずっとおとなしくしていた。「私はとても悲し気な様子を装い、静かに座っていた」。その様子にヒムラーは狼狽し、リーナに大丈夫かと尋ねたという。彼女は質問に肩をすくめ、それから二人はダンスした。ヒムラーのダンスは「下手だった」という。明らかにそれで一件落着だった。ヒムラーは彼女に、何も問題はないと言い、そのことについて二度と口にしなかった。リーナはこの出来事が「じつにヒムラーらしく、彼は私たちを離婚させようとしたが、面と向き合えばとんだ意気地なしだった」[*5]と回想している。

結局、マルガレーテが何を望もうと、ヒムラーは職場でのハイドリヒとの素晴らしい関係を台無しにする気は毛頭なかった。二人は恐るべきチームを作り上げていた。ハイドリヒは上司の権威に楯突くことはけっしてなかったし、上司の望みをかなえるために最善を尽くした。口論になったり、ヒムラーのいないところで不満を漏らしたりすることはあっただろうが、ハイドリヒの忠誠心はけっして揺らがなかった。ヒムラーは部下の組織能力と、嘘をついている人間を見きわめ、誰が「味方か敵か」を判別する「まったく驚くほどの」[*6]能力に畏敬の念を抱いていた。二人は長所と短所を補完し合っていた。社交的な場にはヒムラーのほうが適していた。ハイドリヒが入って来ると、部屋の温度が下がった。ハイドリヒの思考過程は論理的で明快だった。ヒムラーの思考過程はもっと抽象的で入り組んでいた。

　マルガレーテとリーナは互いを蹴落とすことにエネルギーを費やしていたが、結婚生活における二人の悩みはほぼ同じである。夫に軽視され放っておかれていると感じていたのだ。夫は妻子のために時間を割いてはくれず、仕事ばかりしていた。

　一九三四年一二月二三日、リーナは二人目の息子、ハイダーを出産した。二人の男の子に恵まれて、負担を軽くしてくれる使用人はいたものの、家族の支援はない。彼女の両親は遥かバルト海のフェーマルン島にいたし、ハイドリヒは自分の親兄弟と縁を切っているも同然だったからだ。

　一方マルガレーテは、養子のゲルハルトとの間に深刻な問題を抱えていた。盗みはするし、嘘はつく。学校はずる休みする。罰を与えても効果はない。ヒムラーが乗馬鞭で打ってもだめだった。マルガレーテに言わせれば、ゲルハルトは「生まれつきの犯罪者」だった。困り果てたマルガレーテは、ゲルハルトを産みの母に返そうとしたが、大金の支払いを求められたので、彼を寄宿制の学校に入れた。ゲルハルトはそこで他の生徒に情け容赦なくいじめられたという。一方、娘のグードゥルーンは「優しいよい子」だったが、それでも同じ厳しいしつけを受けていて、マルガレーテの高い基準を満たすことを期待された。

ヒムラーの家族は支援の手を差し伸べようとしたが、マルガレーテは彼らと仲よくやっていけなかった。彼女の両親は結婚に好意的でなく疎遠になっていたが、一九三四年から裁縫師の妹が長期滞在し、使用人や料理人や庭師とともに手を貸してくれるようになった。しかしマルガレーテはいつも使用人たちと衝突していた。ある生意気で「怠け者」の夫婦を解雇した後で、彼女は日記に「あんな人間は閉じ込めて死ぬまで働かせるべきだ[*7]」と記している。

✢　✢

一九三四年から三五年のクリスマスと新年にかけて、マルガレーテと夫は自宅に客を迎えた。ＳＳ人種・移住局長官で食糧農業相でもあるリヒャルト・ヴァルター・ダレ〔一八九五―一九五三〕と、妻シャルロッテである。彼女は右派で反ユダヤ思想を持つ貴族の地主の娘で、優美で知性的だった。一九三〇年にＳＳに加わったダレは、第一次世界大戦中は砲兵として軍務に就き、農場の支配人を務め家畜育種について広く執筆活動を行っていたことから、瞬く間にヒムラーと親しくなった。ダレは人種的に純潔な農民のユートピアという思想をヒムラーと共有しており、「血と土」というイデオロギーを推進していた。

ダレは一九二九年にシャルロッテを秘書として雇い、三年後に結婚した。シャルロッテとマルガレーテにはかなり共通点がある。二人とも年が近く、大きな農家で育った。マルガレーテとヒムラーはダレとシャルロッテの結婚祝いに、銀のポットを二つとチンギス・ハーンの厚ぼったい伝記を贈っている。

両家族はミュンヘンからほど近いテーガーンゼー〔テーガーン湖〕の湖畔にあるヒムラー家の新居での最初のクリスマスをともに楽しんだ。歌手から購入した立派なシャレー風の家には、離れに四人のSS隊員の詰め所、専用桟橋、家畜用の土地（羊、ポニー、豚、鹿）、養魚池、温室、そして夏にはクロッケー、冬にはアイススケートを楽しめる草地があった。

そこでの休暇シーズンはヒムラーとダレが浮かれ騒ぐのにぴったりだった。一九三四年は彼らの組織にとって非常に重要な年だった。レームの突撃隊（SA）を犠牲にしてSSの勢力を拡大していたからだ。ドイツが戦争の準備を進めるに当たり、ヒトラーにとってSAは邪魔な存在になっていた。ヒトラーが国内外の安定、そして軍の全面的な協力を必要としているのに、SAは軍事力の主要な供給源として国軍に取って代わり、旧体制の名残を一掃したいと考えていたからである。その一方で、レームは路上での暴力行為や破壊行為や威嚇の防止を拒否した。SA隊員はそのせいで評判が悪かった。

一九三四年春には緊張は頂点に達し、ある種の罰は回避できないと思われた。問題は、誰が最初に攻撃を開始するかである。ここはヒムラーの出番だった。SAの鎮圧にSSを使う見返りに、ゲーリングはプロイセンの警察権をヒムラーに渡し（彼はすでに他の地域の警察権はすべて掌握していた）、ゲシュタポの管理もヒムラーに任せることに同意した。

六月三〇日から七月一日にかけての夜、ヒムラーの殺し屋グループは攻撃を開始した。八三人から二〇〇人の人々（不運なシュミット博士も含まれた）が長いナイフの夜に暗殺された。レームはヒトラーと側近たちが処分について相談したため、数時間生き延びたが、結局、独房で銃殺されている。レームがリーナやハイドリヒと親しく、夫妻の長子の代父だったという事実も、ナチの厳しい駆け引きの世界では何の役にも立たなかった。リーナもハイドリヒも、いかなる悔恨も表明していない。一方、ヒトラーは喜んでいた。「SSの大いなる尽力に鑑み……SSを独立組織の地位に格上げする」[*8]。

クリスマスシーズンに漂う友好ムードにもかかわらず、クリスマスはナチ・エリートにとって単純な行事ではなかった。クリスマスの祝日はベルクホーフでは静かに過ぎていく。一年のこの時期に必ずヒトラーが憂鬱な気分に陥るからだ。その気分は母親の死の記憶によって引き起こされる。母が亡くなったのは一九〇七年一二月二一日で、いまだに彼を悩ませていたのだ。ふつうヒトラーはクリスマスをミュンヘンで一人で過ごす。クリスマス・イヴにタクシーに乗り、街をあてどなく走り回らせて時間をつぶすこともあった。

もう少し社会的なレベルでは、ドイツの人々をキリスト教から引き離そうとするナチにとって、クリスマスは重要な戦場だった。ヒトラーはキリスト教を、弱者を賛美し民族の闘争心を鈍らせる宗教だと考えていた。ヒトラーは不可知論者だったが、側近たちの多くは子ども時代の信仰を捨てて異教信仰を採り入れ、古い神々のシンボルや儀式と再びつながっていた。

ヒムラーとダレは異教を実践していた。それはヘスも同じである。リーナとゲルダの夫もキリスト教を軽蔑し、キリスト教徒の生活を不快なものにするのに全力を傾けた。マクダとゲッベルスは反教会キャンペーンを支持していた。エミーとゲーリングだけが伝統を守り続けていた。

キリスト教徒にとってのクリスマスの重要性を鑑み、ナチは総力を挙げてこの休日を自分たちのために利用しようとした。ナチをテーマにした賛美歌、鉤十字をあしらったクリスマスカード、ナチの党バッジのツリー飾り、SA隊員を模したチョコレート人形などが作られた。母親たちはルーン文字をかたどったビスケットを焼くよう促された。ヒムラーは夏至祭と呼ばれる異教の祝日（彼はこれがクリスマスよりも一般的になることを望んでいた）を再導入しようとしたが、毎年一二月にもＳＳのブランドを押しつけ（ＳＳ隊員の絵のついたアドベント・カレンダー〔一二月一日からクリスマスまでの日数を数えるために使用される〕やＳＳのロゴのついた特別なクリスマスキャンドルが売り出された）、サンタクロースは北欧の神オーディンに由来するという説を宣伝した。

ヒムラーは教会の信用を落とそうとあらゆる手を尽くした。彼は一六世紀と一七世紀の魔女狩りについて詳細な調査を依頼している。調査員は約三万四〇〇〇ページに及ぶ膨大な資料を収集し、いわゆる「魔女」が、実は共同体に貢献した善良な異教徒だったことを証明した。魔女たちは薬草や植物の不思議な性質の利用法を知っていただけなのに、こういった霊的な力を持つ賢い女性たちを悪魔呼ばわりし火あぶりにするという恐るべき罪を、キリスト教の権威者たちは犯したのだった。

ヒムラーの「魔女特別計画」は、彼が始めた偽学問的な構想の一つにすぎないが、ひどく困惑させるような内容だ。こういったことの大部分は、彼が独自に設立したアーネンエルベ〔「祖先の遺産」の意〕によって企てられている。雑多な事柄を扱うこの機関は、イデオロギー的に共感した考古学者、人類学者、科学者を採用し、彼らは自分たちの研究分野すれすれの領域で、古代及び先史時代のアーリア人部族が人類の発展に果たした重大な役割を証明する仕事を任されていた。最初のホモサピエンスがアーリア人の源であることを証明する試みさえなされた。専門家チームは北アフリカ、中東、さらにはチベットに至るまで、可能性のある地域を訪ねている。

マルガレーテが夫のイデオロギー的妄想にどのような役割を果たしたかは、判断が難しい。彼女はヒムラーから定期的に読み物を渡されていた。強大なローマ帝国と戦った部族長の偉業について詳述した歴史書から、頭蓋骨を分析した考古学の論文に至るまで、内容はさまざまである。マルガレーテはこういった文献を律義にゆっくりと苦労しながら読み、日記やヒムラーへの手紙でそれについて触れた。彼女は意見や評価という形はほとんど取らず、ただ関心を表明するのがふつうだった。明らかにヒムラーは、マルガレーテが自分と同じくらい情熱を燃やしてくれるか、あるいは最低限でも認めてくれることを望んでいた。一九三五年五月二五日には、妻をヴェーヴェルスブルク城〔ドイツ中東部に建つルネサンス様式の城〕に伴っている。彼はこの城を修復して中世の栄光を甦らせ、アーサー王のキャメロット〔アーサー王の宮廷があった城〕のように、SSの騎士たちの集う場所として使おうと考えていたのだ。マルガレーテが訪ねたとき、城はまだ廃墟だった。

　夫が長年温めてきた計画にじっと我慢し、本音を押し殺して夫を励ましてきた妻たちは数え切れないほどいることだろう。ひょっとしたら、マルガレーテがヒムラーの奇妙な熱意を容認していたのも、それと同じかもしれない。結局、ヒムラーが自分の城と他の無数の計画に費やした時間は、彼が妻やグードゥルーンとともに過ごさなかった時間ということになる。一九三五年を通して、ヒムラーがテーガーンゼーの自宅に落ち着いていたのはわずか六週間にすぎない。

　リーナとハイドリヒはヒムラーの奇行を面白がり（「私たちは彼の趣味を笑い飛ばしていた」）、基本的には他愛ないと考えていた。「夫と私は彼の奇行に好意的な微笑みを向けていた」と彼女は回想し、二人とも「異教徒の石についての彼の説を聞いてもまったく感動しなかった」と述べている。

　それでもハイドリヒは、ヒムラーの「神秘主義[*9]」にまったく興味がないわけではなかった。一九三五年の夏至に、彼はリーナが育ったフェーマルン島を、地元の歴史家に案内してもらっている。この歴史家は彼を有名な一八世紀の農家に連れて行った。これはもっとずっと古い建物の遺跡に建っていて、そばには古代の石の墓がある。ヒムラーが北欧の初期の文化に興味を抱いていたことから（アーネンエルベはデンマーク、スウェーデン、ノルウェー、アイスランド、フィンランドを調査していた）、ハイドリヒはそこに大きな博物館を建設することと、その資金を得るための基金を立ち上げることを提案した。フェーマルン島にはリーナと夫の休暇用の別荘もあった。別荘は、ハイドリヒが考古学的な発見をした日に仕上がっている。父の富を受け継いだ裕福な実業家の息子から金を借りて、夫妻はバルト海を見渡せる海岸のそばにかなり大きな土地を買い、藁ぶき屋根の伝統的な木骨造りの家を建てた。リーナはこの家を愛し、一家は夏のほとんどをそこで過ごした。

✢　✢

長いナイフの夜の後にＳＳの地位が高まった結果、リーナとマルガレーテはベルリンにアパートを得ることができた。これで未来への新たな可能性が開けたことになる。ミュンヘンでは、リーナはナチ社会の上層部から排除され、つねに孤立感を抱いていた。今やベルリンの住人となった彼女は、それにふさわしく著名で有力な人々と交際しようと固く決意した。

リーナを助けてくれたのは、二五歳のヴァルター・シェレンベルク〔一九一〇―一九五二〕である。ハンサムで知的なシェレンベルクはボン大学の学生で、法学に転向する以前は二年間医学を学んでいた。一九三三年にＳＳに入隊し、二人の教授に勧誘されたのち、親衛隊保安課報部（ＳＤ）のメンバーとなる。まもなく彼はハイドリヒやリーナと交際するようになった。シェレンベルクによれば、リーナは「人生におけるよりよいものへの渇望を満たしてくれる相手を……見つけて喜んでいた。彼女は文学や芸術の世界でもっと知的かつ洗練された交際がしたいと願っていた」。彼は夫妻を「コンサートや劇場」に連れて行き、彼らは「ベルリン社交界でも指折りの人々と交際し始めた」[10]。

一九三七年二月には、リーナはずっと容易に楽しめるようになった。一家は九部屋ある新居（各部屋に警報器が取りつけられていた）に引っ越したのだ。三階建てで使用人部屋が別に二つあり、表門にはSSの警備員がいる。広い庭にリーナは運動場と鶏小屋を作った。

リーナは努力しているのに夫に邪魔をされていた。ハイドリヒは上流社会にうんざりしただけでなく（彼はSSの仲間とバーやナイトクラブを回るほうが好きだった）、友人を作るのにもほとんど興味がなかった。リーナは彼が「個人的な友人」を持たず、「隣人や仕事仲間との社交を避けようとしている」[11]のに気づいていた。

それでも例外はあった。ヘルベルト・バッケ〔一八九六―一九四七〕と妻ウアズラは子どもたちを連れて（リーナの息子たちと同じ年頃だった）ハイドリヒの家を定期的に訪問し、週末や夜を一緒に過ごした。一九三三年にSSに入隊したバッケは、農業の専門家でダレの部下だった。ヒムラーがダレを見限り友情を終わらせた後は、バッケがダレの仕事を引き継いでいた。リーナと同じくウアズラもナチに精根傾けており、夫の私的な秘書兼助手兼文書保管人を務めていた。彼女の日記は基本的にバッケの活動記録だった。

しかしリーナがどうにか育てた関係も脆弱で、ナチの策謀や、夫がつねに関与している縄張り争いに影響されがちだった。その典型的な例がヴィルヘルム・カナーリス〔一八八七―一九四五〕・エリカ夫妻との関係である。カナーリスは戦争の英雄で、一九〇五年に一八歳で海軍に入隊し、荒っぽいドイツ義勇軍の連隊を指揮し、一九二三年には若き訓練生ハイドリヒと同じ船に乗る艦長だった。エリカは教養ある知的な女性で、音楽に情熱を傾けていた。才能あるヴァイオリニストだった彼女は、カナーリス家のお茶会で弦楽四重奏団とともに演奏を披露した。メンバーに欠員が出ると、カナーリスはハイドリヒに加わるよう勧めた。エリカは彼の荘厳なヴァイオリンの演奏に感激し、ハイドリヒは常連メンバーとなった。

この友情は短命に終わり、カナーリスとハイドリヒは別々の道を歩むことになった。一九三三年にはカナーリスのキャリアは行き詰まりを見せていたが、ナチが政権を掌握したことで彼の未来は変わる。一九三五年一月一日に彼は軍の諜報部であるアプヴェーア〔一九二一年から一九四四年五月まで存続〕の部長になった。その後まもなく、リーナとハイドリヒは子どもたちを連れて散歩しているときにカナーリスとエリカに偶然出会い、近所同士であることを知った。

リーナはエリカの上品な性格を称賛し、一方ハイドリヒとカナーリスは旧交を温められることを喜んでいるようだった。彼らは近くのグリューネヴァルトの森で乗馬をしたり、午後にクロッケーをしたり、毎週ハイドリヒが第一ヴァイオリン、エリカが第二ヴァイオリン、ハイドリヒの弟がチェロ、友人がヴィオラで音楽の夕べを催したりした。カナーリスは料理に熱中し、なかなかの腕前だった。得意料理は猪の赤ワインソースと鰊（にしん）のサラダで、ブランデーやキャビアとともに供された。

カナーリスとハイドリヒの職業上の対抗意識は「プライベートや社交生活に影響を与えなかった」[*12]とリーナは主張しているが、二人の間の緊張はけっして表面上のものではなかった。アプヴェーアとSDは当然競争関係にあり、とくにハイドリヒが国内外の情報関係業務をすべて掌握したいと考えるようになってからはなおさらだった。二人は協定（「十戒」と呼ばれた）を成立させ、双方の責任の及ぶ範囲を明確にしたが、けっして互いを信用しなかった。エリカの娘がハイドリヒの書斎の机に興味を示すと、ハイドリヒは彼女をスパイだと責めたし、一方カナーリスは日記に、ハイドリヒは「残忍な狂信者で、彼と率直で友好的な協力関係を築くことは難しいだろう[*13]」と書いている。表面上は礼儀正しく振る舞い続けていたが、二人の男は優位に立とうとする必死の戦いに追い込まれていた。

✢　✢

ベルリンに落ち着くと、マルガレーテは帝国のファーストレディーの世界に浸りきった。彼女は今では順々に開かれる外交的なパーティーの一員となり、各行事に対する感想をきちんと日記に記録していた。フランス大使については「これまで会ったなかで最もユーモアのある楽しい人だ」。アルゼンチン大使館では「多くの知人に会った」。エジプト大使館は「とてもすてきだった」。首相官邸でヒトラーが主催し、二〇〇人を招待した夜会は「豪華な花が至るところに飾られ、驚嘆した」。そして五日後、彼女は宣伝省に行ったが「あまりに退屈だったので、早めにおいとました[*14]」とある。

変わり者の伯爵夫人とうまくつきあったり、日本大使のドイツ人妻に興味をそそられたりした（彼女はマルガレーテに「多くの私的な興味深いこと」を話してくれた）ものの、マルガレーテは人々にうまく溶け込むのに苦労し、明らかに上流社会の落ち着けない環境にいた。「新たな招待がまた来ている。あまり眠らなくても済むならいいのに」。マルガレーテにとって夜に外出して楽しいのは、劇場に行くときだった。彼女は『すべては嘘ばかり』といったコメディが好きで、「とても面白い[*15]」と感じている。

映画を観ることもあった。さもなければブリッジをしたり、面白い本を持って早めに自室に引きこもったり、と静かな夕べを過ごすことに完璧な幸福を感じていた。

社交下手だったにもかかわらず、マルガレーテは尊敬すべき重要人物と見られたがった。毎週水曜日には、指導的立場にあるSSの妻のために一四部屋ある新しい邸宅でお茶会を催した。六人から一〇人の女性が出席するのがふつうだった。マルガレーテの客はみな、フリーダ・ヴォルフのように中産階級か上流階級の出身者だった。フリーダの父親はヘッセン大公に仕えた貴族で、地方裁判所を運営し製紙会社を共同経営していた。フリーダの夫や、お茶会に訪れる他の夫人の配偶者も、同様に専門的職業の経歴を持つ者たちだった。弁護士、経済学者、政治学者、実業家などである。これはヒムラーとハイドリヒの採用戦略を反映していた。

リーナはマルガレーテが主導権を握ることに断固反対で、妨害に着手した。最初の企ては、妻たちを自分の仲間に引き込むことである。仲間の一人に元ダンサーがいて、リーナは彼女の助けを得て、SSの淑女たちが民謡を歌いカンカンを踊る一回限りの音楽発表会を開催した。次にリーナが着手したのは、フィットネス教室の立ち上げである。マルガレーテのお茶会の日とぶつかるよう開催したこの教室は、体操と柔軟運動を合わせたもので、ハイドリヒがインストラクターを手配した。

最初の会でへとへとに疲れ、体操グループの面々はみな体がほてり汗だくになったが、ジムの共同シャワーを使うのを恥ずかしがったという。羞恥心を克服させようと、リーナは率先して服を脱ぎ、彼女たちから丸見えのところで素っ裸になった。それにより仲間のSS夫人たちも抑圧と衣服を脱ぎ捨てることができた。概して教室は成功だった。最後に八人が金のスポーツバッジを、二〇人が銀バッジを獲得している。

一九三六年、リーナはマルガレーテに一歩先んじる新たなチャンスを、スポーツによって獲得した。ハイドリヒがドイツ・オリンピック委員会の一員だったため、大会中、夫妻はマルガレーテとヒムラーよりもずっとよい席に座ることができたのだ。ある席の割り当てについて、リーナは次のように喜んでいる。「ヒムラーは不満そうだった。私の夫のほうが下にいるのに慣れていたからだ」[*16]。そしてリーナたちはすべての催しに招かれた。開会式前夜に開かれた国際オリンピック委員会のダンス・パーティーでは、上座に座りさえした。パーティーは格調高いベルリン王宮の「白の間」が会場となり、最高の食材を使った六皿のコース料理が振る舞われた。リーナとハイドリヒはその年の初めに開催された冬季オリンピックでもVIP待遇を受け、車やプライベート飛行機を自由に使うことができた。

ハイドリヒが得意としたスポーツのなかで、最も重要だったのはフェンシングである。彼は優秀な選手で、ハイレベルな戦いをすることができた。一九三六年一一月に開催されたSSのフェンシング・マスターズ・トーナメントで、ハイドリヒはレイピアのクラスで五位、サーブルのクラスで三位に入賞している。称賛に値する成績だが、ハイドリヒは負けず嫌いで、フェンシングのエチケットを無視し、レフェリーの判定に抗議することも多かった。

ヒムラーはテニスを好み、熱心にプレーした。一時はマルガレーテがゲームにつきあっている。練習の必要性はさておき（彼女は四〇代で、体重に問題があった）、テニスなら夫と一緒にできたからだ。努力したものの、明らかにマルガレーテには負担が大きく、彼女はまもなくラケットを持ってコートに入るのをやめている。しかしヒムラーは定期的にテニスを続けた。

ヒムラーはスポーツに関心を抱いていたが、それによって基本理念が変わるわけではなかった。貴族のゴットフリート・フォン・クラム〔一九〇九―一九七六〕（全仏オープンで二度優勝し、ウィンブルドンで三度二位になった）は、誰もが認めるドイツのナンバーワンクラスのプレーヤーである。フォン・クラムは必要な申請をして一九三〇年に結婚したものの、男性のほうが好きで、ナチ時代以前には自分の性的嗜好を比較的オープンにし、ヴァイマール時代のベルリンの解放的な雰囲気をうまく利用していた。一方、ヒムラーはホモセクシュアルをひどく恐れ、嫌っていた。一九三七年の演説では、それによって「男性は自ら身を滅ぼしつつある」[*17]と宣言している。当初、ナチはホモセクシュアルに対しヴァイマール時代の法を適用し続けていた。二一歳以上の男性二人による挿入を伴うセックスは違法だというものである。その規定をもとに、一九三三年から三五年にかけて四〇〇〇人の男性が有罪を宣告された。それから法の適用対象が広げられ、いかなる「男性間のみだらな行為」[*18]も含まれるようになった。この変更により、有罪判決は劇的に増えた。一九三五年から三九年にかけて、三万人の男性が刑務所あるいは強制収容所に送られている。

あるばくち打ちの訴えにより、フォン・クラムは一九三七年四月に二人のゲシュタポ捜査官に連行され、数時間の尋問ののち解放された。彼はデヴィス・カップ〔男子テニスの国別対抗戦〕のインターゾーナル戦に出場予定だったので、投獄を見逃してもらえたのだ。この競技会でドイツはその数年、惜しいところまで行きながら、一度も勝利できずにいた。

ウィンブルドンのセンターコートでアメリカのドン・バッジ〔一九一五―二〇〇〇〕を相手に戦われた決勝は、テニス史に残る伝説的な試合となった。ヒトラー（試合の直前にフォン・クラムに幸運を祈ると電話していた）も含め、ドイツの数百万の人々がラジオの実況放送を聞くために家にこもり、フォン・クラムの勝利を願った。かなり困難な状況のなか、彼は息詰まる五セットマッチで後一歩のところまで追い上げながら打ち負かされた。

フォン・クラムが勝利していたら、彼の運命は変わっていたかもしれない。しかし負けたため彼は批判にさらされ、さらに悪いことに、妻に離婚された。ヒムラーはフォン・クラムを投獄する機会を窺っており、一九三八年五月、彼は若いユダヤ人俳優と関係した罪により、一年の禁固刑の判決を受けた。ただし半年後に仮釈放になっている。一九三九年、フォン・クラムは復帰を果たそうとしたが、ウィンブルドン大会を開催するオール・イングランド・クラブが犯罪歴を理由にウィンブルドンでのプレーを拒否したことで、その道は阻まれた。

✣

✣

一九三六年には、リーナはハイドリヒの裏切りを確信していた。彼女は残酷なほど率直に、「夫はスカートをはいているものなら何にでも夢中になった」[*19]と語っている。リーナは夫の浮気相手が誰か、明確に知っていたわけではない。だが、自分の思い過ごしではないと確信していた。そうでなければなぜ夫は一晩じゅう不在で（そういったことはちょくちょくあった）酒と香水の匂いをぷんぷんさせて明け方に帰って来るのか。リーナはその件で何度もハイドリヒとやり合い、非難を浴びせたが、彼は否定するばかりだった。

その方面に関するリーナの懸念は、事実無根だった。ハイドリヒは浮気をしていたわけではないし、愛人を隠していたわけでもない。しかしＳＳの同僚のなかには、彼が定期的に売春婦を訪ね、ひどい仕打ちをしているらしいと証言した者もいる。あるＳＳ将校は、ハイドリヒを客に取ったら「最も客に恵まれない売春婦でさえ、二度と来てほしくないと思うだろう」[20]と主張している。この将校は、ナポリの売春宿に行ったとき、ハイドリヒが財布の金貨を床にぶちまけ、売春婦たちと女将が奪い合う様を眺めていた、と語っている。

上司をできるだけ不愉快で堕落した人物に見せれば、自分自身をあまりひどい人間ではないように見せることができるかもしれない。目撃者がそう考えたとすれば証言の信頼性は怪しくなるが、ハイドリヒの性行動には明確なパターンがある。一九二六年五月に海軍の演習に参加した際、彼はバルセロナで休憩時間を与えられたという。仲間の士官候補生の一人は、ハイドリヒが上陸したとたん、売春宿を探しに行ったことを覚えている。その士官候補生は、ドイツ人クラブで催しがあった際に不快な事件があったことも覚えていた。ハイドリヒは「非の打ちどころのない素性の若い女性」を庭に散歩に連れ出し、「不埒な真似をして顔をひっぱたかれた」[21]という。その後まもなく、ハイドリヒはダンス・パーティーで何人かのイギリスの士官夫人に何度もダンスを申し込み、騒ぎを起こしている。さらに彼が海軍を解雇された事情や、リーナのせいで振られて苦しんだガールフレンドの一件もある。

こういった振る舞い（と仲間のＳＳ隊員の暴露）を聞けば、ハイドリヒの売春婦に対する扱いが単なる悪意に満ちた陰口ではなかった可能性が濃厚になる。それらは彼の反社会的傾向をさらに立証している。情緒面が未発達で思いやりに欠けるハイドリヒは、他者は物でしかなく、自分の目的のためなら利用しても構わないと考えていた。彼はまた、限界を押し広げ、自分が手出しできない存在だと証明するスリルを愛していた。もしハイドリヒの夜の習癖が公に知られていたら、彼は破滅していただろう。

性感染症の広がりを恐れたナチ政権は、街娼に極度に厳しい態度で臨んだ。一九三三年には数千人が逮捕されている。しかし売春宿に対してはもっと柔軟な姿勢をとった。ヴァイマール時代に閉鎖されていた売春宿は、とくに大都市で営業を再開している。一九三七年には、一八歳未満の子どもが同居していないことを条件に、売春婦が建物の一室を借りて営業するのが合法となった。しかし同じ年、「反社会的」分子の大量逮捕に売春婦たちも巻き込まれている。彼女たちは定期健康診断も受けたし、性病の兆候が見られれば消毒された。

風俗業に携わる者には厳罰が科せられたにもかかわらず、ハイドリヒは売春宿のオーナーになることに決めた。シェレンベルクによると、ハイドリヒは「外国からの要人が、目立たない雰囲気で『楽しめる』施設」を求めていたという。「そのような場所で魅惑的な女性を提供する」ことで、うまくいけば「役立つ情報を口外してもらえる」というのだ。

このために、ベルリンのおしゃれな区域にある優美な家が接収され、一流の建築家が設備と装飾を担当した。二重の壁の内部にはマイクが仕掛けられ、「家のなかで交わされる会話をすべて記録するテープレコーダーに自動伝送されるようになっていた」。装置を操作したのは、「秘密厳守の誓約をさせられた」三人の技術者たちである。「キティ」と呼ばれるやりてのマダムが、厳選された一六人の高級売春婦を監督した。彼女たちはみな複数の外国語に堪能だった。

サロン・キティは盛況だった。外国の要人からナチ高官や政府大臣、軍人、芸能人までが、「ローテンブルク」という合言葉を告げて入店するのだった。シェレンベルクは、収集された寝物語から数々の

「外交上の秘密」[22]を得ることができたと語っている。

リーナは夫の夜の仕事に気づかずにいたが、それでもハイドリヒが遊び回っていると確信していた。しかしリーナは裏切られたまま黙っている女ではない。彼女は魅力的なうえ、まだ二〇代だったし、仕事中毒の夫には満たしてもらえない欲求と願望があった。状況証拠しかないものの、リーナは他の男性との交際を求めていたようだ。

リーナの密会相手の一人と疑われていたのがヴァルター・シェレンベルクである。その件についてシェレンベルクは回想録で触れているが、ハイドリヒの偏執的な性格を語ることに重点を置き、リーナと実際に恋愛関係にあったかどうかについてはぼかしている。おそらくは他愛ない戯れにすぎなかったのだろうが、ハイドリヒは疑念を抱き、シェレンベルクとリーナの密会現場を押さえようとした。シェレンベルクはハイドリヒの島の別荘で他の上級職員とともにSSの会議に出席し、ボスがベルリンに戻ったのちさらに一日滞在して、その間にリーナと湖に行き、一緒にコーヒーを飲み、シェレンベルクによれば、「美術や文学やコンサートについて語り合った」。

四日後、ベルリンに戻ったハイドリヒは、ゲシュタポの長であるハインリヒ・ミュラー〔一九〇〇―一九四五〕も交え、街で一晩過ごそうとシェレンベルクを誘っている。食事後、三人は人目につかないバーに行き、飲み物を注文した。シェレンベルクが酒を数口飲むと、ミュラー（ベテランの警察官）の態度が取り調べモードに変わった。シェレンベルク、リーナ夫人とピクニックに行って楽しかったかね？　ずっと監視されていたのに気づかなかったのか？　困惑したシェレンベルクは、不適切なことは何もしていないと主張した。するとハイドリヒは冷ややかに告げた。シェレンベルクの飲み物に毒を入れた、もし自分の名誉にかけて真実を語っていると誓うなら解毒剤をやる、と。シェレンベルクが誓うと、すぐにドライマティーニを手渡された。ちょっと変な味がしたという。「明らかに苦いものが少量加えられていたようだ」[*23]。その後は何も語られず、三人は大いに酒を飲んで騒いだ。

シェレンベルクの証言が正しい可能性はある。彼は真実を隠し自分の評判を守るためなら、平気で手の込んだ作り話をする人間だ。しかしハイドリヒがハニートラップを仕掛けたかどうかにかかわりなく、出世欲に燃えるシェレンベルクが、ハイドリヒの逆鱗に触れるリスクを犯してまでリーナと寝るとも思えない。

浮気相手と目されるもう一人の候補者は、ヴォルフガング・ヴィルリヒ〔一八九七―一九四八〕だ。画家で詩人で美術評論家で、SSの価値観と非常に近い意見を持つ議論家である。彼の絵は純粋なるプロパガンダだった。バラ色の頬をした農家の娘や若いSSの新兵を描いては「人種の守り手」などといったタイトルを添える。ヴィルリヒの論説や随筆については見解が分かれていたし、彼が退廃芸術展の芸術家を選定する六人の委員会の一人に指名されたのも物議を醸した。この任命にヴィルリヒは奮起し、著書『芸術神殿の清掃（*The Cleansing of the Temple of Art*）』（一九三七年）を執筆している。

ハイドリヒは、ヴィルリヒにリーナの肖像画を依頼するという間違いを犯した。ヴィルリヒの前で長時間ポーズをとるうちに、画家とモデルの間に生まれる奇妙な親密さに刺激されて、リーナが活力に満ちたヴィルリヒに魅かれたのは想像に難くない。ハイドリヒは明らかにやきもきし、ヴィルリヒを威嚇する機会を捉えた。

一九三七年三月、『民族と人種』という雑誌が完成したリーナの肖像画を表紙に載せた。ヴィルリヒと直接対決するのではなく、ハイドリヒはヴィルリヒの作品の出版を差し止めるよう編集者に要求する堅苦しい手紙をフリーダ・ヴォルフの夫に書かせた。差し止められてもヴィルリヒにほとんど影響はなかったが、十分な警告にはなり、彼とリーナの間に何かあったとしても、関係はこの時点で終わった。

まもなく、夫婦関係の修復を目指して、リーナと夫は休暇に旅行することになった。数週間、雑事から離れて二人で過ごせば関係を再生できると期待してのことである。二人は一般客として地中海クルーズを続け、イタリア、ギリシア、トリポリ、チュニジア、カルタゴに立ち寄った。これがいい息抜きとなって、夫婦の関係は安定したようだ。少なくともしばらくの間は。そして次の夏、リーナは三度目の妊娠をした。しかし彼女の不満を増大させる一番の原因は、そう簡単に解消されるものではない。夫の生活においてリーナはあくまでも二番手にすぎなかった。夫はますます多忙をきわめつつある。ハイドリヒと共犯者は、新たな領域を占領する計画を練っていたのだ。

✣　✣

一九三八年三月一二日、ドイツ軍が何の反撃も受けずオーストリアに進軍して数時間と経たないうちに、マルガレーテとリーナの夫はウィーンに到着している。彼らは数か月前から準備を進めていた。ナチの敵になりそうな人物に関するデータを蓄積し、それを思うがままに使うことができたのである。左派の残党、あえて反抗するかもしれないオーストリアの著名人、経歴の疑わしい知識人や作家や芸術家、ウィーンに集中している大きなユダヤ人共同体、そしてとくにその富裕なメンバーと彼らの事業などだ。

ハイドリヒは諜報機関を組織したときから情報の価値を認識していた。彼はほぼすぐに、興味ある人物に関する正確な情報を詳細に記したインデックスカードを色分けして作成し始めている。ハイドリヒがミュンヘンのアパートに保管していたこのファイルは瞬く間に膨れ上がり、今では数千人分ができあがっていた。ハイドリヒとヒムラーがオーストリアの首都に到着するまでに、関係するカードはすべて分類され、その内容をすべて利用できるよう準備が整っていたのだ。

到着後最初の数日で二万人から七万人が捕らえられ、ナチによる審判を受けた。帰国途中でヒムラーはドナウ川近くのマウトハウゼンに立ち寄り、新たな強制収容所を建設するのに絶好の立地だと確信した。マルガレーテは三月二七日の日記に、夫が「オーストリアでの仕事から、非常に満足して大喜びで戻ってきた[*24]」と記している。

ドイツとオーストリアの統一（アンシュルス）をヒトラーはつねに最優先事項とし、自分の故郷と帝国を一つにすることに全力で取り組んでいた。ナチは何年もかけてオーストリアの独立を少しずつ骨抜きにしていった。一九三四年にオーストリアのナチ党が引き起こし、ヒトラーも承認していたクーデターは失敗に終わり、より慎重なアプローチが必要となったが、一九三八年にはヒトラーはオーストリア政府打倒に専心していた。オーストリア首相はドイツへの併合の可否を問う国民投票を告知した際、運命に未来の成功を委ねたのだった。「否」の票で自分の計画が狂うことを恐れたヒトラーは、攻勢に出る。彼はドイツ空軍を攻撃に向かわせるというゲーリングの脅しをちらつかせて最後通告を発し、オーストリア首相はヒトラーの要求に屈服した。

六週間後の五月二日、ヒトラーは大勢の随行人とともにイタリアを公式訪問している。ムッソリーニとの同盟関係は、ヒトラーにオーストリアを任せるというイル・ドゥーチェの土壇場の決断（彼の領土の保全をあらかじめ保証していた）によってさらに強固なものになった。そして五日間の訪問には、両者が協調体制にあることを周囲にはっきりと知らしめる意味合いがあった。マルガレーテにとっては、これが帝国のファーストレディーとしての待遇を受ける唯一無二の機会となった。

マルガレーテは半年前、半公式の旅でイタリアを駆け足で回っている。ローマでは食事を楽しみ、美容院に行き、コロッセオやフォロ・ロマーノを訪ね、「親切な警察と車につけたSSの旗」のおかげでヴァチカンの庭園を車で回ることができた。次はナポリ、それからポンペイとヘルクラネウムに行き、そこで「突然の死に驚く人々」の姿に心を動かされた。カターニャ〔シチリア東部の都市〕で古代ローマの遺跡を見ながら、マルガレーテは「今ではどの地方もたいへん貧しい」。なぜなら「もう奴隷がいないから[25]」と結論づけている。

しかしイタリアへの公式訪問は規模の大きさが桁違いだった。エミーとマクダはともに出産間近で家にとどまっており、エーファは同行は許されたものの、主要なパーティーに加わることは許されていない。ローマに到着すると、エーファはいくらか観光し、新しいカメラで大きな公開イベントを撮影し、買い物に行った。彼女が訪ねたお気に入りの靴屋は、エーファを女優だと思ったことや、彼女が「ごくふつうの形のよい足をしていて、どんな靴でも似合った[26]」ことを回想している。

エミーとマクダがいない間は、マルガレーテ、イルゼ、アンネリーゼ・フォン・リッベントロップ〔一八九六－一九七三。ドイツの実業家・政治家ヨアヒム・フォン・リッベントロップの妻。作家〕が主役になった。アンネリーゼはナチの外相の妻で、マルガレーテと親しかった。妻たちは必ずしもイタリア側に好印象を与えたわけではない。イタリア側の懸念は、イルゼとマルガレーテが礼儀作法に従わず、厳密には君主のままであるヴィットーリオ・エマヌエーレ王

〔一八六九―一九四七。イタリア王ヴィットーリオ・エマヌエーレ三世〕の妃エーレナ〔一八七三―一九五二〕の前で膝を曲げてお辞儀をするのを拒否したときに現実のものとなった。彼女たちの行動はイタリアの高位の人々を侮辱するものだったが、自国の側からは称賛された。ヒトラーは右脚を後方に引きながらのお辞儀に固くなり、王がムッソリーニの影を薄くしようとしていることを不快に感じた。

始まりはこのように危なげだったものの、旅はさらなる難事もなく経過した。イルゼは妻たちのボスになろうとしたが（マルガレーテは「ヘス夫人がリッベントロップ夫人に説教したがった」と記している）、女性たちはまあまあうまくやっていた。マルガレーテは気分がよかった。彼女はナポリで大規模な海軍の観艦式を楽しみ、ムッソリーニ・スタジアムでの若いファシスト・グループによるスポーツの実演が「素晴らしかった」[*27]と感激している。

犠牲を払い、孤独を感じ、過小評価されてきた年月の後で、マルガレーテはとうとう努力の成果を得ることができた。しかし彼女の上機嫌は長くは続かなかった。それ以降、人生はどんどん困難になるばかりだったからである。

第9章　暴挙

一九三八年四月二〇日、四九歳の誕生日の晩に、ヒトラーはナチ・エリートや映画界の精鋭たちと、映画監督レーニ・リーフェンシュタールの『オリンピア』の初日に臨んだ。一九三六年のオリンピック大会の記録映画である。前年のレーニのプロパガンダ映画の最高傑作『意志の勝利』はヒトラーに非常に気に入られ、好色な誘惑を拒絶されたことでレーニをまだ恨んでいたゲッベルスでさえ、彼女の作品が才能によるものだと認めざるをえなかった。上昇気流に乗ったレーニは、オリンピック映画の製作を依頼されたのである。

二週間の大会期間中、レーニの大勢のカメラクルーはあらゆる場所で待機し、トラックサイドを撮影し、動きをアップで捉えるために、革新的な技術を用いた。彼女は膨大な長さのフィルムを使い、それをすべて意味のあるものにしようと、翌年もずっと編集室にこもった。ゲッベルスがたいそういらだったことに、レーニの映画が完成してスクリーンに映し出されるまでに、『オリンピア』は予算もスケジユールも遥かにオーバーした。しかしフィルムは批評家に絶賛され、ヴェネツィア国際映画祭では最高賞〔ムッソリーニ杯〕を獲得している。

初日の晩の観客のなかにチェコの女優リーダ・バーロヴァがいた。彼女とゲッベルスの不倫はしだいに真剣さを増していた。ゲッベルスは他の女優はすぐに飽きて捨てていたが、バーロヴァには夢中になり、彼女もやがてただの愛人以上のものになれると信じ始めていた。バーロヴァをどれほど愛しているかをマクダに知られるのが怖くて、そして自宅の電話では安心して話せないことを懸念して、孤独なゲッベルスはエミー・ゲーリングに助けを求めた。あなたの電話を使わせてもらえないだろうか、と。エミーは承知したが、ゲッベルスが「ゲーリング家のプライベート用の電話をバーロヴァとの連絡用に使い始めた[*1]」と知ると、ゲシュタポがあらゆる電話を盗聴しており、彼女の電話も例外ではないということをゲッベルスに思い出させた。

再び妊娠したマクダは、長年にわたる心臓の不調で参っていた。出産間近になると必ずこの健康問題が彼女を苦しめる。五月五日にもう一人の娘、ヘッダを産んだ後も同じだった。この苦難を切り抜けたと思えば、今度は夫がバーロヴァに本気でのぼせ上がっているという。深刻な状況を伝えたのは、ゲッベルスの次官カール・ハンケ〔一九〇三―一九四五〕である。

ハンケは軍事全般を愛する勤勉な人間だったが、そのわりに地味な存在で、一九二八年に突撃隊（SA）の一員としてナチに入党した際は、工業高等学校の講師を務めていた。一九三一年にナチへの所属を理由に解雇されると、ゲッベルスの秘書としてフルタイムで働くことになり、それから一年も経たないうちに宣伝相につねにつき従うことになった。ハンケはマクダに恋心を抱いており、ゲッベルスの不貞とバーロヴァとの関係を詳述する綿密で正確な調査書類を集め、それをマクダに見せた。ショックを受けたマクダは、もはや目の前にあるものを否定できなかった。

　こういったことが暴露されたのは、マクダが疑念を抱き幻滅を感じた時期と一致していた。彼女の元夫［ギュンター・クヴァント］の妹で唯一の親友、エッロ・クヴァントとの会話で、マクダはナチズムが進んでいる方向について疑念を述べている。彼女はドイツ社会の軍事化に反対で、それによってドイツ社会から「文化」と「陽気さ」と「喜び」が奪われ、代わりに「隷従と規制」、そして「命令」がもたらされると考えていた。また、マクダはヒトラーの判断、とくに「もっと尊重されて[*2]」当然な女性たちを政権が二級市民として扱っていることも疑問視していた。

　事態が山場を迎えたのは八月の初めだった。もはや二重生活に耐えられなくなったゲッベルスがすべてをマクダに告白し、彼ら三人が平和に共存できる方法を模索できるよう考えてほしいと懇願したのである。突然の予期せぬ提案に困惑し混乱したマクダは、承諾し、険しい顔をしてバーロヴァとゲッベルスとのお茶の席についた。彼はマクダの平然とした静けさをプラスに受け止め、ヨットで週末を過ごすよう手配した。バーロヴァがデッキで日光浴をし、すでに戦いに勝ったかのような振る舞いをしているのを見て、マクダはとても耐え切れず、船を下りた。その後まもなく、エミーといつになく親密な会話を交わした際、マクダは夫を「人間の姿をした悪魔[*3]」と呼んでいる。

　マクダは一度離婚を乗り越えた経験があるので、また離婚する覚悟はできていた。たまたま結婚法が改正されたところで、カップルが別れるのは以前より簡単になっている。ナチは結婚を精力的に奨励したが、一九三三年以降、離婚率は上昇し続けていた。だが、この風潮を逆進させるための対策を、政権はほとんど講じていない。結局のところ、政権が求めているのは生産力のある結婚であって、破綻した結婚など用無しなのだ。七月六日に新たに導入された法律では、離婚が認められる理由として、不貞や生物学的あるいは人種的不適当に加え、「修復不可能な破綻」も挙げられていた。つまりマクダは夫の不貞を法廷で立証する必要がないということになる。

だが、そのような深刻な一歩を踏み出す前に、マクダはヒトラーに相談しなければならなかった。離婚すれば、二人の独特な絆も切れてしまうからである。以前ほどではなくなっていたにせよ、二人の絆はまだ強く、ヒトラーは彼女の発した救難信号に躊躇せず応じた。最初ヒトラーはマクダの言うことを信じたがらなかった。しかしハンケが彼女の申し立てを立証すると、ヒトラーは攻撃の矛先をゲッベルスに向け、マクダを裏切った彼に激怒した。それからヒトラーは二人を一緒に呼ぶと頭ごなしに命じた。離婚などもってのほかだ。二人とも努力して関係を修復しなければならないし、ゲッベルスはバーロヴァと別れなければならない、と。しかしこれは、言うは易く行うは難しで、マクダも夫も二人の関係が試練を乗り越えるという大きな希望をもってベルクホーフを後にしたわけではなかった。

✢　✢

その夏、ヒトラーが栄光に満足しベルクホーフでくつろぐのも当然だった。ヨーロッパ列強の地位を回復し、憎きヴェルサイユ条約を破棄するという公約を果たすのに成功したからである。国内では、政権から初期の輝きが消え、経済的苦難と不透明感の復活が生活費を侵食し始めていたが、ヒトラー個人の人気は相変わらずで、アンシュルスは大きな後押しとなっていた。しかしヒトラーはこれで落ち着いたわけではない。帝国のビジョンと素晴らしい新たな世界の実現を急いでいた。ヒトラーにとって最大の恐怖は、歴史的任務を完了し運命を全うする前に死んでしまうことで、彼はしだいに死からは逃れられないということばかり考えるようになった。その年のもっと早い時期、五月二日に、彼は遺言書を作成している。エーファは一番の受益者に指名され、生きている限り毎月かなりの金額を受け取ることになっていた。ヒトラーはやるべき仕事を順に並べ、次の生贄を征服する方法を熟考していた。チェコスロヴァキアの併合にヒトラーは心魅かれていた。石炭などの資源と、ヨーロッパ最大の兵器製造業者、シュコダを手中に収めることを切望していたのである。

チェコの国境内にはズデーテン地方もある。ヴェルサイユ条約でドイツから割譲され、ドイツ人が大勢住んでいる地域だ。チェコの残りの部分を完全に吸収する前段階としてズデーテンラントを併合するのが、ヒトラーの直近の目標だった。ヨーロッパの指導者たちが神経をとがらせ、彼の勢力を拡大させないよう慌てていたからである。しかしヒトラーは一歩も譲る気はなく、軍を動員し始めた。

イギリスがヒトラーの計画を阻止するには武力を使用しなければならない。その可能性はユニティ・ミットフォードに重くのしかかった。アンシュルス後、ユニティは髪を「より北欧風の金髪」に脱色して、ヒトラーのオーストリアへの勝利の旅に同行し、五月にはチェコとドイツの国境地域にも旅している。彼女はヒトラーの活動すべてを精一杯支援し続けていた。しかしイギリスはまだユニティの故国である。危機感が高まるにつれ、ユニティには自殺願望が芽生えつつあったようだ。気管支炎を患った際にも、病気を治そうという姿勢は感じられない。フリーデリント・ワーグナーによれば、ユニティは医師に従わず「薬を窓から捨て、薄い寝間着で窓辺に立ち」、「肺炎になろうとした」[*4]という。ユニティは病状が悪化して病院に移らざるをえなくなり、入院費はすべてヒトラーが払った。

　チェコスロヴァキアを巡る全面戦争の脅威が高まったことで動揺していたのは、ユニティだけではない。ニュルンベルク党大会の舞台裏には不安と緊張が漂い、それはマルガレーテとリーナの一対一の対決にまで波及した。イタリアへの素晴らしい公式訪問の後、マルガレーテは相変わらずの家庭内の問題に対処していた。まずはヒムラーの不在。「夫はもうここには帰ってこない」と彼女は感じていた。そして使用人との衝突。彼女はまた「恥知らずのメイド」[*5]を解雇しなければならなかった。

　しかしマルガレーテは党大会を楽しみにし、他の親衛隊（SS）の夫人たちのために行事や会合の予定表を作成していた。リーナはマルガレーテに細かいことまで指示されるのはごめんだと考え、マルガレーテは夫人たちが楽しく過ごすのを故意に邪魔する、とフリーダ・ヴォルフをそそのかした。二人はともにマルガレーテの予定表を無視し、好き勝手に行動し、大会の合間に催された深夜のパーティーで大いに楽しんだ。

　権威を露骨に無視されて激怒したマルガレーテは、リーナとフリーダと対決し、かなり小言を言った。二人は即座に夫のもとに直行し、マルガレーテの尊大な態度について愚痴をこぼした。ハイドリヒとヴォルフはことの顛末をヒムラーに報告せざるをえなかったが、ヒムラーはマルガレーテが短気を起こしたことについて擁護も非難もしていない。代わりに困惑してちょっと肩をすくめ、全部忘れようと提案した。

　党大会に広がっていた緊張は九月の終わりには消滅した。ミュンヘン会談が開かれ、ヒトラー、ムッソリーニ、ネヴィル・チェンバレン〔一八六九―一九四〇〕、レオン・ブルム〔一八七二―一九五〇〕がチェコスロヴァキアの将来について交渉を進めたからである。平和と、これ以上の領土拡大を行わないことを条件に、ヒトラーはズデーテンラントの支配を許された。チェコ政府は会議に呼ばれておらず、取り決めを受け入れる他なかった。一〇月三日、ナチは約束された領土を請求した。

目的が達成されたことで、ヒトラーには最近手に入れたおもちゃ、「鷹の巣」を誇示する時間ができた。これはケールシュタインの山頂に位置する来客用宿泊施設で、ベルクホーフから見える位置に建てられている。普段なら静けさに支配されているオーバーザルツベルクの峰々には、何か月もの間、ひどい騒音が響き渡った。ヒトラーの報道官によると、現地の雄牛は「巨大なトラックや掘削機」と「ダイナマイトの爆発する轟音[6]」によってさんざんな思いをさせられたという。建物を完成させるために、大勢の建設作業員が一日中働いた。ボルマンが翌年四月のヒトラーの五〇回目の誕生日にプレゼントしようと考えていたからである。ところが実際は、ボルマンが作業員をあまりにせきたてたため（雪崩と豪雨で命を落とした者もいる）、建物は七か月早く完成した。このヒトラーの管理人は完成した建物を見て「建築学と技術と職人の技量による真の最高傑作[7]」と評したという。

一〇月の間ずっと、ケールシュタインハウスには外国の要人が絶え間なく訪れた。訪問者たちはまず、岩壁を削って作られた六キロ半の道を車でやってくる。道は海抜一・六キロほどの高さに設けられた駐車場に続き、隣接するトンネルの入り口は、重い真鍮の門で守られている。トンネルは深く山のなかに入り、終点となる銅張りのホールには四〇人はゆうに乗れるエレベーターが備えられていた。エレベーターは一分と経たないうちに客をさらに一二二メートル上のハウスまで直接運ぶ。ここには寝室、応接間、食堂、会議室、台所、地下室、衛兵詰め所、バルコニー、全景の見える円形の見晴らし窓があった。

マクダとユニティはケールシュタインハウスが完成してまもなく訪問している。二人は一〇月二一日に天空のヒトラーのペントハウスに招待された。ミュンヘン協定によってユニティは元気づき、体力と抑え切れないほどの活力を取り戻したが、一方マクダはオーバーザルツベルクに滞在し、結婚の危機についてヒトラーと話し合っていた。マクダの気持ちはまだ離婚に傾いていたが、ヒトラーは断固反対していた。二日後、二人はゲッベルスと合流し（彼もバーロヴァと別れられずにいた）、夫妻は試験的に三か月別居するということで合意した。その間、ゲッベルスは品行方正でなければならない。そうしなければ、すべてを失うというわけだ。もし彼が約束を守れなければ、ヒトラーも離婚は避けられないと判断し、ゲッベルスは辞職せざるをえなくなる。

✣　✣

事態がある程度落ち着くと、エミーと夫は六月二日に生まれた娘エッダの洗礼式を誰はばかることなく進めた。喜色満面の両親（エミーの回想によると、ゲーリングは「こんな美しい子どもは見たことがないと自信たっぷりに言い切った」[*8]という）は、六二万八〇〇〇通の祝電を受け取り、一方赤ん坊はドイツ・ルネサンスの画家ルーカス・クラーナハ（父）〔一四七二―一五五三〕の絵を二枚贈られた。その一枚、『聖母子』はケルン市からの贈り物である。

エッダの洗礼式はカーリンハルで一一月四日に行われた。執り行ったのは、ドイツ・プロテスタント教会の最高位にあり、徹底したナチで反ユダヤ主義者の帝国監督ミュラーである。ヒトラーはキリスト教を忌み嫌っていたにもかかわらず姿を見せ、赤ん坊を祝福した。『ライフ』誌のカメラマンもやってきて、ヒトラーが赤ん坊を両手に抱えてあやす姿を撮影している。

その五日後には、異教信仰を主張しキリスト教を拒絶していたイルゼと夫が、息子ヴォルフの生誕を記念する儀式を執り行った。儀式では、ヘスが一年前にドイツ全域から送らせた土も使われている。これはベビーベッドに寝かされたヴォルフを取り巻くように山にして置かれた。儀式が行われた一一月九日は、ナチの暦で非常に重要な日に当たる。一九二三年のビアホール一揆の記念日なのだ。失敗したクーデターの生存者は毎年集まって式典を挙行し、一揆で亡くなった一四名のナチを追悼する。式典は年々凝った仰々しいものとなり、銃弾を受けたヒトラーとゲーリングは倒れた英雄の思い出を神聖化し、松明の火に囲まれた神殿で花輪を捧げた。

その年の一一月、都市の雰囲気はいつになく緊迫し、暴力に発展しそうな気配に騒然としていた。二日前、パリ駐在のドイツ人外交官が、無国籍になってしまった若いポーランド系ユダヤ人に銃撃されたのだ。その後外交官は病院で手当を受けたが、ゲッベルスは反ユダヤ主義のレトリックを駆使し、もし彼が回復しなければ流血の報復に踏み切ると宣言した。

そのような状況のなか、一一月九日の昼過ぎにヴォルフの異教の洗礼は始まった。ヒトラーもハウスホーファー教授といった数名の親しい友人とともに出席している。儀式が終わると、ハウスホーファーとヒトラーは隣室に消え、教授はヨーロッパの現況と、イギリスと良好な関係を維持することの重要性についてヒトラーにレクチャーした。これはヒトラーを不機嫌にしただけだった。以後、ヒトラーはハウスホーファー教授の助言を二度と求めていない。

ヒトラーが儀式を終え、昔からの戦士たちに演説するため悪名高きビアホールに向かう頃、外交官は亡くなった。訃報がヒトラーに届いたのは午後九時頃で、彼は仲間と夕食をとっていた。ゲッベルスとの短い打ち合わせの後、ヒトラーはSAの愚連隊がポグロム〔大虐殺〕を実行に移す許可を与えた。この事件はまもなくクリスタル・ナハト、「水晶の夜」と呼ばれることになる。

リーナによれば、この動きに夫は驚いていたという。明らかに、ハイドリヒはホテルの窓からシナゴーグが炎に包まれるのを見て、何が起こっているかに気づいてはいた。ハイドリヒもヒムラーも、過剰な暴力と野放図な騒乱行為に危機感を抱いた。それは彼らが好む組織的迫害とは異なるものだったからである。彼らはそれを「科学的」アプローチと考えたがっていた。リーナによれば、ハイドリヒはユダヤ人問題を「政治的な」問題ではなく「医学的な」問題と捉え、ユダヤ人共同体を「別の国にヒルのようにくっついて離れない」寄生生物になぞらえていたという。ハイドリヒは自分を、有害な腫瘍を臨床的に除去する外科医と考えていたが、それを裏打ちしていたのはほとんど経験に基づく嫌悪感である。リーナも同じで、ユダヤ人は「夫にとっても私にとっても、魂においても精神においても、我慢できないものだった」と述べている。二人が考える唯一の解決策は、「ユダヤ人をドイツから強制的に移住させる」[*9]ことだった。

一一月一〇日午前一時二〇分、ポグロムが猛威を振るいSA隊員が暴れ回っていたとき、ハイドリヒは事態にいくらか秩序をもたらすべく、全ゲシュタポとSS部隊に指示を出した。外国人に危害を加えないこと。破壊したユダヤ人の家から略奪しないこと。そして「健康な男」を念頭に置いて、「既存の拘置所に収容できる」、「全部で二万人程度のユダヤ人、とくに裕福なユダヤ人」[*10]を逮捕すること。翌朝、ハイドリヒは腰を据えて資産と人命の損失を計算したが、彼の出した数字は実際の数字に比べると遥かに小さい。結局、二六七のシナゴーグと七五〇〇の企業や商店が破壊され、九一人のユダヤ人が殺され、数百人以上が自殺したり拘留中に死亡したりした。

一一月一二日、ハイドリヒは閣僚との重要な会議に出席した。ゲーリングも出席しており、彼はクリスタル・ナハトによる破壊が経済にもたらしうるダメージを案じていた。ゲッベルスは自らの手並みにことのほか満足していた。彼らはともに一連の法令の作成に着手した。ドイツ・ユダヤ人の完全な分離と社会からの排除を促進し、ポグロムによって生じた損害をユダヤ人に賠償させ、残った財産も取り上げるという法律である。

✣　✣

いろいろなことが起こっていたが、クリスマスの休みはナチ・エリートにとって束の間の休息となった。ベルクホーフでは、ゲルダ、ボルマン、エーファといったベルクホーフ組が出席して、大晦日のパーティーは普段よりも活気ある集まりとなった。客たちはその晩のお楽しみの準備をしながら、忙しく動き回っていた。エーファの妹のグレートル〔マルガレーテ・ベルタ・ブラウン。一九一五—八七〕（少しずつベルクホーフの世界の住人になりつつあった）は「美容師は女性たちに取り囲まれ、紳士たちはタキシードを着るのを楽しみに待っている」[*11]と記している。ディナーの後花火が打ち上げられ、それからみな伝統的な乾杯と一九三九年へのカウントダウンをするために大ホールに移動した。普段なら絶対に酒を飲まないヒトラーが、夜中の一二時を少し回った頃、引き上げる前にどうにかシャンパンを一杯飲み、そろそろお開きの時間だと合図をした。

夜明けまで飲んだり踊ったりするたぐいのパーティーは、ベルクホーフの流儀ではない。少なくともヒトラーが滞在している間は。ほとんどの夜が映画の上映かヒトラーのとめどない炉端でのおしゃべりで終わる。ヒトラーが未明まで自分の考えを延々と話す間、聞き手たちは眠るまいと奮闘するのだった。ゲルダはたいていその場にいた。ベルクホーフのある常連によれば、彼女は「ひと言もしゃべらず、ヒトラーの最側近の妻たちとともに炉辺に[*12]」座っていたという。しかし彼女は深夜までいなくても大目に見てもらえた。彼女のような母親（手のかかる生後五か月のエーファという娘がいた）が遅くまで外出しているのは不適切だという理由で、ボルマンが妻に午後一〇時の門限を課していたからである。それにゲルダが一家をうまく切り盛りするには休息が必要だった。

それで晩の映画が終わるか、あるいはヒトラーがみなを集めている部屋で時計が約束の時刻を知らせると、ゲルダは家に送り届けられた。ヒトラーの従者によると、ボルマンが「おもに彼個人に関心のある映画女優」を招待した「季節ごとのパーティーを催している」ときですら、「すべての手配や雑用をしなければならない」のはゲルダなのに、彼女が「パーティーで社交性を発揮することは許されなかった[*13]」。

大晦日のパーティーの五日後、ゲッベルスはオーバーザルツベルクに到着した。彼は惨めな二か月を過ごし、潰瘍にかかり、不眠症をやり過ごすために強い睡眠薬を服用していた。しかし一二日間休息し、ヒトラーと友好的な議論をしたのち、バッテリーは再充電され、彼はベルリンでマクダと会う覚悟ができた。マクダも健康状態に不安があり、まだ夫を許す気にはなれなかったが、二人の結婚に関する意志を公に示すことに同意した。

弁護士が契約書（夫婦は一九三九年一月二二日にサインした）を作成し、それにより最終決定は一年間先延ばしにされた。ゲッベルスが真に改心したところを見せるには十分な期間である。その結果、辛抱強く待っていたバーロヴァはチェコスロヴァキアに送還され、ドイツに戻ることを許されなかった。一方、彼女の映画はすべて鑑賞できなくなった。一般の観衆に関して言うなら、彼女はいないも同然の人間となった。

✢　✢

マルガレーテは胃の不調で大晦日をベッドで過ごした。そのせいでクリスマスは台無しになり、いつもの気苦労はさらに悪化した。「メイドの状況は最悪だ。私が耐えなければならないなんて、気にくわない。気分が悪い」。しかしほんの数週間前、ザルツブルクで夫と過ごした休暇はほぼ完璧だった。「私たちは美しい日々を一緒に過ごし、たくさん話をした」。そして彼女は満ち足りた気分を味わっていた。「今日、私は自分が恵まれた状況にいると強く確信し、愛と幸福を実感した[*14]」。

ヒムラーが二六歳の秘書、ヘートヴィヒ・ポットハスト〔一九一二―一九四四〕と恋に落ちているなど、マルガレーテには知る由もなかった。一九一二年二月六日に中産階級の両親のもとに生まれたヘートヴィヒは、ギムナジウムと花嫁学校に行き、英語の知識を習得した。その後マンハイムの通訳養成所で資格を取得している。大恐慌のさなか、一九三二年に卒業すると、郵便局の事務員として仕事を得た。そこでの仕事に飽き飽きしたヘートヴィヒは、やりがいのある仕事を求めて、一九三五年秋、ゲシュタポの広報部に志願した。だが大望を満たすにはまだ十分ではなく、一九三六年一月、彼女はヒムラーの個人秘書となった。

ヘートヴィヒは愛想がよく陽気で（友人からは「うさぎちゃん」と呼ばれていた）、体操とボート漕ぎを楽しんだ。同僚からも人気があった。一九三七年一〇月には、他のスタッフたちとともにテーガーンゼーでのヒムラーの誕生会に参加し、SSファミリーに喜んで迎え入れられている。ごく間近で働いていたヘートヴィヒとヒムラーの関係は加速度的に深まり、一九三八年のクリスマスを過ぎたあるとき（ひょっとしたら、SS内のパーティーと同じ頃かもしれない）、二人は互いの気持ちを確かめ合った。ヘートヴィヒは姉妹にこう説明している。「私たちは率直に話をして、どうしようもないほど恋していると告白し合ったの」[*15]。

カップルはできるだけ気づかれないように情事を続けたが（ヘートヴィヒによれば、二人は「正しい方法で……一緒になる」[*16]道を見つけようとしていた）、リーナは事情を知っていた一人である。彼女はヘートヴィヒを好きなだけでなく尊敬もしており、「思いやりのある知的な女性」と考えていた。マルガレーテと異なり、ヘートヴィヒは「心の狭いプチブル」でも「エキセントリック」でもなく、「SSの上品な人間の一人」だというのだ。リーナから見た限りでは、ヘートヴィヒは誠実な善意にあふれる人柄で、ヒムラーが「真の名声を獲得する」[*17]助けになる存在だった。

マルガレーテは何が起こっているか気づかずにいたらしい。実際、彼女は体の不調が一月まで続き、ホーエンリュヘンの病院に入院した。ベルリンの北にある、かつて結核患者のサナトリウムだった病院である。ヒムラーはゴシック式の尖塔を持つこの世紀末前後の建物をSSエリートのための整形外科と健康施設に変えていた。格納式の屋根のついた大きなプールと、最新式の手術室、あらゆる種類の運動器具を備えた部屋があった。施設を運営していたのは、ヒムラーの学友で一九三二年に外科医の資格を取得したカール・ゲープハルト教授〔一八九七―一九四八〕である。スポーツ医学の専門家であるゲープハルトは、障害のある患者の力と筋肉の動きの協調を向上させる先駆的な仕事をしていた。一九三五年にSSに入隊したゲープハルトは、一九三六年のオリンピックで多くの運動選手の治療に成功し、かなり高い評価を得ている。

マルガレーテはホーエンリュヘン病院に二週間入院した。見舞客はヒムラーだけ、わざわざ電話をくれたのがアンネリーゼ・フォン・リッベントロップだけだったという事実はさておき、平和と静けさを楽しみ、いくらか読書の時間を取り戻せたことを彼女は喜んでいた。しかしベルリンに戻ると、再びあわただしい社交の場への出席を求められて苦しみ、気力は衰えた。「たくさんの招待。私はまたひどく疲れている」。舞台劇（そのなかにはエミーがかつて主演した喜劇『コンチェルト』や、『ハムレット』の上演もあった）を観に行くというマルガレーテの定期的な外出も、以前ほど楽しくなくなっていた。彼女に言わせれば、芝居は「どんどんだめになっている」[*18]のだった。

ヨーロッパの地図を書きかえるというヒトラーの計画は第二段階に移行したが、マルガレーテは少なくとも、そこに夫が貢献していることに喜びを感じていた。三月初旬、ヒトラーはチェコの大統領への圧力を強め、次々と脅威を与えた。ドイツ軍を国境に集結させ、チェコがおとなしく従わなければプラハを完全に破壊するとゲーリングに誓わせたのである。イギリスやフランスは救援の動きを見せず、チェコの大統領は要求を飲んだ。三月一五日、ヒムラーはヒトラーとともにプラハに入った。アンシュルスのときと同様に、ヒムラーとハイドリヒが逮捕すべき人々のデータを集め、一斉検挙を遂行し異議を却下するために必要な手続きを速やかに整えた。

数週間後の四月九日、リーナは小さな女の子を産み、ジールケ〔一九三九―?〕と名づけた。初めての娘である。ハイドリヒは新たな家族の誕生を喜んだものの、自宅で娘の成長を見ることはほとんどできなかった。SSとゲシュタポを再編成し、すべての機能を六つの局からなる一つの機関、国家保安本部（RSHA）に統合しようとしていたからである。これとは別に、ハイドリヒはゲーリングから、帝国内の全ユダヤ人の「移住と撤退」[*19]の責任も負うよう命じられていた。未決書類は山積みされていたが、それにもかかわらず、ハイドリヒはリーナや子どもたちとフェーマルン島の海辺の家で休暇を過ごす時間をなんとか確保した。

✢　✢

一九三九年七月二五日、マクダはバイロイト音楽祭に到着する頃には倒れそうになっていた。ゲッベルスとの契約書にサインはしたものの、マクダは夫を迎え入れるかどうか決めかねていたし、夫の懇願や脅しと、崇拝してくれるハンケとの板挟みになっていた。ハンケはマクダと夫の間にくさびを打ち込み、自分と寝るよう口説き、彼女が最終的に自分のものになると信じていた。精神的緊張は健康に影響を及ぼし、春にマクダはドレスデンにあるお気に入りの病院に引きこもった。そこは彼女にとって第二の家のようになっていた。さらに彼女を苦悩させたのは、ヒトラーが彼女と距離を置いていたことである。ひょっとしたら、特別扱いしていると見られたくなかったからかもしれないし、あるいはマクダの振る舞いに失望していたからかもしれない。

一方、ヒトラーはゲッベルスにもよそよそしい態度をとっていた。ヒトラーの信頼を取り戻すには結婚を継続するしかない。それを十分承知していたゲッベルスは、過去のことは水に流して忘れてほしいと必死でマクダを説得したが、彼女の気持ちは定まらなかった。三月一七日、ゲッベルスは日記にマクダが「とても優しかった」と記しているが、五月三〇日の日記には、彼女はすべてについて「誤った、歪んだ見方[*20]」をしている、とある。

四方八方からの圧力に押しつぶされそうになったマクダは、シチリア島と南イタリアで数週間の休暇を過ごすために逃げ出した。同行したのは、ヒトラーの主治医カール・ブラント博士、ヒトラーお気に入りの建築家アルベルト・シュペーア〔一九〇五―一九八一〕、ヒトラーお気に入りの彫刻家アルノ・ブレーカー〔一九〇〇―一九九〇〕とその妻たちである。錯乱した状態は去り、いつもの自分を取り戻したマクダは、ありのままの自分でいられることを心地よく感じた。だがベルリンに帰ると、彼女が取り戻した心の平静は打ち砕かれる。ゲッベルスのもとを退職し軍に入隊したハンケはもう何も失うものはなく、自分と一緒になってほしいとマクダに強く迫るし、ゲッベルスはゲッベルスで、そんなことをすれば子どもたちは渡さないと彼女を脅したからだ。

バイロイトで悲恋物語『トリスタンとイゾルデ』を観劇する間も、そういったことすべてが彼女を苛んだ。夫、ヒトラー、ヴィニフレート・ワーグナー、シュペーアと同じボックス席に座りながら、マクダは「上演中ずっとさめざめと泣き続け」、幕間には「応接室の隅で絶え間なくすすり泣いていた」。シュペーアによれば、ヒトラーはそのような人前での醜態に愕然とし、オペラ終演後、ゲッベルスに「妻を連れてただちにバイロイトを離れたほうがよい」と告げ、握手することも返事を待つこともなく、彼を「追い払った」[*21]という。

✢

マルガレーテは娘とバルト海沿岸のリゾート地で休暇を過ごした後、七月の終わりにはテーガーンゼーに戻ったが、夫は一緒ではなかった。彼は別に用事があったのだ。マルガレーテはヒムラーがいなくても穏当に過ごしていた。「平和な日々で天気は上々」。しかしグードゥルーンについては心配が述べられている。彼女は学校の成績が悪く、読むことが「きわめて苦手」[*22]なのだという。八月一四日の日記には、ヒムラーとヒトラーはベルクホーフで、モスクワに赴いたリッベントロップからの連絡を待っている、と書かれている。ヒトラーはスターリン〔一八七八―一九五三〕との同盟を求めていた。そうすれば差し当たり双方の争いは避けられるし、ポーランドを二国で分割することが確実になるからだ。それで外務大臣を交渉に派遣したのである。

ヒトラーとの協議の間に、ヒムラーはテニスの試合をたくさん詰め込んだ。七月半ばから八月半ばにかけて、彼は一三回テニスをしている。夏の終わりにベルリンに戻っても、この傾向は続いた。ヒムラーが自分のなかに溜め込み、慢性の胃病の原因となっていた不安とストレスを晴らそうとしていたのは間違いない。その年、体調がひどく悪化したため、彼はスウェーデン人の治療師を雇い、毎日のようにマッサージを受けている。

彼の不安は興奮とない混ぜになっていた。ポーランドに後もう少しで手が届く。SSにチャンスを与えてくれるであろう土地だ。彼とハイドリヒが期待していたのは、ポーランドの知識階級、貴族、政治指導者、教会指導者、ポーランドの国家主義者の排除だけではない。膨大な数のユダヤ人住民を処分すれば、東方に大がかりな植民を進めレーベンスラウムの実験を開始することが可能になる。

残忍な弾圧というSSの一番の任務を達成するために、ハイドリヒは八個の特別行動部隊を組織した。アインザッツグルッペンである。これはひとたび侵略が開始されれば、ドイツ軍に同行して敵性分子やユダヤ人を殺害する役割を担う。活動の最中にはハイドリヒ自身も現場で視察したいと考えていた。

軍事行動が始まる前に、ハイドリヒはリーナに、彼の死後開くようにと手紙を書いている。そのなかで彼は、改まった、ほとんどお役所的な調子で、子どもたちを「ナチの理念に忠実であるよう」教育せよ、とリーナに指示し、「敬意と優しさをもって私たちの人生を思い出すよう」頼み、「時間が経って傷が癒えたら」子どもたちのために新しい父親を見つける許可を与えている。ただしその相手は「私がなりたいと願ったような男」[*23]でなければならなかった。

マルガレーテも第一次世界大戦で看護師を務めた経験を生かし、国のために尽くそうと準備していた。「もし戦争になるなら、私は赤十字社で働かねばならない」。ナチとソ連の条約が八月二三日に調印され、ポーランド侵略への道が明確になると、マルガレーテはグードゥルーンに、自分の決意を伝えた。それが実現すれば二人は長い間離れて暮らすことになる。「グードゥルーンはもちろん大泣きし、なだめることができなかった」。

ベルリンで新たな仕事に就くためにマルガレーテがテーガーンゼーを離れなければならなくなったとき、グードゥルーンが目にしたのは、泣きながらも勇敢な顔つきをしようとする母の姿だった。グードゥルーンは「涙がとめどなく頬を流れ落ち」ても、「勇敢に笑ってみせた」。しかしこのように辛い別れをしたものの、マルガレーテは自分が「参加」できることを「喜び」、「戦争はすぐに終わるだろう」[*24]と信じていた。

ヒトラーの軍がポーランドを強襲する前日、エミーとゲーリングはカーリンハルでの朝食後、散歩に出た。ゲーリングは厳粛な雰囲気で、戦争は「ぞっとするような事態を引き起こす。われわれが想像できないほどひどいものになるだろう」とエミーに告白している。流血の惨事が長期化するのを避けるには、イギリスの参戦を阻止する他ない。ゲーリングはエミーに「私が平和をもたらすことができるよう祈ってくれ」と頼んだ。その晩、ヒトラーの戦車が進軍を開始し、ゲーリングの飛行機が敵を猛撃すべく滑走路から離陸すると、エミーは破滅の予感にかられている。「未来が……不吉な高い壁のように威嚇し、立ちはだかりました[*25]」。

✣　✣

ドイツ空軍の破壊力を自慢していたものの、ゲーリングはそれが見せかけほどには強力でないことを知っていた。そしてもし戦争が長期化し、二正面戦争を維持する必要が生じれば、経済がどれほどの困難に直面するかも十分承知していた。第一次世界大戦の敗北の記憶は重くのしかかっていた。第一次大戦中、イギリス海軍はドイツの海岸線を封鎖する一方で（そのせいで、ドイツ市民はじわじわと窮乏に追い込まれた）、大英帝国からの人と物資の着実な流れを維持できた。

ゲーリングは同じ事態が繰り返されるのを恐れた。恐れていたのは彼だけではない。第一次世界大戦で戦闘経験のあるヘスも、イギリスとの交戦及び二正面戦争に陥ることを警戒していた。ソ連を破壊するという宿望をヒトラーがけっして捨てないだろうことを誰よりもよく理解していたからである。スターリンとの不可侵条約など、一時的なものにすぎない。イルゼによるとヘスは、「新たな戦争がヨーロッパと全世界に惨禍をもたらす[*26]」と考えていたという。

しかし、ヘスはもはやヒトラーの決定に影響を与えることはできなかった。世間の目から見れば、彼はいまだに重要人物で、多くの職務を遂行し、約束を口にしていたが、舞台裏ではすでに過去の人で、権力から遠ざかっていた。イルゼも一九三九年にはほとんどの時期、中心的なグループをはずれ、家庭生活に集中している。彼女は息子ヴォルフに愛情を注ぎ、ミュンヘンの家の大がかりな増築を指揮していた。電話交換機の導入、スタッフの宿泊施設の増築、最高一〇台の車を停められる駐車場の設置などである。多額な費用のかかる増築について聞きつけたイルゼの母親は、浪費を非難する辛辣な手紙を娘に書き送っている。自分が堕落したと指摘されることに敏感になっていたイルゼは、自分たち夫婦が贅沢に溺れているという非難を受け入れていない。「私たちは権力欲に取りつかれているわけではないのよ、お母さん。これ以上車はいらないし……新しい車を買ってすらいないのよ[*27]」。

こういったすべて、そして世界情勢が悪化しつつある真っ最中に、イルゼとヘスは恒例の山でのハイキング休暇をなんとか過ごした。彼はこのときのことを非常に愛情を込めて回想している。休暇から戻ると、ヘスはカール・ハウスホーファー教授の息子アルブレヒトを通して、イギリス政府のメンバーと秘密の人脈を構築しようとした。アルブレヒトはナチ政権に断固反対していた人物である。アルブレヒト・ハウスホーファーは外交政策の専門家として学職を得ており（ヘスの後ろ楯による）、旅行することができたので、秋にスイスとスペインで可能なコネクションを探し始めた。しかし煮え切らない慎重なやり取り以上の収穫は得られなかった。
ゲーリングも和平に向けて努力したが、失敗に終わっている。ゲーリングのスウェーデン人の仕事関係者が、人里離れた農家でゲーリングと六人のイギリス人実業家を会談させる手筈を整えてくれたが、議論は不調に終わり、ベルリンのイギリス大使を失望させた。カーリンハルを何度も訪問し、ゲーリングと狩猟にも出かけていた大使は、ゲーリングを非常に礼儀正しい男、エミーをすてきな女性と考えていた。一緒に過ごした最後の晩に、ゲーリングと大使は迫りつつある戦争について検討し、ゲーリングはもしドイツ空軍の空襲で大使が死ぬようなことがあったら、自分でロンドンに飛んで彼の墓に花輪を落とすと約束したという。

✢　✢

板挟みに苦しみ、妥協点を見出すことのできなかった最初の犠牲者が、ユニティ・ミットフォードである。ヒトラーのチェコスロヴァキア併合に対し、イギリスとフランスが必要とあらばポーランドを守る用意があると宣言するに至り、ユニティは自分が地獄を覗き込んでいることに気づいた。イギリスとヒトラー・ドイツは当然同盟すべきだと、自らの名声を利用して同国人を納得させようと試みたが、努力は実を結ばず、彼女はもし両国が戦うなら自殺すると人々に言い始めた。ユニティとともにバイロイト音楽祭を訪れた姉のダイアナは、ヒトラーとの会食後、妹が「このまま生きて差し迫った悲劇を見るのは耐えられないと再び言った」のを覚えている。妹の憂鬱な言葉により、その晩上演された『神々の黄昏』は、ダイアナにとっていっそう悲痛に感じられた。「荘厳な音楽にこれほど破滅を予感したことは一度もなかった[28]」。

九月三日の日曜日にイギリスが宣戦布告すると、ユニティは別れの手紙を書き、党の大管区指導者を訪ね、ヒトラーのサイン入り写真と金の党バッジの入った封筒を渡し、もし自分の身に何か起きたら、それをミュンヘンに一緒に埋めてほしいと指示した。それから車で公園に向かい、ベンチに座り、ハンドバッグからピストルを取り出すと、地面に一発試し撃ちをし、それから自分の右のこめかみを撃った。

数時間後、ユニティは意識を失って倒れているところを警官に発見され、私立病院に救急搬送された。診察した医師は、彼女が「蒼白で死体のようだった[29]」と語っている。弾丸は脳の左側にとどまり、取り除くことができない。それが深刻で回復不可能な神経障害を引き起こし、ユニティはほとんど話すことも動くこともできなかった。知らせを聞いたヒトラーはショックを受けた。ハインリヒ・ホフマンは「ユニティの自殺未遂は彼に深い爪痕を残した[30]」と述べている。ヒトラーは彼女の治療費を払い、毎日花を贈り、一度短時間ではあるが見舞いに訪れたものの、ユニティはただ虚空をじっと見つめるだけだったという。

ヒトラーは戦争がすでに進行しつつあり、ユニティがドイツにとどまることができないのをわかっていた。それでユニティの所有物を保管し、彼女のために鉄道の客車を予約し、医師と看護師と修道女を付き添わせてスイスの病院に運び、そこからイギリスに戻れるよう手配した。病身のユニティは、一九四八年に三三歳で亡くなった。ユニティがナチズムにかかわったことについて、ダイアナは妹が「無批判な熱意で、反ユダヤ主義を含む」彼らの「信条を受け入れてしまった」と回顧している。ユニティはヒトラーの妄想の祭壇にすべてを捧げてしまった。彼女はさらに数百万人を死に追いやろうとする有毒な空想に、若い命を徒費してしまったのである。

もの思わし気に遠くを見つめる
カーリン・ゲーリング。

カーリンハルの中庭で日本の新兵の行進を視察するヘルマン・ゲーリング。

エミー・ゲーリングとヘルマン・ゲーリングの結婚式。ベルリン大聖堂の階段上で群衆の歓声に応えている。

エミー・ゲーリング。着用しているのは、数多く所有していた毛皮の一枚。

ベルリンのコンサートに出席したエミーとゲーリング。

夫とムッソリーニが見守るなか、ペットの仔ライオンを抱きしめるエミー・ゲーリング。

1939年の大晦日、ベルクホーフにて。最前列ヒトラーの横にエーファ・ブラウン、２列後ろにゲルダ・ボルマン。

結婚式の日、夫と父ヴァルター・ブーフの間に座るゲルダ・ボルマン。助手席にヒトラーが見える。

夫の生還に安堵するイルゼ・ヘス。ヘスはツークシュピッツェ山の飛行レースで優勝した。

1936年のオリンピック大会を観戦するイルゼ・ヘスと夫。

マクダ・ゲッベルス。「帝国のファーストレディー」。

プロパガンダに使用された家族写真。マクダ・ゲッベルス、夫、6人の子ども。軍服姿の青年はマクダの最初の結婚でできた息子ハーラールト。

ベルヒテスガーデンの鉄道駅で支持者に迎えられるマクダとゲッベルス。

ヒトラー、マクダ、ゲッベルスと夫妻の３人の子どもたち。

外気浴を楽しむリーナとハイドリヒと幼い息子クラウス。

プラハ、ヴァレンシュタイン宮殿の回廊を通って音楽会に向かうリーナとハイドリヒ。

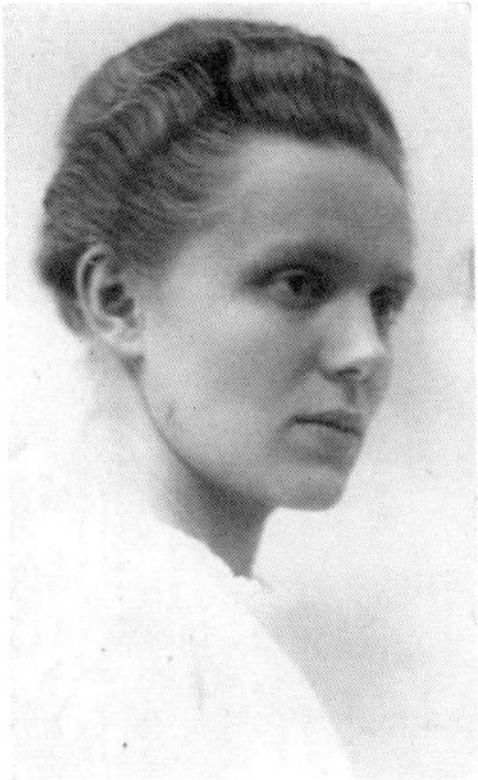

若かりし頃のマルガレーテ・ボーデン。ヒムラーと出会う10年前。

新婚時代のマルガレーテとヒムラー。ミュンヘン近郊の農場で。

野外で楽しむマルガレーテ・ヒムラー。

エーファ・ブラウンとヒトラー。ベルクホーフのテラスで愛犬たちと。

夏の日にくつろぐゲーリ・ラウバルとヒトラー。

オーバーザルツベルク複合施設の正面玄関。

ベルクホーフに数多くあった大広間のひとつ。

第Ⅲ部

遥かなる道

第10章　戦争と平和

一九三九年の終わりには、マクダと夫の関係は平穏化した。さまざまな争いや感情的な動揺はあったものの、その年の初めにサインした結婚の契約書の条件は満たされ、夫婦は復縁した。二人の和解をヒトラーは承認し、一〇月三〇日に夫妻を首相官邸にお茶に招き、一九四〇年一月一五日には夫婦の田舎の別荘を訪問している。子どもたちへのおみやげに人形劇の劇場を携えて。そして二月一日に自宅に戻っていった。ヒトラーとマクダとゲッベルスは、三人が切っても切れない仲であった頃の思い出を語り合った。ゲッベルスによれば、彼らは「古い思い出を甦らせた」[*1]という。その後まもなく、マクダは妊娠に気づいた。帝国のファースト・ファミリーとしての仕事の再開である。

一二月二九日、ゲッベルスは映画『母の瞳』のプレミア上映会に出席した。これはある未亡人の若い頃から老年までを描いた作品で、彼女は食べていくために洗濯の仕事をしながら四人の子どもを育て、問題を抱えた子どもたち（ある息子は既婚女性と深い仲になり、もう一人の息子は使用人を妊娠させ、別の息子は失明し、娘はダンサーになる）を共同体の立派な一員にするために、自分の幸福を犠牲にして奮闘する。映画の宣伝文句には、この映画は「限りない愛と優しさを注ぐ母親像を描き、すべての母への忠誠と感謝を示す記念碑的名作にする」[*2]ことを目指した、とある。ゲッベルスは上映中すすり泣き、日記にこの映画は「ドイツ映画の勝利だ」[*3]と記している。

マルガレーテ・ヒムラーは公開直後に『母の瞳』を観て同様に感動している。「美しい映画だ」[*4]という感想は、彼女にしてみれば激賞に値する。嫌いな映画を観たときは別だが、映画について彼女がこれほど強く感情を表すのはまれだったからだ。ひょっとしたらマルガレーテは、この映画のメッセージとテーマに自分を重ね合わせていたのかもしれない。すべてを捧げ、見返りなどほとんどなく、母親であることの重圧に苦しみ、それでもつねに最善を尽くす孤独な主人公に。

家族に対するマルガレーテの懸念は、彼女が戦争努力に貢献するようになって、ますます深刻化していた。戦闘開始からの数か月、彼女はベルリンの病院を拠点に「外科的な仕事ができるのを楽しみにしていた」[*5]が、上役の医師やスタッフと衝突している。彼らはヒムラーの居丈高な妻にうるさくまとわりつかれるのに辟易していたのだ。不満を覚えた彼女は病院を辞め、一九三九年一二月三日にドイツ赤十字社の管理職に就き、野戦病院や主要な鉄道拠点近くの治療施設（輸送中の傷病兵の手当をする）を監督した。

ドイツ赤十字社は、一九三〇年代半ばには親衛隊（ＳＳ）の管理下に入っている。総裁はザクセン＝コーブルク＝ゴータ公カール・エドゥアルト（ドイツ義勇軍からＳＡに入隊し、その後ＳＳに移った）だったがこれは名ばかりで、実際の権限はＳＳの医師エルンスト＝ローベルト・グラーヴィッツ〔一八九九－一九四五〕が行使していた。彼はマルガレーテの夫のお気に入りで、彼女の上司となった。

一九三七年末から、ドイツ赤十字社の九〇〇〇に及ぶユニットは、内務省の管理下で一つの組織にまとめられた。看護師は政治的・人種的適正を調べられたのち、入党し、ヒトラーへの忠誠を誓わなければならなかった。戦争が近づくと、ドイツ赤十字社は民間人の治療をやめ、軍の傷病者を治療する準備を始めた。一九三三年に一万三五〇〇人だった救急隊員の数は、一九三八年には一四万二〇〇〇人に膨れ上がり、国内戦線の予備軍用の病院や交戦地帯の野戦病院に配置された。これは最前線の二四キロ後方に位置し、二〇〇から一〇〇〇台のベッドを備えていた。長期のリハビリが必要だったり、回復不能な身体障碍者となったりした者のために、廃兵院が配備された。

一〇歳のグードゥルーンが母親と離れて暮らすことは、彼女にとって大きな打撃だった。なかなか眠れず、泣きながら電話をかけてくることもあった。彼女の苦悩にさらに追い打ちをかけたのが、父親にもほとんど会えなかったことである。マルガレーテが不機嫌そうに日記に書いているように、状況が改善していたわけではない。ヒムラーは「ベルリンにいても、夜はほとんど家にいなかった」[*6]。その年、マルガレーテは結婚生活においてひどい報いを受けることになる。ヒムラーと愛人ヘートヴィヒが、子どもを作ろうと決めたのだ。彼らはマルガレーテに自分たちの不倫関係を打ち明けなければならないと感じていた。

✢　　✢

ポーランドが降伏する一五日前に当たる一九三九年九月一二日、ハイドリヒは機銃手としてハインケル機〔ハインケル航空機製造会社製の戦闘機〕で空を飛び、退却するポーランド兵めがけ、死の危険を冒して発砲した。ハイドリヒは一九三五年にスポーツ・パイロットとして訓練を受けた際、戦闘への参加を考え始め、曲芸飛行のショーに参加できるほど熟練した。一九三九年の夏には戦闘機パイロットの資格を取得し、フェーマルン島の別荘近くの野原に滑走路を作らせている。それにより彼は週末にベルリンから家まで飛んで来られるようになった。ハイドリヒがもうすぐ到着するという合図にエンジンをふかすと、リーナは夕食の支度を始めるのだった。リーナは夫の新たな趣味をいくらか不安そうに見ていた。一度彼の操縦する飛行機で島の周囲を飛んだことがあったが、リーナのお気には召さなかったらしい。彼女は二度と夫の飛行機には乗らなかった。

　ポーランドが占領されると、ハイドリヒは殺戮部隊アインザッツグルッペンが残虐行為を繰り返しながら前進していくのをチェックし、その地域のユダヤ人住民をゲットーに集めるために何度も現地に赴いた。夫の不在による寂しさを紛らわせるために、リーナは自分のささやかなベルリンの社交グループに何人か新しい仲間を迎え入れた。その一人がヴァルター・シェレンベルクの新妻、イレーネである。彼女の母親はポーランド人だったため、SSの結婚許可証を得る際に問題視されたが、ハイドリヒがシェレンベルクの味方となり、二人の結婚を許可するようヒムラーを説得している。リーナとイレーネはことのほか仲がよく、二人で出歩き、買い物をし、昼食や夕食をともにし、映画に行った。

　リーナの毎日を楽しくしてくれたもう一組の夫婦は、マックス・デー・クリーニスと妻で元女優のリリーである。リーナは一九三九年に夫妻と知り合った。当時彼は世界的に著名なベルリン大学の付属病院、シャリテーで精神科の教授を務めていた。デー・クリーニスはヒトラー政権の安楽死計画（T4〔テーフィーア〕

作戦）の中心人物になろうとしているところだった。八月一〇日、彼は他の十数名の精神科医との会議に出席し、安楽死に関する指令を実施できる技術スタッフを選んだ。ヒトラーが承認したこの指令には、「治療不能と考えられる……患者は、健康を厳しく審査したのち、慈悲殺が許可される」[*7]と述べられている。

デー・クリーニスのT4への関与は、彼の職業的・イデオロギー的経歴に基づいている。デー・クリーニスは一八八九年、オーストリアで医師の息子として生まれた。一九二四年には神経学の准教授になり、それから一九三四年まで、オーストリアのナチ党で意欲的に活動している。その年、彼はケルン大学に職を得た。一九三六年にはSSと親衛隊保安諜報部（SD）に加わった。職員ファイルには、彼が「反ユダヤ主義の分野では有名なパイオニアだ[*8]」と記されている。

デー・クリーニスは不妊計画の熱心な支持者で、ヒトラー政権が安楽死を是認する道を開いた。「遺伝病根絶法」が一九三三年七月一四日に制定され、「常習犯法」によって補完された。これは再犯で半年以上刑務所暮らしをしている二一歳以上の人間を強制的に断種するものだ。法で指定された九つの疾患のうち四つは精神疾患に関係している。躁鬱病、統合失調症、「先天性知的障碍」（犯罪歴のある者、売春婦、失業者、路上生活者もここに含まれた）、そして「慢性アルコール依存症[*9]」だ。

断種の対象者はデー・クリーニスのような精神科医によって選ばれる。彼はてんかんとアルコール依存症の研究者でもあった。選ばれた者たちは二二〇か所ある地方の健康裁判所の一つに出頭し、そこで彼らの運命が決まる。一九三九年までに三四万五〇〇〇人が断種された。「知的障碍者」が二〇万人、統合失調症患者が七万三〇〇〇人、てんかん患者が三万七〇〇〇人、アルコール依存症患者が三万人である。

障碍者の殺害は子どもたちから始められたが、T4作戦はむしろ大人に焦点を合わせていた。一九四〇年一月半ば、一酸化炭素ガスを使用する決定がなされた。二月の初めにデー・クリーニスは、精神病院やサナトリウムで「患者」候補を登録する防疫官（医師）の採用担当者の一人になっている。また、三月の会議では、国立精神病院の精神科医とT4について議論している。殺処分は当初四か所で実行された。一度に約二〇人の「患者」が、共同シャワーに見えるよう設計された部屋でガス殺された。死者はすべて金歯を除去された。

一九四一年八月、T4作戦はカトリック教会からの抗議によりいったん中断された。それまでに七万人が殺されている。デー・クリーニスは一九四三年秋に計画が再導入された際の陰の原動力の一人となった。そしてこの作戦は終戦まで続けられている。一九三九年の時点で、ドイツの精神衛生施設には三〇万から三二万の人々が収容されていた。一九四六年に施設に残っていたのはわずか四万人にすぎない。

シェレンベルクはデー・クリーニスを親友とみなし、「非常に気持ちのよい洗練された家庭」[*10]を持つ立派な人間と考えていた。ハイドリヒも彼を「とてもいいやつ」[*11]と考えていた。リーナと夫はしばしば早朝にデー・クリーニス夫妻と乗馬に出かけている。ベルリンの馬小屋を出発し、グリューネヴァルトの森を駆け回るのだ。その後彼らはヴァンゼー〔ヴァン湖。ベルリンの南西にある〕にあるデー・クリーニスの邸宅に戻り、シャンパンつきの朝食を楽しむのだった。

✢

✢

一九四〇年四月、ハイドリヒは飛行隊とともにノルウェーで四週間過ごし、敵を機銃掃射し、士官用食堂で酒を飲み、カード遊びに興じた。彼の軍事行動への参加は、四月一三日に短期間で終了する。この日、彼のメッサーシュミット一〇九が離陸の際に滑走路をオーバーシュートし、衝突したからだ。飛行機は大破し、ハイドリヒは腕を折った。翌日、彼は二級鉄十字章を授与され、ベルリンでのデスクワークに戻った。

ポーランドが迅速に征服されたのち、戦闘は数か月間休止した。ヒトラーはイギリスかフランス、とくにイギリスが開戦の決定を再考するかどうか、様子を窺っていたのである。いずれの国にも回避に向けた明らかな兆候はなかったため、ヒトラーは戦闘を再開し、非常に重要な海路を確保すべく、ノルウェーを攻撃した。

ノルウェー侵攻が順調に進むと、ヒトラーは注意を西、つまり旧敵フランスに向けた。彼は一九一八年の敗北の報復と贖いを切望していた。歴史のページから不名誉と屈辱を消し去るチャンスだったのだ。しかし、長い軍事作戦を遂行する手立てが彼にはない。そこで生まれたのが、悪名高い電撃戦である。戦力を集中させて迅速に突破し、戦車と飛行機の連携で敵の防衛線に穴を開け、間隙を突いて領土深くに侵攻し、包囲に対して脆弱な状態に追い込む。結果はまさにみごとと言う他なかった。攻撃は五月一〇日に開始され、わずか六週間後の六月一七日にフランスは降伏している。

その後まもなく、エミー（パリの最新ファッションをまとっていた）と夫は特別な晩餐会を開き、この素晴らしい勝利と、勝利に貢献した空軍の役割とを祝っている。ゲーリングはさまざまな色のポーランド産ウォッカに添えるために、パリからフォアグラのパテを取り寄せていた。そして彼らは「モーゼル・ワインとともにサーモンのロースト、ダンツィヒ風」を楽しみ、……それから白ワインとともに、「小さくてとても軽いウィーン風ケーキ」[*12]を食べた。食事は夫妻のシェフで仕出しも行うオットー・ホルヒャーが用意した。彼はベルリンのレストラン店主である。彼の父グスターフが一九〇四年に開店したその店は、素晴らしいドイツ料理、たとえば鰻のスモーク、ホースラディッシュ・ソース添えや、フランクフルトソーセージ入りレンズ豆のスープや、ポメリーのマスタードとポーチドエッグを添えたポテトサラダなどを出していた。ゲーリングは一九二〇年代末にその店に通い始め、貴族や実業家を飲食に招待するようになった。オットーはゲーリングが大がかりなパーティーを催す際には仕出しも引き受けている。オリンピックの晩餐会もそうだったし、カーリンハルでのレセプションや私的な夕食の際もそうだった。

ホルヒャーのブランドは、ナチの発展によって恩恵を受けている。アンシュルス後、オットーはウィーン一のレストランを引き継いだ。また、戦争が始まると、オットーのウェイターとコック全員が兵役を免れるようゲーリングが手を回している。オットーはノルウェーで将校に飲食を提供する会員制空軍クラブを開業し、オスロに一般向けのレストランも二軒開いた。フランスの降伏後には、伝説的なレストラン、パリのマキシムを手に入れ、彼のパトロンが史上最大の美術品窃盗を画策し、パリにたびたび赴いた際の食事場所を提供した。

✢　✢

一九四〇年三月初旬、マルガレーテはドイツ赤十字社の視察旅行でポーランドに到着した。彼女はポズナン〔ポーランド西部の都市〕（看護学校と寄宿舎があった）と、ドイツ赤十字社のポーランドでの活動拠点であるウッチ〔ポーランド中部の都市〕、そして最後にワルシャワを訪問している。同僚の多くと同様に、マルガレーテは粗野な生活環境と、病院や輸送列車の衛生状態の悪さに不満を漏らした。彼女は「何とも言い難い不潔さ」と述べている。さらに地元民の様子にも感情を害した。「このユダヤのくずども。ポラックたち〔ポーランド人の蔑称〕のほとんどは人間にすら見えない[*13]」。

マルガレーテは偏見を強め、ベルリンに戻ったが、そこで彼女を待っていたのは、ヒムラーによるヘートヴィヒについての告白だった。マルガレーテはひどく傷ついたに違いないが、離婚を考えることはなかった。彼女にとって、それは恥ずべき屈辱を意味したからである。それにグードゥルーンのことも考えなければならない。ヒムラーは娘に愛情を注いでいたし、グードゥルーンもヒムラーをひたすら崇拝していた。両親とほとんど一緒に過ごせないのに、彼女がすでに必死で耐えていることを考えれば（母親によれば、グードゥルーンは「とても神経質で、学校での成績も悪かった[*14]」）、夫婦ともに娘の生活をこれ以上混乱させるわけにはいかない。ヒムラーはテーガーンゼーに顔を出し続け、毎日電話をかけ、定期的に手紙を書いていた。ヒムラーが積極的に会いに来続けたのは、単にマルガレーテとグードゥルーンに不要な苦痛を与えないよう思いやったからではない。彼は離婚には断固反対だった。一般住民の結婚率が約四四パーセントだったのに対し、SSの幹部は七七パーセントが結婚しており、離婚するにはヒムラーの許可を得なければならなかった。もし背けば、SSから追放されることになる。

ヒムラーの頑固な姿勢は、昔からの仲間、カール・ヴォルフへの対処によく表れている。彼はフリーダと別れて、一九三四年から長年不倫関係にあった伯爵の未亡人と結婚したがったのだ。彼女は一九三七年にヴォルフの子を産み、一〇の部屋と広い浴場を備えたブダペストの愛の巣で暮らしていた。しかしヒムラーはヴォルフがフリーダを捨てることを認めなかった。結局、ヴォルフはヒムラーの頭越しにヒトラーに直訴し、離婚の許可をもらっている。

離婚問題が遅々として進展しないまま、フリーダ（彼女はカールが幸せになる邪魔をしたくない、とヒムラーに書き送っている）は子どもたちとテーガーンゼーの家にとどまっていた。彼女とマルガレーテは近所同士で、知り合って一〇年近くになるし、娘同士も仲よしだったが、夫たちの熾烈な争いは二人の関係に影を落とした。カールがヒムラーの命令に逆らったことが明らかになると、マルガレーテはフリーダと距離を置き、一番助けが必要なときに彼女を見捨てた。

フリーダの身に起きたことがあまりに自分に近すぎて不安になったのか、マルガレーテの日記には、不幸や喪失感、投げやりな様子が見て取れる。一九四〇年六月九日、彼女は「非常に大きな悲しみのせいで、一人でいるのが辛い……それで夜になるとたいていソリティアをしたり少し読書をしたりしている」と書いている。一九四一年一月四日には、「古い年が過ぎ去った。試練を乗り越えるにはたくさんの勇気が必要だ」と回顧している。ひと月後には、「若い女は誰でも男をほしがる。人生がどんなに辛いものか」気づきもせずに、と嘆き、「娘を最悪の事態から守る」[*15]ことができるよう望んでいる。

✢　　✢

ミュンヘンのボルマン宅には、他の芸術品とともにゲルダのブロンズの胸像が誇らしげに飾られていた。ナチ時代、最も称賛され活躍した彫刻家、アルノ・ブレーカーの作品である。ブレーカーは堂々たる、古典的なテーマの作品で知られていた。『プロメテウス』、『聖火ランナー』、『いけにえ』といったタイトルで、裸の男性がダイナミックかつ英雄的なポーズをとっているのが特徴だ。ブレーカーのブロンズの胸像は、ほとんどが私的な依頼によるものだった。彼はヒトラー、ゲッベルス、マクダの息子ハーラールト・クヴァント、エッダ・ゲーリングの胸像も制作している。

一九〇〇年に石工の息子として生まれたブレーカーは、デュッセルドルフ芸術アカデミーで学んだのち、一九二〇年代をパリで過ごした。一九三二年にローマに滞在していた際、ゲッベルスに見出され、ドイツに戻るよう説得されて一九三四年に帰国している。二年後、オリンピック・アート・コンペティションに彫刻を二点出品して銀賞を獲得し、レセプションでヒトラーに会い、大きな感銘を受けた。それはヒトラーも同様で、一九四〇年、ヒトラーは、ブレーカーにナチ党の金バッジを授与している。

ブレーカーはナチの最も裕福な芸術家でもあり、国から依頼された仕事や賞金、自分の工房での仕事で大金を稼いでいた。工房ではヒトラーの胸像といった人気作品を、強制収容所の四人を使って大量生産していた。ゲルダがブレーカーのためにポーズをとったのは、一九四〇年のことである。ブロンズ像の完成後、彼女はブレーカー夫妻と親しくなった。夫人は魅力的な元モデル、デメートラ・メッサラ〔一九〇二―五五〕で、パリでピカソのためにポーズをとったこともある。ドイツでブレーカーと結婚する前は、美術商として成功を収めていた。二人は一九三七年に結婚し、五人の子どもがいた。

ゲルダがそのような洗練された人物との交際でいい気分になれたのは、ナチの妻としての彼女の地位が上昇しつつあったからに他ならない。ゲルダはベルクホーフでの生活に不可欠なメンバーだった。ベルクホーフでは、ヒトラーの習慣に沿って、毎日決まったルーティンが繰り返されていた。彼は寝るのが遅く、起きてくるのは昼頃である。数時間後に昼食をとり、それからたいてい午後四時頃、ヒトラーとエーファが客とともに二〇分ほど散歩しながら小喫茶室へと下っていく。「鷹の巣」の頂上に昇っていくことはめったにない。とても寒いことが多かったし、それよりも高地の薄い空気はヒトラーを不安にさせたからである。

小喫茶室のほうがずっと居心地はよかった。ヒトラーの忠実な秘書、クリスタ・シュレーダーによれば、ヒトラーとエーファはいつも紅茶やコーヒーではなくココアを飲み、「ケーキやペストリーのどれを選ぶかは非常に悩ましいところだった」が、ヒトラーは「いつもアップルパイを食べた。パイ皮はほのかな香りがして、焼いたリンゴが載っていて低カロリーだった」。リラックスした雰囲気のなかで、「ヒトラーは面白い話を聞くのを好み、そういった話のできる者はとても歓迎された[*16]」。同席した人々の話が退屈だと、ヒトラーが椅子で眠ってしまうこともあったという。

夜は夕食の席であれ、炉辺であれ、ヒトラーが一人で長談義を続けた。一九四一年七月五日、ボルマンのスタッフの一人がヒトラーの金言をすべて記録しようという意欲的な仕事を開始した。まとめられたものは『ヒトラーのテーブル・トーク』〔吉田八岑監訳、三交社、一九九四年〕と呼ばれ、一九四二年三月半ばまでのベルクホーフにおけるあらゆる食事の際の発言が書き留められた。その後は集まりが間遠になったため、記録も断続的になっている。

これまで歴史家たちは、数百ページに及ぶ最終版がヒトラーの談話を一言一句再現したものだと信じていたが、最近では、ボルマンの助手が毎朝記憶を頼りに内容を文字に起こし、それをボルマンに渡してまとめたり編集したりしてもらったのではないかと考えられている。ボルマンは主人の声を記録に残すことに非常に真面目に取り組んでおり、ヒトラーの考えの忠実な信奉者ならびに管理人の役割を果たし、未来の世代のために保存しようとしたのだ。

✢　✢

その夏、ベルクホーフで、ヒトラーは二者択一を迫られていた。記録的な速さでフランスを征服したにもかかわらず、イギリスが屈服を拒んでいたからだ。選択肢の一つは侵攻で、計画が立てられたものの、見通しは厳しい。その後ゲーリングが、問題解決のために空軍を使ってイギリスを屈服させてはどうかと申し出た。ゲーリングの提案はヒトラーの気に入り、八月から半年間、空軍はまずイギリス空軍とその基幹施設を攻撃し、その後ロンドンと他の経済的に重要な都市の爆撃に切り替えるという作戦を試みた。

しかし破壊と混乱は引き起こしたものの、一九四一年二月末には、ゲーリングがヒトラーとの約束を守れそうにないことが明らかになった。空軍は飛行機と熟練したパイロットをすさまじいペースで失っている。それなのに、ゲーリングの無駄が多く非効率的な四か年計画は経営不振に陥り、制度上破綻し、肥大化するばかりだった。一国を制圧するのに必要な飛行機も満足に製造できないのだ。相手が非常に粘り強く戦い、その一方で飛行機をより速いスピードでより多く製造するのだからなおさらだった。

この危機的な、ナチ高官として最も手腕を問われる時期に、ゲーリングは多くの時間とエネルギーを美術品収集に費やしていた。収集に真剣に取り組み始めたのは一九三六年。美術品購入のための自己資金が準備できてからのことだ。その点でおもに貢献したのが、市場の七五パーセントを占めるタバコ製造業者、フィリップ・レームツマである。ゲーリングは彼に大いに便宜を図ってやった。ライバルを排除したり、法的な苦境から彼を救い出したり、数十億本に及ぶタバコの契約を軍と結ばせたりしたのである。タバコ王は当然感謝し、三か月ごとに二五万ライヒスマルクをゲーリングに寄付した。

ゲーリングは多数の販売人を通して美術品を購入した。一六世紀・一七世紀のドイツ人芸術家やオランダの名匠、イタリア・ルネサンスの画家の作品を探し出し、ときには法外な価格で、ときには割安な価格で手に入れている。恥知らずにも、ユダヤ人の持ち主や画廊から強奪する場合もあった。彼は一九四〇年までに二〇〇〇点の芸術品を手に入れている。

開戦後、彼の代理人はポーランドを探し回ってアルブレヒト・デューラーの絵を三一点持ち帰り（ゲーリングはそれをヒトラーに贈った）、アムステルダムの美術市場を漁り回って個人収集家のコレクションすべてを購入している。そのなかにはフェルメールの贋作も含まれていた。またゲーリングは、いわゆる退廃芸術とされる絵画を交換品として使用した。彼はセザンヌ、ゴッホ、ムンクの絵を現金と交換し、一九四一年三月三日、一一点の作品（ドガ一点、マティス二点、ピカソ二点、ブラック一点とルノアール一点が含まれた）をティツィアーノ一点と交換している。ひと月後、同じ方法で、レンブラント一点とタペストリー二枚を退廃芸術品二五点と交換している。しかしフランスが陥落すると、そこはまさに金鉱だった。パリの巨大な倉庫が、ユダヤ人共同体から没収した美術品でいっぱいになった。一九四〇年一一月三日から一九四二年一一月二七日にかけて、ゲーリングは倉庫に二五回足を運び、七〇〇点を移動させている。ほとんどが絵画だったが、タペストリーや彫刻もあった。

こういった宝物はすべて鉄道でカーリンハルに運ばれたので、エミーも楽しむことができた。夫と同じく彼女も、美術品を自分たちのものにする気はなかったと主張している。二人はあくまでも管理人であり、美術品を守り、安全に保管したにすぎない。戦争が終われば、夫はヘルマン・ゲーリング美術館を開き、公開展示していただろうとエミーは述べている。

✢　✢

一九四〇年のマクダは、ほとんど入退院を繰り返して過ごした。心臓の具合は悪化しており、例によって原因は妊娠である。八月には帰宅できるほど元気になったが、ゲッベルスによれば、一〇月初旬までに「心臓の状態はひどく悪化した」という。一〇月一〇日には「神経質で怒りっぽく」、その月の終わり頃に出産の兆候が見えると、マクダは「大いなる勇気」をもって「重要なとき」に臨んだ。二九日、試練は過ぎ去り、夫婦の六人目の子に当たる娘が生まれた。

翌日は夫の四三回目の誕生パーティーだった。マクダと子どもたちは、専門家の助けを借りて、ゲッベルスに特別な贈り物を企画した。子どもたちが森のなかを歩いたり、おもちゃの城で遊んだり、兎狩りをしたりする様子が映し出された短いホームムービーである。ゲッベルスが自宅内の映写室に迎え入れられると、士気を煽るプロパガンダのごとくフィルムが映し出された。ゲッベルスはこの映画の贈り物を喜び、それが「とても素晴らしい出来」だったので、「笑いと涙」[*17]を誘われた、と記している。彼はお返しに、一一月一二日に「マクダのためにささやかな誕生日パーティー」を開いた。妻が「またうっとりするほど美しいこと」に喜んだゲッベルスは、ヒトラーが立ち寄ると決めたことにも感動している。「総統は夜一〇時頃に到着し、朝四時まで滞在した。彼はまったく自信に満ち溢れ、くつろいでいた。戦前のように」。三人は「菜食」と「来るべき宗教」について議論し、ゲッベルスは誇らしげに、ヒトラーは自分たちと一緒にいると「再び素晴らしい人間」[18]になれると記している。

しかしこのような平穏な家庭の風景は、一九四一年になるとしだいに減少していく。その年、マクダとゲッベルスは離れていることが多くなり、別々に暮らすようになっていった。これにはマクダの慢性的な健康問題（二月に軽い心臓発作、三月に気管支炎）や、ゲッベルスのぎっしり詰まったスケジュール（かなり頻繁な外国出張が含まれていた）、そしてイギリスによるベルリン空襲の脅威が関係していた。これにより夫婦は子どもたちを南に疎開させる気になり、当面オーバーザルツベルクやバイエルンの別の場所に滞在することになった。のちに、彼らは上ドナウ地域に船で向かうことになる。

この時期、マクダと夫の関係は思いやりに満ち、どちらもじつに友好的だった。しかし互いの心は離れていた。夫婦間の深い割れ目は、確実に広がっていた。まもなく、結婚当初から二人につきまとってきたおなじみの問題により、彼らがサインした契約書は踏みにじられることになる。

✢　✢

一九四〇年一〇月下旬、マルガレーテはドイツ赤十字社の仕事で二週間バルカン諸国に滞在した。彼女のお気に入りの健康施設、ホーエンリュヘン病院を運営するゲープハルト教授も一緒である。彼らはブダペスト（ホテルでは「ジプシー音楽」を楽しんだ）経由でルーマニアに旅したが、その途中でベオグラードに立ち寄り、ルーマニア北部のベッサラビアに住んでいたドイツ人の「再定住地」を見に行っている。マルガレーテとゲープハルト教授は、いわゆる民族ドイツ人の村の一つに案内され、彼女はそこが非常に「清潔な」[19]ことに感動している。ベッサラビアは一九三九年のヒトラー・スターリン協定〔独ソ不可侵条約〕でソ連に併合されていたが、一九四一年にルーマニア軍によって奪還されることになる。彼らはこの地のユダヤ人住民にイナゴのように襲い掛かり、約八〇〇〇人を殺し、二五万人を強制収容所に追い込んだ。

その結果、村と街全体が空っぽになり、広大な土地が利用可能になった。のちにマルガレーテの夫は、その地域に民族ドイツ人を再定住させ、模範的な農業共同体を構築しようと計画することになる。

ベルリンに戻ると、マルガレーテの社交生活は徐々に減って、ないも同然になった。外交的な夜会は彼女にとっては終わった話で、人にもほとんど会っていない。会った数少ない一人がアンネリーゼ・フォン・リッベントロップである。ナチ高官の夫人たちのなかで、アンネリーゼはマルガレーテの一番の親友だった。意志が強く、意欲的で、知的で上品なアンネリーゼは、マルガレーテとほぼ同い年で、スパークリング・ワインで富を築いたヘンケル一族の出身だった。彼女はテニスのトーナメントでリッベントロップに出会い、一九二〇年に結婚している。そしてうらやましくなるような生活を送っている。優美なベルリンの邸宅にはテニスコートがあり、田舎の地所にある九ホールのゴルフコースは自慢の種だった。一九三二年にヒトラーを晩餐に招いたのち、アンネリーゼはナチズムに転向し、夫を彼の側近グループに押し込んだ。

マルガレーテにとっては残念なことに、二人の友情は突然終わりを告げた。夫同士が不仲になったからである。二人の男は一九三四年にリッベントロップがSSに加わってから親しくなり、ともにテニス好きだったことで絆が深まった。しかしリッベントロップが外務大臣に就任すると、連合国や中立国における勢力範囲を巡って口論するようになった。事態が山場を迎えたのは一九四一年のことである。ルーマニアの親ナチ政府に対するクーデター失敗に親衛隊保安諜報部（ＳＤ）が絡んでいたことに立腹して、リッベントロップが、外交問題を巡る彼の権限を明確に示した取り決めにサインするようヒムラーに迫ったのだ。

一九四一年五月八日、マルガレーテは日記に、夫と「リッベントロップ氏の関係が終わった」。「リッベントロップがあまりに多くの要求をする」[*20]からだと記している。同時に、マルガレーテは自分とアンネリーゼとの関係も終わらせた。彼女が友人ではなくなったことで、マルガレーテのベルリンでの孤独は決定的なものになった。

✣　✣

一九四〇年から四一年にかけての冬、イルゼ・ヘスは夫が何かとんでもない計画を立てているのではないかと疑っていた。「彼がさまざまな活動で非常に忙しく、緊張しているのが一目瞭然だった」からだ。ヘスはまた飛行機の操縦を始め、アウグスブルクの飛行場をあまりに頻繁に使用していたので、彼が「仕事のストレスからの気分転換」を求めているだけだとは、イルゼにはとても思えなかった。

「わが家の仕事部屋に大きな新品の無線電信機が設置され……閉ざされた扉の向こうで使われるようになり」、謎はさらに深まった。電信機を詳細に調べたところ、気象通報を受け取るよう調整されている。

何よりも不思議なのは、「戦争の真っ最中だというのに、夫が息子と驚くほど多くの時間を過ごしていたこと」だった。

一九四一年五月一〇日の土曜日、ヘスは古くからの仲間、アルフレート・ローゼンベルクと早めの昼食を予定していたが、イルゼは気分が優れなかったので加わらなかった。ローゼンベルクが帰った後、ヘスはイルゼの様子を見に二階に駆けあがってくると、「いつもの時間」に一緒にお茶を飲んでほしいと頼んだ。午後二時半に現れたヘスを見て、イルゼは驚く。彼が「青灰色のズボンにパイロット用の長靴という出で立ちだった」からである。「もっと驚いたのは、彼が明るい青色のシャツに濃い青色のネクタイを締めていたことだ。私が何度も勧めたのに聞き入れてくれなかった色の組み合わせである」。イルゼがその服装について尋ねると、ヘスは君に喜んでほしかったのだと答えたという。イルゼは納得しなかった。彼女は後になって、夫が空軍の将校の軍服を見てほしかったのだと気づいた。

イルゼによれば、お茶の後、「彼は私の手にキスして子ども部屋の戸口に立ち、突然とても厳粛な態度になり、考え込むような様子を見せた」という。ヘスは眠っている息子に別れを告げ、アウグスブルクの飛行場に向かい、メッサーシュミットで離陸した。イギリスとドイツの和平を実現させる任務へと踏み出したのである。

その晩ヘスが帰宅しないことに、イルゼは胸騒ぎを覚えた。「その後の二日間、日曜日と月曜日、……私たちは何が起こったのかまったく知らなかった」。一二日の月曜日の晩、イルゼはヘスのスタッフ、運転手、使用人のために「家の小さな映写室で映画を観る準備をしていた」。映画を見ている最中に、ヘスの一番若い副官がひどく取り乱した状態で現れた。ヘスが「錯乱状態に陥り」北海に墜落したとラジオのニュースで聞いたというのだ。

イルゼはすぐにベルクホーフに電話し、「総統に自分の率直な気持ちを伝えようと」したが、代わりに電話に出たのはボルマンだった。彼も何も知らないのだという。その時点ではたしかにそのとおりだった。イルゼはボルマンの言葉を信じず、「これまで使ったことがないしこれからも使うことはないであろう強い言葉とレトリックで」、自分の「憤りを訴えた」。ボルマンは（ヘスの失踪は彼にとって大きなメリットがあった）、何か情報が入ったら、省の関係者からできるだけ早く連絡すると約束したが、真夜中をずっと過ぎてから到着した係官からは、役立つ情報は何も得られなかった。

翌朝の一三日、ヘスの旧友で相談相手でもあるハウスホーファー教授が立ち寄った。彼は「ひどく動揺し、絶望に満ちていた」。ヘスが死んだと思っていたからである。ハウスホーファーが気落ちした様子で帰っていくと、イルゼは極度の疲労に襲われ、息子とともにベッドに入り、すぐに「深い眠りに落ちた」。目が覚めたとき、彼女の懇願への回答があった。夫は無事にスコットランドに着陸していたのだ。[*21]

事情がよく飲み込めないうちに、イルゼは夫のベルリンのアパートに呼び出され、到着するとそこにはボルマンが待っていた。厳しい尋問の後、ボルマンはフラットにあるもののうち、どれが国家に属するものでどれがヘスの私物かを一覧表にするよう言った。国家のものは押収され、ヘスのものは彼女が持っていることを許されるという。結局、イルゼのものとなるのはカーペットだけで、他の備品や付属品はすべて政府の財産だった。このような作業をさせて意図的に傷つけただけでなく、ボルマンはさらに侮辱的な言葉を放った。もし寝室の家具を買い取りたいなら、五割引にしてやる、と言ったのだ。

結局、イルゼの運命はヒトラーしだいだった。ヘスが飛び去った翌朝、ベルクホーフにいたヒトラーに、ヘスの副官がヘスの手紙を届けた。それを読んだヒトラーは、激怒するとともに理解できないという反応を示した。詳細が明らかになるにつれ、それは増大するばかりだった。従者も含め、ヒトラーの側近のなかには、ヒトラーがヘスの計画を知っていて、許可を与えていたのだと考える者もいた。彼は激怒したふりをしているが、それはよくできた芝居にすぎないのだ、と。だがイルゼはこれをきっぱりと否定している。「私は夫が命じられたからではなく、自分が犠牲になることを望んだのだと確信している。ヒトラーは、このことをまったく知らなかったと思う[*22]」。

ヒトラーはただちにヘスの個人スタッフを全員逮捕させた。一九四四年まで収容所で惨めに暮らした者もいる。ヘスの弟も拘束され、命の危険を感じさせられたのち解放された。ハウスホーファー教授はすでに目をつけられており（ヒトラーは彼を「ユダヤ人の腐った教授[*23]」と呼んでいた）、ゲシュタポに四か月間拘束された。教授の息子アルブレヒトもヒトラーの前に引きずり出され、弁明を迫られている。

アルブレヒトはハミルトン公爵〔一八六二―一九四〇〕（ヘスはオリンピックの際に彼と短時間だが会ったことがあった）との接触や、両国の和平に関する提案をまとめた公爵宛の手紙をヘスに依頼されて書いたことについて、報告書を提出した。その結果、アルブレヒトはベルリンのゲシュタポ本部に二か月間拘置され、職を追われた。さらなる嫌がらせを恐れて、アルブレヒトはバイエルンの山中に逃げた。

ヘス自身はアルブレヒト・ハウスホーファーあるいはその父親の関与について触れていない。逮捕に来たイギリス人によると、ヘスはそのようなあわただしい行動に出た理由を次のように説明したという。「フランスでの戦いが終わったのち、ヒトラーはイギリスとの合意に達するための提案をしたが、拒否された。それにより私は以前にもまして、自分の計画を実行に移すべきだと確信したのである」。「子どもたちの棺が果てしなく並び、英独両国の母親が泣く」ことのないように。「そして母親の棺の列に子どもたちが嘆き悲しむ[*24]」ことのないように。

罪のない者たちの命に対するヘスの気遣いは、ソ連の民間人にまでは及んでいない。彼はヒトラーが長く待ち望んだソ連への侵攻開始が迫っているのを十分承知していた（その夏の予定だった）。そして軍事行動が前例のないほど残忍に遂行されるであろうことも理解していた。イギリスを説得して休戦に持ち込めれば、二正面戦争の脅威を取り除くことができる。ヒトラーがボリシェヴィキの敵を絶滅させる助けになると、ヘスは考えていたのだ。ヒトラーに宛てた手紙のなかで、ヘスは自分の「計画」が「成功する確率は非常に低く」、「失敗に終わる」可能性が高いと述べている。そうなった場合、ヒトラーが「不利益な結果」を避け、「まったく無関係だと主張する」ための一番の方法は、ヘスを非難し、彼は「正気を失っていた[*25]」と公言することだとヘスは考えていた。

ヘスの提案によるものであろうがあるまいが、政権はそのとおりの説明をした。事件についての憶測を打ち消し、事件の重要性を軽んじ、イギリスのメディアによるプロパガンダの効果を最小にとどめたのである。メッセージを出す担当者となったゲッベルスは、大失態の責任が誰にあるかについて確信していた。「このような事態になったのは、ハウスホーファー教授とヘスの妻が悪影響を及ぼしたせいだ……すべての原因は、健全な生活への不可解な妄想とまったくナンセンスな菜食に由来する。……私は彼の妻を鞭で打ってやりたい！」。

五月一四日、ナチの主要紙はゲッベルスの指図のもと、ヘスの「妄想」に言及し、彼の「磁気治療」と「占星術」への依存を批判している。これはヘスの占星術師エルンスト・シュルテ＝シュトラートハウスには悪い知らせだった。彼はその日の午後逮捕されている。伝えられるところによると、シュトラートハウスはヘスの任務について前向きな予言をしていたという。まず一月、それから三月、そしてヘスが飛び去る前日。シュトラートハウスは二週間尋問され、それからベルリンのゲシュタポ本部に移され、一一か月間独房に監禁されたのち、ザクセンハウゼンの強制収容所に移送された。彼はそこで二年間惨めな暮らしを送った後解放された。

五月一六日、ゲッベルスは「ヘスの事件はいまだに大きな話題になっている」が、「噂は消えていきつつある」と観察している。翌日には嬉しそうにこう書いている。「民衆は徐々に落ち着いてきている。すでに事件をネタにしたジョークが広まっているほどだ」[*26]。しかしそのジョークは、ドイツ人がいかに困惑しまごついているかの表れだった。ヘスはつねに党の熱烈な支持者で、ヒトラーの頼もしい側近だったのだ。毎年クリスマスのラジオ演説をしてきたというのに、今になってヘスが正気を失ったと信じろと言うのか。次のようなジョークがある。二人の友人が強制収容所で会い、一人がもう一人に尋ねた。「なぜ君はここにいるんだ?」相手は答えた。「五月五日にヘスは頭がおかしいと言ったからだ。ではなぜ君はここにいるんだ?」もう一人の答えはこうだ。「一五日に、ヘスの頭はおかしくないと言ったからだよ」[*27]。

ヘスが健康を損なっていたのは間違いない。彼はひどい心気症〔病気にかかっているという思い込みから起こる苦痛や機能障害〕を患っていた。スコットランドに着陸後、英国医学研究審議会はヘスが携帯していた二八種類の薬を調べている。胆嚢の薬、痛みをやわらげるアヘン誘導体、頭痛用のアスピリン、疝痛用のアトロピン、睡眠薬であるバルビツール、疲労抑制用のアンフェタミン、便秘用のマグネシウム下剤。さらに、「ホメオパシーに関係した正体不明の混合物」があったが、これは「非常に薄められているため、何であるかわからなかった」[*28]という。

第11章 死傷者たち

史上最大規模の侵略軍（三〇〇万のドイツ兵と五〇万の外国兵）が高波のようにソ連に侵攻する一二日前の一九四一年六月一〇日午後四時頃、恐ろしい嵐がベルクホーフを襲った。管理人によれば、その日は「信じられないほど暑く」、「激しい嵐が北で起こり」、「突然あたりが日食のときのように真っ暗になった」という。そして「耳を聾する爆発音」と同時に「何かが砕け散る途方もない音」がした。長さ一〇メートルのポール（巨大な鉤十字の旗がつけられていた）が稲妻によって破壊されたのだ。誇らしげにベルクホーフの外に突き出していたこのポールは、「マッチの軸」ほどの「何千という木の裂片」になってそこかしこに散らばっていた。[*1]

肝をつぶした管理人が半狂乱でどうすべきか考えていると、ボルマンからの電話が鳴った。彼は丘を下ったところにある自宅から、落雷を見ていたのだ。ボルマンは駐車場に立っている同じ旗竿を取り外して交換するよう管理人に指示し、このことは他言するなと注意した。万が一この奇妙な事故が凶兆、すなわち差し迫った惨事への警告と解釈されるといけないからである。

こういったちょっとした突発事件を処理するのは、オーバーザルツベルクの不動産管理人としてボルマンが行う多くの仕事の一つにすぎない。彼の自慢の種は、八〇ヘクタールに及ぶ農場だった。下側の斜面の土が痩せているため穀物を育てるのは難しかったが、農場の牛や豚はオーバーザルツベルクの住民に肉や乳製品を供給し、鶏は卵を産み、リンゴ園ではシードルが作られた。果物や野菜の温室もあり、ベルクホーフの地下室ではマッシュルームが育てられていた。

しかしボルマンも主人もしだいに留守がちになっていった。ソ連への侵攻後、ヒトラーはあちこちの総統大本営を転々としていた。まずはヴォルフスシャンツェが本拠地となり、翌年ヴェアヴォルフに移った。どちらも蚊の群れが棲みつく鬱蒼とした森の奥深くに造られた巨大なコンクリートの掩蔽壕(ブンカー)である。長期にわたりヒトラーの秘書を務めたクリスタ・シュレーダーによれば、ヴォルフスシャンツェは七月が最悪で、一方ヴェアヴォルフは「危険なハマダラカ」が悩みの種だった。「この蚊に刺されると、マラリアになる恐れがあるのだ」[*2]。ボルマンは多くの時間を両施設で過ごし、ベルリンとの間を往復した。

男の支配者二人がオーバーザルツベルクを離れたことで、ベルクホーフはしだいにエーファの城になっていった。話し相手になってくれる選ばれた女性たちとともに、エーファは好きなだけ写真に没頭し、自分のカメラで何時間も撮影し、テラスで日光浴し、わずか八キロほどの距離にあるケーニヒスゼーに泳ぎに行った。ミュンヘンを走り回ったりベルクホーフにお茶に招いたりする友人の他に、エーファのいつも変わらぬ遊び仲間となっていたのが、ナチ・エリートの一角をなす二人の女性、アンナ・ブラント〔一八九七—一九五七〕とマルガレーテ・シュペーア〔一九〇五—八七。アルベルト・シュペーアの妻〕である。

アンナ・ブラントは一九二〇年代に水泳のチャンピオンになったことで独裁者の注意を引いた。得意種目は背泳で、一九二四年から二八年にかけて、全国選手権で五回一位になり、ドイツ記録を七回更新し、アムステルダム・オリンピックに出場している。これらの偉業によって彼女は有名人になり、新聞や雑誌の表紙を飾った。アンナはオーバーザルツベルクの山荘でヒトラーに紹介され、夫より先にナチに入党している。夫のカール・ブラントは一九三〇年代半ばにヒトラーの主治医の一人となり、政権の健康政策にかなりの影響を与えた。T4安楽死計画の総責任者だった人物でもある。

マルガレーテ・シュペーアは世界レベルの運動選手ではなかったが、夫のアルベルトとともにハイキングやキャンプといった野外活動を楽しんだ。新婚旅行ではカヌーにも乗っている。また、夫妻は観劇、文学、クラシック音楽も大好きだった。シュペーアの父親は成功した建築家だったが、マルガレーテの父親は小さな店を持つ建具屋で、若いカップルは、息子が身分の低い女性と結婚したことに対する彼の両親の懸念を払拭しなければならなかった。父と同じ職業に就くつもりだったシュペーアは、大学で初めてヒトラーの演説を聞いている。興味をそそられた彼は、入党した。当初、シュペーアはゲッベルスの世話になっていたが、その後ヒトラーに認められ、長らく消息不明だった息子のごとく扱われるようになった。

子どもに大部分の時間をとられるゲルダは、エーファのグループの目立たない位置にいた。長男は今では非常に厳格な寄宿学校（国家政治教育学院〔ナポラ〕）に入学していたものの、彼女は一九四〇年一〇月に娘を出産したのち、一九四二年三月と一九四三年九月に息子を産んでいる。上の六人の子どもが大きくなるにつれ、幼稚園教師の資格を持つゲルダは子どもたちの教育に真剣に興味を持ち、まるで学期末の通知表を作成するかのように、その成長ぶりを夫への手紙に書いた。

✢　✢

ヘスが飛び去ってからまもなく、エーファがイルゼに援助の手を差し伸べたのは、彼女が積極的になりつつある表れだった。「私は誰よりもあなたたち夫婦が好きです。もし耐え切れないようなことがあったら、私に話してください。ボルマンには一切知らせず、直接総統に話すことができますから[*3]」。

伝えられるところによると、エーファはヒトラーに掛け合って、ボルマンがイルゼを逮捕したり監視したりしないようにさせ、彼女が毎月年金を受け取れるよう取り計らったという。エーファはイルゼが威厳と敬意をもって扱われるべきだと主張したが、ボルマンはイルゼが暮らしにくくなるようなことばかりやった。お金が支払われるのを妨害したり遅らせたり、ミュンヘンの家を没収しようとしたり（失敗したが）、ベルリンの家の家具を巡って値段交渉し、実際の価値の二倍の料金を請求したりしたのである。イルゼはこれ以上ひどい目には遭わずに済んだとも言えるが、それでもさまざまに制限された生活を強いられ、蔑まれる身となって将来もおぼつかない。イルゼの運命は、自分の力ではどうにもできなくなっていた。

ヘスも自分ではどうすることもできない力に翻弄されていた。彼はハミルトン公爵も含め、多くの要人に事情を話したが、嘆願は聞き入れられなかった。イギリス政府はヒトラーに譲歩する気はない。ヘスは基本的なところで考え違いをしていた。他のナチ・エリートもそうだったが、彼はイギリスが貴族によって支配されていると信じていたのである。数名の有力貴族の支援を確保できれば、求めるものを得られると考えていたのだ。

　困惑し落胆したヘスは、自殺を図ろうとした。一九四一年六月一五日の真夜中、ヘスは眠れないのでウイスキーがほしいと言って、見張りの注意をそらした。ドイツ空軍の軍服に磨いた革の長靴という姿で部屋を抜け出すと、踊り場に這い寄り、手すりを越えて飛び降りた。彼は七メートル半ほど落下し、衝撃で脚を折った。七月に一八日間ヘスを観察した精神科医の記録によると、ヘスは「自分を混乱させるために」、「頭と神経に影響を及ぼす」「わずかな毒」が「食事と薬」に混ぜられている、と思い込んでいたという。彼が「虐待と拷問について奇妙な考え」を抱いていることから、精神科医はヘスを偏執症と結論づけた[*4]。

　夫がどんな目に遭っているのか、イルゼには皆目見当がつかなかった。その夏、ヒトラーがヘスに手紙を書くことを許してくれたので、希望の光がかすかに見えた。もっとも、この姿勢は慈悲の心から出たわけではない。ナチ上層部はどうにかしてヘスの状況を監視したいと考えており、手紙の取り扱いはシェレンベルクに任されていた。「私は夫妻が文通する手筈を整えなければならなかった。その後、イギリスがスイスの国際赤十字社を通じて制限つきで文通を許可し、手配に目を光らせるのは私の仕事になった」[*5]。しかしイルゼの手紙が夫に届くのに最大で八か月を要したので、返事を手にするにもしばらく時間がかかった。

ヘスの行動に対する報復の最終段階は、一九四一年六月初めにハイドリヒによって開始された。標的になったのは、「オカルトの教義といわゆるオカルト科学」である。リーナの夫はこの職務をとりわけ楽しんだ。ヒムラーが神秘主義者や予言者に親愛の情を寄せていることに、ハイドリヒはいらだっていた。ハイドリヒにしてみれば彼らは見当違いの愚か者、社会に有害な影響を与える者だったからである。処分対象者リストには、「占星術師、オカルト信者、降霊術師、オカルト放射理論の支持者、予言者、信仰治療師」[*6]が含まれていた。ゲシュタポによる逮捕者は数百人にのぼる。数千冊の本、雑誌、パンフレットが押収された。弾圧を支援したゲッベルスは、彼らをネタにしたジョークを言わずにはいられなかった。彼は日記にこう書いている。「逮捕を予知できた透視能力者は一人もいない。彼らの予言とやらの評判を落としただけだ!」[*7]。しかし拘束された者の多くは、短期間収容所に入れられ、殴られたりさらし者にされたりしたのち解放されている。一方、「ヘス活動」と呼ばれるようになったこの弾圧をもってしても、彼らの人気を落とすことはできなかった。一九四三年の時点で、ベルリンには約三〇〇〇人のタロットカード占い師がいたという。

ハイドリヒは占星術師を拘留するのを楽しんだが、当時の彼の一番の関心事は、ソ連侵攻の準備だった。六月一七日、彼はアインザッツグルッペンの四つの機動部隊のリーダーを集め、来るべき軍事作戦に向けて、次のような明確な指示を与えた。「前例のない厳しさ」をもって行動すること。共産党の手先であるユダヤ人、さらに他のすべてのソ連の役人と「過激分子」をすべて「排除する」[*8]こと。

ハイドリヒの命令は、「ヨーロッパのドイツ勢力圏におけるユダヤ人問題の全面的解決策」を見つけるという、三一日にゲーリングから課された責任とぴったり一致している。一九四一年の終わりまでに、ハイドリヒのアインザッツグルッペンは五〇万から八〇万の人々を虐殺した。そのほとんどはユダヤ人である。生贄を銃弾や鈍器で殺害するやり方は、加害者にも大きな打撃を与えた。多くの者たちが精神のバランスを崩したり、自殺したりしている。その結果、ハイドリヒと上司は直接手を下さずに大量殺人を進める方法を考え始め、安楽死計画で使われた技術に着目した。

七月二〇日、ハイドリヒはヒムラーの承認なしで、ソ連における軍事作戦を実行する飛行隊に再び加わった。二日後、午後二時を回った頃、彼の飛行機は対空砲火を浴び、エンジンが故障し、敵陣の側への緊急着陸を余儀なくされた。四八時間後、彼はアインザッツグルッペンの暗殺隊に発見された。彼らはその日四五人のユダヤ人と他の人質三〇人を殺していた。リーナは夫が「汚れて髭も剃らず、非常に動揺した様子で[*9]」帰宅したことを覚えている。

この冒険の後、ハイドリヒは飛行禁止になり、軍事作戦に再度参加することはなかった。ドイツ軍はソ連領土深くまで侵攻し、バルト海諸国とベラルーシを占領し、ウクライナの奥まで進軍していた。秋にはドイツ軍は三〇〇万を超えるソ連兵を捕虜にし、モスクワ郊外に到達したところできしみ音を立てながら停止した。

そんなさなか、ハイドリヒはなんとか時間を見つけては毎朝一時間、そして週末にはもっと長く、フェンシングを楽しんだ。その年のもっと早い時期に、彼はライバルを出し抜いて国際フェンシング連盟の会長に就任していた。六月と七月にヒムラーとソ連にいた間には、ドイツ国内選手権のためのトレーニングをしている。彼は五位に入った。九月には、前大会優勝国であるハンガリーとのサーブルの試合の準備をし、三試合に勝った。このびっしり詰まったスケジュールにリーナが不愉快になるのは当然だった。「ひどいと言ったらない。夫はけっしてけっして家にいないのだ[*10]」。ベルリンにいるときですら、ハイドリヒは夜な夜な街に繰り出し、バーやクラブを渡り歩いていた。あるとき、ハイドリヒは幸せな結婚をしたシェレンベルクを午前五時まで帰らせず、あちこち連れ回し、バーのスタッフと「くだらない話」をしていた。スタッフたちはみな「彼を知っていて恐れていたが、献身的なふりをしていた[*11]」という。

✣　　✣

一九四一年三月、マルガレーテはフランスとベルギーにあるドイツ赤十字社の施設を二週間かけて回った。エミーの義理の姉妹と一緒にマルガレーテは長い距離を移動し、さまざまな廃兵院（最大のものはアミアン〔フランス北部の都市〕にあった）と多くの野戦病院と、到着する負傷者に対処する鉄道駅を何か所か訪問している。途中でマルガレーテは、通常の観光も予定に組み入れることができた。ロワールの城、シャルトル大聖堂、ヴェルサイユ宮殿、そして一日はパリで買い物と市内見物。パリではホテル・リッツに宿泊し、地元のSS指導者から大いにもてなされた。総体的にマルガレーテは「非常に楽しく」、「とても和やかな旅行だった[*12]」と感想を記している。

その後まもない一九四一年七月二二日、ヒムラーはマルガレーテとグードゥルーンを、ダッハウに建設した広大なハーブ園に案内した。ホメオパシー医療用の薬草と香辛料を栽培する施設だ。工事は一九三八年に始まり、収容所近くの湿地八〇ヘクタールの水抜きを行った。約一〇〇〇人の囚人が庭園土壌と混合土壌と砂を入れるために精を出して働いた。自然の肥料と堆肥だけを使って（化学肥料と農薬はヒムラーに禁じられた)、ハーブ園にはタイム、バジル、エストラゴン、ローズマリー、ペパーミント、キャラウェイ、マジョラム、セージ、そしてヴィタミンCを得るためのグラジオラスが植えられた。収容所の囚人たちはこれを「プランテーション」と呼んでいた。

一九三九年一月二三日、ハーブ園は国内外の市場に薬草剤を供給する目的で、ドイツ栄養・食料供給研究所(多くのSSの事業の一つ)の管理下に置かれ、実験的研究を行い、研究所を維持し、家畜、蜂の巣から採った蜂蜜、温室で育てた果物や野菜(ジャガイモ、リーキ、トマト、キュウリ、カブカンラン、タマネギ)を販売した。

訪問後、グードゥルーンは父親に手紙を書き、「大きな苗床や製粉機や蜂」と「薬草がどのように加工されるのか」を見て、何もかもが「素晴らしく」、「すてき」だったと感動ぶりを伝えている。*13 マルガレーテにしてみればハーブ園は、二人が交際し始めた頃にはぐくんだ計画の最終的な成果だった。ホメオパシーを得意分野とする看護師と農業学生は、自分たちの小さな薬草園をほしいと願っていたのだ。二人の夢がこのような大きな規模で実現して、マルガレーテは大いに満足したに違いない。彼女はそれがどんな犠牲の上に成り立っているのか、立ち止まって考えることもなかった。そこには過酷な長時間労働、わずかな食糧、厳寒、そして命にかかわる病気に苦しむ人々がいたのに。

マルガレーテはひと月前に家のなかで事故に遭っており、ひょっとしたら怪我の後遺症でその日の楽しさはいくぶん損なわれていたかもしれない。

私がバスタブに入っている間に湯沸かし器が爆発し、磁器が粉々になって私に降りかかってきた。

その晩、テーガーンゼーの病院で傷を縫ってもらわなければならなかった。私は豚のように出血し、六か所に包帯を巻かなければならなかった。右腕に二時間かかり、左腹部には大きな傷ができて、感染してひどく痛むことが多かった。

七月一九日、ゲープハルト教授が家に見舞いにきた。彼女がどうしているか、困っていることがないか、様子を見に来たのである。数週間後、教授はマルガレーテに「非常に心が穏やかになる手紙」[*14]をくれた。その頃には、彼女は「ずっと体調がよく」なり、「少しずついつもの状態に戻りつつある」と考えるようになっていた。

しかし、そうなると今度は不出来な継息子やグードゥルーンについての心配を解決しなければならなくなる。継息子については「恐ろしいことが続けざまに起こって」いたし、グードゥルーンは三月に盲腸の手術をしていたうえに「学校の成績が悪かった」[*15]。そして父親をひどく恋しがった。マルガレーテはグードゥルーンのために九人の客を呼んで誕生パーティーを開き、たくさんのプレゼントを贈ったが、ヒムラーは参加できなかった。代わりに自分がベルリンでテニスをしている写真を贈っている。

その秋にヒムラーがマルガレーテと交わした手紙を読んでも、二人の結婚が取り返しのつかないほど破綻していた様子は見当たらない。ある手紙のなかでマルガレーテは「よき夫」に、自分とグードゥルーンが「とても恋しい思いで」[*16]待っている、と書いている。また、マルガレーテの誕生日にヒムラーはコーヒーとバラを贈っている。しかしその一方でヒムラーの愛人ヘートヴィヒは二人の最初の子どもを出産予定で、彼はともに生きる未来について計画を練るのに忙しかった。

ヘートヴィヒはその計画を姉妹への手紙のなかで打ち明けている。「彼は戦争が終わったらすぐに、私たちのために田舎に土地つきの家を買おうと言っているの」。そこで「苗木」を育てるか「小さな動物を育てる」か「ベリーを栽培する」かすれば「利益を上げる」ことができるというのだ。これは魅力的な話だが、ヘートヴィヒは都会育ちで、疑いを抱いていた。「その考えは悪くないわ。でも、それについてはまだはっきり決めたわけではないの。解決しなければならないことは山ほどあるし、覚えなければいけないこともたくさんあるでしょうから」[*17]。

一九四二年二月一三日、ヘートヴィヒはホーエンリュヘン病院でヘルゲという名の男の子を産んだ。ゲープハルト教授は誕生に立ち会い、代父となった。子どもを育てるからには、ヘートヴィヒに安全で適切な家を急いで見つけてやらねばならない。とくに彼女は両親から勘当されていたのだからなおさらだった。ヒムラーはベルリンから八〇キロほど北のメクレンブルクの森に、居心地のよいきこりの山小屋を見つけてやった。周囲に湖が点在していて、近くには小さな村もある。

ヘートヴィヒの新居は、SS初の女囚専用施設ラーフェンスブリュック強制収容所〔ベルリンの北、約八〇キロメートル〕から八キロの場所にあった。一九三九年五月に開設されたこの収容所の狭いバラックには、一九四〇年八月までに三二〇〇人の囚人が押し込められている。約五〇人の女性看守による監視と、高圧電流を通したフェンスによって逃亡は阻止されていた。

ホーエンリュヘン病院は反対方向にやはり八キロほど行ったところにあった。その年のクリスマスにゲープハルト教授はヘートヴィヒにへつらうような手紙を書いている。

私の代子であるあなたの小さな息子さんが誕生したときのことを思い返し、私たちがあのとき感じたあらゆる責任と喜びを思うと、私は言葉を失います……私があなたに断言できるのは、私がヒムラーの絶対的に忠実な信奉者になるべく奮闘するということだけです。[*18]

マルガレーテは夫の非嫡出子について知っていたのだろうか？　誕生から数週間後、ヒムラーはテーガーンゼーで三日過ごしている。彼が妻にこの時点で話したかどうかは不明だが、いずれにせよマルガレーテは何が起こったかを知ることになった。「ときどき、毎日をどうして乗り切れているのか信じられなくなる。私は哀れな女だ」。その後の日記にはさらに率直な記載も見られる。「嘘と裏切りばかりが目につく。もう耐えられない……私はいつだって孤独だ[*19]」。

✢　✢

九月半ばのある晩、リーナがシェレンベルクの妻イレーネと映画に行き帰宅すると、シェレンベルクと夫がシャンパンを開けて乾杯しているところだった。ハイドリヒが「ベーメン・メーレン保護領総督代理」に任命されたというのだ。この地域は旧チェコスロヴァキアのかなりの部分を占める。保護領の軍事産業は戦争努力にきわめて重大だったが、サボタージュのために生産量が低下していた。ハイドリヒの任務は組立ラインを再び軌道に乗せることで、彼は飴と鞭を用いていくらかは達成した。数百人の破壊分子（実際にそうだった者もいれば、疑わしいというだけの者もいた）を逮捕し処刑する一方で、よく働く者には食糧やビールの配給量を増やしたのだ。

これは夫にとって重要な昇進だったが、一九四一年九月二七日に彼が出発した際、リーナはけっして幸せな気分ではなかった。再び妊娠していることがわかったのでなおさらだった。しかしリーナと子どもたちがプラハで夫と暮らせることが決まると、気持ちも上向いた。三か月後、リーナは新居である壮大なプラハ城に到着し、その威厳に圧倒された。「私は城の窓辺に立ち、きらきらと輝く金色の街を見下ろした。私は崇高な気分でいっぱいになった。私はもはやふつうの人間ではない。おとぎの国の王女なのだ」[*20]。

だが最初の高揚感は徐々に消えていった。彼女にしてみれば、城は博物館のようで、その蓄積された歴史の重苦しさに気づいたのである。彼女は家族と夫が楽しめるスペースがほしくてたまらなくなった。一方、ハイドリヒは週に二、三度はベルリンに通勤していた。悪名高いヴァンゼー会議〔一九四二年、ヴァンゼーにあるSS所有の邸宅で開かれた〕の議長を務めたのも、この時期である。会議では、さまざまな政府と官庁の代表者が「最終的解決」についての情報を与えられ、全ヨーロッパ・ユダヤ人を根絶するための物流と予定表に関する議論を交わした。

もっと適当な家を手配してほしいというリーナの望みはようやくかなえられ、一家はハイドリヒの前任者がユダヤ人所有者から強奪したネオクラシックのマナーハウスに引っ越した。プラハから一九キロ北、車でわずか三〇分の場所に位置し、リフォームして模様替えしたセントラルヒーティングつきの部屋が三〇あり、七ヘクタールの庭と一二五ヘクタールの森に囲まれていた。強制収容所の囚人が徴集されてスイミング・プールを建設した。

一家が落ち着くと、リーナは新婚以来最高の幸福感に浸った。ベルリンに行ったとき以外は、ハイドリヒは毎晩まともな時間に帰宅し、妻と一緒に過ごしたり、子どもたちと遊んだりした。週末には夫妻で乗馬に出かけた。子どもたちはポニーを持っていた。息子たちはフェンシングのレッスンを受けた。リーナはアンティークのドイツの磁器を収集し始めた。晩にはハイドリヒの演説の準備をリーナが手伝うこともあり、助言したり厳しく批判したりした。音楽の夕べも催されている。夫婦はよく客を招き、そのなかには古くからの友人であるヴィルヘルム・カナーリスと夫人のエリカもいた。リーナは彼らの来訪を懐かしそうに思い出している。「幸せな日々だった」。それ以外の日には、ハイドリヒは「あまり堅苦しくないのを好んだ……彼はソファで手足を伸ばして読書し、それが深夜になることもよくあった」[*21]。

公共の行事にも出席した。一九四二年五月一五日、ハイドリヒによるプラハ最初の「文化祭」は、ブルックナー、モーツァルト、ドヴォルザークの作品で幕を開けた。演奏はプラハ・ドイツ・フィルハーモニー管弦楽団。ハイドリヒはプログラムに、「音楽」は「ドイツ民族の文化的活動の永遠の発露だ」[*22]と書いている。

✢　✢

一九四二年二月二一日、イギリスの精神科医によればヘスは「明確な記憶喪失」[*23]の症状を示していた。二七日にはフォーリー少佐（ヘスをよく知っていた軍情報部の将校）も同様の症状を観察し、それが「本物なのか、装っているだけなのか」疑問を呈した。フォーリー少佐も看護師たちも、ヘスが「みごとな役者で、明確に記憶しているはずの物事を忘れてしまったふりが一貫してできている」[*24]とは考えていない。ヘスの記憶喪失は一過性のもので、彼の記憶は戻ったり失われたりし、出来事を思い出す能力もそのときどきで現れては消えた。一九四二年五月二〇日のイルゼへの最初の手紙で、彼はナチは社会悪と戦っているのだと論じ、息子ヴォルフが学齢に達したことに思いを馳せ（「あの子が学校に行くなんて、想像もできない。人生の重大な局面を初めて迎えるのだね」）、イギリスへの飛行前の出来事に明確に言及し、「最後に見たとき」のヴォルフは、子ども部屋に「座って目を大きく見開いた小さな子どもだった」[25]と回想している。

その頃には、ヘスはウェールズのアバーガヴェニー近くにある元精神科病院に移されていた。負傷兵の収容に使われていた病院である。ヘスは翼全体を一人で使い、三〇人が見張りに立った。彼はゲーテを何冊も読み、自伝のためメモ書きをし、昼食後に散歩を許されることもあった。ヘスは「風景の色が……独特で魅力的」だと感じ、季節の移り変わりを楽しみ、「緑の草地と畑の間に赤土が広がり、実ると……黄色く」[26]変わっていくと記している。

このように明らかにリラックスした日々を送りながらも、ヘスは相変わらずイギリスが自分を毒殺しようとしていると思い込んでいた。彼はイギリスが自分の消化力を弱め、腸の正しい機能を妨げる組織的工作を行い、そのために「記憶が損なわれた」[27]という内容の記録を密かにつけている。ヘスによれば、彼の食べ物には腐食性の酸が混ぜられていて、非常に塩辛いので腎感染症にかかり、水に入れられた毒で排尿が困難になったという。また、不眠症に悩まされ、音にひどく敏感になっている。しかしイルゼへの手紙で、ヘスは自分の状況について不満をまくしたてたり、熱弁を振るったりはしていない。彼の口調はつねに慎重かつ思慮深く、哲学的ですらあった。「世界はあらゆる点で調子が狂っている。しかしいつか、それが再びきちんと整うときが来る。そうすればぼくたちも再会できるだろう[*28]」。

✢　✢

一九四二年の間ずっと、マクダは帝国のファーストレディーとしての自分のイメージに従って行動するよう最善を尽くし、多くの公務をこなした。「医長が負傷者に適切に対処できず、士気のかなり下がった」陸軍病院を訪問し、「母の日には一〇〇〇人のベルリンの女性[*29]」に向けて演説している。二年前、ゲッベルスの誕生日に作ったホームムービーには続編もあった。一九四二年版は前作より遥かにプロの手が入り、入念に構想が練られていた。教室の場面やユーモラスなしぐさ、子どもたちがゲームをしたりミッキーマウスのお面をかぶったりしている場面、北アフリカでイギリス軍を大敗させた戦争の英雄エルヴィン・ロンメル〔一八九一―一九四四。アフリカ戦線で活躍し、「砂漠の狐」と呼ばれたドイツ陸軍の軍人〕が一家を訪問する場面もある。前作とは異なり、このフィルムは純粋なプロパガンダだった。

おそらく当然と言えば当然だったのだろうが、マクダと夫の休戦は続かなかった。ゆっくりだが確実に、再びほころびが現れた。マクダは四〇代に入り、ずっと病気で体調が悪かったことから、外見に衰えが見え始めた。ゲッベルスはもはや以前ほど彼女を求めなかった。マクダに対し愛情を込めて接し、彼女の知性と性格の強さを尊敬し、おそらくは彼なりのまったく利己的で独占欲の強いやり方で彼女を愛していたのだろう。だが、官能的な刺激は消え失せ、それでゲッベルスはまた妻を裏切り始めた。疲れ果てたマクダは親友のエッロ・クヴァントに敗北を認めている。「私はどんどん年をとっていく。疲れたと思うのはしょっちゅうだし、自分ではどうしようもない。あの娘たちは私より二〇も若くて、七人も子どもを産んでやしないのだもの」[*30]。

ゲッベルスは秘書とつきあい始めた。二月のある晩、マクダは彼女が庭から夫の書斎に上がっていくのを見つけた。激怒したマクダは離婚すると脅し、弁護士に会いに行った。しかしゲッベルスは彼女を言い負かすことに成功した。リーダ・バーロヴァを巡って起きたような激しい気持ちのぶつかり合いは繰り返されなかった。二人とも、再びあのような戦いを繰り返す気力はなくなっていたからである。それにもし二人が離婚すればどんなことになるかを、ヒトラーは容赦なく明確にしていた。それでマクダは抗議を取り下げ、秘書が食事やパーティーに来ても文句を言わなくなった。最終的に、秘書のほうがゲッベルスを捨てた。彼女には婚約者がいて、情事がばれるのを心配していたからである。

夫が多くの女性と関係を持つことを阻止できないため、マクダは彼のガールフレンドにいたずらをすることで鬱憤を晴らした。ある女性は普段締め切られている通路に入る特別な鍵を使っていた。そこでマクダは錠を替えてしまった。また、別の女性には偽の電話をかけて、ゲッベルスが午後一一時にグリューネヴァルトの森の十字路で彼女に会うために車を差し向けたと伝えた。マクダはそこで彼女を一時間待たせてから、ゲッベルスに事の次第を話した。

✢　✢

一九四二年五月二七日、ハイドリヒ家は普段よりずっとのんびりしたペースで動いていた。前夜、リーナと夫はプラハ文化祭の一環としてヴァレンシュタイン宮殿で開かれた特別行事の主賓を務めていた。その晩はオペラとともに、ハイドリヒの亡父が作曲したヴァイオリン・コンチェルトを、ハレ音楽院の元生徒たちがカルテットで演奏するというプログラムが呼び物になっていた。その後は豪華なホテル・アヴァロンで客と演奏家のためにレセプションが開かれた。リーナはハイドリヒが本領を発揮して「礼儀作法の鑑のごとく人々を歓待し、あらゆる人々に関心を寄せ、魅力的な話し上手になっていた*31」と回想している。

遅い朝食の後、ハイドリヒはリーナと散歩し、子どもたちと遊んだ。午前一〇時、彼はダークグリーンのメルセデスに乗り込み、SSの運転手がハンドルを握り首都に向けて出発した。プラハ郊外の十字路で、ハイドリヒの車はチェコのレジスタンスのメンバー二人に待ち伏せされた。彼らはイギリスから数か月前にパラシュートで降下していたのだ。一人は銃を持っていたが故障したのでもう一人が爆弾を投げたところ、それが後部座席に転がり込んで爆発し、ハイドリヒの上腹部に重傷を負わせた。ハイドリヒは大量に出血しながらも逃走する暗殺者に二発発砲したが、卒倒してパン屋のトラックで病院に救急搬送された。

二人のチェコ人医師がすぐ彼の背中の傷から小さな金属片を摘出し、レントゲンを撮った。その結果、刺創、脾臓の損傷、脾臓付近への異物混入（爆弾の破片か車の室内装飾品の一部だったかもしれない）が判明し、さらなる手術が必要となった。ハイドリヒがドイツ人医師による手術を望んだので、チェコ人の看護人が選定した適切な医師が、正午頃手術を開始した。八センチ×八センチの鉄片が脾臓から取り除かれたが、革片と馬の毛がまだハイドリヒの内臓に入り込んでいた。にもかかわらず、彼の容体は十分回復したように思われたので、彼らは傷口を縫合し、彼をベッドに寝かせた。その後まもなくリーナが到着した。ヒトラーは午後一二時半に病院に電話をかけてきている。ゲープハルト教授はその夜飛んできた。五月三一日の朝には、ヒムラーが姿を見せている。リーナは家で調理した食事を夫に運んだ。ハイドリヒは快方に向かっているように思われた。

しかし六月二日、彼の体温は三九度まで急上昇した。この時点で、ヒトラーの侍医の一人が（ハイドリヒの回復について判断するために現場に駆けつけていた）、感染症対策としてサルファ剤の使用を提案している。ゲープハルト教授はこの提案を退け、三日、ヒムラーに電話で、熱は下がりつつあり傷は順調に乾いていると伝えた。しかし昼食後、ハイドリヒは意識を失う。リーナは傍らに駆けつけた。四日未明、彼は意識が戻ったものの混濁状態で、リーナに最後の言葉を発した。「フェーマルン島に帰りなさい」[*32]。取り乱し、打ちのめされたリーナに鎮静剤が投与された。彼女が目覚める前に夫は亡くなった。ハイドリヒの死亡時刻は午前四時半、死因は敗血症である。

ヒトラーはこの知らせを聞いて、怒りを抑えることができなかった。なぜハイドリヒは命令を無視したのか？　ボディガードもSSの護衛団もつけずに幌を下ろした車に乗っていたのか？　ナチ首脳部の人間はすべて防弾車を使用し、護衛隊をつける決まりになっている。どうして彼はそんないいかげんなことをしたのか？　夫が安全に対し無頓着だったことを思い出して、リーナは彼に死への願望があったのだと確信した。「彼は自分が早死にするという考えにずっと取りつかれていたのだと思う……陳腐に聞こえるのは承知のうえだが、夫は捨て石になりたかったのだと、私は信じている」[*33]。

彼の棺は二日間、プラハ城の中庭に安置された。幾万もの民族ドイツ人とチェコ市民が、「保護領総督代理」に最後の別れを告げるために列をなして通り過ぎた。ハイドリヒの死をただ確認するためだけに来た人間もいたのは間違いない。六月九日、棺は鉄道でベルリンに運ばれた。葬儀はワーグナーの

『神々の黄昏』が演奏されるなか、帝国首相官邸のモザイクの間で始まった。

ヒムラーが最初に弔辞を述べ、ハイドリヒの鋼（はがね）のごとき判断力と仕事へのひるむことなき献身を称賛した。「優しい心の持ち主だった彼にとって、非常に冷酷かつ厳しくあらねばならないことがどれほどたいへんだったかを私は知っている。SSの法に従って行動するために、彼は過酷な決断をしてくれた」[*34]。ヒトラーが次に続いた。目に見えて感情を揺さぶられていた彼の言葉は簡潔だった。ハイドリヒは「最高の国家社会主義者だった」。そして「帝国のすべての敵にとって最も偉大な対抗者だった」。彼は「帝国の維持と防衛のために殉じてくれたのだ[*35]」。

弔辞が終わると、ヒトラーはハイドリヒの二人の息子（ゲープハルト教授と並んで最前列にいた）のそばを通り、その頬を軽く叩いた。それから棺はベートーヴェンの『英雄』が流れるなか運び出され、六頭の黒馬の引く馬車がハイドリヒの亡骸を軍人墓地に運んだ。棺には鉤十字の旗がかけられ、三発の礼砲が鳴らされ、すべてのSS高官と警察指導者が最後の賛辞を呈するため、厳粛に墓の傍らに集まった。

リーナは葬儀に参列できる状態ではなかった。神経がずたずたにされていたうえ、お腹の子どもの健康も考えなければならない。七月二三日、彼女は二人めの女の子、マルテ〔一九四二―？〕を出産した。ハイドリヒが昔からよく訪れていた一八のチェコの街が、彼の栄誉を称えて、首都の数十の通りとともに改名された。一年後には襲撃のあった場所に彼のブロンズ製の胸像が建てられている。

ハイドリヒの後継者、クルト・ダルーゲ〔一八九七―一九四六〕（頑固で粗野で暴力的なSS隊員）による報復は広範囲に及んだ。暗殺者とその一味は追い詰められ、最終的に街の中心部にある教会の地下室で殺されている。三一八八人のチェコ人が逮捕され、うち一三三七人が殺された。その他に四〇〇〇人が強制収容所に連行されている。最も衝撃的な残虐行為はリディツェ村〔チェコ北東部の村〕で起こった。住民の成人男性すべてが処刑され、子どもたちはSSの児童養護施設に預けられ、女性たちはラーフェンスブリュック強制収容所に移送された。

リディツェ村の女性たちの最終目的地からそう離れていないホーエンリュヘン病院では、ゲープハルト教授もハイドリヒの死の重大性に直面していた。ゲープハルトは、感染症に有効なサルファ剤の使用を拒否した後彼が死んだため、その責めを負うのではないかと恐れていたのである。

自分の判断が正しかったことを立証するため、ゲープハルトはラーフェンスブリュックで一連の実験を計画した。試みは七月の終わりに始まっている。最初の犠牲者はザクセンハウゼン強制収容所の男性受刑者だった。彼らは脚を折られ、有毒なバクテリアに感染させられた。そして半数にサルファ剤を投与し、残りの半数には投与せず、病状を観察する。結果はまちまちだった。そこでゲープハルトは今度はラーフェンスブリュックから約七〇人のポーランド人女性を選び出し（「兎」と呼ばれた）、ぞっとするような処置を施した。彼女たちの脚を大きく切開し、泥のついた木片や、ガラス片や、場合によっては曲がった手術針を、大きな傷口に挿入したのである。

マルガレーテのドイツ赤十字社の上司、エルンスト＝ローベルト・グラーヴィッツは、戦場での怪我を再現するために、女性を銃弾で撃ってはどうかと提案したが、ゲープハルトは組織を残酷に傷つける方法を続けることに決めた。最終的にゲープハルトは自分の望みどおりの結果を手に入れた。サルファ剤を投与した女性のうち五人が死亡し、この薬に効果がないという彼の主張が裏づけられたのだという。

ゲープハルトは一九四三年五月二四日から二六日の第三回軍事医学総会で二〇〇人を超える軍医に研究成果を発表し、彼の助手が「サルファ剤を使用した特別実験」についての講演を行っている。

✢　✢

一九四二年七月から八月にかけて、マルガレーテはラトヴィアのリガから三二キロ離れたミタウの町で四週間過ごした。ソ連からの解放記念祭のためである。旅は「興味深く有益」[*36]で、SSが運営する野戦病院を訪問したものの、彼女は天然痘にかかり、ほとんどの時間をベッドの上で過ごすはめになった。テーガーンゼーに戻り、病気から回復すると、マルガレーテはヒムラーからの慰問袋を受け取った。そこにはとくに品薄で住民の大半には手が届かなくなっている家庭用品や国産品がぎっしり詰められていた。ティッシュペーパー、ワックスペーパー、トイレットペーパー、小さなランプ二個、布巾が二枚、木の盆、木のボウル、旅行用の洗濯物袋、クレンザー、靴磨き用の古い歯ブラシなどである。彼はまた、始末に困るほどたくさんのキャビアも送ってきた。無料で配って回れとでも言うのだろうか。

マルガレーテは九月にベルリンに戻り、ドイツ赤十字社の仕事に復帰したが、それは彼女の士気を高めるのに役立った。「家の外で仕事をしていなければ、私は戦争を乗り切れない」[*37]。その月、彼女はグードゥルーンのこと、そしてグードゥルーンと友達になってくれそうな子を学校で見つけるのが難しいことについて、夫に手紙を書いている。晩になると、マルガレーテは孤独な空しい時間を、縫い物や読書や保存食作りをして過ごした。

毎年クリスマスに、エミーはパーティーを二回開いた。一つはベルリンにあるゲーリングの公邸で催すパーティーで、三〇〇人から四〇〇人の客を招く。シャンデリアから下がる色とりどりの飾りの下に集まり、松の枝で覆われた壁の近くに立って、ベルリン・オペラのエミーの友人がキャロルを歌うのを聞くのだ。もう一つはカーリンハルで開く、家族（カーリンの息子トーマスと、カーリンの姉妹も含まれた）とスタッフのためのもっと内輪のパーティーである。国立歌劇場の有名俳優がサンタクロースの扮装をし、バレエが上演され、クリスマス・イヴにはプロのオルガン演奏者の「きよしこの夜」を聞いた後、みなで贈り物の包みを開く。

✣　✣

しかしその年、次々に明らかになるスターリングラード〔現ヴォルゴグラード〕の惨事が祝祭に影を落とした。ドイツ軍は春と夏の攻撃でソ連にさらに深く進攻し、ヴォルガ河畔のこの工業都市への猛攻が秋に開始された。第六軍全軍が泥沼状態に陥り、破壊された都市の隅々を争う戦いとなり、街はゲーリングの空軍によって瓦礫の山となった。ドイツ軍が進軍すればソ連軍が反撃し、防御の薄くなっていた側面を押し戻し、彼らをスターリングラードに追い込んだ。

その間ずっとゲーリングは、恐ろしい冬が到来しても、包囲された部隊が生き延び戦うのに必要な物資を空軍の飛行機が補給し続けることができる、とヒトラーに断言していた。しかしゲーリングの人道的任務は初めから悲運に見舞われた。兵士たちの必要物を満たすには一日に三〇〇回飛行しなければならない。だが天候がそれを不可能にした。凍えるような気温で飛行機のエンジンがかからず、翼に氷が着き、視界はゼロ。大雪のために、飛行機を離陸させるには、まず機体を掘り出さなければならない。さらに悪いことに、飛行場はソ連の銃と飛行機の射程内にあった。部隊に食糧を供給しようと尽力するなか、四八八機の輸送機が失われ、一〇〇〇人の搭乗員が命を落とした。

その結果、包囲された軍は飢え、最終的にドイツ軍司令官は降伏を禁じるヒトラーの命令に背き、一九四三年一月三一日に投降した。大きな戦いでヒトラーが敗北したのはこれが初めてである。以後、彼が巻き返しに成功することは二度とない。勢いに乗ってここまで来たものの、もはやその勢いも失われてしまった。

第12章　切迫した状況下で

一九四三年二月一八日、マクダは夫の演説を聞きに集まったベルリンの大観衆のなかにいた。総力戦を呼びかける演説である。これはラジオでも放送された。迫り来る巨大な戦闘のために、ドイツ社会の全面的かつ絶対的な動員を呼びかけたのである。役に立たないもの、戦争努力に直接寄与しない経済及び社会活動、あるいは戦争とは無関係に使用される資源は打ち切られることになった。

ゲッベルスは女性に対してもいくつか激しい非難を浴びせ、「全精力を戦争遂行に捧げ、男たちを戦闘に送れるように、可能な限りあらゆる場所で仕事を肩代わりするよう」[*1]要請した。このときすでに労働力の五割以上が女性になっていたが、ゲッベルスと他の指導者たちは潜在的な可能性の最大化に全力を上げている。一七歳から四五歳までの女性を対象に強制的な徴用が導入されたが、健康状態の悪い者や家庭内に困難な事情がある者には例外が認められたことが採用活動の妨げになった。六月末までに三一〇万人の女性が職業紹介所に登録したが、労働に適していたのは一二三万五〇〇〇人のみで、それも半分はパートタイムにすぎない。不足分はヨーロッパ全域から受け入れた数十万の外国人労働者で賄われた。その多くは女性で、言葉にするのもはばかられるような生活環境と、非人間的とも言うべき長時間労働に耐えていた。

夫の言葉に奮起したマクダは、自分も貢献することに決めた。ゲッベルスは彼女が「総力戦の問題においては絶対に妥協せず、徹底している」[*2]と書いている。マクダは大手通信会社テレフンケン社が所有する地元の工場に職を見つけ、市外電車で通勤し始めた。だがすぐに仕事の要求に応じ切れなくなり、三月一日には再びドレスデン病院に戻っている。

三月一八日、ゲッベルスはマクダが「病気からなかなか回復できずにいる……戦争は彼女を肉体的にだけでなく精神的にも衰えさせた」[*3]と書いている。東方で何が起きているかについて夫から聞いた内容も、彼女の気分を重苦しくした原因の一つだった。一年前、ゲッベルスはヒトラーと会い、ユダヤ人問題をどう解決すべきかについて明確な指示を得た。「総統は相変わらず妥協する様子を見せなかった。ユダヤ人はヨーロッパから排除しなければならない。必要なら最も残忍な方法を使って」[*4]。

ヒムラーはハイドリヒの暗殺後、最終的解決を完全に掌握していた。一九四二年七月一九日、ヒムラーはラインハルト作戦を開始する（亡くなった部下、ラインハルト・ハイドリヒに敬意を表して名づけた）。ポーランド・ユダヤ人を絶滅させる作戦だ。ガス室と死体焼却場を備えたトレブリンカ絶滅収容所〔ワルシャワの北東約九〇キロメートルに作られた、三大絶滅収容所の一つ〕への最初の移送は、三日後に始まっている。他の二つの虐殺場、ベウジエツ〔ワルシャワの南東約三〇〇キロメートルに作られた、三大絶滅収容所の一つ〕とソビボル〔ワルシャワの南東約二七〇キロメートルに作られた、三大絶滅収容所の一つ〕もまもなく稼働し始めた。ラインハルト作戦が終局に近づいた一九四三年夏までに、約二〇〇万人が殺害されている。

ヒトラーは収容所の件を知る高官に、家で話題にしないよう指示していたが、ゲッベルスは重荷をマクダと分け合った。彼女は夫が暴露した事実についてエッロ・クヴァントに打ち明けている。「彼が今話してくれるのは、恐ろしいことばかりなの。もうどうにも耐えられないわ。私がどんなに恐ろしいことで苦しんでいるのか、きっとあなたには想像もできないでしょう」。しかし彼女は秘密厳守を誓っていた。「私には気持ちを吐き出せる相手がいない。誰にも話してはいけないことになっているの」。そしてエッロに恐ろしい真実すべてを話すのは思いとどまっている。

自分が知った事実にうろたえ、マクダはヒトラーに不信感を抱いた。「彼はもはや道理に耳を傾けてはくれない……私にできるのは、そばにいて何が起こっているかを見守るだけ。悪い結果になりつつある。違う終わり方はとうていありえない[*5]」。

✢　✢

ミュンヘンが最初の大きな爆撃を受けた際、イルゼはミュンヘンの自宅にいた。一九四二年九月二〇日の夜、六八機の爆撃機が大量の爆弾を投下したのである。一四〇人の市民が亡くなり、四〇〇人以上が負傷した。イルゼは危険の兆候が最初に見られた段階では、まだこの街を見捨てるつもりはなかった。しかし一九四三年初頭には、ミュンヘンの家に愛想をつかしている。維持費がかかりすぎるし、息子のヴォルフと二人で暮らすには広すぎたのだ。そこで自宅を負傷兵の病後療養所に転用したいと考えた。三月に彼女は自分の計画を進められるかどうか問い合わせた。回答は否、である。ヒムラーは手紙で次のように説明している。「あなたの家に関する総統の決定は非常に明快です。あなたは家を保持すべきで……売却してはなりません。貴重な財産を維持することであなたの負担が重くならないよう、家の維持費はすべて請求してください」[*6]。

しかしイルゼはこれが欺瞞だと知っていた。家にかかるお金はボルマンを通さなければならない。それがどんなに油断ならないことかを彼女はよく知っていた。そこでイルゼは自分の所有物を箱詰めにし、母屋を板でふさぎ、空いている運転手のアパートに移った。夫の膨大な蔵書はミュンヘンから一六〇キロほど離れた小さな別荘に疎開させた。

ミュンヘンは一九四三年三月の爆撃に動揺した。前の爆撃よりもずっと規模が大きかったからだ。死傷した市民は約二倍。九〇〇〇人が家を失っている。海のかなたのウェールズで、妻と息子の直面している脅威にヘスが気づいていないのは明らかだった。イルゼへの手紙で、彼はヴォルフの成長に注目し、息子の才能が「技術科学の方面に」あることを残念がっている。イルゼは子どもが「偉大な詩人か音楽家」になって「人々に幸福をもたらすこと」[*7]をいつも願っていたからだ。

ヘスは自分が飛び去った後、個人スタッフ、友人たち、家族がどんな目に遭わされたかについて、一度だけ所感を記している。彼らが迫害されていることに腹を立てたものの、ヒトラーが「想像し難いほど神経の緊張を強いられており、その結果、興奮のあまり、通常時なら行われないような決定が下された」[*8]と理解している。彼はまた、イルゼが以前同様ヒトラーに忠実でいること、彼女の「ヒトラーとの本質的な関係」に何も変わりがないことを彼女の手紙から知って「幸せに感じている。われわれは二〇年以上もの間、うれしいときも苦しいときもヒトラーの運命と緊密に結びついてきたのだから」[*9]と書いている。

総力戦の遂行に当たり市民生活に課された多くの制限のなかには、化粧品の製造と販売の禁止も含まれた。化粧が好きなエーファはこの措置を当然喜ばず、感情的になり、自分への供給は滞りないことを確認している。同様に、生理用ナプキンについてもエーファは影響を受けていない。ナプキンはその年の終わりには手に入らなくなったため、一般の女性は自家製の代用品を用意する他なかった。

衣類の配給もエーファには他人事だった。彼女は一日に三枚、新しいドレスを着続けていた。一枚は昼食用、一枚はお茶の時間用、一枚はディナー用である。エミーやマクダと同じく、彼女は数人のドイツ人デザイナーやフランスとイタリアのブティックから服装一式を調達することができた。一般市民に対する衣類の配給は、一九三九年から実施されている。一年に一五〇ポイントの引換券が各自に配布されたが、一九四二年にはそれが一六か月で一二〇ポイントに減らされている。この制度下では、冬のコートは一〇〇ポイント、婦人用スカートは二〇ポイント、ブラウスはさらに二〇ポイント、ドレスや新品のストッキングは四〇ポイントだった。

✢　✢

ありとあらゆる特権を有していたにもかかわらず、エーファはヒトラーの長引く不在に苦しんでいた。その年のクリスマスには、ゲルダが子どもたちと一緒に「すべての新しいお人形と、元気を回復した古いお人形のためのココアとケーキつき誕生パーティー」を開いて午後を過ごしてくれたが、エーファはベルクホーフでずっと孤独だった。ゲルダはエーファを気の毒に思ったが、ヒトラーのことも気の毒に思った。「何か好ましいことで幸福を感じるのではなく、エーファの孤独を訴える電話や手紙[*10]」に我慢しなければならなかったからだ。

ボルマンもボスと同じくらい家を離れていたが、ゲルダとは定期的に手紙で連絡し合っていた。手紙からは二人の強い絆が窺われる。ボルマンは妻を「私が知る限り最高の女性」[*11]と呼んでいる。夫の帰宅が近いことを予期したゲルダは、「ここにまたあなたが戻って来ると思うと、うれしくてたまりません。あなたを抱きしめるのが待ち遠しくてたまりません。あなたをもう行かせたくない」[*12]と書いている。しかし愛の言葉をこれだけ交わしているにもかかわらず、ボルマンはゲルダを平気で使用人のように扱った。オーバーザルツベルクの家で大がかりなレセプションが催された際、ヒトラーの運転手によると「朝の二時頃、ボルマンが突然スモーキングジャケットを着ようと思い立ち」、「そのジャケットとともに数日前に着ていたシャツを出せと要求した」という。ゲルダがそのシャツは洗濯中だと告げると、夫は「いきなり怒鳴り出し」[*13]、すぐミュンヘンの屋敷に行って、同じタイプのシャツを取ってこいと妻に言いつけた。

それにもかかわらず、ゲルダはしだいに自分をナチ・エリートの上位の人間と考えるようになった。彼女の夫は一九四三年四月一二日に総統秘書に任ぜられている。ヒトラーに連絡を取りたければ、まずボルマンを通さなければならない。彼は今では疎遠になったゲルダの父、ヴァルター・ブーフに逆らえるくらい強くなったと感じていた。ブーフはまだ党最高裁判所長官である。しかし一九四三年秋、ヒトラーがボルマンに党の法部門を受け持たせると、裁判所は独立性を失った。ブーフによれば、ボルマンは「法廷の判決」を事前に「決める権限」を持っていたという。ブーフは「変更に反対」したが、彼の抗議は無視されている。ヒトラーは「何年も前から彼の言うことに耳を貸さなくなっていた」[*14]。

ゲルダはヒムラーの愛人ヘートヴィヒと親しくなり、彼女と会ったのち文通を始めたことで、自己評価を高めていった。ある手紙で、彼女はヘートヴィヒから送られたヒムラーの写真についてコメントしている。「私は彼のこんなにリラックスした息子さんとの写真を見たことがありません」[15]。ヒムラーが既婚者だという事実をゲルダは気にしていない。彼女にしてみれば、それは自然の配剤だ。ヒムラーの振る舞いは、単に生物として必要な繁殖行動の健全な表れにすぎないのである。ゲルダの偏見のない態度は、自分自身の結婚においても変わることはなかった。ボルマンはたまたま目の前を横切った迷える女性を追いかけるという事実を、けっして隠し立てしていない。蒸気船で小旅行に出かけた際、ヒトラーのある従者は、ボルマンがブーツを履いたままでズボンを足首まで下ろし、「著名な女性[16]」とセックスしているのを、半分開いた船室のドアから見たという。

一九四三年まで、ボルマンの不貞は大部分が一夜限りの関係、あるいは短い浮気だった。一度気が済むと、ボルマンは興味を失ったからである。しかし女優のマーニャ・ベーレンス〔一九一四―二〇〇三〕は彼を虜にした。一九一四年にドレスデンで生まれたマーニャは弁護士と女優の娘で、一時プラハで英語の勉強をしていた。一九三五年まで歯科助手として働きながら演技の個人レッスンを受け、舞台デビューを果たしている。まもなく、彼女は二本の映画に出演した。『条文より強し』〔監督、ユルゲン・フォン・アルテン、一九三六年、独〕で演じた女性は、彼女の伯父を殺した男に恋をする。無実の人間が代わりに逮捕され一〇年の判決を受けたことで男はジレンマに悩むという内容だ。『水浴のスザンナ』〔監督、ユルゲン・フォン・アルテン、一九三六年、独〕はお色気たっぷりのメロドラマで、彼女の裸体を想像した美術教師がそれを絵に描き展示したことで、スキャンダルが巻き起こる。

次の映画に出る前に、マーニャの映画界でのキャリアは突然終わりを告げた。ゲッベルスの口説きを拒否し、彼と寝るくらいなら舞台の掃除をしたほうがましと言ったからである。映画の仕事ができなくなったため、彼女は劇場に戻り、二本の芝居に出演したのち、一九四〇年にダンス・パーティーでボルマンに紹介された。彼はマーニャに魅力を感じたものの、そのときは何も起こっていない。二人は一九四三年一〇月、パーティーで再会した。ボルマンは激しい欲望にかられ、数か月後、ゲルダに「彼女が恋しくてどうにかなってしまいそうだ[*17]」と告白している。いつもどおり断固たる信念をもって、彼はマーニャが屈するまでしつこく言い寄り続けた。

しかしマーニャはゲルダが不快に思うのではないかと案じた。悩む必要はなかった。ゲルダは喜んでマーニャを家族のなかに招き入れたからである。「私はとてもMが好き……子どもたちもみな彼女が大好きです」。そして一夫多妻の家庭を一緒に作り上げられるかもしれないと、わくわくしている。

ある年にはMが子どもを産んで、次の年には私が産むの。そうすれば、いつでもどちらかの妻が動き回れることになるわ。湖畔の家に子どもたちをみな集めて、一緒に暮らしましょう。妊娠していないほうの妻がいつもオーバーザルツベルクかベルリンに来て、あなたと過ごせるわ。

適切な法のもとでそのお膳立てをするために、ゲルダはマーニャがゲルダと同じ権利を得られる新たな結婚協定の作成を提案している。出生率を上げるために、政権の政策の一環としてこういったことが国家的規模で行われるべきだと、彼女は信じていたのだ。「戦争が終わって、この法律が作られたらどんなにいいでしょう……健康で有能な男は二人の妻を持つことになるのよ[*18]」。アイデアの実現に乗り気になったゲルダは、オーバーザルツベルクに滞在するようマーニャを招いたが、三人での生活は長続きせず、マーニャは順応しようと努力したのち、愛の巣から逃げ出した。一九四四年には、彼女は一五時間勤務で兵器工場で働いている。

✣　✣

夫の暗殺後、リーナは立ち直るため、フェーマルン島で夏を過ごした。今後も保護領で暮らすことを決心した彼女は、ベルリンの家を売却し、一九四二年一二月七日にプラハに戻った。法的にはチェコのマナーハウスは帝国の財産であり、ヒトラーはリーナがそこに無期限でとどまることを許可したが、彼女は辞退している。リーナはそれを自分で所有する気はなかった。未亡人の年金と彼女に稼げるいくばくかの収入で維持するには、あまりにも費用がかかりすぎると懸念したのである。代わりに彼女は屋敷を借りることにした。

ハイドリヒの死についてあれこれ悩んだり自己憐憫に浸ったりするのではなく、リーナは自分の回復力と決断力を発揮して戦い続けた。両親への手紙のなかで彼女は、犯罪の起こった場所に戻る決断をしたのは「政治的関与」によるものだと述べ、自分は「おそらく夫が死んでも無名になってしまわない、公人として生活する唯一の女性だ[*19]」と自慢している。リーナはデンマークに旅して現地のＳＳ指導者と方針について議論するだけでなく、ノルウェーとフランスでも同様の干渉を計画していた。だが、心配したヒムラーが待ったをかけた。リーナがヨーロッパを動き回るのは、あまりにも危険だったのである。リーナは自分の地所に閉じこもって土地を開墾することに専念した。果樹園と野菜畑を作り、兎と家禽を飼った。テレージエンシュタット収容所〔ナチがベーメン・メーレン保護領（チェコ）北部に設けたユダヤ人収容所〕から動員したユダヤ人労働者に庭を整備させ、小川の流れる英国式庭園に変えた。

夫がいなくても、ＳＳの運転手によって生活はより心地よいものになった。彼はとくに二人の息子の扱いが巧みだった。ハイドリヒの乗馬仲間だった元警察官のＳＳ将校は、彼女の財務的・法的助言者となり、一家の夕食に定期的に加わって、子どもたちに水泳や乗馬を教えてくれた。週末には彼とリーナは森で兎やキジを狩った。子どもたちの世話を手伝ってもらうために、リーナはフルタイムの家庭教師を住み込みで雇っている。また、家は使用人によって整然と片づけられ、彼らはリーナの逆鱗に触れぬよう最善を尽くした。ある使用人によると、リーナは「人にあれこれ指図するのが好きで……睡眠不足になると誰彼構わず怒鳴り散らし、怠け者だなどとののしり、ＳＳの護衛ですら例外ではなかった。機嫌がよいときには使用人たちのことなどまったく顧みなかった*[20]」という。

一九四三年一〇月二四日、リーナは暴力的な突然の死を再び経験することになる。彼女の二人の息子、九歳のクラウスと八歳のハイダーは午後遅く、自転車で庭を走り回っていた。来客が予想されるときは正門は開けてあり、クラウスとハイダーは勢いよく門を出たり入ったりしていた。しばらくして、ハイダーは家に戻ってきたが、クラウスは自転車で外に出たままだった。午後四時四五分、クラウスはＳＳの護衛の前をものすごい速さで通り過ぎ、止めようとする護衛を振り切って勢いよく道路に飛び出したところに、どこからか突然現れたトラックがまっすぐ突進してきた。リーナとＳＳの護衛は意識不明のクラウスを家に運んだ。彼は血まみれで、首と胸に重傷を負っていた。ユダヤ人労働者の一人が医師で、かかりつけの医師が到着する前にクラウスを診察したが、手遅れだった。クラウスは衝突から三〇分も経たないうちに亡くなった。彼はヒトラーユーゲントの制服姿で金属製の棺に納められ、敷地内に埋葬された。

✢　✢

互いの手紙がなかなか届かないせいで、イルゼと夫の人生は辛いものになった。一九四四年一月一五日、ヘスは前の手紙を受け取ってから四か月以上経つことに不満を漏らし、もっと本を送ってくれ、と頼んでいる。本には「何より価値があり」、「独房監禁」の単調さを軽減してくれるからだという。

彼が精神を鍛えようとした本当の理由は、健忘症がぶり返していたからだった。「君に話しておいたほうがよさそうだ。私は完全に記憶を失ってしまった。私の心は灰色の霧に包まれ、過去のことはすべてその向こう側に浮遊している。ごくありきたりのことですら思い出せない」[*21]。夫の告白に心配を募らせたものの、イルゼは敗北を認めるのをよしとしなかった。何人もの医師に相談し、戦争が終わったら記憶が戻るだろうと、夫を安心させている。

一方、六月から七月にかけて、ミュンヘンは一連の大空襲にさらされ、数千人が命を落とし、数十万人が家を失った。イルゼは「私たちの美しい、愛するミュンヘンの破壊」について感慨に浸り、ヒトラーが廃墟を視察し「ひどく苦悩した様子で瓦礫の前に立っている」のに愕然とした。ヒトラーが反撃し勝利をつかみ取る（イルゼはまだ信じていた）好機を待ちながら、「彼にとって最も重要なものが次々と壊滅されている」のをじっと耐え偲ぶ心情はいかばかりかと彼女は考えた。「一九四四年。私たちはけっして望みを捨てない」[*22]。

同じ七月、ハンブルクは跡形もなく破壊された。二四日の空襲では、ハンブルク動物園の一四〇頭の動物とともに一五〇〇人の住民が命を落とした。三日後の晩には七八七機の爆撃機が莫大な数の焼夷弾を落とした結果、恐ろしい火災旋風が巻き起こり、約四万人の犠牲者が出たと思われる。ハンブルク出身のエミーは家族と友人を失い、夫の三人の姪も大火で亡くなった。

首都も攻撃の的になっていた。三月からその年の終わりまで、大きな空襲に一六回見舞われている。エミーには荷が重すぎた。彼女は「惨めで絶望し」、「この戦争の愚かさに押しつぶされた」という。だが彼女は絶望に身をすくませるのではなく、苦しみをやわらげるためにできることをした。ベルリンに来るたびに、エミーは「病院に負傷者」を見舞い、「タバコや本や他のちょっとした慰めになるものを届けた」[*23]。空襲で焼け出された人々には、カーリンハルの客用ロッジにあったリネンや衣類や家具を寄付している。

一一月二四日のさらなる空襲で、マクダとゲッベルスのベルリンの屋敷も爆撃された。「最上階は完全に焼け落ちた。家は水びたしだ……部屋はすべてツンとくる煙が充満している」。損害を調べるために田舎の家から車で移動した際、マクダは街の最も貧しい地域を通過した。猛攻撃の結果、それらの区域は「悲惨な」状況になっていた[*24]。くすぶっている残骸の様子を見て、マクダと夫はその晩を破壊された建物の下の防空壕で過ごした。

絶え間なく恐怖にさらされるストレスや緊張と戦い、憂鬱に立ち向かい、嫌な予感を振り払うために、マクダは若いときに一時引きつけられていた仏教に再び関心を寄せた。仏教が役立ったかどうかは定かでない。だが、ゲッベルスがその年のクリスマスに八つ当たりをした際、マクダに必要だったのは、明らかに彼女が示した禅のような落ち着きだった。ゲッベルスの個人秘書、ルドルフ・ゼームラー〔一九一三―?。一九四七年、日記をロンドンで、『ゲッベルス　ヒトラーの隣の男』というタイトルで刊行〕によれば、「あるアメリカ映画」を上映する「恒例の映画鑑賞会」をゲッベルスは催すつもりでいたのに、スクリーンの前に「大きなクリスマスツリー」を飾ったせいで、中止を余儀なくされたのだという。ツリーを見たゲッベルスは「自制心」を失った。「そこにゲッベルス夫人がやってきて……ドアが閉まっていても激しく口論する様子が聞こえてきた[25]」。マクダは夫の激怒を鎮めることができず、ゲッベルスは家を飛び出し、クリスマスを一人で過ごしている。

✢　✢

マクダと夫が口論している頃、エミーは慈善活動に忙しかった。「戦争で父親を殺された多くの家庭の何千人もの子どもたちに衣類やおもちゃ[26]」を送っていたのである。彼女とゲーリングのサイン入りカードも同梱した。慈善活動は単に戦時中だからというわけではない。ナチ指導者の妻たちは一九三三年以来、クリスマスの時期になると、気前よく貧しい人々に施しをしてきた。この政権掌握の年、ヒトラーは「飢えや寒さ」と戦う冬季貧民救済事業を開始している。その全国に広がる地方支部と一〇〇万人を超えるボランティアスタッフのネットワークは、食べ物、衣類、暖房用の燃料だけでなく、現金の寄付も受けつけた。

運動が最高潮に達するのがクリスマスである。ＳＳとＳＡの隊員がサンタクロースの扮装をして、路上生活をする子どもたちにプレゼントを配った。どのナチ組織のメンバーも、とくに若者や女性のグループは、募金用の缶を手に、人通りの多い交差点に立ったり、クリスマスの飾り物の形をしたバッジを一軒一軒売って回ったり、市場やクリスマスの催しで手作りの贈り物を売ったり、キャロルを歌いに行ったりした。さらに、たくさんのクリスマスツリーを無料で提供した。エミーやマクダや他の夫人たちは一二月の第一日曜日に催される国民団結の日に、自分たちの善意の印として人目をひく公共の場に屋台を設営し、そばに積み上げたお菓子の山からプレゼントを配った。

一九三九年の時点で、救済事業は一九三三年に保有していたお金の二倍近くを集めていたが、その出所はほとんどが労働者の賃金に強制的にかけられた一〇パーセントの税である。人々は生活のためのやりくりに苦労していたため、しだいに嫌がるようになった。一九四三年の冬には、慈善活動への熱意はほとんど失せている。連合軍の爆撃によってクリスマスの喜びは失われ、こんなジョークが広まった。理想的な贈り物を探す買い物客へのアドバイスだ。「実用性を考えるなら、棺桶をプレゼントするのが一番さ[*27]」。

ゲーリングはドイツが爆撃されることはけっしてないと国民に約束していたので、都市が壊滅状態になった責任を問われた。同時に、彼とエミーの豪奢な生活ぶりも不評を買った。親愛の情を示されるどころか、人を愚弄するにもほどがある、というわけだ。ゲーリングの増えすぎた体重と膨らみ続ける胴回りも、もはや陽気さの源ではなく、貪欲さの証拠だった。エミーの派手な浪費も、強く非難されている。あるSS隊員は四月に、彼女が将軍の妻八〇人をお茶に招き、非常識な量の食べ物でもてなしたことを、次のように非難している。「ごちそうの重みでテーブルがきしむほどだった[*28]」。

一九四三年初めの時点で、食糧配給は一九三九年の約三分の一にまで減少していた。一般市民には一日二五七〇カロリー、軍隊のメンバーには三六〇〇カロリー、重労働に従事する者には四六五二カロリーである。さまざまな品物の配給カードが月単位で発行され、ひと月にパン一〇キロ、肉二・四キロ、バターも含めた油一・四キロ、チーズ三二〇グラムが支給されることになっていた。理論上はこの量で足りるはずだったが、問題は供給量である。肉、新鮮な果物や野菜はひどく不足し、砂糖は乏しく、人々の食べ物はますますパンに頼るしかなくなった。その質は悪くなる一方である。後はジャガイモしかなかった。

総力戦の第一歩として贅沢な道楽を撲滅すべく、ゲッベルスはベルリンの最高級レストラン六軒を閉店させた。そのなかにはエミーとゲーリングのお気に入りのホルヒャーの店も含まれていた。ゲーリングは激怒し、交渉の結果、レストランは半年間は生き延びたが、一九四三年一一月、店主のオットーとスタッフはマドリードに移り、そこでレストランを開いている。戦前なら、ゲーリングはゲッベルスとの闘争に勝っていただろうが、もうそうはいかない。ゲーリングはもはや過去の人間だった。

ゲーリングが権力と影響力を着実に失っていったことで（一九四三年には、戦争経済の管理をアルベルト・シュペーアに譲っている）、ユダヤ人の友人を助けようとするエミーの努力も、深刻な影響を受けた。女優のローゼ・コルヴァンは一九二〇年代初頭にエミーと知り合い、ヴァイマールとベルリンで一緒に舞台に立っていた。ドイツ・ユダヤ人の迫害がひどくなると、エミーは「ローゼがユダヤ人だったので、彼女の消息を気遣い、離れずにいるようにした」という。ローゼがもはや舞台に立てなくなると、エミーは彼女に毎週小遣いを与え、国外逃亡を勧めたが、ローゼは地元のユダヤ人男性と恋愛関係にあったため、拒否した。

ベルリンから東方への移送が行われていた一九四三年三月、ローゼは恋人と結婚したが、夫がＳＳ隊員と口論になり、黄色い星をつけなかったかどで逮捕されたため、エミーに助けを求めてきた。エミーはヒムラーに電話したが、ヒムラーはしぶった。「ゲーリング夫人、ご理解いただきたいのですがね……何百万というドイツ人女性が夫を前線に送り出し、彼らがどんな目に遭っているかもわからずにいるのですよ。それなのにどうして、私が一人のユダヤ女の運命に関心を持てるでしょう」。

エミーが「個人的なお願い」をかなえてくれるよう食い下がったため、ヒムラーは詳しく調査すると承諾した。一時間後、彼はエミーに電話をかけて寄こし、ローゼの夫はテレージエンシュタットに移送されるが、これは「最もよい収容所」なので「申し分ない生活を送れるだろう」と請け合った。知らせを聞いたローゼは、エミーに自分も夫と一緒に行けないかどうか尋ねた。図に乗っていると思われたくなかったエミーは、その件についてヒムラーに電話してほしいとゲーリングに頼んだ。

言葉を濁したのち、ヒムラーは彼女を収容所に送ることに同意してくれました。万事うまくいくと請け合ってくれたのです。夫婦は部屋を一つあてがわれ、二人のために清掃人もつけるよう、自ら取り計らおう、と。そう約束してくれたので、私たちは安心しました。[*29]

しかしヒムラーは白々しい嘘をついていた。エミーとローゼの共通の友人が二人を見送りに駅に行ったところ、彼らを乗せた汽車はテレージエンシュタットとは反対方向に向かったという。この知らせを聞いて心配になったエミーは、夫にもう一度介入を頼んだが、ヒムラーは電話に出ようとしない。代わりに、ローゼと夫が無事にテレージエンシュタットに着いたことを裏づける文書が届いた。それ以上ヒムラーに問いただすこともできず、ゲーリングはこの問題にさらなる関与はしていない。その間に、ローゼと夫はガス室への道を進みつつあった。

✢　✢

プラハ郊外のリーナの地所で働いていたユダヤ人囚人の一人によると、彼女は「アマゾネスのように鞭を持って闊歩し」、「鞭を乗馬靴に当ててぴしゃりと鳴らすのが好きだった。残酷で傲慢だという印象を受けた」という。リーナはユダヤ人労働者たちにつばを吐きかけ、彼らを「ユダヤの豚ども」と呼んだ。けっして自分で暴行は加えなかったものの、誰かが怠けているのを見つけると、自分では手を下さずSSの護衛にやらせた。「彼女はSS隊員に……私たちの仲間を殴らせた……背中から出血するまで」。理由は、そのユダヤ人が「満杯にした手押し車を押して走れなかった」からだという。

リーナは囚人たちを馬小屋に住まわせた。「最小の可能なスペースにすし詰め状態で押し込まれた」のである。しかも、「虫に悩まされ、毎日一四時間から一八時間の苦しい仕事の休息はとうてい得ることができなかった。食べ物はまったく不足していた」。悲惨な生活は誰のせいなのか、誰も何の疑いも抱かなかった。「非人間的な扱い」と「仕事が満足にできないならアウシュヴィッツに送るという再三の脅し」は、「リーナ・ハイドリヒならではのやり方だった」[*30]。

一九四四年一月、リーナのユダヤ人労働者たちは東方の収容所に送られ、代わりにエホバの証人の女性一五人がラーフェンスブリュックから連れてこられた。リーナの夫は一九三三年に、エホバの証人（ドイツに二万五〇〇〇人の信者がいた）はゲシュタポによって拘留されると発表していた。一九三五年には、ナチに禁止された最初の宗教団体となっている。何年もの間に一万人が投獄され、一〇〇〇人以上が殺害された。収容所で紫の三角形をつけられた彼らは、揺るぎない信仰心のため、とくに過酷な扱いを受けた。

✣　✣

一九四三年七月の間、マルガレーテはドイツ赤十字社とともにベルリンで、SSが運営する「西方の爆撃による負傷者」用の病院の開院を監督していた。八月半ばには鉄道輸送施設を視察し、それらが「完璧な状態」にあると宣言した。五〇歳の誕生日の四日前に当たる九月三日、マルガレーテはドイツが勝つだろうと確信をもって述べている。「私たちの国は破綻する運命にないし、そんなことはありえない」。心配なのはむしろ家庭内の状況のほうで、「この戦争とは別に、私の人生に来年起こるであろうあらゆることについて[*31]」あれこれ思いを巡らせている。ヒムラーの不倫関係は果てしない苦悩の種で、マルガレーテはそれがグードゥルーンに及ぼす不健全な影響について思い悩んでいた。「娘はまだ一四歳で、人生の難しさをこれ以上知るべきではない。彼女は知るべきでないことをすでにたくさん聞かされているのだから[*32]」。

ヒムラーがテーガーンゼーに滞在する期間は、三日より長くなることはけっしてなかったが、彼は妻と娘に送る小包の量と回数を増やすことで埋め合わせていた。母の日にはマルガレーテに花を贈っている。キャンディ、砂糖漬けの果物、ブランデー入りのチョコレートビーンズ、缶入りコンデンスミルク、ブドウ糖やマジパンが郵便とともに届いた。こういったごちそうに加え、ヒムラーはヘートヴィヒと関係する以前、マルガレーテとの文通で盛んに行っていた知的交流を再開しようとしていた。以前と同じく、歴史書が最も重視された。マルガレーテが受け取ったある小包には、中世シチリアの女王コンスタンツァ、カルタゴを征服したヴァンダル人の王、ビスマルクの伝記が入っていた。他には上質なSSの年刊雑誌も入っており、そこには兵士、労働者、農民がスポーツやフォークダンスをしている写真が掲載されていた。他に日本に関する本も数冊入っていた。

八月六日のグードゥルーンの誕生日、ヒムラーはマルガレーテに感傷的な手紙を書いている。そのなかでヒムラーは、彼女が「ひどく苦しい思いをし、自分の命を危険にさらして、私たちのかわいい小さな娘を産んでくれた」「一四年前」の日のことを回想している。その思い出に触発されたのか、彼は「特別な愛と……たくさんのキスを込めて」[*33]という言葉で手紙を締めくくっている。何の変哲もない感情の発露だが、熱心な贈り物と併せて考えると、彼はヘートヴィヒとのことを後悔していたのかもしれない。ひょっとしたら、若い恋人よりもマルガレーテのほうに共通点が多いと気づいていたのかもしれない。それとも、ヘートヴィヒがもうすぐ二人目の子どもを産むことに罪悪感を抱いていただけなのだろうか?

ヒムラーはヘートヴィヒが森の家でどんなに孤独かを明らかに心配しており、オーバーザルツベルクの近くにどこか住む場所を見つけてやりたいと思っていた。しかし、問題は資金繰りだ。SSの資産はどんどん増えていたが、彼個人の収入にはさほど変化がなかった。そこで頼ったのが、党の給与支払担当者、ボルマンである。ボルマンはライバルに借金させるのを喜び、金を工面してやった。ヒムラーはナチの施設からそう遠くないベルヒテスガーデン近くの質素な山荘を、ヘートヴィヒに買い与えた。

一九四四年七月三日、ヘートヴィヒはホーエンリュヘン病院でゲープハルト教授の見守るなか、女の子を出産した。彼女にとっては悲しいことに、ヒムラーは来られなかった。ベルクホーフで挙行された豪勢な結婚式（パーティーは三日間続いた）の主賓だったからである。ヒムラーの子分の一人で熱血漢だがサディスティックなSS騎兵師団将校、ヘルマン・フェーゲライン〔一九〇六―一九四五〕がエーファの妹、グレートルと結婚したのだ。半年後、ソ連軍が帝国国境に集結した際、フェーゲラインはグレートルを置き去りにし、盗んだ金の延べ棒を持って別の女性とベルリンから逃げる準備をしていたところを、SSに逮捕され処刑された。

✣　✣

七月二〇日午後一二時四五分頃、総統大本営での会議中、爆発が起こった。テーブルの下に置かれた書類鞄に爆弾が隠されていたのである。窓が吹き飛ばされ、ガラスが飛び散り、テーブルは砕け、あちこちに裂片が散らばった。煙と混乱のなか、ヒトラーはしばらく落ちた梁の下敷きになっていた。彼がのちに説明したところによると、「起きることも自力で動くこともできた。少しめまいがし、少々ぼうっとした」[*34]という。しかし額は切れて出血し、後頭部の髪は焼けこげ、ふくらはぎにソーサーくらいの大きさのやけどを負い、右腕は腫れあがってほとんど上げることができず、両手と両脚にはやけどで水膨れができていた。もっと深刻だったのは鼓膜で、両方破れ、一時的に耳が聞こえなくなり、治るまでしばらくかかった。軍の将校、諜報員、関係する民間人の共謀によるこのクーデター未遂は、ヒトラーが奇跡的に助かったことによって破壊的な影響を及ぼした。首謀者たちは二四時間経たないうちに、殺されるか逮捕された。それでもナチ・エリートの間には衝撃が走った。

爆弾が爆発したとき、エーファはケーニヒスゼーに泳ぎに出かけていたが、事件の知らせを聞くと、ヒトラーに手紙を書いた。「愛しい人、私はすっかり取り乱しています。恐ろしくて死にそう。頭がおかしくなりそうよ……いつもあなたに言ってきたでしょう。もしあなたの身に何か起きたら、私も生きてはいないと[*35]」。さほど離れていないオーバーザルツベルクでは、ゲルダがひどく動揺していた。「どうして犯人は爆弾入りの書類鞄を置くことができたのでしょう。一体どうして司令部にそれを持ち込むことができたのでしょう。そんなことばかり考えています[*36]」。プラハ郊外の屋敷にいたリーナは、この襲撃にたいして驚いていない。将校団は反逆者の巣で、どんなことでもやりかねないと夫が信じていたからである。テーガーンゼーでは、マルガレーテがひどくショックを受けていた。「なんという恥さらしな。ドイツの将校が総統を殺したがるなんて……このようなことは、ドイツの歴史上、起こった試しがない[*37]」。

エミーがヒトラーに最後に会ったのは、六月初めのエッダの六歳の誕生日のことだった。エミーは非常に慎重な評価をしている。「私には犯人たちを批判することも、行動を称賛することもできません」。一方、意気消沈して無気力な運命論者の夫は、「爆殺の試みそのものよりも実行の手口を非難し[*38]」、陸軍の陰謀者たちのヒトラーに対する忠誠の誓いは非常に神聖なので、どんな状況であろうと破ることはできないと示唆している。

ウェールズでは、ヘスがラジオでニュースを聞いていた。用務係によると、ヘスは「非常に元気づいた様子で、ジェスチャーを交え、とても雄弁だった。総統が暗殺を免れたことを非常に喜んでいるように見えた[*39]」という。その年のもっと早い時期に、ヘスは絶望し、二月四日にパンナイフで胸を刺して自殺を図っている。二針縫う軽傷で、小さな傷跡が残った。その後八日間食べ物を拒否した後で、彼は突然自分の健忘症が再び治ったと宣言している。ヒトラーが死を免れたことで、ヘスは少なくとも当分の間は、自分もすっかり回復したように感じていた。

ヘスの辛抱強い友人、ハウスホーファー教授は、暗殺未遂事件後の報復措置に巻き込まれた。以前ヒトラーに楯突いたことがあるという理由で、他にも数百人が逮捕されている。ハウスホーファー教授はダッハウで一か月ひどい目に遭わされたのち、解放された。七月二五日、ゲシュタポが彼の息子アルブレヒトの家のドアを叩いたが、彼はなんとか逃げおおせた。アルブレヒトは約半年間潜伏したものの、最終的に一二月七日に捕まっている。二日後、彼はミュンヘンからベルリンに護送され、悪名高いモアビット刑務所に投獄された。

✢　✢

ヒトラー暗殺未遂事件の間、マクダはドレスデンの病院で三叉神経にかかわる手術を受け、回復期にあった。この病気でマクダは顔の右側が麻痺し、激しい苦痛を味わっていた。何か月も苦しんだが、受けていた治療では症状が改善しない。先延ばしにしたことで事態はさらに深刻化し（顔面の外科手術によって彼女の美貌が損なわれるのではないかというヒトラーの懸念もあった）、マクダはその春手術を受けたのだった。予測されたとおり、手術は完全に成功というわけにはいかなかった。彼女の顔立ちにはまだ歪みがあり、痛みもひどかった。回復には長い時間が必要だった。

しかしヒトラーが生還したことで、マクダは突然元気を取り戻した。明らかに、運命の女神は道理にかなっているからこそ彼を救ったのだ。彼女は勝利、少なくとも称賛に値する結果は得られると信じるようになった。マクダは戦況を逆転させる有効な武器についての話をすべて受け入れた。一方、政権はイギリスの南東部にＶ１及びＶ２ロケットをなんとか発射し、恐怖とパニックと大虐殺を引き起こしていたが、その影響はあまりに小さく、あまりに遅すぎ、さらにもっと圧倒的な兵器が完成間近だという約束も、しだいに信憑性が疑わしく思われてきた。

マクダがもうひとつ固執したのは、連合軍の連携がドイツ領に接近するにつれ崩壊するだろうという誤った思い込みである。つまるところ、世界最高位の資本主義国アメリカと、かつてその栄誉に浴していたイギリスとが、スターリンのソ連とどうして仲よくやっていけるだろう。

こういった考えにマクダはしばらく励まされたが、彼女ほどの知性があれば、軍事情勢の悲惨な現実は無視できない。ヒトラーを信頼するあまり正しい判断ができなくなっていたにしても、マクダは馬鹿ではなかった。ソ連は容赦なく前進してワルシャワに接近し、バルカン半島に侵入していた。ムッソリーニは失脚し、イタリアの大部分が連合軍の手に落ちた。ノルマンディー上陸後、連合軍はとうとう海岸地域を突破し、ドイツ軍を後退させてパリに進軍しつつあった。

事態の重大性により、彼女の肉体的・感情的・精神的健康は再び損なわれた。マクダは病院に戻る予約をした。すでに死への準備を進めているかのように。

第13章 袋小路

一九四四年の夏、ゲルダと子どもたちはベルヒテスガーデンへの小旅行で、ヘートヴィヒの新しい山荘を訪ねた。二人の幼子と非常に寂しく暮らしていたヘートヴィヒは、話し相手の来訪を喜んだ。ゲルダはヘートヴィヒがその家と立地に満足しているようだと思い、ヘートヴィヒの娘が「おかしくなるほど父親にそっくり[*1]」なことに感動している。ヘートヴィヒが見せてくれたヒムラーの子ども時代の写真とうりふたつだったのだ。

お茶の後、ヘートヴィヒはみなを屋根裏に誘った。特別なものを見せてくれるという。それは人体の一部で作った家具だった。ゲルダの長男、マルティン・アドルフ・ボルマン（休暇で学校から戻っていた）によると、ヘートヴィヒは「座面に人間の骨盤、脚に人間の脚が使われ、その先に人間の足が付いた」椅子がどのように作られたかを「臨床的に、医学的に[*2]」説明してくれたという。ヘートヴィヒはまた、人間の皮膚で装丁した『わが闘争』も持っていた。ダッハウの囚人の背中の皮をはいで作ったのだという。「ショックを受け茫然とした」マルティン・アドルフと弟妹たちは、「同じく打ちのめされた」母親とともに外に出た。ゲルダは子どもたちに、ボルマンもヒムラーから同様の『わが闘争』を渡されそうになったが、断ったのだと教えている。ゲルダは「そんなものを持っているのはお父さんにはあまりにも負担だったのよ」[*3]と語ったという。

ゲルダは一〇代の頃からナチ・バブルのなかで生きてきて、ほぼ一〇年近くをオーバーザルツベルクの隔絶された別世界で過ごしてきた。ごく最近まで、戦争は遠く離れた場所の出来事と思われていた。まだ「勝利を心から確信していた」ものの、ゲルダは今では敗北の可能性とも向き合わなければならなかった。彼女は戦争を「光と闇の戦い」、つねに彼女を魅了してきた神話やおとぎ話の「善と悪の戦い」と見ていた。この黙示録さながらの考え方をボルマンも共有していた。敗北はすなわち「われわれ民族の絶滅」と「文化と文明の崩壊」を意味する。そのような恐怖に直面して、ゲルダはこの結末を受け入れるのを拒否した。「ユダヤ人が世界の主人になることに、歴史的意味などとうていあるはずがないわ」。そして「ユダヤ人が世界の絶対悪だということ」[*4]をドイツのすべての子どもたちに確実に認識させなければならないと、夫に強く主張している。

✣　✣

マルガレーテは八月の間、ベルリンにいた。ドイツ赤十字社で彼女がすべき仕事はほとんどなかったため、「毎日四時間、地下室で敷石の上に立っているのは容易なことではなかった」が、焼け出された市民に衣類を配り、「多くの幸福を分配して」[*5]いた。テーガーンゼーでは、防空壕の建設も監督した。

労働者はダッハウから連れてこられた囚人たちで、マルガレーテは彼らの働きぶりが悪いと、収容所の役人に不平を漏らしている。

夫との文通は相変わらず続いていて、石鹸やチョコレートといった珍しいぜいたく品の入った小包もマルガレーテとグードゥルーンに送られ続けていた。ヒムラーは一一月半ばにテーガーンゼーを訪れ、ドイツが直面している難局についてマルガレーテと話し合っている。ドイツが勝ち、「戦争は有利に終わるだろう」[*6]というのが二人の一致した意見だった。ヒムラーはごくありふれた三日間を平穏無事に過ごしたのち、クリスマスには戻れるよう努力すると約束して帰途に就いた。

✢　✢

一二月三日、マクダと夫はヒトラーの訪問という栄誉に浴した。前回の訪問から四年以上が経過していた。連合軍は容赦なく前進している。この訪問は、たとえ何が起ころうとゲッベルス夫妻はヒトラーとともにとどまる、ということを確認する非常に象徴的な意思表示だった。ヒトラーはお茶の時間に到着した。ゲッベルスの秘書ルドルフ・ゼームラーによると、「花束を持った子どもたちがホールで総統を迎え」、「ゲッベルスは腕をぴんと伸ばして直立不動の姿勢をとっていた。子どもたちは膝を曲げてお辞儀をし、ヒトラーは彼らが大きくなったことに驚いていた」という。

ヒトラーはマクダに「スズランのささやかな花束」を贈った。ヒトラーはゲッベルスが「ベルリンの花屋をすべて閉店させたので」、「見つけたなかでこれが一番よかったと説明している」。ヒトラーには使用人、副官、六人のＳＳ将校と護衛が同伴し、魔法瓶に入ったお茶とケーキも持参していた。滞在時間はわずか三〇分ほどだったが、「家族的な雰囲気を楽しみ」、「午後の半分、禁欲生活」から逃れた束の間の時間を楽しみ、ヒトラーは「近いうちにまた来ると約束した」。喜びと誇らしさでいっぱいになったマクダは、ヒトラーに「ゲーリングの家には行こうなんて思わなかったでしょうね」[*7]と述べている。

✢　✢

ドイツは飢えていたが、エミー一家は一九四五年一月一二日、ゲーリングの誕生祝いにカーリンハルで最後の宴会を開いた。彼らはロシアのキャビア、私有地の森で獲れたアヒルと鹿の肉、ダンツィヒのサーモン、最後のフォアグラのパテを、ウォッカ、ボルドー産赤ワイン、ブルゴーニュ産赤ワイン、シャンパン、ブランデーで流し込んだ。

一月末、ソ連の戦車がカーリンハルの周囲の森に侵入した。エミー、エッダその他の女性たちは翌日の午後出発し、比較的安全なオーバーザルツベルクを目指した。そちらの家には、一二室からなる地下壕があるからだ。すぐ後に続いたのが、ゲーリングの美術品のコレクションである。その後の二か月半の間に、二両の特別列車、八両の貨車、一二両以上の有蓋貨車によって、バイエルンとオーストリアのさまざまな場所に数百点の貴重な美術品が運び込まれ、隠された。九両の貨車はオーバーザルツベルクに近いベルヒテスガーデンの駅の線路に停められた。積み荷のなかからゲーリングは一五世紀フランドルの画家ハンス・メムリンク〔一四三〇／四〇頃―一四九四〕の聖母と四人の小天使を描いた絵二枚をエミーに渡した。将来彼女が窮したら売ればいいと考えたのである。

連合軍が接近し管理する者がいなくなると、地元民はゲーリングの列車をくまなく漁り、絨毯や敷物やタペストリーや絵を奪い、金貨や砂糖、コーヒー、タバコ、高価な酒類を持ち去った。

✣　✣

一九四五年一月初めには、ヒムラーはホーエンリュヘンにほぼ定住していた。病院の屋根には赤十字の印が描かれているため、爆撃を受けない。傍らには、いかなるときも忠実なゲープハルト教授と、ヒムラーのスウェーデン人のマッサージ師がいた。頑固な胃腸障害にヒムラーはひどく苦しみ、休息する必要があった。しかし結局、ヒムラーはクリスマスにテーガーンゼーには戻っていない。代わりにマルガレーテと電話で話した。彼女によると「彼はまた風邪をひいて……具合が悪く」、「非常に弱っていた」[*8]という。

ヒムラーは妻に感傷的な手紙も書いている。「私たちがクリスマスを一緒に祝えないのは初めてだ。しかしつい昨日、私は君のことをしきりに考えていた」[*9]。彼はまた、銀の盆、青、黒、白の絹地、ハンドバッグ、下着とストッキングをいくらか送っている。一月九日には、コーヒー、ジンジャーブレッドクッキー、レバーペースト、プロイセン軍についての本を郵送している。

マルガレーテの日記からは、前向きな姿勢を維持しようと努力する様子が窺える。夫と電話で話した際には「幸せで調子がよさそうだった」と記し、「全ドイツが彼を尊敬している」と誇りに思っている。マルガレーテはまた、厄介な養子ゲルハルトがとうとう天職を見つけたことにも安堵していた。「彼はとても勇敢で、SSの仕事を愛している」。彼は武装親衛隊（Waffen-SS）に入隊したのだ。それにもかかわらず、彼女は望み薄であることも理解していた。「戦況は変わらず、非常に深刻だ」[*10]。

一月六日、リーナはベルリンでヒムラーと私的に会い、一時間四五分話し合った。保護領の治安状況と、そこにとどまった場合のリスクについて議論したのである。リーナはその月の初めに脅迫状を受け取っており、共産主義者のパルチザンによる攪乱はますます進みつつあった。

しかしリーナは屋敷に戻り、数週間後、自分の計画を両親に手紙で打ち明けている。差し当たり、そのままとどまるというのだ。「私はここより安全な場所を知りません。他の女性たちのように逃げるなんて、私には考えられません」。結局、どこにいるかはたいした問題ではないのだ。保護領にいようがドイツにいようが、敗北は彼女にとって終わりを意味する。「私たちを見つけて殺すにはどこに行けばいいのか、ロシア人はわかっているでしょう」し、あるいは「イギリス人とアメリカ人は来るでしょう。彼らと一緒にユダヤ人も。私たちはユダヤ人法で逆戻りできない状況を作ってしまいました。ユダヤ人は当然私たちを攻撃するでしょう。勘違いしても意味がないのです[*11]」。

✣　✣

エーファは二月九日までベルリンにいた。それから三月七日に再び戻り、これが最後となった。彼女はヒトラーととどまることにした決意を、秘書のクリスタ・シュレーダーに説明している。「私が素晴らしい人生を送れたのは、すべてボスのおかげだから来たのよ[*12]」。

ボルマンもベルリンにとどまっていた。主人のそばを離れるなど問題外だったうえ、彼はまだ、いつもどおりの超絶的な能率性と生産性で党組織を運営し、やむを得ないと諦めるのを拒否していた。ゲルダは二月に夫に会い、それからオーバーザルツベルクに戻っている。絶望的な状況にもかかわらず、彼女は「いつか私たちの夢の帝国が実現するでしょう……私たちがもう生きていなくても[*13]」と信じ続けていた。

二月二五日、マクダはヒトラーの医師の一人に「自分と六人の子どもたちが」死ねる毒薬を求めている。彼女にとって、それは簡単な要望ではない。ゼームラーによれば、彼女は「子どもたちを死なせると思うと耐えられず」、「苦悩と辛さで正気を失うほど[*14]」だったという。しかしマクダに未来は見えなかった。ヒトラーの名において行われてきたことが、けっして許されたり忘れられたりするものではないことも、ソ連兵が彼女の家族に慈悲を示すなどありそうにないこともわかっていたのだ。三月四日、ゲッベルスはヒトラーに、「たとえベルリンが攻撃され包囲されても[*15]」、自分たちはとどまるつもりだと伝えている。言葉の意味を理解したヒトラーは、逡巡ののち許可した。

ゲッベルスのその月の日記には、決まりきった事務的な事柄が書かれている。彼はまだ宣伝省を指揮しており、一六日にスタッフ全員のためにレセプションを開いた。二一日には「映画に関する最近の統計資料」をチェックし、「これほど困難な時局にもかかわらず非常に素晴らしい。ドイツ国民がまだ映画館に行きたがるとは驚くべきことだ」と書いている。

マクダはゲッベルスの記録にほとんど登場しない。彼は八日に妻の「頭痛」にいらだち、田舎の家からベルリンに引っ越す準備をしていた彼女が二七日に「過労」から具合が悪くなり寝込んだ際もいらいらしている。彼らは四月四日にはベルリンに落ち着き、「いくぶん物悲しい夜」を過ごすが、「その間にも、悪いニュースが断片的に次々と伝わってきた。人はときどき、自分たちはどうなるのかと考え絶望的になるものだ[*16]」。

一九四五年一月七日から八日にかけての夜、六四五機のランカスター爆撃機がミュンヘンに飛来し、イルゼの家は直撃を受けた。可能な限りの物を持ち出し、息子のヴォルフを連れて、イルゼはバイエルン・アルプスを目指し、小さな村に避難場所を見つけた。そこでイルゼは危険が去るのを待ちながら、戦況の推移を辛抱強く見届け、夫と彼女と息子がともに生きる未来に注意を再び向けることができた。

ウェールズにいるヘスは自分の世界に没頭し、一八世紀ドイツの無名の小説家の小説を読み、「登場人物や提示の仕方でタイプやスタイルが無限に広がること」[*17]に驚嘆しつつ時間を過ごしていた。イルゼは夫が現在危害を加えられない状況にあることを知って、たとえ政権が崩壊しヒトラーの命運が尽きたとしても、今後の人生に思いを馳せることができた。

アルブレヒト・ハウスホーファーに未来はなかった。四月二三日未明、前年一二月から獄中で惨めに暮らしていたアルブレヒトと他の囚人一五名は中庭に集められ、所持品を返され、釈放の書類にサインを求められた。これで解放されるという望みは瞬く間に打ち砕かれた。機関銃を持った三五人のSS隊員が、門の外に立っていたからである。

一人のSS将校が、彼らは別の施設に移されることになったので、部下たちが駅に送り届けると伝えた。隊員が近づくと、アルブレヒトと仲間たちは爆撃された荒地のほうを向かされた。彼らは壁を背にして立たされ、処刑された。ハウスホーファー教授によれば、アルブレヒトは首の後ろを撃たれたという。

三月にリーナは予期せぬ訪問者を迎えた。服装が乱れ、疲れ果てた様子のヒムラーが現れ、熱い風呂と朝食を所望したのだ。元気を取り戻したヒムラーは、彼女と雑談し、子どもたちと遊んだ。リーナは戦況と連合軍への反撃の見込みについて問い詰めようとしたが、彼は言葉を濁し、そのことが最悪の事態を推測させた。しかしリーナには屋敷を捨てる覚悟がまだできていなかった。懸命に維持してきた土地で、自分の財産もかなりつぎ込んでいたからである。

ヒムラーはこっそりとホーエンリュヘンに戻った。彼の大いなる願望、つまりドイツ精神の復活を促し、民族の理想郷を支配する新たな貴族階級を形成する夢は、ずたずたになった。三月の終わりには、ヴェーヴェルスブルクにある彼の狂信的なSSの城にアメリカ軍部隊が徐々に迫ってきていた。ヒムラーはスタッフを避難させ、三一日に破壊チームが到着すると、城の西塔と南塔を爆破し、カーテンなど燃えやすいものに火をつけて屋内を燃やした。

彼らが去ると、地元民が二日間にわたり、まだくすぶっている残存物を略奪し、ワインセラーと施設内の博物館を空にした。博物館には頭蓋骨、コイン、ナイフ、古代の陶器、ヴァイキングの剣、青銅時代の兜、スキタイ人のブロンズの矢尻、中世代の海生爬虫類である長さ二・七メートルの魚竜の化石などがあった。

✢　　✢

ヘートヴィヒは三月二二日、ホーエンリュヘンにヒムラーを訪ねたのち、ベルヒテスガーデンに戻った。ヒムラーからの最後の電話は四月一九日にかかっている。二人は「個人的な問題」について、そして状況が「日を追うごとに悪化している」事実について、話し合った。ヒムラーはまた電話すると言ったが、それはかなわなかった。彼は最後に「神が彼女と子どもたちとドイツをお守りくださることを期待して」[*18]電話を切ったという。

テーガーンゼーでは、マルガレーテがイースターの頃に夫からの最後の電話を受けている。またもや、おもな話題は彼の胃腸の具合だった。「彼はまたひどく不調で、胃の具合が悪い」[*19]。四月二〇日、マルガレーテ、娘、妹のリディア、おばと何人かの親類の女性が車に乗り込み、家を後にした。マルガレーテの運転手が目指したのは南チロルである。イタリアとオーストリアの国境地域で、山々と人里離れた谷であることから、安全な避難所とされていた。連合軍がベルヒテスガーデンに接近すると、ヘートヴィヒも子どもたちを連れて同じ方角に向かっている。

四月初旬、カール・ヴォルフ（フリーダの元夫）がリーナの家に立ち寄り、ソ連軍がそう遠くないところにいて、地元のレジスタンスが増加していると警告した。潮時だった。その月の半ばまでにリーナは荷造りし、家畜をすべて殺し、家財と亡くなった息子の棺を運ぶためにサーカス用の幌馬車を購入している。荷物のなかには、夫が暗殺された際に着ていた血染めの制服も入っていた。

家を去る日、邸宅の女主人はスタッフを集めて礼を言い、戦争が終わったらささやかながら謝礼をすると約束した。リーナと三人の子どもたちとその家庭教師、いくらかの荷物が二台の車に詰め込まれた。その後に幌馬車が続き、ドイツへと出発した。しかし数キロも行かないところで、車列はソ連の飛行機に攻撃された。幌馬車は道の外に吹き飛ばされた。リーナは死んだ息子の壊れた棺を引き出し、亡骸を森のなかに急いで埋めた。

途中、リーナは次男と長女を友人たちに預けている。友人たちは時期を見計らって子どもたちをフェーマルン島に連れて行くと約束してくれた。それからリーナは三歳の次女を連れてバイエルン経由でテーガーンゼーに向かい、フリーダ・ヴォルフの家に避難した（二人のSSの妻たちが再び一緒になった）。だが、五月初めにはアメリカ軍に追い払われている。

✣　✣

四月二〇日のヒトラーの誕生パーティーは、例年に比べ陰気な雰囲気だった。ソ連軍はひと月前にベルリン郊外に到達していた。猛攻撃が始まったのは、ヒトラーの側近たちが誕生日を祝うために集まる四日前のことだ。ソ連の大砲はその朝、市の中心部を砲撃し始めている。壕は射程圏内に入っていた。

パーティーでは陰鬱なムードが垂れこめ、ゲーリングやヒムラーといった客たちはさっさと退出した。ヒトラーも早い時間に寝室に戻った。しかしエーファは楽しく過ごそうと決めていた。ヒトラーの若い秘書たちの一人によれば、「エーファの目には不安そうな光が宿っていて」、「踊り、飲み、忘れたがった」という。「銀青色のブロケード〔豪華な絹紋織物〕で仕立てた」新しいドレスを着た彼女は、帝国首相官邸内の自室にさっそうと歩いていき、出くわしたボルマンその他の人々を集めた。エーファは自分の居間でシャンパンを開け、蓄音機を探し出した。レコードを見つけて（戦時中にヒットした「ブルートローテ・ローゼン」）、何度も繰り返しかけ、「人々は自暴自棄で熱狂状態になった」。*20

脅えた住民たちがベルリンから逃げようとするなか、必死にベルリンに入ろうとしている女性がいた。ハンナ・ライチュ〔一九一二―一九七九〕である。ドイツで最も有名な女性パイロットで、ナチに傾倒していた。彼女は壊滅状態の首都になんとか着陸場所を見つけ、二六日に壕に無傷でたどり着いている。ハンナはベルリンから人々を飛行機で脱出させようと提案したが、ヒトラーは拒否した。エーファも同じである。彼女は妹グレートル宛の手紙をライチュに託した。そのなかでエーファは自分の私的な文書やヒトラーとの書簡をすべて破棄するよう頼み、「総統のそばで喜んで死んでいくつもりよ。でも何よりうれしいのは、恐怖をまったく感じないことなの。人生は私にこれ以上何を与えてくれるのかしら。今でももう完璧なのに」[*21]と書いている。

マクダもハンナ・ライチュに手紙を託した。最初の結婚でできた息子、ハーラールト・クヴァント宛である。彼は開戦からずっと歩兵隊におり、現在はイギリスの戦争捕虜となっていた。後世のことまで視野に入れたこの手紙は、帝国のファーストレディーたる自分の立場を重んじたせいか、最後のプロパガンダのようでもあった。手紙のなかでマクダは自分の最後の選択について理由を説明している。

私にとって他の選択肢はありません。私たちの美しい考えは破壊され、同時に、私が知った人生における素晴らしいもの、称賛に値するもの、高貴で立派なものは何もかも失われようとしています。ヒトラーと国家社会主義が滅びた世界に生きる価値はないでしょう。だから私は子どもたちも一緒に連れて行きます。かけがえのないこの子たちを、私たち亡き後の世界で生きさせるわけにはいかないからです。

子どもたちの美点を称賛しながら、彼女は神が「最後の最も困難な仕事……死をもって総統に忠実であらんとする力」を「与えてくれること[*22]」を願っている。

マクダの言葉はヒトラーの側近における彼女の独自のポジション、ヒトラーとの個人的なつながり、そして彼女が権力に近い立場にあったことを反映している。しかしヒトラーが支配した最後の日々に自殺を選んだ他の女性たちとマクダとで、動機がそれほど異なっていたわけではない。一九四五年を通して自殺者は七〇〇〇人にのぼったが、そのうち三九九六人が女性だった。多くはソ連兵によるレイプを恐れてのことだ。少なくとも一〇万人が性的暴行を受け、ソ連軍の進路に当たるいくつかの小さな町や村は、ソ連軍の報復を受けるよりはと集団自殺を決行している。

ベルリンでは、女たちはシアン化物と剃刀の刃をバッグに携行するか、身に着けるかしていた。四月から五月にかけての自殺者は五八八一人。ベルリン郊外の高級住宅地では、ある陸軍大尉の妻が八歳の娘を殺して自らも命を絶っている。彼女はその二月に毒を使うことを決意し、夫に「自分や子どもがロシア人の手にかかるのを恐れており」、「そうなる前に自分で命を断つ[*23]」と語っていた。

✢　✢

ゲルダはオーバーザルツベルクで、夫からの最後の手紙と、ヒトラーの初期の水彩画数点を受け取った。なんとか電話で連絡がとれたとき、ボルマンは妻に、ただちにベルリンから脱出できる車があるので心配するなと話し、また会えると請け合った。

ボルマンはオーバーザルツベルクの地下シェルター網の建設を監督していた。工事は一九四三年八月に始まり、三〇〇〇人の労働者（ほとんどがイタリア人）が、長さ六・四キロのトンネルと厚さ一・五メートルの壕を建設した。彼が自宅地下に造った壕は家族全員とスタッフが入るのに十分な広さがある。しかし、彼は運を天に任せるような真似はしない。ゲルダの避難計画はあらかじめ練り上げられていた。目的地は南チロルである。彼女はスクールバスを入手し、屋根に赤十字のマークを入れた。彼女の九人の子どものうちの八人以外に（長男はナチの寄宿学校を出て自宅に向かっており、結局バスに乗り損なうことになる）、ゲルダは他に七人の迷子を集めた。義理の姉妹とともに、ゲルダと幼稚園のクラスのような一団は出発した。彼女はボルマンの貴重な『ヒトラーのテーブル・トーク』のタイプ原稿も携行していた。ボルマンが数え切れないほどの時間を費やして、ヒトラーの一言一句に耳を傾け、こつこつと書きためてきたものである。

✣　✣

四月二〇日のヒトラーの誕生日後、ゲーリングはオーバーザルツベルクに直行している。その前日、彼はカーリンハルに別れを告げていた。大きすぎて運べない美術品は地中に埋め、爆破チームが建物に爆弾を仕掛け、木っ端みじんに爆破した。翌朝、彼は山の避難先でエミーとエッダに再会した。

ベルリンで何が起きているかを知らなかったゲーリングは、病的自負心のため、壕から連絡がないのは、ヒトラーが疲弊しているからだと勝手に解釈した。そうなれば、新たな総統は自分ということになる。二三日、彼はヒトラーに電報を打った。指名された後継者として、指揮権を引き継ぐべきだろうか、と伺いを立てる内容である。しかしもし総統が元気なら、「ベルリンを離れてオーバーザルツベルクに来る決断をして」ほしいと、ゲーリングは望んでいた。

エミーは夫が土壇場で最高権力を握ることについて何もコメントしていない。滑稽といっていいほど空しいことだったからである。午後六時になっても連絡がないので、ゲーリングは電報を打った。「ベルリン要塞で職にとどまるという総統閣下の決意を考慮し、私が閣下の代理として、ただちに帝国の全指揮権を、国内外の業務を自由に裁量する権利とともに引き継ぐことに同意していただけますか[*24]」。

ヒトラーはゲーリングの最初の電報を無視した。混乱状態にあったことを考えれば、無理もない勘違いだったからである。だが、二本目のメッセージで彼は正気を失った。傷つき、感情を害したヒトラーがゲーリングの逮捕を命じたため、ボルマンはオーバーザルツベルクに駐在しているSS部隊を動かすことができた。彼らはすぐにゲーリングの家を包囲した。エミーとエッダはゲーリングから引き離され、彼女たちの部屋の外には見張りがついた。離れ離れになる前、ゲーリングはエミーに、明日には解ける誤解だと語っている。

しかし翌四月二五日水曜日、午前九時半頃、三五九機のランカスター爆撃機と一六機のモスキート戦闘爆撃機がオーバーザルツベルクを粉砕した。エミー、ゲーリング、エッダ、エミーの妹とスタッフ（メイド、乳母、家庭教師、副官）は、SSの監視のもと、地下シェルターに入ることを許された。爆撃が途絶えている間に、彼らはベルクホーフの住人が集まるオーバーザルツベルクの大きな壕に移された。

第二波は三〇分後にやってきた。クリスタ・シュレーダーが隠れ場所から出ると、「鷹の巣」が破壊され、ベルクホーフも「甚大な被害を受けている」のが見えた。壁はまだ立っていたものの、屋根は「リボン状に垂れ下がり」、「ドアと窓はなくなっていた。屋内は床が破壊片で厚く覆われ、家具もほとんど粉砕されていた。付属する建造物はすべて破壊され、小道は瓦礫で通れなくなり、木は根こそぎ倒れていた。緑色のものは何も残っておらず、目に映るのは一面の爆弾穴だった」[25]。

脅えたエミーは、これが決定的瞬間だと悟った。自分たちの命はどうなるかわからない。彼女は監視役のSS将校に向かって、一世一代の名演技を見せた。彼女の「結婚式の日」に、ヒトラーと交わした約束を引き合いに出したのである。あのとき総統は「私の願いをかなえると約束してくれました」。もし何らかの理由で、ヒトラーが夫を処刑する必要があると考えたなら、エミーとエッダも「一緒に銃殺する」[26]ことに同意してくれるでしょう、と。この言葉はSS将校に躊躇する時間を与えた。ボルマンから裏切り者を殺せという命令は受け取っていたものの、怖気づいていたのだ。譲歩案が届けられ、SS部隊はゲーリングと家族を、二四〇キロ離れた彼のオーストリアの城に連行することになった。彼らの車列は大渋滞となった道路をのろのろ進んで、到着には三六時間を要した。

ゲーリングのオーバーザルツベルクの家は爆撃で破壊された。あるアメリカ人兵士がプールに屋根の一部が浸かり、二人の死体が浮かんでいるのに気づいた。プールの底に、太陽の光を受けてきらめいているものが見えたので、潜ってみると、それはローマ様式の剣闘士の剣だったという。ナポレオンの兵器職人の手になるものだった。兵士は一九七八年にこれをあるコレクターに売却している。金額は定かでない。

ボルマンの家も同様に吹き飛ばされていた。ルドルフ・フォン・アルト（ヒトラーが画家を志すきっかけとなった多産の風景画家）の水彩画一〇〇〇点が地下シェルターから無傷で発見された。戦争が終わったら、フォン・アルトの絵はヒトラーがリンツ〔オーストリア中部の都市〕に建設を計画していた壮大な美術館に展示されるはずだった。これらの救出された作品のうち、三五〇点以上が行方不明になっている。

ベルクホーフでフランスとアメリカの部隊は大量のアルコール、ヒトラーのイニシャル入りの手工芸品、文具、銀器、陶器、クリスタルガラス、ゴブレットを失敬した。数日後、あるアメリカ人大佐がこの場所を視察したときには、残されていたのは暖炉とトイレだけだったという。

✢　✢

近くのベルヒテスガーデンも空爆の標的となり、ヘートヴィヒの山荘はひどく損壊した。略奪者が寝室の家具ひとそろい、シャンデリア、机、小さなタペストリーを持ち去ったが、ヒムラーの書斎は手つかずのまま残された。

四月二〇日のヒトラーの誕生日後、ヒムラーはまっすぐホーエンリュヘンを目指した。その年の初めから彼がかかわっていた和平工作を再開するためである。ヒムラーはスウェーデンの仲介者を通して国際赤十字社に交渉を申し入れていた。西側連合国とナチが団結してボリシェヴィキと戦うという空しい願いを彼は抱いていた。自分の善意を示すために、ヒムラーは一部の収容所の生存者を解放する許可を与えている。囚人たちは減少しつつあったが、収容所から収容所へと情け容赦ない死の行進を強制され、その途上でさらに数百人が命を落とした。

二八日、ロイター通信がヒムラーの背信行為を暴露した。ゲーリングの裏切りはヒトラーを落胆させたが、それはまったく予期せぬ驚きではない。ヒトラーが称賛し信頼し評価してきた男は、少し前に以前のままの彼ではなくなっていた。ヒトラーがゲーリングをもっと早く見限らなかったのは、古くからの仲間に対する未練からだった。しかしヒムラーの裏切りは違う。ヒトラーをこの世の終わりともいうほど激怒させる打撃であり、彼はヒムラーに絞首刑を宣告した。しかし、今となっては、死刑を遂行できる者に命令が届くチャンスはゼロに等しい。差し当たり、ヒムラーはホーエンリュヘンで安全に過ごし、差し迫ったスターリンとの戦いで連合軍が彼に役割を提供してくれるのを待っていた。

✢　✢

四月二九日、エーファとヒトラーは結婚した。サイン一つで、彼の秘密の愛人（彼女の存在は大多数のドイツ人には秘密だった）は歴史に自分の居場所を確保し、彼女の名は永遠に生き続けることになった。結婚式の数時間前、ヒトラーは最後の遺言書をしたためた。「私は今、この現世での生活を終える前に、何年にもわたり誠実な友情を続けてきたのち、私と運命をともにするためにほとんど包囲された街に自発的に戻ってきた女性を妻にしようと決意した。私の妻としてともに死んでいくのが彼女の望みである」[*27]。マクダ、ゲッベルス、ボルマンと選ばれた何人かのスタッフが式に参列するなか、エーファはシルク・タフタのドレスに一番立派な宝石を身に着けた。地下壕には砲撃の振動が伝わって壁も揺れていたが、ヒトラーの運転手によれば「華やいだ」雰囲気だったという。シャンパンとサンドイッチが供され、「会話は思い出話へと変わり」、それは「過去の郷愁を彼らが感じていたからだった」[*28]。

三〇日、ヒトラーは昼食をとりながら、今後のことを語った。エーファはマクダに別れを告げた。ライバル同士だった二人は、愛するヒトラーとともに死ぬという決意によって結びついていたのである。それからマクダはヒトラーと二人きりで話をした。その後、彼女はヒトラーとの最後の時間について、彼の従者に話した。「私は跪いて自殺を思いとどまってほしいとお願いしたの。でも、総統は優しく私を立ち上がらせて、他に選択肢がないことを静かに説明してくださいました」[*29]。

午後三時一五分、ヒトラーとエーファは自室に退いた。彼の従者とボルマンはなかに入る時間を見計らって外で待機していた。ヒトラーとエーファがソファの上で絶命しているのを見て、ボルマンは「石灰のように白くなった」という。ヒトラーは毒（青酸、苦いアーモンド臭のする透明な液体）を飲み、それから七・六五ミリのピストルでこめかみを撃ち抜いた。ピストルは足もとの床に転がっていた。エーファは脚を体の下に折り曲げ、ヒトラーのそばに倒れていた。彼女は「軽い素材の黒いドレス」を着ていた。従者によると、毒の影響は彼女の顔に色濃く残っていたという。エーファの「歪んだ顔は、彼女がどのように死んだかを物語っていた」[*30]。彼女は三三歳だった。

遺体をカーペットでくるみ、ボルマン、従者、運転手と二人のSSの護衛が、首相官邸の庭に運び出した。地下壕の駐車場にあった車のタンクからガソリンを吸い上げ、ヒトラーとエーファの遺体にふりかけたとき、ソ連軍の砲弾が近くの地面に落ち、強い爆風が巻き上がった。何度もマッチに点火しようとして失敗し、ボルマンは数枚の紙に火をつけて、それを墓穴に落とした。会葬者は最後の敬礼をして、屋内に急いだ。五時間半後、ヒトラーとエーファの黒焦げになった遺骨は砲弾でできた穴に埋められた。

続く二四時間、生き残った者たちは心ここにあらずの状態で、茫然と歩き回っていた。マクダは深い憂鬱のなかに沈み込んでいた。ゲッベルス、ボルマン、残った幹部たちは、形だけ忙しく働くふりをしていた。求めていたソ連軍との和平交渉は拒絶された。彼らはヒトラーの後継者に海軍の長であるカール・デーニッツ提督〔一八九一―一九八〇〕を任命し、急遽組閣を行った。茶番が演じられ、ゲッベルスが日記に最後のメモ書きをしていた頃、マクダは終幕に向けた準備をしていた。彼女の子どもたちは強い催眠剤入りのココアを与えられ、あっという間に眠ってしまった。

その後で何が起きたのか、正確なところは誰にもわからない。子どもたちが死んだとき、その部屋にいたであろう者で生きて証言してくれる人間は誰もいないのだから。近くにいた者の記憶から、真相に関していくつかの説が浮かび上がってきた。SSの医師、ルートヴィヒ・シュトゥンプフエッガー博士〔一九一〇―四五。一九四四年よりヒトラーの主治医〕が子どもたちの殺害に関与しているのは一般的に意見が一致しているが、マクダの正確な役割については見解が分かれる。彼女がそのとき部屋にいて、自分で毒を飲ませたのだとする説もある。しかしこれは疑わしい。マクダは本当にシアン化物を砕いて子どもたちの口に入れたのだろうか。地下壕に移ってから、彼女はほとんど子どもたちのそばにいられなかった。ヒトラーの若い秘書たちの一人によれば、マクダには「平然とした顔で子どもたちと向き合う力はもはやほとんどなかった。子どもたちと顔を合わせるたびに大きな恐怖を感じて、突然泣き崩れていた[*31]」という。

彼女の意志がどれほど強くとも、その頃のマクダはもう昔の彼女ではなかった。自分が恐ろしい選択をしたという現実に立ち向かうことができなかったのだ。ならば、手慣れた専門家がいるのに、彼女がそれを自ら進んでやるだろうか。ヒトラーの従者は、彼女が「そわそわしながら」部屋の外で待っていたところ、「ドアが開いて医師が出てきた。彼と目が合うと、マクダ・ゲッベルスは静かに、震えながら立ち尽くしていた。SSの医師が何も言わず感情を込めてうなずくと、彼女はくずおれた[*32]」と証言している。

その後マクダは自室に座り、土気色の顔でソリティアをし、タバコを立て続けに吸っていたという。

午後八時四〇分、彼女とゲッベルスを火葬する薪の山が準備された。ナチの金の党バッジをつけて、彼らは腕を組んで地下壕の出口に向かい、庭に足を踏み入れた。マクダはカプセルを嚙み砕いた。夫は確実に死ねるよう妻の頭を撃ち、自らも毒を飲み、銃口を自分に向けた。彼らの遺体は浅く掘られた墓に移され、ガソリンがかけられた。風もなく、マッチの火はついた。マクダとゲッベルスは炎に包まれた。火は一晩中燃え続けたという。

ボルマンは脱出を決めた二つのグループの一つにいた。彼らはぼろぼろの地下壕を出て、通りの角ごとに死が待ち構えている破壊された街へと姿を消した。しかしボルマンが考えていることは一つしかなかった。生き残ってやる。

第Ⅳ部 試練

第14章　囚人

戦争が終結して数週間後、ヘスはイルゼへの手紙のなかで、ナチズムの崩壊について楽天的な考えを示している。この二五年間彼らが追い求めた理想は、また盛り返す時期が来るというのだ。「歴史は終わっていない。遅かれ早かれ、長い間中断されていたものは再開し、新たな形態で団結するだろう」。ヒトラーに関しては、彼らがヒトラーと過ごした時間は「最も素晴らしい経験にあふれていた」し、「無比の人物が成長していくまさに始まりから[*1]」かかわれたのは、光栄なことだったと述べている。

ヘスはニュルンベルクの国際戦争犯罪法廷に、ゲーリングその他の幹部たちとともに出廷した。ボルマンは手続きに現れず、欠席裁判となっている。彼はベルリンで死んだと証言する目撃者が何人かいたにもかかわらず、連合軍側は納得していない。ヒトラーの地下壕を出たのち、ボルマンはマクダの子どもたちに毒を飲ませた親衛隊（SS）の医師とともに、戦争で破壊されたベルリンの街（戦闘がまだ盛んだった）からなんとか脱出しようとした。途中、三両のパンツァー戦車と出会い、合流した。彼らはヒトラーの従者や運転手と協力し、ソ連の対戦車バリアーに出くわし激しい攻撃を受けた際も、ゆっくりだが根気強く前進した。ヒトラーの運転手によると、「ロシア人は全力で攻撃を仕掛けてきた。数秒後、地獄のように長く伸びた炎が噴き出した」[*2]。そしてヒトラーの従者は、ボルマンと医師が「爆風で人形のように吹き飛ばされる」[*3]のを見たという。ヒトラーの部下たちはその場から逃れ、立ち止まってボルマンの生死を確認することはしなかった。

すぐ後に、ヒトラー・ユーゲントの指導者アルトゥール・アクスマン〔一九一三―九六〕が「マルティン・ボルマンとその仲間の遺体に偶然遭遇した」という。アクスマンは米軍に、「彼らはまったく動かず、一緒に近くで倒れていた」と話している。最初、彼は「意識を失っているか眠っているか」だと考えたが、かがみこんで検分すると、「息をしていない」。目立った傷がなかったので、アクスマンはボルマンが「毒を飲んだ」[*4]と推測した。しかし死体が見つかっていないことが憶測を呼び、それが疑念を煽り、ボルマンがどうにかして生き延び、逃げ回っているという意見がたちまちのうちに大勢を占めるようになった。捜査官はボルマンの行きそうな場所について、とくに熱心にゲルダに問いただした。

しかしゲルダにしても、夫の行方や生死についてわかることはなにひとつない。ゲルダのスクールバスの一行はアルプスを越えて南チロルに到着し、そこでナチの地方指導者と接触した。彼はゲルダが携行した国家機密にかかわる文書類の隠し場所を確保し、ボルツァーノから四八キロ離れた谷あいの小さな村に家を見つけてくれた。

差し当たり安全ではあったが、ゲルダは激痛に悩まされていた。一緒に旅してきた義理の姉妹は、「ゲルダがひどい病気にかかっている」のに気づいている。「彼女は普段はとても口数の少ない人だったが……もはや痛みを隠すことができなくなっていた」[*5]。彼女たちが見つけた地元のイタリア人医師は、病状の深刻さにすぐに気づいた。卵巣ガンが進行しており、早急に手術する必要があったのだ。その頃には連合軍はゲルダの行方を追っていた。ミュンヘンに住むある親が、ゲルダに子どもをさらわれ、チロルに連れて行かれたと、半狂乱になって当局に訴え出たからである。二人の諜報員がゲルダを追跡し、南チロルに駐屯するイギリス部隊に知らせた。イギリス軍のある少佐（彼はゲルダを「非常に素晴らしい女性」[*6]と考えていた）はゲルダを診察した医師から事情を聞き、彼女の家を訪ねた。

ゲルダはうろたえ、強制収容所に連行されると考えたが、少佐は危険な目には遭わせないと約束した。代わりに彼女が直行したのは、メラーノ〔オーストリアとの国境にあるイタリアの都市〕の戦争捕虜用の病院である。ゲルダは手術を受けたが、手遅れだった。死を目前にしたゲルダは宗教に慰めを求め、カトリックに改宗している。彼女は一九四六年三月二三日に亡くなった。三七歳になる数か月前のことである。一九四三年から四五年にかけて夫と交わした手紙はベルリンで発見され、おとなしく内気な女性という一般的な評価と著しく異なる面が明らかになったが、それ以外に、ゲルダは自分の痕跡を何も残していない。

保管されていた彼女の遺品のなかで本当に価値があったのは、ボルマンによる『ヒトラーのテーブル・トーク』の原稿である。ゲルダはこれをオーバーザルツベルクから持ち出していたのだ。彼女の遺品管理を任されたイタリア当局は、原稿をフランソワ・ジュヌ〔一九一五–一九九六〕に売却した。フランス語圏スイスの銀行家兼ナチのスパイで、戦争中、ナチのためにマネーロンダリングを行っていた人物である。ジュヌは原稿をフランス語に翻訳し、そしておそらくその過程でテキストに微調整を加え、それを入手したイギリスの出版者が一九五三年に英語版を出版した。

その正確さと、ヒトラーの独白の記録としての信憑性には疑問の余地があるものの、ボルマンは主人の発言を記録することに成功し、ベルクホーフでヒトラーが好んで語った冗漫でくどい講話がどのようなものだったのかを未来の世代に知らしめるという彼の任務を全うした。

ゲルダの指示に従い、彼女の多くの子どもたちの保護は、ドイツ軍カトリックの従軍司祭テオドール・シュミッツ〔一九一六―二〇〇三〕に託された。何人かは幼いうちに亡くなったが、残りの子どもたちはふつうのイタリア人家庭で養育された。ゲルダの長男マルティン・アドルフは、ある農民夫妻のもとで変名で過ごしたのち、最終的に弟妹と再会し、イエズス会の聖職者になった。

ゲルダの父で娘をナチの道に引き入れたヴァルター・ブーフは、一九四五年四月末、連合軍に逮捕されている。ヒトラーと古くから関係があったせいで、ブーフは重要人物とみなされた。しかしブーフは、娘婿に嫌われないがしろにされたため、自分は権力を奪われ、影響力もなかったと主張した。ブーフは自分のヒトラーへの傾倒についても口を閉ざし、忠誠心についても個人的な供述は避けている。ブーフによれば、ヒトラーが成功したのは、彼に「説得力とドイツ国民への愛」があり、国民が「指導者を必要とした」からだという。数回の尋問の間に、ブーフは「一七年間自分の意志とは裏腹に、好まない仕事を強いられた。職務を退き、正規軍の将校という本来の地位に戻してほしいと許可を求め続けた」[7]と主張している。

しかし連合軍は彼の弁明を聞き入れず、ブーフは一九四九年一一月まで刑に服した。まだ六七歳だったが、生きがいを失った老兵は、自らが正しいと信じる解決法を採った。釈放後まもなく、ゲルダの父は手首を切り、川に身を投げたのである。

しかしゲルダの夫は生き続けた。彼を追い詰めようとする者たちの想像のなかだけではあったが。ニュルンベルク裁判〔一九四五年一一月二〇日―四六年一〇月一日〕後、ドイツ北部、デンマーク、イタリア、スペインでボルマンを目撃したという情報が寄せられた。さらに一九五二年頃からは南米が注目されるようになり、彼がアルゼンチン、チリ、ペルーにいたという主張が何度もなされている。ＣＩＡは彼に関するファイルを共有し、定期的に報告書を作成し、手がかりを追い、怪しい情報提供者を監視し、戦争以来ボルマンと接触した可能性のある人間を追跡した。最終的解決の実行に携わったアドルフ・アイヒマン〔一九〇六―六二。アウシュヴィッツ強制収容所へのユダヤ人の移送に指導的な役割を演じた〕がアルゼンチンで発見され、イスラエルの情報機関に拉致され、その後エルサレムで裁判にかけられたことから、南米に注目が集まり、ナチの潜伏先があると考えられるようになった。潜伏していると考えられた一人がアウシュヴィッツ収容所の医師、ヨーゼフ・メンゲレ〔一九一一―七九〕であり、ボルマンに関する噂もそこに加わった。

一九六〇年代末、多くの作家や調査にかかわるジャーナリストがボルマンを追跡し、彼の隠れ家を指し示す手がかりをつなぎ合わせた。彼が生存する決定的な証拠を見つけたと主張する者もいれば、実際にボルマンと差し向かいで会ったと証言する人間すらいた。同時に、これらの作家たちは、ボルマンが強力な秘密組織（ナチの世界的ネットワーク）の親玉で、第四帝国の建設を企てているという説が広まるのを助長した。この見解は、当時多くのベストセラー小説が生み出されるきっかけとなった。

一九七二年一二月、ベルリンの建設現場で作業員が二体の白骨遺体を発見した。頭蓋骨は損傷しておらず、現場はボルマンが最後に目撃された場所に近い。歯科記録と顔の復元で、遺体はボルマンのものであることが確認された。さらなる調査で死因も明らかになった。ソ連の集中砲火でボルマンは動けなくなった。ひょっとしたら瓦礫の下に埋まってしまったのかもしれない。身動きできなくなった彼は、ソ連兵に捕まるよりは、とシアン化物を飲んだと思われる。ボルマンの生死にかかわる謎は解明され、ゲルダの夫の亡霊はついに埋葬された。

✢　✢

一九四五年初夏、イルゼはフランス軍に拘留され、一四日間を過ごした。待遇はよく、その後ニュルンベルクに近い場所に移された。連合軍当局は、イルゼの存在がヘスの周囲に張り巡らされた壁を突破する役に立つのではないかと期待したのである。彼の健忘症はひどく悪化していた。短期記憶と長期記憶が混沌としている、あるいは少なくともそのように見えた。被告人席のヘスは常軌を逸していた。小説を読んだり、ぶつぶつ独り言を言ったり、眠ったりしたのである。独房では食べ物を拒否し、かんしゃくを起こし暴力的になった。

ヘスを担当する精神科医のチームは彼を信じる傾向があった。ある医師はヘスの病状を「ヒステリー性健忘症」と記載している。だが、彼らも一〇〇パーセント確信しているわけではなかった。ニュルンベルク刑務所の所長だったアメリカ人、バートン・アンドラス大佐〔一八九二－一九七七〕も疑念を抱いていた一人である。「古いコートを着て飛行士のブーツを履いた男がチョコレートに毒が入れられていると話し始めた瞬間から」、「私は彼の狂気が仮病だという結論を下した[*8]」。

本当の病であれ仮病であれ、連合軍はヘスの健忘症を深刻に受け止める他なかった。イルゼはあるアメリカ人将校に、夫を正気に戻す最良の方法は、彼の政治活動でなく私生活に注意を向けることだと助言している。彼女はその将校に八〇枚に及ぶ家族の写真を渡した。息子ヴォルフの最近の写真も含まれている。そうして「夫の治療にクラシック音楽が効果的ではないか[9]」と示唆した。できればモーツァルトの『魔笛』かロッシーニの『セヴィリアの理髪師』がよい、と。

連合軍はこれを試さなかったが、時間もアイデアも尽きた。イルゼとヴォルフを面会させる計画は、何が何でも二人に会いたくないとヘスが拒否したため、失敗に終わっている。必死の連合軍はショック療法に訴えた。ヘスが非常に親しくしていたはずの人々と対面させたのである。最初はゲーリングだった。昔からの仲間に会って、ヘスは困惑した様子を見せた。「あなたは誰ですか」。ゲーリングはこの反応を侮辱と捉えた。「君は私を知っているはずだ。何年も一緒に過ごしたのだから」。ヘスはゲーリングの名前に聞き覚えがあることは認めたがそれだけだった。しびれを切らしたゲーリングは、詰め寄った。「私が君の家族や奥さんを訪ねたことを覚えていないのか。私は何回も君たち夫婦に会ったぞ。君も奥さんと一緒に私の家族を訪ねてくれたじゃないか」。ヘスは力なく頭を振り、健忘症のせいにした。「霧がかかっている」ようで、「何もかもがその向こうに消えてしまったのだ[10]」と。

ヘスは秘書二人についても、誰なのかわからなかった。ハウスホーファー教授ですら、思い出せなかった。連合軍にとってハウスホーファーはまったく知らない人間ではない。彼は農場にいたところをニュルンベルクに連行されたのだった。彼は旧友に思い出してもらうために全力を尽くすと誓った。「私は彼がたとえ今、危機的な心の状態に陥っているにしても、彼に会う覚悟ができています……私は覚悟しています……悪魔の目の前に行って彼に話しかけることを[11]」。

ゲーリングのようにヘスと正面から対決するのではなく、ハウスホーファー教授はヘスをなだめすかして心を開かせようとした。教授はイルゼの写真を見せ（それが誰であるかはヘスにもわかった）、イルゼがヘスとの手紙をすべて見せてくれたことを告げ、だから彼はヘスの「精神生活や……感情」と「今も交流し続けている」[*12]のだと話した。そしてヘスの母親のことを話題にした。しかし教授がイルゼとヘスのミュンヘンの家について触れると、ヘスはそこに住んでいたことを否定した。シャッターは再び下ろされた。

その面会はハウスホーファー教授を非常に不安にさせた。彼はすでに最悪の状態に陥っていた。ヘスと会う数日前、彼は軽い心臓発作に襲われたうえ、尋問者から非常に厳しい尋問を受けていた。彼らは教授の理論がヒトラーの大量虐殺の帝国主義に根拠を与えたと認めさせたがっていた。教授にしてみれば、ヒトラー「及び彼の信奉者」は「世界の出来事についてほとんど知識がなかった」のだから、この非難はばかげている。しかも、教授は「この五〇年間、非アーリア人と幸せな結婚生活を送っている」のだ。ひとたびヘスの保護がなくなると、彼はつねに脅威にさらされてきた。しかし尋問者たちは納得せず、共謀による有罪をほのめかし、教授の書いた論文を示した。そこには、アメリカが「ユダヤ人の金権政治家」の巣だと書かれていた。効果はてきめんだった。尋問者は「それを読んだハウスホーファーは意気消沈し、涙を浮かべほとんど話すことができなかった」[*13]と記録している。

最終的にハウスホーファー教授は解放されたが、いつ何時再逮捕されるとも限らなかった。彼は七六歳。息子アルブレヒトは惨殺され、第二の息子とも言える男（教授を守ってきたとともに、大きな危険にもさらしてきた）は魂を失ったかのようになり、果てしない闇をさまよっている。一九四六年三月、ハウスホーファー教授と妻マルタは森に散歩に出かけた。家から八〇〇メートルほど離れた柳の木の下で彼らは立ち止まった。二人で毒を飲んだ後、ハウスホーファーはマルタを木に吊るし、妻の足もとで死んだ。二人の遺体が発見されたのは翌日のことである。

✢　✢

一九四五年一一月三〇日、ヘスは突然休眠状態から覚め、自分の記憶喪失が見せかけだったと発表し、法廷をあぜんとさせた。「戦術上の」理由で「ふりをした」のだが、今、「記憶」を「再び自由に取り出すことができるようになった」と。これでは衝撃が足りないと感じたのか、彼は「自分がしたあらゆること、自分がサインしたあらゆること、自分が連署したあらゆることの全責任を負う」[*14]と続けている。

ヘスはイルゼも含め、すべての人をだましていたように思える。しかしそのためには長きにわたり記憶を失ったふりをし、干渉してくる専門家の一団に健忘症が本物だと確信させなければならない。その努力がヘスの心の健康に影響を及ぼさないはずはなかった。連合軍をだますには、自分自身もだまさなければならない。危険なゲームだ。イルゼへの手紙から、彼がそれを認識していた様子が窺える。「イギリスで記憶を失った人間を演じていたとき、私は宿命から逃れるために多くのことを覚えた。私は注意深く宿命に苦しむふりをしていたのだ」[*15]。だが捕虜となった彼は、役柄にのめり込むあまり、自分が装おうとした状態に囚われてしまったようだ。法廷で劇的な陳述をして数週間も経たないうちに、ヘスは再び暗がりのなかをよろめき歩くことになった。

一九四六年一〇月一日、ヘスに終身刑の判決が下った。ユダヤ人の集団殺戮が本格的に始まる前にイギリスに飛行したことで、命拾いしたのである。ゲーリングと他の一一人は絞首刑を宣告された。

終戦間際にエミーと夫がオーストリアの城に到着すると、護衛してきたSSはどこへともなく姿を消し、ゲーリングはアメリカ軍に連行された。エミーは夫を見送ったとたん、坐骨神経痛が悪化した。それが麻痺の始まりでした。「髪を梳かし始めると、右腕が突然なすすべもなく下がり、ひどい痛みを感じました。それが麻痺の始まりでした。腕をきちんと動かせるようになったのは、ようやく二年経ってからのことです」。その後まもなく、エミーと七歳の娘エッダはバイエルンにあるゲーリングの城に送られたが、城はアメリカ軍部隊の略奪によって丸裸にされていた。「家のなかがなんという有様だったことか！　ほとんど空っぽになっていました！　電球すら残されていなかったのです。私はのちにアメリカ人が一二台の大型トラックでたくさんの家具を持ち去ったと知りました」[*16]。さらに悪いことには、夫を釈放してやる見返りにと、あるGIにエメラルドをいくつか取り上げられたが、それは真っ赤な嘘だった。

一九四五年一一月一九日、ニュルンベルクのある精神科医がゲーリングからの手紙をエミーに届けてくれた。離れ離れになって初めて彼女が受け取った手紙である。そのなかでゲーリングは自分の状況を心配する様子は見せていない。エミーのことばかり心配していた。「君が私のせいで、私の妻だからという理由だけで苦しまなければならないと思うと、絶望的な気分になる。私を悩ませ意気消沈させるのは、唯一君のことだけだ」[*17]。

五日後、エミーと妹と姪は、シュトラウビング〔ドイツ南端の都市〕の刑務所の藁のマットレスとトイレしかない独房に放り込まれた。三日後にテディベアを抱いたエッダが到着したが、高熱を出していた。彼女が再び元気になるまで二週間かかった。年越しの際には何人かのカトリックの尼僧と宿泊し、それから部屋係のメイドとともに森のシャレー風の家に移ったが、その建物はただの小屋にすぎず、電気も水も通っていなかった。基本的に不便な生活だったが、エミーを何より悩ませたのは夫と連絡が取れないことである。途方に暮れた彼女は、アンドラス大佐に熱のこもった手紙を書き、ゲーリングに会わせてほしいと頼んだ。「私はほぼ一年三か月、夫に会っていません。夫が恋しくてたまらず、どうしたらこの苦しみから抜け出せるのかわからないのです。夫なしで生きていくには力が必要です。数分でも夫に会って、彼の手を握ることができれば、私にとって大きな助けになるでしょう[*18]」。

彼女の願いは拒否された。ニュルンベルクの当局はゲーリングの士気をこれ以上鼓舞したくなかったのだ。監禁状態にあるゲーリングは薬物を断ち切ることを余儀なくされ、鎮痛剤中毒から抜け出した。その結果、体重が減少し、闘争心を取り戻した。法廷での反対尋問や長時間にわたる取り調べにへたばるどころか、ゲーリングはやる気満々で法廷の妥当性に疑問を呈し、戦争をすること自体が必然的に犯罪的なのだから戦争犯罪容疑は欺瞞だと主張した。

彼はまた他の知名度の高い囚人たち（ヒトラーと彼が体現したすべてを非難する立場を選んだアルベルト・シュペーアは除く）の指導者となり、共同戦線の調整役になろうとした。エミーは夫の果敢な抵抗を誇らしく思い、ニュルンベルクの別の精神科医に、ゲーリングは自分に何ら恥ずべき点はないこと、「意気地なしのように態度を変える真似」はしないことを世界に示したいのだと語っている。最終的解決について尋ねられると、エミーは「ヒトラーは正気を失っていたに違いありません[*19]」と率直に答えた。

大言壮語したにもかかわらず、提出された証拠は圧倒的にゲーリングに不利で、ユダヤ人絶滅への関与がはっきりと示された。ドイツ空軍の要請で収容所の囚人を使って行われた残酷な実験が暴露されると、彼はますます厄介な立場に追い込まれた。

一九四六年九月一二日、ようやくエミーとエッダにゲーリングへの面会が許された。母娘は警備員と鎖でつながれた囚人に、三〇分間会うことができた。三人はガラスの壁で隔てられ、エミーと夫はありきたりなおしゃべりをした。エッダは自作の詩を父に読んで聞かせた。

次の二週間、母娘は八回彼に面会した。最後に会ったのは一〇月七日である。エミーは凜とした表情で、あなたは「ニュルンベルクで」仲間や「ドイツのために」最善を尽くしたのだから、「今、一点の曇りもない心で死に臨むことができるのよ[*20]」と夫に話した。しかし刑務所を出ると、エミーの緊張の糸は切れた。愛する人が肉片のように吊るされると思うと、胸が張り裂けそうになる。訪ねてきた友人によると、「エミーの灰緑色の目には涙が浮かんでいた。涙は頰を伝って落ちた。彼女はひどく惨めで弱々しく見えた[*21]」という。

しかしゲーリングは最後に妻にこう告げている。「やつらは俺を吊るしはしない」。そんな方法で死ぬことは彼には我慢ができなかった。銃殺刑を望んだが、要望は拒否されている。そこで絞首台に上がる前夜、一〇月一五日の午後一〇時頃、ゲーリングはシアン化物を飲んだ。ゲーリングがどうやって毒を入手したか、確かなところはけっしてわからないだろう。遺書には、逮捕時から毒を密かに隠し持っていたと書かれている。だがニュルンベルクの独房に入る前に、ゲーリングが何度も身体検査を受けていたことを考えれば、これはありそうにない。ひょっとしたら彼が仲よくなっていたアメリカ人看守の一人がこっそり手渡したのかもしれない。エミーはエッダに父の死を告げた際、彼女らしい説明をしている。「独房の天井から天使が降りてきて、お父さんに毒を渡してくれたのよ[*22]」。

ゲーリングの遺灰はニュルンベルク郊外のどことも知れぬ場所に捨てられた。彼の死に方についてエミーは、「人々にいつも非常に多くのものを与え、知力を発揮し」、「情熱と善良さの具現」で「思いやりと忠誠の手本」だった人なのに、「彼のような人」があのようにひどく扱われたのはとても理解できない、と語っている。[*23]

✣　✣

心を打ち砕かれ、身体的にも弱ったエミーは、ニュルンベルク後の何か月間か、治療を受けた。一九四七年三月二九日、彼女は健康状態が回復したとみなされ、約一〇〇〇人の女性たち（強制収容所のスタッフ、売春婦、SS隊員の妻たちなど）とゲッティンゲンで合流した。かつてソ連女性のための労働収容所だった場所である。数千人の男性囚人とは有刺鉄線のフェンスで隔てられていた。施設には五棟の低いバラック、投光照明具、警報器が備えられ、夜中には点呼があった。

当初エミーは診療所に収容されたが、その後「二匹の巨大なネズミ」のいる小屋に移された。仲間の囚人のなかにヘンリエッテ・ホフマンがいた。彼女の夫、バルドゥア・フォン・シーラッハはニュルンベルク裁判で死刑を免れている。戦争中、ヘンリエッテはオランダ旅行中に目撃したユダヤ人の虐待に抗議したせいで、ヒトラーの不興を買っていた。ヒトラーは彼女の訴えに憤慨し、ヘンリエッテはもはや歓迎されなくなった。秘蔵っ子は「アドルフおじさん」をがっかりさせたのだ。

ヘンリエッテによると、エミーは身なりに気を遣っていた数少ない女性の一人で、「有名な女優が『ファウスト』のグレートヒェンを監獄で演じているように立派に見えた」唯一の囚人だったという。エミーは寝間着を一枚持っていて（「夜会服」に似ていた）、「潔癖症」だったので、「面倒な仕事なのに少なくとも週に三回は洗濯していた。洗濯場で誰かに預けることはせず、銀のような光沢のあるかわいい小さな洗面器で自ら洗濯していた[*24]」という。

エミーがゲッティンゲンに収容されて数週間後、イルゼが到着した。ヘンリエッテによると、彼女は「髪を長く伸ばし、巡回説教師のように見えた[*25]」という。イルゼは他の一六人の囚人と一つの小屋で暮らし（彼女によれば、みな「素晴らしいひとたち[*26]」だった）、彼女はとくにミュンヘンの党本部でヘスの清掃人として働いていた老女のことが好きだった。息子のヴォルフと一緒にいさせてほしいという願いが聞き届けられると、彼女の気分はさらに高揚した。エミーもまもなくエッダと再会している。

一方、ヘスは一九四七年七月一八日午前四時、他の六人とともにベルリンのシュパンダウ刑務所に移されていた。刑務所は三・二ヘクタールの広さがあり、周囲を電流の通った柵が二重に取り巻き、九基のコンクリート製の監視塔と高さ七・九メートルを超える内壁があった。ヘスが入った長さ二・四メートル、幅一・五メートルの独房はペンキを塗り替えたばかりで、金属製のベッド、マットレス、椅子、テーブル、トイレと、棚の上には石鹼とタオルが備えられ、鉄格子のはまった窓があった。

ヘスとイルゼは文通を続けており、二人とも明るい調子を維持していた。イルゼは自分が「ユーモアのセンス」を失わず、他の何人かの女性たちと「素晴らしい文学学習会」を作り、詩人リルケの作品に取り組んでいると手紙に書いている。しかし時間はなかなか進まない。一九四七年のクリスマスになっても、彼女が釈放される兆しはなかった。しかしイルゼは自分のことよりもエミーの健康を心配していた。エミーは「病気である」ばかりか、「私がこの二年で経験した以上のことを経験しているのよ[*27]」。

イルゼの言う通りだった。エミーは長期化する監禁に対処すべく奮闘し、その一〇月、自分の状況が不当だと訴える憤慨した手紙を政府大臣に送っている。「私はまったく政治とは無関係です……私がとがめられる唯一の理由は、私がヘルマン・ゲーリングの妻だったということです。夫を愛し幸福な結婚生活を送ったという理由で女性を罰することなど、まさかあなたにはできないでしょう[*28]」。

エミーもイルゼも非ナチ化の裁判を待っていた。連合軍は重要人物と最終的解決に深くかかわった人間の告訴に全力を注いでいたが、西ドイツの司法は政権とともに働いた数十万人を裁く責任を負っていた。容疑者はすべて、罪の度合いによって五段階の範疇に分類された。カテゴリーIは重罪者で、これが最も重い。

法廷はほとんどの場合、じつに寛大だった。法曹関係者の完全なる刷新など不可能だったことを考えれば、担当判事の多くがナチに共感していたのも不思議ではない。この手続きが終局に近づいた一九五〇年九月までに、九五万人以上が裁判にかけられ、そのうち二七万人が許されている。

ようやく一九四八年三月、イルゼは非ナチ化裁判に出廷し、完全に無罪となった。ヘスのイギリスへの飛行とその成り行きは彼の命を救ったが、何年にもわたりヒトラーに揺るぎない献身を捧げてきたにもかかわらず、イルゼも同じ理由でさらなる懲罰を受けずに済んだ。

イルゼの二か月後、エミーが出廷した。裁判は二日間に及んだ。一六人の証人が彼女に有利な証言をしている。彼女が助けたユダヤ人の友人たち、エミーが設立した俳優用老人ホームの住人たち、有名な映画女優、そして彼女の昔の共演者、グスターフ・グリュントゲンスまでもが証言した。しかしエミーはあまりに有名だったため、軽い罰で解放されはしなかった。判事が述べたように、エミーは「非常に多くの個人的な栄誉に預かっただけでなく、夫とともにことのほか豪奢な生活を送っていた[*29]」からである。彼女はカテゴリーⅡ、積極分子に分類され、一年の実刑判決が下された（これはすでに刑期を務め終えていた）。また、財産と地所の三〇パーセントを没収され、五年間の職業停止処分を受けた。

判決が公表されると、衝撃と落胆が広がった。何年にもわたり、権力をあれほどあからさまにひけらかしていたエミー・ゲーリングが、どうしてそんなに軽い罪で済むのか。シュトゥットガルトでは三〇〇人の女性が集まり、怒りと嫌悪感を表明している。

第15章 記憶と忘却

一九四五年五月一三日、マルガレーテ・ヒムラーと娘のグードゥルーンはチロルで発見され、連合軍に拘留された。二人はボルツァーノ近くのアメリカ人が経営するホテルで二晩、ヴェローナで一晩を過ごしてフィレンツェに飛んだ。二人の旅の終点は、イギリス軍が運営するローマ近くの収容所兼尋問所である。女性の囚人は彼女たちだけだった。

マルガレーテが夫の死を知ったのは、八月二〇日のことである。この日、彼女はユナイテッド・プレス〔通信社〕のアメリカ人記者、アン・ストリンガーのインタビューを受けた。連合軍が取引に応じないことが明らかになると、ヒムラーは西に向かう数千人のなかに紛れ込んだ。しかし五月二三日にイギリス兵に逮捕され、正体に気づかれると、シアン化物を飲んだという。

この知らせを聞いても、マルガレーテはほとんど反応を示さなかった。ストリンガーがマルガレーテに「ヒムラーは墓標のない墓に埋められた」と伝えても、「驚いた様子も見せず、関心も示さなかった。

人間の感情をこれほどまで完全に制御した冷淡さは、これまで見たことがない」とストリンガーは語っている。だが、ストリンガーは気づいていなかっただけだ。マルガレーテはアメリカ人ジャーナリストの前で感情を見せるのは体面にかかわると考えていたのだろう。

マルガレーテは死の収容所についての新聞報道を見ていたので、夫が非難されるであろうこともわかっていた。彼の行動を説明しなければならなくなって彼女が選んだのは、知らなかったと弁明することである。彼女はストリンガーに、自分は「ただの女で」、「政治のことはわからなかった」と語った。[*1]

マルガレーテとグードゥルーンは、ローマからニュルンベルクに移された。到着すると、マルガレーテは裸にされて身体検査を受け、「コートの肩パッドに縫い込んだ青酸カリの小瓶を発見された」。二人はベッド代わりに二枚の板が置かれた家具もない小部屋に入れられた。ニュルンベルクの刑務所が十代の少女にとって理想とはほど遠い環境であることを認識していたアンドラス大佐は、グードゥルーンができるだけふつうに近い時間を過ごせるようにした。「私は少女が教育を受け続けられるようにしようと決めた。私たちはニュルンベルクの店を探し回って……教科書と子ども用の水彩絵の具を見つけた。彼女は感謝の印に、黄色と青の花で取り巻かれた絵を私に恥ずかしそうに届けてくれた」。[*2]

それにもかかわらず、グードゥルーンは一九四五年九月二二日に尋問を受けている。彼女は父と最後に会ったときのことや、戦争中彼女が何度も旅をしたかどうかを尋ねられた。グードゥルーンは「この五年間は」、「家で」あるいは「学校で」過ごしたと答えている。ダッハウのハーブ農場に行ったことについては簡潔に話し、両親が戦後の計画や他の重要なことについて話し合っていたかどうかを尋ねられると、グードゥルーンの答えは明確だった。「お母さんからは何も聞いていません」。[*3]

四日後、今度はマルガレーテが苦境に立たされた。尋問官が最初に関心を示したのは、当然、ヒムラーの最終的解決の組織、そしてマルガレーテがそこで行われていたことについてどの程度知っていたか、である。最初、彼女はヒムラーが絶滅収容所について話したことはないと主張したが、取り調べが延々と続くと、「存在」は知っていたが、誰から聞いたかは覚えていないと白状した。ヒムラー「だったかもしれません」。彼女の答えは曖昧だった。さらに詰問されると、マルガレーテはラーフェンスブリュックを訪ねたことを認めている。「私は女性用の強制収容所を見たことがあります」。だが、いつ、なぜ行ったかは話していない。ラーフェンスブリュックのグラウンドにはダッハウのものほど大きくはないがハーブ園があり、ドイツ赤十字社の看護師たちがそこで雇われていた。マルガレーテは日記でラーフェンスブリュックについて触れていないが、ひょっとしたら仕事で出張した際、つまり一九四〇年のポーランド行きか四二年のラトヴィア行きの際に収容所を視察したかもしれない。

夫がユダヤ人絶滅の推進役になっていたかどうかについては、マルガレーテは怒りをヒトラーに向けている。「私はこういったことは総統が決定したと考えています」。また、マルガレーテはヒムラーと離れて暮らしていたため、戦争中に全部で「一五回か二〇回」、それも一度にわずか三日ほどしか会えなかったと必死で強調している。しかしヘートヴィヒのことになると、彼女は詳しく話すのを嫌がった。彼女のファーストネームや子どもが何人いたかを思い出せないふりをしたが、ヒムラーが「誠実な夫」でなかったことは認めている。[*4]

ヘートヴィヒは終戦時にはオーストリアにたどり着いていたが、簡単に発見された。彼女は一九四五年五月二二日に尋問を受け、そのなかで、ヒムラーは「ドイツと総統に途方もない信頼を寄せていた理想主義者」だったと述べている。尋問者はヘートヴィヒが「三〇代前半の魅力的な女性」であることを認め、「強引な、あるいは打算的な女性ではなく、控えめな女性」[5]と結論づけている。

重要性は低いと判断され、ヘートヴィヒは解放された。彼女は非ナチ化の尋問も受けず、バイエルンに落ち着き、そこでヒムラーの昔の同僚や彼の家族と連絡を取り合った。一九五三年、ヘートヴィヒは過去とのつながりをすべて断ち切る決心をし、バーデン＝バーデンに移り、結婚して秘書として働き、人から忘れ去られることを喜んだ。ヘートヴィヒは一九九四年に亡くなる前にインタビューに応じ、ヒムラーが戦争中に何をしていたのか、まったく知らなかったと主張している。ベルヒテスガーデンの屋根裏にしまっていた人間椅子についても何も語っていない。

✣　✣

終戦時、リーナ・ハイドリヒと末娘はフリーダ・ヴォルフとともにテーガーンゼーにいたが、フリーダの家をアメリカ軍部隊が接収することになり、即座に立ち退かされた。短期間ではあったが、リーナと娘は車で眠り、その後地元の病院に宿泊することができた。安全のために子どもを友人たちに託していたので、リーナはフェーマルン島までの長い距離を戻ることにした。まずテーガーンゼーから鉄道でミュンヘンに行き、自転車でアウグスブルクへ。その後ヒッチハイクでシュトゥットガルトに行き、それから鉄道でハノーファーを経てバルト海沿岸に出た。一九四五年九月七日に両親の家に到着し、この地域を占領していたイギリス軍当局に氏名を登録した。

約一年後、リーナはある知らせに動揺した。人道に対する罪で、プラハの当局から彼女が指名手配されているというのだ。イギリス軍によって引き渡されることを恐れたリーナは、偽造書類を入手して南へ向かい、ミュンヘンから国境を越えてオーストリアに入り、そこで農場の乳しぼりをして働いた。だがリーナは片時も気が休まらず、結局諦めてフェーマルン島に戻っている。

一九四七年一〇月一九日、プラハの人民特別法廷は、リーナのチェコの所有地の労働者による証言を基に、囚人を飢えさせSSの護衛に打たせた罪で、リーナに二〇年の懲役を含む終身刑という判決を下した。チェコ当局はリーナの引き渡しを要求したが、イギリス軍は協力を拒否し、代わりに自分たちで彼女の身柄を確保した。

リーナの非ナチ化裁判は一九四九年六月二九日に行われた。彼女はカテゴリーⅣ（同調者）に分類され、拘留判決も受けず放免されている。ひょっとしたら、夫が暗殺されたことで十分罰を受けたと考えられたのかもしれない。非ナチ化裁判の基準に照らしても、プラハでの彼女に対する告発や、最終的解決の立案や命令にハイドリヒが果たした役割を考えても、奇妙と言っていいほど寛大な判決である。生き残ったアインザッツグルッペンの指導者たちの裁判が一九四七年から四八年にかけて行われ、最終的解決は体系的に暴露されていた。リーナは法廷の寛大な措置に驚いている。「私は一度も監禁されなかった数少ないナチの女性の一人となりました。そして私は、拘留されずに済んだことを、少し申し訳なく思いました[*6]」。

それにもかかわらず、リーナは判決を不服として抗議し、一九五一年一月、カテゴリーⅤ（無罪者）に分類を下げられ、彼女とハイドリヒのフェーマルン島の邸宅も含め、資産の保持を許された。リーナは邸宅を宿泊施設とレストランに改装した。顧客の多くはSSの元隊員で、彼らを通して彼女は「静か（シュテ）

なる助力（イレ・ヒルフェ）」という慈善団体に紹介された。これは一九五一年一一月に二〇人から三〇人の会員が中心になって立ち上げた団体で、「戦争や戦後情勢の結果、投獄、抑留、その他同様の事情によって自由を奪われたすべての人々を助ける」[*7]ことを目的としていた。

敬虔なカトリック教徒で神経病患者で、亡くなった夫は熱心なナチでミュンヘンの教授だったヘレーネ・エリーザベト・フォン・イーゼンブルク〔一九〇〇―七四〕によって設立された「静かなる助力」は、強制収容所のスタッフであろうが、高位の将校であろうが、旧SS隊員のために資金を調達した。牢獄のなかでやつれていた彼らのために嘆願し、裁判費用を払い、彼らの待遇改善を当局に要求し、解放後は彼らが市民生活になじめるよう助けた。

リーナは自分の宿泊施設に滞在した筋金入りのSS隊員の顔と名前を知っていただろうが、そのなかにベルリン時代の友人はいなかった。シェレンベルクは謎めいた国際人として甦り、逃亡中のナチを追跡するアメリカの諜報員の手伝いをしていた。安楽死の専門家マックス・デー・クリーニスと妻のリリーは一九四五年五月二日に毒を飲んで自殺している。戦争中に食糧の製造と配給を担当し、数百万人を餓死させた張本人でもあるヘルベルト・バッケは、一九四七年四月六日、ニュルンベルクの独房で首を吊った。彼の妻ウアズラは、結束の強いリーナのグループのなかで唯一連絡を取り合っていた仲で、リーナの息子ハイダーの力になってくれた。一九五〇年代初頭にハイダーがハノーファー大学で工学を学んだ際には、下宿させてやっている。

ハイダーは卒業後、航空機を製造するドルニエ社に就職した。リーナの末娘マルテは地元の農夫と結婚し、フェーマルン島に小さなブティックを開いた。長女ジールケはモデルになり、しばらくメキシコで暮らしていたが、のちにフェーマルン島に戻り定住した。お金のことをつねに心配してきたリーナは、戦死したドイツの将軍の未亡人に支払われる年金を全額受け取る権利があるとして、法的な異議申し立てを起こした。これは政府大臣の妻に支払われる額と等しい。ハイドリヒとホロコーストについて法廷に詳細な証拠が提出されたにもかかわらず、リーナは勝訴している。

『デア・シュピーゲル』誌の記者によるインタビューに応じた一九四九年から、リーナは機会があるごとに夫について語っている。一九五一年には作家で親ナチのジーン・ヴォーン〔アメリカの作家〕が彼女に接触し、ハイドリヒに関する本の共同執筆を提案した。二人は数か月間手紙をやり取りした。そのなかで、リーナは彼の具体的な質問に答え、また些末（さまつ）で断片的な事柄に自分の意見を長々と添えて送っている。

リーナの回想はときに躊躇した様子が見られ、とくに最終的解決の話になると、思考が麻痺した。彼女のスターティング・ポジションは、否定である。夫は問題となっているあの犯罪に関しては無実だ。絶滅計画は彼が暗殺された後に始まったのだから。「ロシアのユダヤ人に関する命令については、私の知る限りでは最上層部から出されたもので、夫の存命中に命令がすでに出されていたかどうかは知らない。しかしそれについて考えれば考えるほど、ますます疑わしくなってくる」。そういった意味では、リーナにとってハイドリヒが「一九四二年に亡くなった」のは喜ばしいことで、彼女は「夫の信念と理想」を守ることができた。

リーナはまた、収容所のシステムに関してハイドリヒには何の権限もなかったと指摘している。監督するのはヒムラーであり、運営はＳＳの特定の部門が担当していたからだ。ハイドリヒは人々を収容所に送る責任は負っていたかもしれないが、ひとたび彼らが収容所の門をくぐれば、囚人に彼の力は及ばない。リーナが言うように、「牢獄の状況に裁判官が責任を持つなどありえない」のだ。しかし彼女は、夫がヒムラーの任務について知っており、計画段階でかかわっていたであろうという不安を振り払うことはできなかった。だが、たとえ惨事の到来を知っていたとしても、ハイドリヒは妻にそれを話しはしなかった。「彼は絶対に沈黙を守り、何が起ころうとしているかを知っていても、間違いなく私たちから隠しおおせたでしょう[*8]」。

つい最近あったばかりのことを暴きたてていく過程にリーナは不安になり、ヴォーンとの文通を打ち切った。その出来事はまだあまりに生々しく、心はあまりに痛んで処理できない。リーナが夫の功績を称えられるようになるまでにはもっと時間が必要だった。

✣　✣

ニュルンベルク裁判後、マルガレーテと娘のグードゥルーンは、一九四六年一一月まで女性用収容所で拘束されていた。体調を崩したうえ、鬱と機能障害も加わり、二人とも教会が管理する精神科病院に入院した。二五〇〇人のてんかん患者と、他にも八〇〇人の患者が一緒に入院しており、マルガレーテはそこで非ナチ化裁判を待っていた。

一九四八年から一九五三年初めにかけて、マルガレーテは三回裁判にかけられ、それぞれ異なる判決を下されている。一九四八年の裁判ではカテゴリーⅢ（軽罪者）に分類された。上訴の結果、一九五二年の判決ではカテゴリーⅣ（同調者）に下げられた。しかしこの再分類に抗議の声が挙がる。つまるところ、彼女はヒムラーの妻なのだ。マルガレーテはランクを上げられ、カテゴリーⅡ（積極分子）になった。これは夫に関係する資産や金銭を没収され、投票権も失うことを意味する。マルガレーテはこの決定を不服とし、自分に権利があると思われるさまざまな寡婦年金や国家恩給を得るために数年間戦った。

その頃にはマルガレーテはミュンヘンの小さなアパートに移っていた。彼女は静かな生活を求め、無名の人間としてひっそり暮らすことに満足していた。昔の友人や仲間はもういない。ドイツ赤十字社の上司だったエルンスト゠ローベルト・グラーヴィッツは家族もろとも手榴弾で爆死した。ホーエンリュヘン病院のゲープハルト教授は、収容所の囚人に対する陰惨な実験のために逮捕され、一九四六年秋、他の医師たち（妻がエーファと親しかったカール・ブラントもその一人である）とともに、ニュルンベルクの医者裁判にかけられた。ゲープハルト教授は死刑を宣告され、一九四八年六月二日に処刑されている。

一〇年近くソ連に抑留されていた継息子ゲルハルトの帰還は、マルガレーテを元気づけた。終戦の数か月前に武装SSに入隊したゲルハルトは、ソ連軍の捕虜となり、強制労働収容所に入れられていたのだ。ソ連当局は彼とヒムラーの関係を知っており、二五年の刑を宣告した。だがスターリンの死後、当局は無秩序に広がる収容所網を徐々に縮小し始め、ゲルハルトは一九五五年に解放された。彼はミュンヘンに向かい、一年間マルガレーテと暮らしたのち自立した。結婚し、トラック運転手として働き、継母や継妹と連絡を取り続けた。

グードゥルーンはマルガレーテと緊張関係にあった。母親と異なり、彼女は過去を葬る覚悟ができていなかったのだ。グードゥルーンは高校を卒業するとマルガレーテの元を離れ、洋裁師になる訓練を受けた。しかし自立するのは容易ではない。雇い主や仕事仲間に素性を知られると、仕事を失ったからである。収入の範囲内でやりくりしようと奮闘したものの、健康状態が悪化したため、彼女は再びマルガレーテとの暮らしに戻った。

　しかしグードゥルーンは「静かなる助力」の活動が正しいと感じ、四〇年以上の間、この団体のために休むことなく働いた。ＳＳの自助組織が設立されると入会し、その会員は彼女を崇拝にも似た尊敬と称賛を込めて扱ってくれた。

　同時にグードゥルーンはヴィーキング・ユーゲントと呼ばれる自分と同世代のための、合法すれすれのネオナチ・グループの設立を手伝った。一九五八年には、ボヘミアの森の奥にある古代ケルトの遺跡に近いオーストリアで開かれた、元ＳＳ隊員と同調者の集まりに出席している。グードゥルーンは父の業績を記念する毎年の祝典で主賓を務めた。彼女はヒムラーを「違った観点から示すことが」、自分の「一生の仕事」だと考えた。父は「史上最悪の大量殺人者という汚名を着せられた」が、彼女は「このイメージを検証し修正したい」、「父が何を考え、何をしたのかについて事実を把握したい」[*9]と考えたという。

　彼女の母親は一九六七年八月二五日に七四歳で亡くなった。マルガレーテが夫や夫婦生活について沈黙を貫いたために、彼女は歴史家からおおむね無視されていた。二人の結婚生活は一九三五年には事実上破綻したと結論づけられていたからである。最近になってようやく、夫妻の書簡と彼女の日記の一部が公になった結果、このスフィンクスのような変わり者の女性に関する洞察が得られるようになってきた。彼女は秘密を墓場まで持って行こうと決めていたのだ。

フィンランドの舞台演出家と三年という短い期間便宜結婚していた以外、ハイドリヒはリーナの人生の唯一の男性だった。彼女は一九六七年、婦人雑誌に「今でも私はほとんど毎晩夫の夢を見ます。彼が私から離れたがっている。私と別れたがっている。私は彼が私を見捨てたと非難する。ほとんど毎晩同じ夢なんです」[*10]と告白している。一九六九年、リーナのフェーマルン島の宿泊施設は、藁ぶき屋根に火がついて燃え落ちたが、保険金が下りたおかげで、彼女はもっと小さな地所を新しく買って、事業を再開した。しかし彼女の一番の関心事は、ハイドリヒの遺産を守ることである。リーナは彼が後世の人々に不当に扱われているという強迫観念に取りつかれていた。オランダのある歴史家への手紙で、彼女は夫が「政治的にやらざるをえない」と考えたことを実行したためにあまりにひどく非難されていると嘆いた。そして「現在の安楽な状況から当時の決定」[*11]を非難するのは簡単なことだと指摘している。

✢　✢

もっとバランスのとれた評価をしてもらう助けになるようにと、リーナは多くの歴史家に長々と話をした。リーナは真面目に受け止めてほしいと望んでいたため、相手が几帳面かつ客観的な人間で夫の真の姿に関心を抱いてくれていることを前提に、自分が認めた候補者としか協力する気はなかった。最も特異な例は、テルアビブから来たイスラエル人歴史家シュロモ・アロンソン〔一九三六―二〇二〇〕との出会いだろう。アドルフ・アイヒマンの裁判を取材したアロンソンは、ナチズムについていっそう深く研究しようと決め、ドイツに来た。そこで彼はベルリン自由大学に入学し、設立期の親衛隊保安諜報部（ＳＤ）とミュンヘンのゲシュタポに関する論文を完成させた。アロンソンは自分がハイドリヒの未亡人に対し抱いていたかもしれない敵意はさておき、彼女を探し出した。反ユダヤ主義者だったにもかかわらず、リーナはアロンソンの要望に応える心構えができており、彼のために多くの時間を割いた。

リーナはハインツ・ヘーネとも話している。彼は非ナチ化裁判を逃れ西ドイツ社会で立派な地位に就いている元SS隊員の記事を『デア・シュピーゲル』誌に書き、SSに興味を持つようになった。この調査によってヘーネは、彼の記念碑的かつ画期的な、信頼の置けるSS研究に着手する気になった。リーナはインタビューを受けることに意欲的で、マルガレーテとヒムラーに関するひどく露骨な逸話を話してくれた。一九七〇年代初頭、リーナはヒトラーの伝記を書いていたアメリカ人作家ジョン・トーランド〔一九一二―二〇〇四。『大日本帝国の興亡』（早川NF文庫、一九八四年）でピューリッツァー賞受賞〕にも、スタンドプレイとも言うべき行動を起こしている。

それにもかかわらず、リーナはハイドリヒの描写にまだ満足していなかった。こういった学術書が出版される一方で、彼をヒトラーの死刑執行人で第三帝国の最も邪悪な人物、氷のように冷たいサディスト、殺戮者、過度のナチ、と描写する本も多数あったからである。どれもリーナが反撃せずに容認する限界を超えていた。そこで彼女は自分で本を書くことにした。ありのままの真実を提示しているかのように、率直で拍子抜けするほど正直な、ハイドリヒとの生活に関するリーナの記述は、自分が語っている内容について罪悪感も疑念も後悔もないのが特徴だった。自分たちの信じるイデオロギーについて悪びれることなく、人種差別主義や反ユダヤ主義について恥じることもなく、その一方で、最終的解決へのハイドリヒの直接的関与は軽視していた。

結局のところ、彼女はハイドリヒが最高に優れた才能ある人物だったと、読者に称賛してほしかったにすぎない。彼には音楽家としての才能があった。「もし事態がひどく間違った方向に進んでいなければ、私が戦争犯罪人の未亡人ではなく、一流ヴァイオリニストの妻になっていたのは間違いありません[*12]』。彼の運動能力、彼の勇気、彼の勤勉さと勤労意欲、彼の知性と判断力、そして彼の愛国心。結局、彼にとって最も重要なのは、ドイツに仕えることだった。要するに、彼は偉大な人物だったのだ。だが、リーナの懇願に耳を傾ける者はいない。彼女の著書『戦争犯罪人とともに生きて（*Leben mit einem Kriegsverbrecher*）』は一九七六年にドイツの小さな出版社によって出版された。ほとんど話題にもならず、英語に翻訳されることもなかった。彼女はくじけることなく、誰でも聞きたがる人に話し続けた。

リーナは一九八五年八月一四日、七四歳で亡くなった。亡くなる少し前、リーナはテレビの短いインタビューに応じている。本がずらりと並んだ書斎に背筋をぴんと伸ばして身じろぎもせず座り、落ち着き払い、優雅な様子で、地味だがしゃれた服をまとい、平然とした視線でまっすぐ前を見つめ、感情を抑えたそっけない調子で答え、彼女は自分がリーナ・ハイドリヒであることに誇りを持っているのだと世界に知らせていた。

第16章　終幕への道

　ゲッティンゲン収容所でしばらく過ごしたのち、イルゼ・ヘスはミュンヘンに落ち着き、かつての友人たちやヴィニフレート・ワーグナーといった知人と再び連絡を取った。バイロイトの女王は拘留されなかったものの、非ナチ化裁判を二回受けている。最初は一九四七年。ヴィニフレートはカテゴリーII（積極分子）に分類された。一九四八年の控訴審ではカテゴリーIII（軽罪者）にランクを下げられた。それにもかかわらず、評判に傷がついたため、彼女は音楽祭の運営を諦めている。

　ヴィニフレートの社交サークルにはエミー・ゲーリングとエッダも含まれていた。エミーはヴィニフレートに感服し、「娘と私はこの素晴らしい女性を心の底から愛しています」[*1]と書いている。しかし結局のところ、ヴィニフレートがもっと親しみを感じているのはイルゼだった。エミーと異なり、彼女たちはナチ運動の草創期をともに経験していて、二人にとって一九二〇年代は無垢で屈託のない時代に思われた。その頃のヒトラーはもっとのんきで親しみやすかった。彼の夢がすさまじい現実になる前のことだ。

何年もの間、イルゼとヴィニフレートは会うことはまれだったが、手紙で連絡を取り合い、ヒトラーのグループの生き残った面々に関する噂話を交換したり、彼らの回顧録を批判したり、毎年の音楽祭のプログラムの素晴らしさについて議論したりした。亡くなる五年前の一九七五年に応じたインタビューで、ヴィニフレートは無分別にもヒトラーの美点をほめ称え、彼への愛をことさらに宣言している。

一九五五年一二月一四日、『デア・シュピーゲル』誌に短い告知が掲載された。イルゼが手ごろな値段で泊まれる宿泊施設を開いた、というものだ。彼女はバイエルン・アルプスの高地にある古い農家を改装したのだった。眺望が驚くほど美しく、夫の部屋には彼の蔵書、原稿、論文、ラジオ、息子のヴォルフと一緒に遊んだおもちゃが収められている。イルゼはこのプライベート・スペースをヘスのために用意していた。いつか彼がシュパンダウから出てくると確信していたからである。しかし、よほどのことがない限り、連合軍がヘスの終身刑を再考しないだろうということもわかっていた。

目的を果たすため、注目を集める助けになるよう、イルゼは一九五四年、『ルドルフ・ヘス　平和の囚人（*Rudolf Hess: Prisoner of Peace*）』を出版した。夫との一連の書簡集の一冊目である。仲間の囚人によれば、ヘスは本のことを知ると「ひどく興奮して」、シュパンダウの囚人の誰よりも早く自分のことが本になったのを喜んでいたという。

『平和の囚人』やその後の本に収録されているヘスの手紙を読むと、一見、獄中生活を楽しんでいる印象を受けるかもしれない。修道士のような生活は彼に合っていたようにも見える。シュパンダウの庭の自分に割り当てられた区画で農作業をし、囚人の一人が礼拝堂のオルガンで演奏するちょっと奇妙なクラシックのリサイタルを楽しみ、熱心に読書してイルゼが送り続けてくれる本の山を片づけていく。六〇冊もの本を注文したこともあるという。ヘスは歴史、音楽家の伝記、建築、天文学、原子物理学の本を熟読し、一方で現在の状況も注視していた。だが、これは物語の一部にすぎない。一九五〇年以降、ヘスはイギリスやニュルンベルクにいた頃と同じくらい厄介で混乱した状態に陥った。睡眠を拒否する。働こうとしない。食べようとしない。夜はうなり声やうめき声で、他の人々の睡眠を妨害する。追い払うことのできないうるさい隣人のように、健忘症も定期的に表れるようになった。

看守たちはこれがすべて演技なのかそうでないのかを、再び判断しなければならなくなった。二〇年の刑に服していたアルベルト・シュペーアは、演技だと考えていた。一九五六年七月一日、シュペーアは日記に次のように記している。独房から出てきたヘスは「リラックスして元気そうな」様子だったが、シュペーアに見られていることに気づくと、「様子がたちまちのうちに変わった。私の前にいるのは、苦しみ、苛まれる男だった。歩き方まで急に変わった。軽快だった足取りはおぼつかなくなり、よろめいた」。[*2]

囚人仲間の一人が健康上の理由で早期釈放されると、事態は山場を迎えた。一九五七年一一月、胃痙攣を起こすためにヘスが洗濯洗剤を少量食べていたという噂が流れた。その月の終わり頃、彼は庭づくりの作業中に自殺を図り、自室で血だらけのシーツの下に横たわっているのが発見されている。

医療スタッフは応急処置を施し、翌日ヘスはシュペーアに事のしだいを語った。

周辺に見張りがいなかったので、私は急いで眼鏡を割り、その破片を使って手首を切ったんだ。三時間、誰も何も気づかなかった。私は独房に横たわったが、出血多量で死ぬには相当な時間が必要だった。そうなれば私は苦しみから永遠に解放されただろうに。[*3]

外の世界では、イルゼが夫の釈放を求めて懸命に働きかけていた。一九五六年には国連に、五七年にはヨーロッパ人権委員会に訴えている。彼女の主張はシンプルだった。ヘスはすべてを犠牲にして和平の使節となった。監禁されてすでに一六年を経過しており、ナチ活動に見合うだけの罰は明らかに受けている。監禁が彼の健康に及ぼす影響は言うまでもない。

一九六六年一〇月一日、ヘスはシュパンダウの唯一の囚人となった。シュペーアとバルドゥア・フォン・シーラッハが刑期を終え、釈放されたからである。シュペーアは妻マルガレーテのもとに戻り、ベストセラー作家となった。フォン・シーラッハはそれほど幸運ではなかった。一九五〇年にヘンリエッテと離婚していたからだ。彼女は再婚し、物議を醸す発言で人々を怒らせながら、波乱に富んだ人生を送った。

イルゼと息子のヴォルフ（技術者の資格を取り、結婚して子どももいた）は、ヘスの釈放を求めるには今が正念場だとわかっていた。ただ一人監禁されていることでヘスの苦境が強調され、メディアの目は彼に注がれていた。一〇日、イルゼとヴォルフは、ヘスの「残酷」かつ「現代の法律史において例を見ない」[*4]監禁を非難する「世界の全有識者に向けた声明」を発表する。そしてそれを教皇、国連人権委員会、世界教会協議会に送った。

一九六七年初頭、イルゼは「ルドルフ・ヘスの自由を支援する会」を結成し、四〇か国から四万人を超える署名を集めて、夫の釈放を求める請願書を提出した。一方、「支援する会」の集会には平均約五〇〇人の群衆が集まった。同時にイルゼは政治家、知識人、主教、ジャーナリスト、歴史家に支援を願う手紙を出した。彼らの多くは彼女への賛同を示している。

一九六九年一一月、ヘスは穿孔性潰瘍によって動けなくなり、一二月八日、ベルリンのイギリス軍病院に移された。病状は重篤だった。死に直面したヘスは、シュパンダウの所長に手紙を書き、イルゼ及びヴォルフとの面会を求めた。二八年を経て、ヘスは妻子にもう一度会いたくなったのだった。

一九六九年一二月二四日、イルゼとヴォルフは四〇人の記者とカメラマンが待ち受けるなか、病院に到着した。イルゼは淡黄褐色のラクダの毛のコートを着て、頭にスカーフを巻いていた。なかに入ると彼女は外衣を脱ぎ、ツーピースのスーツと白い襟のブラウス姿になった。二人はエレベーターで三階に上がった。イルゼは夫に冬の花で作った大きな花束を持ってきていたが、渡すことは許されなかった。その後の三〇分の面会の間、イルゼ、ヴォルフ、ヘスの横には刑務所の責任者四人と看守が一人立っていた。

イルゼと息子が部屋に入ると、ヘスは飛び上がらんばかりに自ら進んで二人を迎えようとしたが、触れ合うことを許されていなかったため、手にキスするジェスチャーだけしてみせた。少しの間、場は感きわまった空気に満たされ、ヴォルフは母親が「今にも泣きそう」[*5]だと感じていたが、イルゼは感情を抑え、三人はヘスの健康状態、ヴォルフの技術者としての仕事、他の家族について話し始めた。すべてが瞬く間に過ぎ去った。イルゼは「あっという間に時間が過ぎて、会話が波に乗ったかと思ったら面会時間が終わってしまった」と回想している。帰り際、イルゼはシュパンダウの所長に夫のクリスマス・

プレゼントを渡した。モウゾン社のラヴェンダー石鹼の入った白檀の箱、薄い青色の綿のパジャマ、シューベルトのレコードである。

ヘスは回復し、西側当局、つまりイギリス、アメリカ、フランスの意向に反してシュパンダウに戻った。彼らはヘスをもはや拘留しておく必要はないと判断していたが、司法権を共有するソ連の姿勢は異なった。長期にわたるヒトラーへの貢献や、その運動とイデオロギーへの影響力からすれば、ヘスはニュルンベルクの他の被告と同じくらい非難されるべきだと考え、彼が死刑を免れたことに腹を立てていたのである。彼が和平のためにイギリスに飛んだという主張についても、ヒトラーがソ連を粉砕しやすくするために行ったにすぎないと考えていた。

ソ連はまた、次のようなじつに正確な指摘もしている。ヘスは昔の考えを頑固に固守するナチだ、と。ヘスが刑務所でしたためた多数の文書には、自由民主主義に対する軽蔑があふれている。彼はそれが脆弱で堕落したアメリカ式の資本主義で、卑劣かつ文化的に不毛だと考えている。一方の共産主義については、相変わらず恐ろしいと考えている。彼の反ユダヤ主義は健在で、将来、ナチズムが再び人心をつかむだろうと固く信じている。若者をナチに転向させる見込みについてコメントし、ヘスは「過去の出来事を脱し、まともな時代が戻ったときに、若者たちは再びわれわれと同じ姿勢を取り戻す」[*6]と確信している。

こういった理由から、ソ連はヘスの釈放に関するいかなる提案も拒否した。ただし、ささやかな譲歩として、彼がひと月に一人、一度に一時間、面会を受け入れることに同意している。イルゼはくじけず、圧力を加え続けた。一九七三年、彼女はストラスブールのヨーロッパ人権委員会に、イギリス政府が人権憲章の第三条に違反しているという訴えを起こした。申し立ては一九七五年五月に棄却されている。

一九七七年二月二日、ヘスはナイフで動脈を切ろうとした。一九七八年一二月二八日には脳卒中を患い、ほとんど目が見えなくなった。我慢の限界に達し、「もうあまり長く生きられないと確信した」ヘスは、一九七九年一月四日、シュパンダウの所長たちに手紙を書いて、「健康状態の悪化と、孫に会いたいということを理由に」[*7]釈放を願い出ている。彼の懇願は退けられた。

✣　✣

一九五〇年代初頭、エミー・ゲーリングは質素なアパートを手に入れ、娘のエッダとともに、思い出に支えられながら、心地よい生活を楽しんでいた。「年月が過ぎていきました。エッダと私はミュンヘンが大好きです。運命は私に多くの悲しみをもたらしましたが、比類ない幸福ももたらしてくれました。私の結婚は神様からの贈り物で、娘は私の人生のすべてなのです」[*8]。

しかしエミーは完全に満足しているわけではなかった。夫の城や保管倉庫がアメリカ兵に略奪されて以来、エミーはゲーリングのおびただしい美術収集品が盗まれたことに憤慨していた。連合軍は全部で一三七五点の絵画、二五〇点の彫刻、一〇八枚のタペストリー、七五枚のステンドグラス窓、一七五点の他の美術品を発見している。しかしそれですべてではない。多くの貴重な美術品が盗まれた。先端が銀でできたゲーリングの司令杖、結婚式でエミーに贈られた金の柄のついた剣、値段がつけられないほど高価なダイヤモンドをちりばめた短剣、そしてゲーリングが貨車から取り出してエミーに渡したメムリンクの絵。

一番心が痛んだのは、ルーカス・クラーナハ（父）の『聖母子』である。これはエッダが誕生した際にケルン市がエッダに贈ったもので、市は戦後これを取り戻していた。エミーはエッダが争いに参戦するまで、その返還を訴えたがうまくいかなかった。エッダは大学入学資格試験に合格し、ミュンヘン大学で法律を学んだ。一九六四年、彼女は新たに得た法律の知識を使って絵の返還を法廷に訴え、ケルン当局と四年にわたり争ったが、最終的に市側が勝利した。エッダの最も高価な財産は永久に失われた。

エミーは一九七三年六月八日に八〇歳で亡くなり、ミュンヘンのヴァルトフリートホーフ墓地に埋葬された。彼女の死はさほど派手に報じられることもなく、非ナチ化裁判後、彼女がこの街に戻ってきてから送っていた生活に釣り合うものだった。

エミーの死後、エッダの周囲にはネオナチがいた。彼女にとって特筆すべきは、ある裕福な親ナチのジャーナリストとの関係だ。彼はゲーリングのヨット、カーリン二世号を購入していた。頻繁にメディアに登場している間（彼女はスウェーデンのテレビによる三時間にわたるインタビューに応じた）、エッダは断固として父を擁護し、二〇一八年に亡くなるまで父を愛し続けた。「私は父が大好きだったし、父が私をどんなに愛してくれたかも明らかです。父の思い出は、愛情に満ちたものばかりです。父に対しそれとは異なる視点を持つことは、私にはできません[*9]」。

娘と同様に、エミーもけっしてゲーリングへの愛を否定せず、夫が非常に多くの人々から怪物のように考えられていることに苦しんだ。彼女に言わせれば、非難の多くは的はずれだった。白黒をはっきりさせるため、一九六七年に彼女は『我が夫の傍らで（*An der Seite meines Mannes*）』を出版した。このなかで彼女は、深く愛した男を実物以上によく見せようとし、彼の行動について自分なりの解釈を述べようとしている。ヒトラーが政権を掌握する際に夫が果たした決定的な役割については、エミーはまったく述べていないし、ドイツ空軍を民間人を標的とする恐ろしい機関にまで発展させた件についても、彼の戦時経済の管理についても述べていない。「恋をしている女は相手の成功だけを考えるもので、彼がそれをどうやって手に入れたかは、女にとってほとんど重要ではないのです」。エミーは夫の薬物中毒についても、物質的な富への飽くなき欲求についても、詳しく述べてはいない。代わりにゲーリングを完璧な夫、完璧な父親として描き、彼の唯一の罪はヒトラーに対する忠誠だったとしている。それ自体もゲーリングの高潔な性格のなせる業で、どんなに間違った考えでも総統の命令ならば従うという義務感から来るものだった。さらに、ヒトラーに気持ちを変えさせようとすることは、「月に向かって吠えるような、無駄なことだった」とも書いている。

それにもかかわらず、彼女の文章からは困惑、つまり、ナチが何をしたかについて、そして彼女と夫にどの程度責任があるかについての自信のなさと無理解が窺える。エミーは「人が正しいことをしているか間違ったことをしているかは誰にもわかりません」と認め、自分にも責任の一端があるという不安な思いに苛まれている。「私はこの頃よく考えるのです。私たちは……もっと慎重であるべきではなかったかと。そして不当な行為がなされるのを知ったときに、もっと強く抵抗すべきではなかったかと。とくにユダヤ人問題にまつわるアドルフ・ヒトラーに対して[*10]」。

✢　✢

イルゼの弁護士は一九七七年、ヘスの監禁が違憲であるという前提で西ドイツ政府に民事訴訟を起こしていたが、一九八一年二月二四日、連邦裁判所はこれを却下した。またもや、イルゼの意見は聞き入れられなかったのだ。その一〇月が、イルゼが夫に会う最後の機会となる。ヘスは胸膜炎、心臓の不調、皮膚発疹、腸の結節を患っており、そのように体調の悪い夫に会うのは、彼女にとって胸が張り裂けるようだったに違いない。

一九八四年、ヘスの苦境について息子が書いた本に、イルゼは序文を寄せている。自分と夫はつねにイギリスに対し好意的な姿勢を取っていた。それゆえに、イギリスが彼に受けさせてきた「非人間的な待遇」ではなく、公正な審理を受けさせてくれるとヘスは信じている、と。イルゼはイギリスが最終的に過ちに気づいてくれることを、心から願っていたのだ。実際は、イギリス当局はすでに彼女に味方しており、フランスやアメリカとともに、ヘスの高齢と健康状態の悪化を理由に、釈放許可を出すようソ連に再び働きかけている。だがソ連は心を動かされず、提案を阻止した。

イルゼはもう八〇代になり、救出運動を行い不可能に挑戦したことによるストレスが積み重なり、押しつぶされそうになっていた。彼女が表に立たなくなると、ヴォルフが運動の勢いを維持し、シュパンダウの外でろうそくを灯して抗議する活動を徹夜で行った。その一方で、とくに感情を害したあるネオナチは、監獄のなかに火炎瓶を投げ込んでいる。ソ連に新たな指導者ミハイル・ゴルバチョフが誕生し、共産主義政権を改革する意向を示した際には、ソ連の頑固な姿勢が変わるかもしれないという新たな望みが生まれた。しかし結局、ヘスは自分で決着をつけた。

一九八七年八月一七日、シュパンダウで庭仕事をしていたヘスは、物置小屋に道具か何かを取りにいく許可を願い出た。看守は承知し、ヘスの好きなようにさせた。七分後、看守が様子を見に行くと、囚人は物置小屋の床に不自然な状態で手足を伸ばして倒れていた。すでに息はなかった。見たところ、ヘスは背中を壁につけて立ち、延長ケーブルを窓の取っ手に結びつけ、反対の端を首に巻きつけ、脚を伸ばしてゆっくり倒れたところ、輪が締まって絶命したようだった。

イルゼとヴォルフはすぐに非難の声を上げた。弱々しく力のない九三歳の老人が、どうしてそのように自殺を図ることができるだろうか。イルゼは検視のやり直しを要求し、夫はイギリスに殺されたと糾弾した。しかしヘスはそれまでにも四回自殺を試みており、これが五回目の試みでないとする確かな証拠もない。正式な検視は一九日に行われ、ヘスの死が自殺によるものだと確認されている。事件は解決済みとなり、シュパンダウ刑務所は解体された。

ヘスの亡骸はニュルンベルク北部の飛行場に飛行機で運ばれ、ヴォルフに引き渡された。彼は遺体をそのままミュンヘンに運び、八月二一日に再度検視を行っている。それでも別の死因を発見することはできなかった。二二日、ヴォルフはイルゼに会い、秘密裏に埋葬する計画について相談した。ヘス家の墓があるヴンジーデル〔ドイツ中東部の都市〕の当局は、ヘスの棺を葬ることを拒否した。翌日、ヴォルフは心臓発作を起こした。

最終的に警察が三夜の間に、ヘスの遺体を秘密の場所に埋葬した。一九八八年三月、当局はイルゼの要求に屈し、彼の遺体を掘り出し、ヴンジーデルの共同墓地にあるヘス家の墓に埋葬した。

夫が忌まわしい死に方をしたことや、それにまつわる心の傷でイルゼは消耗し、一九九〇年代初頭に養護施設に入った。息子のヴォルフは心不全から回復したが、元の健康な体には戻れなかった。彼は二〇〇一年に亡くなっている。まだ六三歳だった。

イルゼは一九九五年九月七日に九六歳で亡くなった。葬儀を執り行ったのは、ゲルダの長男マルティン・アドルフ・ボルマンである。イエズス会の神父として経験を積んだ彼は、成人してからずっと、父が原因で引き起こされた苦難の意味を追い求めることに人生を捧げ、ナチの迫害の犠牲者と加害者のための集団心理療法のお膳立てをした。会葬者のなかにはグードゥルーン・ヒムラーもいた。彼女は相変わらず父に忠実で、ネオナチ組織にもまだ深くかかわっていた。グードゥルーンは二〇一八年に亡くなったが、ヒムラーは何も間違ったことはしていないと固く信じていた。

イルゼの葬儀はヴンジーデル墓地で行われ、彼女はヘス家の墓所で夫の隣に葬られた。しかし二〇一一年七月二一日、二人は再び引き離された。イルゼとヘスの墓がネオナチの聖地となり、巡礼者が絶え間なく訪れるようになったからである。地元の市長はネオナチがやってきては死んだ英雄に敬意を表するのにうんざりし、策を講じることに決めた。イルゼと夫の墓石を撤去し、ヘスの遺骸を掘り出して火葬にし、遺灰を海に撒いたのである。

結び

名目上、ヒトラー時代のドイツで最も力を持っていた女性は、ゲルトルート・ショルツ＝クリンク〔一九〇二—一九九九〕ということになる。一九〇二年生まれのショルツ＝クリンクは看護師の資格を持ち、一九三〇年にナチに入党し、女性のための計画を全力で支援した。一九三四年には全国女性指導者に就任し、国家社会主義女性同盟を任されている。その後の数年にわたり、彼女は女性局（女性を働かせるために創設された）の長となり、国家社会主義母親事業を立ち上げた。これは女性に母親としての義務と責任について教える機関である。

こういった組織は何百万人もの女性の生活に介入するもので、ショルツ＝クリンクは多くの仕事に並々ならぬ熱意をもって取り組んだ。ポスターをデザインし、スローガンを考案し、何十冊もの本やパンフレットを執筆し、会議や集会で何百回も演説をし、講演旅行に出かけ、ラジオで放送し、外国のジャーナリストと会談した。

しかし帝国のファーストレディーを巡る競争にショルツ＝クリンクが加わることはけっしてなかった。レセプションや公的行事で注目を浴びることもなかった。他の指導的な女性たちと同じ高い地位を得ることもなかった。ナチ・エリートの妻たちは彼女を無視した。彼女たちの誰かがショルツ＝クリンクを招待した記録は皆無である。そしてきわめて重要なことだが、ヒトラーは彼女にうんざりしていた。

ナチ最上層部の妻たちは多くの特権と華麗なライフスタイルを享受することができたが、それはヒトラーが彼女たちにそうすることを許したからである。ヒトラーの彼女たちに対する関心は、彼が疑似家族を必要としたこと（彼は細心の注意を払って妻たちやその子どもたちのためにクリスマスや誕生日のプレゼントを選んだ）と、彼が女性と一緒にいると非常に落ち着けて心地よい気分になれるということに深く関係していた。相手は彼を無条件に公然と崇拝している女性、政治の議論はしない女性、彼が魅力的だと考えるステレオタイプに適合した女性に限られた。

ナチ最上層部の妻たちが持っていた権力は、もっぱらヒトラーに好かれているかどうかにかかっていた。一つ行動を誤れば、十分破滅の原因になりうる。ヒトラーはちょっと手を振って合図するだけで、彼女たちを凋落させることができた。イルゼは彼を怒らせることが何を意味するのか、理解していた。エミーも戦争の最後の数週間にそれを思い知っていた。一方、マクダはゲッベルスと別居した際に、彼の怒りを買うとどうなるかを感じていた。

本書に登場する女性たちは、それぞれヒトラー、ヒトラーのイデオロギー、そしてナチ政権と異なる関係を結んでいた。彼が支配した一二年間、マクダはつねに帝国の先頭に立つ淑女としての役割を果たしてきた。彼女の人生のグロテスクな最後の時間は、悪夢のようなイメージと残忍な悲劇にあふれ、典型的なナチの妻としての彼女の評価を強固なものにした。しかしマクダがあのような行動を取ったのは、ヒトラーの方針に彼女が傾倒していたからではない（マクダはヒトラーの考えの主要部分には賛成していたが、早くも一九三六年には疑問を抱き始めている）。そして戦争が始まると、勝利が垣間見えて高揚感に浸った時期は別として、彼女の態度は非常に後ろ向きである。夫の要望に従うこともさほど重要ではなかった。ゲッベルスを喜ばせたいというのは、けっしてマクダの唯一の動機ではない。状況が許せば、彼女は夫と離婚していただろう。

結局マクダの行動を左右していたのは、ヒトラーに対する彼女の感情的・精神的傾倒だった。マクダが他の女性たちと一線を画していたのは、この関係性によるものである。最初から、ヒトラーは彼女に対し強い思い入れがあったようで、それは彼女も同じだった。二人は完璧な組み合わせに思われた。彼らがけっして一緒にはなれないと思えば魅力はさらに増す。それにより魅惑的なファンタジーが作り出され、マクダはヒトラーの死の抱擁から抜け出せなくなったのだ。

マクダに次ぐ地位にいたのが、カーリン・ゲーリングである。彼女とヒトラーのつながりは個人的であるとともに政治的でもあった。彼女は自殺はしていないが、意識的に殉死を選んだように思える。健康状態がかなり悪化していたことを考えれば、カーリンが若くして亡くなる可能性はつねにあった。もし高齢まで生きることを望んでいたなら、暖かい場所で長い休暇を過ごしたり、清浄な山の空気を求めたりして、もっとのんびり穏やかに暮らすこともできただろう。しかし彼女は異なる道を選び、ナチの運動に打ち込んだ。闘争に全精力を注ぎ、夫を連れて修羅場を潜り抜けた。すべてはヒトラーの革命を助けるためである。その努力は彼女にはあまりに荷が重すぎた。しかしカーリンの犠牲は忘れられるこれた。

となく、彼女はナチ政権によって神聖視され、ドイツ女性が見習うべき輝かしき手本として祭り上げら

カーリンとマクダは偶像化されたが、すべての妻たちのなかでナチの理想の女性に最も近いのはゲルダである。彼女はプロパガンダ・マシーンが作り上げたイメージにぴったり適合した。夫はかつて彼女に、君は「骨の髄までナチの子どもだね[*1]」と指摘したことがある。ゲルダはまさにその通りの女性だった。ティーンエイジャーにもならない頃にヒトラーの影響を受け、熱狂的なナチの父親に育てられ、熱心なナチの男に嫁ぎ、外界から遮断された。彼女はヒトラーのイデオロギーを生き、吸い込んだ。それは彼女にとって第二の天性となり、ゲルダは早くに亡くなったおかげで、信じたものを傷つけられずに済んだ。

リーナは一九四〇年代初頭にレセプションでヒトラーに一度会い、少し言葉を交わしただけである。それにもかかわらず、ヒトラーの使命に対する彼女の献身は、絶対的で揺るぎない。リーナが抱く疑念は、緊張をはらみがちだった結婚生活に対するもので、一方、非難は自分の義務をきちんと果たせない人間に向けられた。もし実権を与えられていたら、リーナが躊躇せず、良心の呵責も覚えず、情け容赦なく行使したのは間違いない。地上から敵を一掃する覚悟のできた無慈悲な戦士となっていただろう。

いろいろ違いはあったけれども、リーナとマルガレーテには共通点もある。二人とも大部分の人間を見下すスノッブだったのだ。しかしマルガレーテは、リーナとは世代が異なる。マルガレーテの性格は、帝政時代の終焉と第一次世界大戦の経験によって形作られた。彼女は夫の考えを支持していたように見えるが、自分自身の意見はほとんど述べていない。彼女が意見を述べるのは、特定の個人に対するちょ

っとした不平である場合が多かった。マルガレーテに染みついた悲観主義は、彼女がけっしてヒムラーのユートピア思想を共有できないことを意味した。彼女に言わせれば、彼女はつねに礼儀正しく、正しい行いをし、道徳的に正しい振る舞いをするよう努めていた。しかし、マルガレーテは基本的に他人の苦しみを理解することができず、夫が数百万の人々にどれほどの恐怖を与えたか、真に理解するだけの想像力に欠けていた。

エミーはナチズムにほとんど関心を示していない。ゲーリングと出会って恋に落ちることがなければ、最後まで舞台で演じ続けていただろう。それが何を意味するかについて彼女が故意に目をつぶっていたのは意外ではない。政権から恩恵を受け、政権の残忍な行為を無視する道を選び、見て見ぬふりをし、自分たちが抵抗せず受動的共犯となったことを正当化した多くのドイツ人の典型である。エミーはナチの過激な反ユダヤ主義には断固不賛成を唱えていたが、迫害が激化した際、彼女はどうすることもできず肩をすくめ、東方で起きていることを自分に都合よく解釈した。エミーは、自分が舞台人、すなわちえり抜きの特殊な集団の一員で、他の人々とは隔たりがあったからだと弁解している。俳優たちには「現実世界」の事柄は無関係だったというのだ。

イルゼもまた、自分を特別な集団の一員と考えていた。彼女は理想主義者だった。彼女の全アイデンティティーは彼女の信念と切っても切れない関係にある。彼女は運動の守護聖人で、あらゆる試練や苦難を受けている間も、常軌を逸した信条をずっと持ち続けていた。自分が間違っているかもしれないなどということは、イルゼにとってあるはずがなかった。

イルゼが亡くなる数年前、ドイツのある撮影隊が「ナチズムの大御所の老女」にインタビューしようと、彼女の養護施設を訪れた。彼らはイルゼが混みあった部屋に座っているのに気づき、なんとか数分の映像を撮ることができた。彼女が彼らの質問をそっけない言葉や曖昧な返事や目の輝きや唇に浮かべた笑みで巧みに受け流すのを見ると、さまざまなことが起こったにもかかわらず、その価値をイルゼがまだ信じているのだと思わざるをえない。

注記

序

1 Fromm, *Blood and Banquets*, p. 248.

第I部

❖第1章

1 W. Hess, *My Father Rudolf Hess*, p. 30.
2 I. Hess, *Prisoner of Peace*, p. 81.
3 Görtemaker, *Eva Braun*, p. 74.／ハイケ・B・ゲルテマーカー『ヒトラーに愛された女――真実のエヴァ・ブラウン』酒寄進一訳、東京創元社、二〇一二年
4 Reiche, *Development of the SA in Nürnberg*, p. 26.
5 Bormann, *The Bormann Letters*, p. 34.
6 Irving, *Goering*, p. 47.
7 Ibid., p. 55.

❖第2章

1 Reiche, *Development of the SA in Nürnberg*, p. 48.
2 L. Mosley, *The Reich Marshal*, p. 118.／レナード・モズレー『第三帝国の演出者――ヘルマン・ゲーリング伝』伊藤哲訳、早川書房、一九七七年
3 Toland, *Hitler*, p. 199.／ジョン・トーランド『アドルフ・ヒトラー』永井淳訳、集英社、一九七九年
4 Knopp, *Hitler's Henchmen*, p. 184.／グイド・クノップ『ヒトラーの共犯者』上、高木玲訳、原書房、二〇〇一年
5 NA: IMT - RG 59:73088690.
6 Bormann, *The Bormann Letters*, p. 93.
7 Irving, *Goering*, p. 70.
8 Ibid., p. 88.

❖第3章

1 Toland, *Hitler*, p. 950.／前掲『アドルフ・ヒトラー』
2 Schwärzwaller, *Rudolf Hess*, p. 78.／ヴルフ・シュヴァルツヴェラー『ヒトラーの代理人――ルードルフ・ヘス』松谷健二訳、早川書房、一九七六年
3 Manvell and Fraenkl, *Hess*, p. 38.
4 Wagner, *Heritage of Fire*, p. 31.／フリーデリント・ワーグナー、ページ・クーパー『炎の遺産――リヒャルト・ワーグナーの孫娘の物語』北村充史訳、論創社、二〇一一年
5 Schwärzwaller, *Rudolf Hess*, p. 78.／前掲『ヒトラーの代理人――ルードルフ・ヘス』
6 Hoffmann, *Hitler Was My Friend*, p. 148.

7 Von Schirach, *The Price of Glory*, pp. 178-9.
8 Sigmund, *Women of the Third Reich*, p. 132.／アンナ・マリア・ジークムント『ナチスの女たち』平島直一郎、西上潔訳、東洋書林、二〇〇九年
9 Himmler and Wildt（eds）, *The Private Heinrich Himmler*, p. 30.
10 Ibid., p. 49; Longerich, *Heinrich Himmler*, p. 106.
11 Himmler, *The Himmler Brothers*, p. 79.
12 Ibid., pp. 66 and 83.
13 Longerich, *Heinrich Himmler*, p. 107.
14 Himmler, *The Himmler Brothers*, pp. 69 and 71.
15 Irving, *Goering*, p. 93.
16 Whiting, *The Hunt for Martin Bormann*, p. 50.
17 Von Lang, *Bormann*, p. 36; Whiting, *The Hunt for Martin Bormann*, p. 45.
18 Himmler, *The Himmler Brothers*, p. 112.
19 Ibid., p. 118.

❖第4章

1 Wyllie, *Goering and Goering*, p. 37.
2 Heydrich, *Mein Leben mit Reinhard*, p. 23.
3 Knopp, *The SS*, p. 120. グイド・クノップ『ヒトラーの親衛隊』高木玲訳、原書房、二〇〇三年
4 Read, *The Devil's Disciples*, p. 216.
5 Wagener, *Hitler*, pp. 241, 255 and 258.
6 Ullrich, *Hitler: A Biography*, p. 284.
7 Himmler, *The Himmler Brothers*, p. 132.
8 Toland, *Hitler*, pp. 229-30.／前掲『アドルフ・ヒトラー』
9 L. Mosley, *The Reich Marshal*, p. 164.／前掲『第三帝国の演出者——ヘルマン・ゲーリング伝』

❖第5章

1 E. Goering, *My Life with Goering*, pp. 11-12 and 14.
2 Ibid., pp. 52 and 54.
3 Ibid., pp. 8 and 12.
4 Dederichs, *Heydrich*, p. 52.
5 Deschner, *Heydrich*, p. 57.
6 D'Almeida, *High Society in the Third Reich*, p. 37.
7 H. Goering, *Germany Reborn*, p. 129.
8 Gerwath, *Hitler's Hangman*, p. 68. ロベルト・ゲルヴァルト『ヒトラーの絞首人ハイドリヒ』宮下嶺夫訳、白水社、二〇一六年
9 Riefenstahl, *A Memoir*, pp. 124 and 168.／レニ・リーフェンシュタール『回想——20世紀最大のメモワール』上下、椛島則子訳、文藝春秋、一九九五年
10 Himmler, *The Himmler Brothers*, p. 58.

第Ⅱ部

✣第6章

1　E. Goering, *My Life with Goering*, pp. 28 and 46.
2　Fromm, *Blood and Banquets*, p. 197.
3　Reuth, *Goebbels*, p. 183.
4　Guenther, *Nazi Chic?*, p. 151.
5　Ibid., p. 132.
6　Ibid., p. 172.
7　Ibid.
8　Sigmund, *Women of the Third Reich*, p. 23.／前掲『ナチスの女たち』
9　Wyllie, *Goering and Goering*, p. 101.
10　E. Goering, *My Life with Goering*, p. 56.
11　Hillenbrand, *Underground Humour in Nazi Germany*, p. 25.
12　E. Goering, *My Life with Goering*, p. 78.
13　Von Schirach, *The Price of Glory*, p. 87.
14　Fromm, *Blood and Banquets*, p. 66.
15　E. Goering, *My Life with Goering*, p. 83.
16　Hoffmann, *Hitler Was My Friend*, p. 141.
17　Sigmund, *Women of the Third Reich*, pp. 158-9.／前掲『ナチスの女たち』; Knopp, *Hitler's Women* p. 19; Görtemaker, *Eva Braun*, p. 92.／前掲『ヒトラーに愛された女——真実のエヴァ・ブラウン』
18　Görtemaker, *Eva Braun*, p. 98.／前掲『ヒトラーに愛された女——真実のエヴァ・ブラウン』
19　Kempka, *I was Hitler's Chauffeur*, p. 13.／エリヒ・ケムカ『ヒットラーを焼いたのは俺だ』長岡修一訳、同光社磯部書房、一九五三年
20　Klabunde, *Magda Goebbels*, p. 233.
21　Hoffmann, *Hitler Was My Friend*, p. 165.
22　Wagner, *Heritage of Fire*, p. 141.／前掲『炎の遺産——リヒャルト・ワーグナーの孫娘の物語』
23　D. Mosley, *A Life of Contrasts*, p. 130.
24　Ibid.
25　Hillenbrand, *Underground Humour in Nazi Germany*, p. 28.
26　Ludecke, *I Knew Hitler*, p. 378.
27　Romani, *Tainted Goddesses*, p. 159.

✣第7章

1　Schwärzwaller, *Rudolf Hess*, p. 90.／前掲『ヒトラーの代理人——ルードルフ・ヘス』
2　Schroeder, *He Was My Chief*, p. 8.
3　Ibid.
4　Kempka, *I was Hitler's Chauffeur*, p. 39.／前掲『ヒットラーを焼いたのは俺だ』
5　Schroeder, *He Was My Chief*, pp. 9-10.

6 Von Lang, *Bormann*, p. 52.
7 Linge, *With Hitler to the End*, p. 93.
8 Bormann, *The Bormann Letters*, p. 35.
9 Wagner, *Heritage of Fire*, pp. 85-87.／前掲『炎の遺産——リヒャルト・ワーグナーの孫娘の物語』
10 I. Hess, *Prisoner of Peace*, p. 129.
11 Manvell and Fraenkl, *Doctor Goebbels*, p. 59. ロージャー・マンヴェル、ハインリヒ・フレンケル『第三帝国と宣伝——ゲッベルスの生涯』樽井近義、佐原進訳、東京創元新社、一九六二年
12 NA: IMT - RG 238: 57322925.
13 Görtemaker, *Eva Braun*, p. 100.／前掲『ヒトラーに愛された女——真実のエヴァ・ブラウン』酒寄進一訳、東京創元社、二〇一二年
14 Schroeder, *He Was My Chief*, p. 19.
15 MC: US/MISC/14; Brandt, 'The Brandt Interview', p. 22.
16 Von Lang, *Bormann*, p. 96.
17 Hoffmann, *Hitler Was My Friend*, p. 202.
18 Von Lang, *Bormann*, p. 116.
19 Toland, *Hitler*, p. 415.／前掲『アドルフ・ヒトラー』
20 Manvell and Fraenkl, *Doctor Goebbels*, p. 47.／前掲『第三帝国と宣伝——ゲッベルスの生涯』
21 Semmler, *Goebbels*, p. 36.
22 Riefenstahl, *A Memoir*, p. 163.／前掲『回想——20世紀最大のメモワール』上下、椛島則子訳、文藝春秋、一九九五年
23 Irving, *Hess*, p. 57; Schwärzwaller, *Rudolf Hess*, pp. 143-4.
24 Ibid., p. 108.
25 Pryce-Jones, *Unity Mitford*, pp. 138-9.
26 I. Hess, *Prisoner of Peace*, p. 144.
27 Ibid. p. 22.
28 Von Schirach, *The Price of Glory*, p. 155.
29 Speer, *Inside the Third Reich*, p. 179.／アルベルト・シュペーア『第三帝国の神殿にて——ナチス軍需相の証言』上下、品田豊治訳、中公文庫、二〇二〇年
30 Ernst, 'Rudolf Hess (Hitler's Deputy) on Alternative Medicine'.
31 Semmler, *Goebbels*, p. 35.
32 Taylor, Timm and Hern (eds), *Not Straight from Germany*, p. 319.
33 Semmler, *Goebbels*, p. 35.

❖第8章

1 USHMM: Doc: 1999. A.0092; *Frau Marga Himmler Diaries 1937-1945* (trans), p. 10.
2 Höhne, *The Order of the Death's Head*, p. 164.／ハインツ・ヘーネ『髑髏の結社　SSの歴史』上下、森亮一訳、

講談社、二〇〇一年
3 Von Schirach, *The Price of Glory*, p. 61.
4 Pryce-Jones, *Unity Mitford*, p. 157.
5 L. Heydrich and J. Vaughan *Correspondence*, 7 March 1951 from Real History www.fp.co.uk and Höhne, *The Order of the Death's Head*, p. 165.／前掲『髑髏の結社　SSの歴史』
6 Ibid., p. 166.
7 USHMM: M. Himmler, pp. 11-12.
8 Höhne pp. 128-9.／前掲『髑髏の結社　SSの歴史』
9 L. Heydrich and J. Vaughan, *Correspondence*, 12 December 1951; Williams, *Heydrich*, p. 69.
10 Schellenberg, *The Schellenberg Memoirs*, p. 34.
11 L. Heydrich and J. Vaughan, *Correspondence*, 12 December 1951.
12 Ibid.
13 Bassett, *Hitler's Spy Chief*, p. 99.
14 USHMM: M. Himmler, p. 9.
15 Ibid.
16 L. Heydrich and Jean Vaughan, *Correspondence*, 7 March 1951.
17 Longerich, *Himmler*, p. 233.
18 McDonough, *The Gestapo*, p. 180.
19 Gerwath, *Hitler's Hangman*, p. 112.／前掲『ヒトラーの絞首人ハイドリヒ』
20 MacDonald, *The Killing of SS Obergruppenführer Reinhard Heydrich*, p. 14.
21 Ibid.
22 Schellenberg, *The Schellenberg Memoirs*, pp. 35-6.
23 Ibid.
24 USHMM: M. Himmler, p. 11.
25 Ibid., pp. 2 and 5.
26 Lambert, *The Lost Life of Eva Braun*, p. 346.
27 USHMM: M. Himmler, p. 14.

❖第9章

1 E. Goering, *My Life with Goering*, p. 92.
2 Meissner, *Magda Goebbels*, p. 140.
3 Read, *The Devil's Disciples*, p. 491.
4 Wagner, *Heritage of Fire*, p. 203.／前掲『炎の遺産――リヒャルト・ワーグナーの孫娘の物語』
5 USHMM: M. Himmler, pp. 15-16.
6 Ullrich, *Hitler: A Biography*, p. 609.
7 Döhring, Krause and Plaim, *Living with Hitler*, p. 126.
8 E. Goering, *My Life with Goering*, p. 81.
9 Heydrich, *Mein Leben mit Reynard*, p. 71; Knopp, *The SS*, p. 131; 前掲『ヒトラーの親衛隊』; Heydrich, *Mein Leben*

mit Reynard, p. 81.
10 Friedländer, *Nazi Germany and the Jews*, p. 115.
11 Ullrich, *Hitler: A Biography*, p. 632.
12 Von Lang, *Bormann*, p. 116.
13 Linge, *With Hitler to the End*, p. 94.
14 USHMM: M. Himmler, pp. 17-18.
15 K. Himmler p. 189.
16 Ibid.
17 Himmler, *The Himmler Brothers*, p. 244.
18 USHMM: M. Himmler, p. 19.
19 www.history.com/this-day-in-history
20 Goebbels, *Diaries 1939-1941*, pp. 4 and 14.
21 Speer, *Inside the Third Reich*, p. 220.／前掲『第三帝国の神殿にて——ナチス軍需相の証言』
22 USHMM: M. Himmler, p. 21.
23 Gerwath, *Hitler's Hangman*, p. 139.／前掲『ヒトラーの絞首人ハイドリヒ』
24 USHMM: M. Himmler, p. 23.
25 E. Goering, *My Life with Goering*, pp. 2-3.
26 I. Hess, *Prisoner of Peace*, p. 15.
27 Irving, *Hess*, p. 57.
28 D. Mosley, *A Life of Contrasts*, p. 145.
29 Pryce-Jones, *Unity Mitford*, p. 235.
30 D. Mosley, *A Life of Contrasts*, p. 142.

第Ⅲ部

❖第10章

1 Goebbels, *Diaries 1939-1941*, p. 109.
2 Fox, 'Everyday Heroines', p. 28.
3 Goebbels, *Diaries 1939-1941*, p. 79.
4 USHMM: M. Himmler, p. 24.
5 Ibid., p. 23.
6 Ibid., p. 24.
7 Bryant, *Confronting the 'Good Death'*, p. 38.
8 Kater, *Doctors Under Hitler*, p. 129.
9 Stephenson, *Women in Nazi Germany*, p. 34.
10 Schellenberg, *The Schellenberg Memoirs*, p. 86.
11 Ibid., p. 265.
12 L. Mosley, *The Reich Marshal*, p. 312.／前掲『第三帝国の演出者——ヘルマン・ゲーリング伝』
13 USHMM: M. Himmler, p. 24.
14 Ibid., p. 25.
15 Ibid., pp. 25 and 27.
16 Schroeder, *He Was My Chief*, pp. 160-1.
17 Goebbels, *Diaries 1939-1941*, p. 157.
18 Ibid., p. 171.

19 USHMM: M. Himmler, p. 26.
20 Ibid., p. 30.
21 I. Hess, *Prisoner of Peace*, pp. 12 and 19-24.
22 Ibid., p. 25.
23 Toland, *Hitler*, p. 665.／前掲『アドルフ・ヒトラー』
24 I. Hess, *Prisoner of Peace*, p. 14.
25 Ibid., p. 27.
26 Goebbels, *Diaries 1939–1941*, pp. 364 and 367.
27 Hillenbrand, *Underground Humour in Nazi Germany*, p. 39.
28 Hutton, *Hess*, p. 110.

❖第11章

1 Döhring, Krause and Plaim, *Living with Hitler*, pp. 140-1.
2 Schroeder, *He Was My Chief*, p. 112.
3 Hutton, *Hess*, p. 100.
4 McGinty, *Camp Z*, p. 181.
5 Schellenberg, *The Schellenberg Memoirs*, p. 203.
6 Kurlander, *Hitler's Monsters*, p. 120.
7 Goebbels, *Diaries 1939–1941*, p. 408.
8 Gerwath, *Hitler's Hangman*, pp. 189-90.／前掲『ヒトラーの絞首人ハイドリヒ』
9 Williams, *Heydrich*, p. 101.
10 Deschner, *Heydrich*, p. 191.
11 Schellenberg, *The Schellenberg Memoirs*, p. 239.
12 USHMM: M. Himmler, p. 29.
13 Himmler, *The Himmler Brothers*, p. 199.
14 USHMM: M. Himmler, p. 30; K. Himmler, p. 211.
15 USHMM: M. Himmler, p. 30.
16 Himmler, *The Himmler Brothers*, p. 218.
17 Himmler, *The Himmler Brothers*, pp. 233-4.
18 Ibid., p. 232.
19 USHMM: M. Himmler, pp. 30 and 32.
20 Knopp, *The SS*, p. 160.／前掲『ヒトラーの親衛隊』
21 Williams, *Heydrich*, p. 160.
22 Ibid., p. 176.
23 McGinty, *Camp Z*, p. 299.
24 Ibid., p. 300.
25 I. Hess, *Prisoner of Peace*, p. 43.
26 Ibid., p. 46.
27 Schwärzwaller, *Rudolf Hess*, p. 190.／前掲『ヒトラーの代理人——ルードルフ・ヘス』
28 I. Hess, *Prisoner of Peace*, p. 43.
29 Goebbels, *Diaries 1942–1943*, pp. 175 and 218.
30 Meissner, *Magda Goebbels*, p. 213.
31 Gerwath, *Hitler's Hangman*, p. 270.／前掲『ヒトラーの絞首人ハイドリヒ』
32 Williams, *Heydrich*, p. 189.

33 Dederichs, *Heydrich*, p. 145.
34 Gerwath, *Hitler's Hangman*, p. 199.／前掲『ヒトラーの絞首人ハイドリヒ』
35 Ibid., p. 279.
36 USHMM: M. Himmler, p. 32.
37 Ibid., p. 33.

❖第12章

1 Stephenson, *Women in Nazi Germany*, pp. 56-7.
2 Goebbels, *Diaries 1942-1943*, p. 260.
3 Ibid., p. 309.
4 Ibid., p. 138.
5 Klabunde, *Magda Goebbels*, p. 301; Meissner, *Magda Goebbels*, pp. 224-5.
6 Schwärzwaller, *Rudolf Hess*, p. 179.／前掲『ヒトラーの代理人――ルードルフ・ヘス』
7 I. Hess, *Prisoner of Peace*, pp. 44-45.
8 Ibid., p. 46.
9 Ibid.
10 Bormann, *The Bormann Letters*, pp. 37-8.
11 Ibid., p. 6.
12 Ibid., pp. 8-9.
13 Kempka, *I was Hitler's Chauffeur*, p. 43.／前掲『ヒットラーを焼いたのは俺だ』
14 NA: IMT - RG 238:57318818.
15 Himmler, *The Himmler Brothers*, p. 249.
16 Knopp, *Hitler's Hitmen*, p. 158.
17 Bormann, *The Bormann Letters*, p. 39.
18 Ibid., pp. 42 and 45.
19 Dederichs, *Heydrich*, p. 167.
20 Ibid., p. 163.
21 I. Hess, *Prisoner of Peace*, p. 47.
22 Görtemaker, *Eva Braun*, p. 219.／前掲『ヒトラーに愛された女――真実のエヴァ・ブラウン』
23 E. Goering, *My Life with Goering*, p. 106.
24 Goebbels, *Diaries 1942-1943*, p. 524.
25 Semmler, *Goebbels*, p. 115.
26 E. Goering, *My Life with Goering*, p. 146.
27 Perry, 'Nazifying Christmas', p. 604.
28 Irving, *Goering*, p. 518.
29 L. Mosley, *The Reich Marshal*, p. 365.／前掲『第三帝国の演出者――ヘルマン・ゲーリング伝』
30 Dederichs, *Heydrich*, p. 164.
31 USHMM: M. Himmler, p. 34.
32 Ibid., p. 35.
33 Himmler, *The Himmler Brothers*, p. 259.
34 Ohler, *Blitzed*, p. 192.／ノーマン・オーラー『ヒトラー

とドラッグ——第三帝国における薬物依存』須藤正美訳、白水社、二〇一八年

35 Sigmund, *Women of the Third Reich*, pp. 174-5.／前掲『ナチスの女たち』

36 Bormann, *The Bormann Letters*, p. 66.

37 USHMM: M. Himmler, pp. 35-6.

38 E. Goering, *My Life with Goering*, p. 112.

39 Irving, *Hess*, p. 395.

❖第13章

1 Bormann, *The Bormann Letters*, pp. 119-20.

2 Knopp, *Hitler's Hitmen*, p. 146.

3 Lebert and Lebert, *My Father's Keeper*, p. 113.

4 Bormann, *The Bormann Letters*, pp. 67, 37, 173 and 104-6.

5 USHMM: M. Himmler, p. 36.

6 NA: IMT - RG 238: 57323277.

7 Semmler, *Goebbels*, pp. 174-5.

8 NA: IMT - RG 238: 57323277.

9 Himmler, *The Himmler Brothers*, p. 277.

10 USHMM: M. Himmler, p. 36.

11 Dederichs, *Heydrich*, p. 167.

12 Schroeder, *He Was My Chief*, p. 146.

13 Bormann, *The Bormann Letters*, p. 177.

14 Semmler, *Goebbels*, pp. 185-6.

15 Goebbels, *Diaries: Final Entries 1945*, p. 45.

16 Ibid., pp. 192, 83, 254 and 317-18.

17 I. Hess, *Prisoner of Peace*, p. 48.

18 NA: IMT - RG 238: 6242149.

19 NA: IMT - RG 238: 57323277.

20 Junge, *Until the Final Hour*, pp. 159-60.／トラウデル・ユンゲ『私はヒトラーの秘書だった』足立ラーベ加代、高島市子訳、草思社、二〇〇四年

21 DNTC: IMT - Vol. 004 - Subdivison 8/Hitler Section 8.15.

22 Ibid.

23 Goeschel, 'Suicide at the End of the Third Reich', p. 164.

24 L. Mosley, *The Reich Marshal*, p. 378.／前掲『第三帝国の演出者——ヘルマン・ゲーリング伝』

25 Schroeder, *He Was My Chief*, p. 188.

26 L. Mosley, *The Reich Marshal*, p. 382.／前掲『第三帝国の演出者——ヘルマン・ゲーリング伝』

27 NA: RG 242: 6883511.

28 Kempka, *I was Hitler's Chauffeur*, p. 70.／前掲『ヒットラーを焼いたのは俺だ』

29 Ibid., pp. 89-90.

30 Linge, *With Hitler to the End*, p. 199; Kempka, *I was Hitler's Chauffeur*, p. 78.

31 Junge, *Until the Final Hour*, p. 174.／前掲『私はヒトラー

の秘書だった』
32 Linge, *With Hitler to the End*, p. 207.

第Ⅳ章

✣第14章

1 I. Hess, *Prisoner of Peace*, p. 49.
2 Kempka, *I was Hitler's Chauffeur*, p. 95.／前掲『ヒットラーを焼いたのは俺だ』
3 Linge, *With Hitler to the End*, p. 210.
4 Kempka, *I was Hitler's Chauffeur*, p. 152.／前掲『ヒットラーを焼いたのは俺だ』
5 Whiting, *The Hunt for Martin Bormann*, p. 35.
6 Farago, *Aftermath*, p. 163.
7 NA: IMT - RG 238: 57318178.
8 Andrus, *The Infamous at Nuremberg*, p. 73.
9 NA: IMT - RG 238: 57323137.
10 Ibid.
11 NA: IMT - RG 238: 57322925.
12 NA: IMT - RG 238: 57323137.
13 NA: IMT - RG 59: 73088690; RG 238: 57322925.
14 Irving, *Hess*, pp. 496-7.
15 I. Hess, *Prisoner of Peace*, p. 38.
16 Goering, *My Life with Goering*, p. 135.
17 DNTC: IMT - Vol. 014 Subdivision 35/Goering Section 35.03.
18 Andrus, *The Infamous at Nuremberg*, p. 161.
19 Persico, *Nuremberg*, p. 297.／ジョゼフ・E・パーシコ『ニュルンベルク軍事裁判』上下、白幡憲之訳、原書房、二〇〇三年
20 Sigmund, *Women of the Third Reich*, p. 63.／前掲『ナチスの女たち』
21 Von Schirach, *The Price of Glory*, p. 87.
22 E. Goering, *My Life with Goering*, p. 159.
23 Ibid.
24 Von Schirach, *The Price of Glory*, pp. 134 and 137.
25 Ibid., p. 138.
26 I. Hess, *Prisoner of Peace*, p. 89.
27 Ibid., p. 96.
28 Sigmund, *Women of the Third Reich*, p. 64.／前掲『ナチスの女たち』
29 Ibid.

✣第15章

1 Crasnianski, *Children of Nazis*, p. 16; Himmler, the Himmler Brothers, p. 287.／タニア・クラスニアンスキ『ナチの子どもたち――第三帝国指導者の父のもとに生まれて』吉田春美訳、原書房、二〇一七年

2 Andrus, *The Infamous at Nuremberg*, pp. 69 and 139.
3 NA: IMT - RG 238: 57323267.
4 NA: IMT - RG 238: 57323277.
5 NA: IMT - RG 238: 6242149.
6 Dederichs, *Heydrich*, p. 171.
7 Knopp, *The SS*, p. 336.／前掲『ヒトラーの親衛隊』
8 L. Heydrich and J. Vaughan, *Correspondence*, 7 March 1951.
9 Lebert and Lebert, p. 106.
10 Dederichs, *Heydrich*, p. 175.
11 Ibid., p. 174.
12 Knopp, *The SS*, p. 120.／前掲『ヒトラーの親衛隊』

❖第16章

1 E. Goering, *My Life with Goering*, p. 87.
2 Speer, *Spandau*, pp. 216 and 291.
3 Ibid., p. 343.
4 Posner, *Hitler's Children*, p. 62.／ジェラルド・L・ポスナー『ヒトラーの子供たち』新庄哲夫訳、ほるぷ出版、一九九三年
5 Ibid., p. 65; W. Hess, *My Father Rudolf Hess*, p. 288.
6 Schwärzwaller, *Rudolf Hess*, p. 16.／前掲『ヒトラーの代理人――ルードルフ・ヘス』
7 Posner, *Hitler's Children*, p. 69.／前掲『ヒトラーの子供たち』
8 E. Goering, *My Life with Goering*, p. 168.
9 Posner, *Hitler's Children*, pp. 212-13.／前掲『ヒトラーの子供たち』
10 E. Goering, *My Life with Goering*, pp. 15 and 95.

❖結び

1 Bormann, *The Bormann Letters*, p. 49.

訳者あとがき

ナチについて、たとえば本や映画などで触れたことがあるひとなら、ヒトラーはもちろん、ゲーリングやゲッベルスの名に聞き覚えがあるだろう。だが、その妻たちについて、名前や生い立ちなど知っているひとがいったいどれほどいるだろう。ヒトラーの愛人（自殺直前に妻となった）エーファ・ブラウンは有名で、彼女に関する本は何冊も出版されているが、それ以外の妻たちはほとんど知られていない。

本書『ナチの妻たち――第三帝国のファーストレディー』（Nazi Wives: The Women at the Top of Hitler's Germany）の著者ジェームズ・ワイリーは、今までほとんど顧みられてこなかった妻たちにスポットライトを当てた。本書の主役はあくまでも妻たちで夫は脇役にすぎない。原文には、夫妻を表す場合に、「……and her husband」という表現が頻繁に登場する。「エミーと彼女の夫」、「マクダと彼女の夫」、というように。これは本書において夫が脇役にすぎない何よりの証拠だろう（そのとおりに訳すとわかりづらいので、訳文では夫の名も出しているが）。

本書に登場する主役たる妻たちのキャラクターはさまざまだ。美貌と、ヒトラーとの特別なつながりによって、第三帝国のファーストレディーとして君臨したマクダ・ゲッベルス。夫の地位と財力を基盤に、ファーストレディーの座をマクダと争いながらも、ヒトラーもしくはナチの思想にはまったくといっていいほど無関心だったエミー・ゲーリング。夫をナチに引き込み、夫が暗殺された後も生来の気の強さを失うことなく、自らの権利を主張し続けたリーナ・ハイドリヒ。ナチ草創期から運動にのめり込み、献身的に党に尽くしたにもかかわらず、夫のイギリスへの飛行後は辛い立場に置かれたイルゼ・ヘス。暴君である夫に虐げられた妻のように見えて、じつは誰よりも筋金入りのナチで、さまざまな意味でナチの理想の妻と母親を体現していたゲルダ・ボルマン。

そして本書において特筆に値するのは、マルガレーテ・ヒムラーだ。彼女と夫との関係は結婚後数年で破綻したと長く考えられており、彼女について記した本は驚くほど少ない。また、マルガレーテはエミーやリーナとは異なり、夫との関係や生活を自分から積極的に語ることも、自伝の形で発表することもなかった。しかし近年、マルガレーテの日記や夫と交わした書簡が公になったことで、この夫婦がほとんど別居婚の形態をとりながらも、頻繁に手紙をやり取りし、一風変わった結婚生活を維持し続けていたことや、彼女が普段どんな生活を送り、夫や子に対しどんな考えを抱いていたのか、その一端を窺い知ることができる。

妻たちはそれぞれのやり方で、帝国の女性の頂点を目指した。本書に描かれる女同士のマウンティングのさまは非常に興味深い。ときには妻たちの争いに夫が巻き込まれることもあった。

彼女たちに代表されるナチ高官の妻は、一見さまざまな特権を享受していたように思われる。しかし華やかに見える反面、その生き方はかなり限定され、ナチの規定する女性の役割を逸脱することは許されなかった。まず高官の妻が職業を持つことは許されなかったし、かといって党内で公的な役割を担うこともなかった。ナチにとって女性はあくまでも男性のために存在するものだった。女性の役割は居心地のいい家庭を築き多くの子どもを産むことにあり、戦士たる男性はそこで安らぎ、戦うための力を回復させることができると考えられていたのだ。こういった考え方は当時とくに珍しいものではなかった。戦前の日本にも共通するものであろう。

ただ、ナチ・ドイツの場合、そこに大きく影響を与えたのがヒトラー個人の意向である。ヒトラーにとって、高官の妻たちは自分の疑似家族である一方で、対外的なイメージを高めるための道具にすぎなかった。ゆえに、彼に政治的な意見を述べたり議論しようとしたりする女性は、とくに政権掌握以降は遠ざけられた（唯一政治的議論への参加が歓迎された例外はカーリン・ゲーリングだが、彼女は政権掌握以前に亡くなっている）。運動の草創期から党と支援者をつなぐ地道な活動に奮闘し、党の発展に貢献したイルゼは、報われないばかりかヒトラーにうとまれてさえいる。

子どものときからヒトラーのお気に入りだったヘンリエッテ・ホフマンは、ユダヤ人の扱いについて遺憾の意を表明しただけで寵愛を失った。ナチ女性組織の最高責任者であるゲルトルート・ショルツ＝クリンクに至っては、名目上は女性指導者の頂点にいたが、華やかな社交行事に参加を許されないばかりか、女性の役割についてヒトラーと個人的に議論する機会すら与えられていない。彼女は帝国のファーストレディーの座を争う候補にすらなり得なかった。こういった例は、ヒトラーおよびナチが女性をどのように捉えていたかを如実に示していると言えよう。

本書の刊行にあたっては、多くの方々にお世話になった。とくに中央公論新社書籍編集局学芸編集部の吉田大作さんと郡司典夫さん、そして本書を訳す機会を与えてくださったオフィス・スズキの鈴木由紀子さんに、この場を借りて心からの感謝を申し上げたい。

大山　晶

二〇二〇年一〇月

41.1, 2006.

Harris, V., 'The Role of the Concentration Camps in the Nazi Repression of Prostitutes 1933-1939', *Journal of Contemporary History*, 45.3, 2010.

McDonogh, G., 'Otto Horcher: Caterer to the Third Reich', *Gastronomica*, 7.1, 2007.

Montgomery, J., 'Sisters, Objects of Desire or Barbarians: German Nurses in the First World War', thesis, University of Tennessee, 2013.

Nilsson, M., 'Hugh Trevor-Roper and the English Editions of Hitler's Table Talk and Testament', *Journal of Contemporary History*, 5.1, 2016.

Palumbo, M., 'Goering's Italian Exile 1924-1925', *Journal of Modern History*, 50.1, 1978.

Perry, J., 'Nazifying Christmas: Political Culture and Popular Celebration in the Third Reich', *Central European History*, 38.4, 2005.

Quirin, K., 'Working Women and Motherhood: Failures of the Weimar Republic's Family Policies', *The Gettysburg Historical Journal*, 13.8, 2014.

Roos, J., 'Backlash against Prostitutes' Rights: Origins and Dynamics of Nazi Prostitution Policies', *Journal of the History of Sexuality*, 11.1/2, 2002.

Sigel, R., 'The Cultivation of Medicinal Herbs in the Concentration Camp', Studies, Reports, Documents, vol. 2, *Dachau Review History of Nazi Concentration Camps*, 1990.

Silver, J., 'Karl Gebhardt (1897-1948): A Lost Man', *Journal of the Royal College of Physicians at Edinburgh*, 41, 2011.

Timm, A., 'Sex with a Purpose: Prostitution, Venereal Disease and Militarised Masculinity in the Third Reich', *Journal of the History of Sexuality*, 11.1/2, 2002.

Zroka, A.L., 'Serving the Volksgemeinschaft, German Red Cross Nurses in the Second World War', thesis, University of California, 2015.

❖ウェブサイト

Carrier, R., 'Hitler's Table Talk; An Update', www.richardcarrier.info/archives/10978.

Ernst, E., 'Rudolf Hess (Hitler's Deputy) on Alternative Medicine', edzardernst.com?2015?01?rudolf-hess-hitlers-deputy-on-alternative-medicine

Irving, D., 'Frau Marga Himmler Diaries 1937-1945: Himmler's Diary Jan 1934-Dec 1935',

1939: The Vaughan Papers', Real History, www.fp.co.uk.

同解説『ヒトラーのテーブル・トーク　1941-1944』上・下、吉田八岑監訳、三交社、1994年

Ullrich, V., *Hitler: A Biography - Volume 1: Ascent 1889-1939,* Vintage, 2016.

Von Lang, J., *Bormann: The Man Who Manipulated Hitler,* Book Club Associates, 1979.

—— *SS General Karl Wolff: The Man between Hitler and Himmler,* Enigma, 2005.

Von Schirach, H., *The Price of Glory: Memoirs of Henriette von Schirach,* Muller, 1960.

Wachsman, N., *KL: A History of the Nazi Concentration Camps,* Abacus, 2015.

Wagener, O., *Hitler: Memoirs of a Confidant,* Yale University Press, 1985.

Wagner, F., *Heritage of Fire,* Harper & Brothers, 1945.／フリーデリント・ワーグナー『炎の遺産――リヒャルト・ワーグナーの孫娘の物語』北村充史訳、論創社、2011年

Walters, G., *Berlin Games: How Hitler Stole the Olympic Dream,* John Murray, 2006.

Weale, A., *The SS: A New History,* Abacus, 2010.

Wehler, H.U., *The German Empire 1871-1918,* Berg Publishers, 1985.／ハンス＝ウルリヒ・ヴェーラー『ドイツ帝国　1871-1918年』大野英二、肥前榮一訳、未来社、1983年

Welch, D., *Propaganda and the German Cinema 1933-1945,* IB Tauris, 2001.

Wertham, F., *A Sign for Cain: An Exploration of Human Violence,* Macmillan, 1966.

Whiting, C., *The Hunt for Martin Bormann: The Truth,* Pen & Sword, 1973.

Williams, M., *Heydrich: Dark Shadow of the SS,* Fonthill, 2018.

Wilson, J., *Hitler's Alpine Headquarters,* Pen & Sword, 2013.

—— *Hitler's Alpine Retreat,* Pen & Sword, 2005.

Wyllie, J., *Goering and Goering: Hitler's Henchman and His Anti-Nazi Brother,* The History Press, 2010.

Zwar, D., *Talking to Rudolf Hess,* The History Press, 2010.

❖論文等

Badger, W. and Purkiss, D., 'English Witches and SS Academics', *Prenature: Critical and Historical Studies on the Preternatural,* 6.1, 2017.

Carrier, R., '"Hitler's Table Talk": Troubling Finds', *German Studies Review,* 26.3, 2003.

Fox, J., '"Everyday Heroines": Nazi Visions of Motherhood in Mutterliebe, 1939, and Annelie, 1943', *Historical Reflections,* 35.2, 2009.

Goeschel, C., 'Suicide at the End of the Third Reich', *Journal of Contemporary History,*

Scheck, R., *Mothers of the Nation: Right - Wing Women in Weimar Germany,* Berg, 2004.

Schellenberg, W., *The Schellenberg Memoirs: A Record of the Nazi Secret Service,* Andre Deutsch, 1956.

Schmidt, U., *Karl Brandt: The Nazi Doctor - Medicine and Power in the Third Reich,* Bloomsbury, 2007.

Schroeder, C., *He was My Chief: The Memoirs of Adolf Hitler's Secretary,* Frontline, 2012.

Schwärzwaller, W., *Rudolf Hess: The Deputy,* Quartet, 1988.／ヴルフ・シュヴァルツヴェラー『ヒトラーの代理人――ルードルフ・ヘス』松谷健二訳、早川書房、1976年

Semmler, R., *Goebbels: The Man Next to Hitler,* Westhouse, 1947.

Sigmund, A.M., *Women of the Third Reich,* NDE Publishing, 2000.／アンナ・マリア・ジークムント『ナチスの女たち――第三帝国への飛翔』西上潔訳、『ナチスの女たち――秘められた愛』平島直一郎、西上潔訳、東洋書林、2009年

Speer, A., *Inside the Third Reich,* Phoenix, 1995.／アルベルト・シュペーア『第三帝国の神殿にて――ナチス軍需相の証言』上・下、品田豊治訳、中公文庫、2001年

―― *Spandau: The Secret Diaries,* Macmillan, 1976.

Steinacher, G., *Nazis on the Run: How Hitler's Henchmen fled Justice,* Oxford University Press, 2011.

Stephenson, J., *Women in Nazi Germany,* Longman/Pearson Education Ltd, 2001.

Strobl, G., *The Swastika and the Stage: German Theatre and Society 1933-1945,* Cambridge University Press, 2007.

Taylor, M., Timm, A. and Herrn, R., (eds), *Not Straight from Germany: Sexual Publics and Sexual Citizenship Since Magnus Hirschfeld,* University of Michigan Press, 2017.

Toland, J., *Adolf Hitler,* Wordsworth Editions, 1976/1997.／ジョン・トーランド『アドルフ・ヒトラー』永井淳訳、集英社、1979年

Tooze, A., *The Wages of Destruction: The Making and Breaking of the Nazi Economy,* Penguin, 2007.／アダム・トゥーズ『ナチス破壊の経済　1923-1945』上・下、山形浩生、森本正史訳、みすず書房、2019年

Trevor-Roper, H., *The Last days of Hitler,* Macmillan, 1947.／ヒュー・トレヴァ＝ローパー『ヒトラー最期の日』橋本福夫訳、筑摩書房、1975年

―― (ed.) *Hitler's Table Talk: His Private Conversations,* Enigma Books, 1953/2000.／

——*Artists under Hitler: Collaboration and Survival in Nazi Germany,* Yale University Press, 2014.

——*The Faustian Bargain: The Art World in Nazi Germany,* Penguin, 2001.

Phipps, E., *Our Man in Berlin: The Diary of Sir Eric Phipps 1933-1937,* Palgrave, 2008.

Picknett, L., Prince, C. and Prior, S., *Double Standards: The Rudolf Hess Cover-Up,* Time Warner, 2001.

Pine, L., *Nazi Family Policy 1933-1945,* Bloomsbury, 1997.

Pope, E., *Munich Playground,* GP Putnam's Sons, 1941.

Posner, G., *Hitler's Children: Inside the Families of the Third Reich,* Heinemann, 1991.／ジェラルド・L・ポスナー『ヒトラーの子供たち』新庄哲夫訳、ほるぷ出版、1993年

Pringle, H., *The Master Plan: Himmler's Scholars and the Holocaust,* Harper Perennial, 2006.

Proctor, R., *The Nazi War on Cancer,* Princeton University Press, 1999.／ロバート・N・プロクター『健康帝国ナチス』宮崎尊訳、草思社、2003年

Pryce-Jones, D., *Unity Mitford: A Quest,* Weidenfeld & Nicolson, 1976.

Read, A., *The Devil's Disciples: The Lives and Times of Hitler's Inner Circle,* Pimlico, 2003.

Reagin, N., *Sweeping the German Nation: Domesticity and National Identity in Germany, 1870-1945,* Cambridge University Press, 2007.

Reiche, E., *The Development of the SA in Nürnberg 1922-1934,* Cambridge University Press, 1986.

Riess, C., *Joseph Goebblels: A Biography,* Hollis & Carter, 1949.／クルト・リース『ゲッベルス』西城信訳、図書出版社、1971年

Reitsch, H., *The Sky My Kingdom,* Bodley Head, 1955.／ハンナ・ライチェ『大空に生きる』戦史刊行会訳、朝日ソノラマ、1982年

Reuth, R.G., *Goebbels,* Constable, 1993.

Rhodes, R., *Masters of Death: The SS-Einsatzgruppen and the Invention of the Holocaust,* Alfred Knopf, 2002.

Riefenstahl, L., *A Memoir,* St Martin's Press, 1967.／レニ・リーフェンシュタール『回想——20世紀最大のメモワール』上・下、椛島則子訳、文藝春秋、1995年

Romani, C., *Tainted Goddesses: Female Film Stars of the Third Reich,* Sarpedon, 1992.

Roseman, M., *The Villa: the Lake, the Meeting: Wansee and the Final Solution,* Penguin, 2003.

MacDonald, C., *The Killing of SS Obergruppenführer Reinhard Heydrich,* Papermac, 1989.

Manvell, R. and Fraenkl, H., *Doctor Goebbels: His Life and Death,* Frontline, 1960.／ロージャー・マンヴェル、ハインリヒ・フレンケル『第三帝国と宣伝——ゲッベルスの生涯』樽井近義、佐原進訳、東京創元新社、1962年

—— *Goering,* Greenhill, 1962.

—— *Hess,* MacGibbon & Kee, 1971.

Meissner, H., *Magda Goebbels: First Lady of the Third Reich,* Nelson Canada Ltd, 1981.

McDill, J., *Lessons from the Enemy: How Germany Cares for Her War Disabled,* Lea & Febiger, 1918.

McDonough, F., *The Gestapo: The Myth and Reality of Hitler's Secret Police,* Coronet, 2016.

McGinty, S., *Camp Z: How British Intelligence Broke Hitler's Deputy,* Quercus, 2011.

McGovern, J., *Martin Bormann,* Arthur Barker Ltd, 1968.／ジェームス・マクガバン『ヒトラーを操った男——マルチン・ボルマン』西城信訳、新人物往来社、1974年

Middlebrook, M. and Everitt, C., *The Bomber Command War Diaries: An Operational Reference Book 1939-1945,* Penguin, 1990.

Mosley, D., *A Life of Contrasts: The Autobiography,* Gibson Square Books, 2009.

Mosley, L., *The Reich Marshal: A Biography of Hermann Goering,* Pan, 1977.／『第三帝国の演出者——ヘルマン・ゲーリング伝』伊藤哲訳、早川書房、1977年

Nicholas, L, *The Rape of Europa: The Fate of Europe's Treasures in the Third Reich and the Second World War,* Vintage, 1995.／リン・H・ニコラス『ヨーロッパの略奪——ナチス・ドイツ占領下における美術品の運命』高橋早苗訳、白水社、2002年

Ohler, N., *Blitzed: Drugs in Nazi Germany,* Penguin, 2017.／ノーマン・オーラー『ヒトラーとドラッグ——第三帝国における薬物依存』須藤正美訳、白水社、2018年

Overy, R., *Goering: The Iron Man,* Routledge, 1984.

Padfield, P., *Himmler: Reichsführer SS,* Papermac, 1990.

Persico, J., *Nuremberg: Infamy on Trial,* Penguin, 1994.／ジョゼフ・E・パーシコ『ニュルンベルク軍事裁判』上・下、白幡憲之訳、原書房、2003年

Petropoulos, J., *Art as Politics in the Third Reich,* The University of North Carolina Press, 1996.

エリヒ・ケムカ『ヒットラーを焼いたのは俺だ』長岡修一訳、同光社磯部書房、1953年

Kershaw, I., *Hitler: 1889-1936 Hubris,* Penguin, 1999.／イアン・カーショー『ヒトラー　1889-1936傲慢』石田勇治監修、川喜田敦子訳、白水社、2016年

——*Hitler: 1936-1945 Nemesis,* Penguin, 2000.／同『ヒトラー　1936-1945天罰』石田勇治監修、福永美和子訳、白水社、2016年

——*The End: Nazi Germany 1944-45,* Penguin, 2012.

King, D., *The Trial of Adolf Hitler: The Beer Hall Putsch and the Rise of Nazi Germany,* Pan Macmillan, 2017.

Kirkpatrick, C., *Woman in Nazi Germany,* Jarrolds, 1939.

Klabunde, A., *Magda Goebbels,* Little Brown, 2001.

Knopp, G., *Hitler's Henchmen,* Sutton, 2000.／グイド・クノップ『ヒトラーの共犯者　上』高木玲訳、原書房、2001年

——*Hitler's Hitmen,* Sutton, 2002.

——*Hitler's Women,* Sutton, 2003.

——*The SS: A Warning from History,* The History Press, 2008.／同『ヒトラーの親衛隊』高木玲訳、原書房、2003年

Kurlander, E., *Hitler's Monsters: A Supernatural History of the Third Reich,* Yale University Press, 2017.

Lambert, A., *The Lost Life of Eva Braun,* Arrow, 2007.

Leasor, J., *The Uninvited Envoy,* McGraw-Hill, 1962.

Lebert, S. and Lebert, N., *My Father's Keeper: Children of Nazi Leaders - An Intimate History of Damage and Denial,* Little Brown, 2001.

Le Tissier, T., *Farewell to Spandau,* The History Press, 2008.

Lifton, R., *The Nazi Doctors: Medical Killing and the Psychology of Genocide,* Basic Books, 1988.

Linge, H., *With Hitler to the End: The Memoirs of Adolf Hitler's Valet,* Frontline, 2013.

London, J., *Theatre Under the Nazis,* Manchester University Press, 2000.

Longerich, P., *Goebbels: A Biography,* Vintage, 2015.

——*Heinrich Himmler,* Oxford University Press, 2012.

Lower, W., *Hitler's Furies: German Women in the Nazi Killing Fields,* Vintage, 2014.／ウェンディ・ロワー『ヒトラーの娘たち——ホロコーストに加担したドイツ女性』石川ミカ訳、明石書店、2016年

Ludecke, K., *I Knew Hitler,* Jarrolds, 1938.

ト・ワーグナーの生涯』上・下、鶴見真理訳、アルファベータ、2010年
Haste, C., *Nazi Women,* Channel 4 Books, 2001.
Hayman, R., *Hitler and Geli,* Bloomsbury, 1997.
Heins, L., *Nazi Film Melodrama,* University of Illinois Press, 2013.
Helm, S., *If This is a Woman: Inside Ravensbrück, Hitler's Concentration Camp for Women,* Abacus, 2015.
Henderson, N., *Failure of a Mission 1937-1939,* GP Putnam's Sons, 1940.／ネヴィル・ヘンダーソン『使命の失敗』早坂二郎訳、岡倉書房、1946年
Herzog, D., *Sex after Fascism: Memory and Morality in Twentieth-Century Germany,* Princeton University Press, 2007.／ダグマー・ヘルツォーク『セックスとナチズムの記憶——20世紀ドイツにおける性の政治化』川越修、田野大輔、荻野美穂訳、岩波書店、2012年
Hess, I., *Prisoner of Peace,* Institute for Historical Review, 1954.
Hess, W., *My Father Rudolf Hess,* WH Allen, 1986.
Heydrich, L., *Mein Leben mit Reinhard: Die Persönliche Biographie,* Druffel & Vowinckel, 2012.
Hillenbrand, F., *Underground Humour in Nazi Germany 1933-1945,* Routledge, 1995.
Himmler, K., *The Himmler Brothers: A German Family History,* Macmillan, 2007.
Himmler, K. and Wildt, M., (eds), *The Private Heinrich Himmler: Letters of a Mass Murderer,* St Martin's Press, 2014.
Hoffmann, H., *Hitler Was My Friend,* Burke Publishing, 1955.
Höhne, H., *Canaris: Hitler's Master Spy,* Doubleday, 1976.
—— *The Order of the Death's Head: The Story of Hitler's SS,* Penguin, 1969.／ハインツ・ヘーネ『髑髏の結社　SSの歴史』上・下、森亮一訳、講談社、2001年
Hutton, J.B., *Hess: The Man and his Mission,* David Bruce & Watson, 1970.
Irving, D., *Goebbels: Mastermind of the Third Reich,* St Martin's Press, 1994.
—— *Goering: A Biography,* Focal Point, 1989.
—— *Hess: The Missing Years 1941-1945,* Macmillan, 1987.
Junge, T., *Until the Final Hour: Hitler's Last Secretary,* Phoenix, 2005.／トラウデル・ユンゲ『私はヒトラーの秘書だった』足立ラーベ加代、高島市子訳、草思社、2004年
Kater, M., *Doctors Under Hitler,* Chapel Hill, 1989.
Kelley, D., *22 Cells in Nuremberg,* WH Allen, 1947.
Kempka, E., *I was Hitler's Chauffeur: The Memoirs of Erich Kempka,* Frontline, 2012.／

—— *The Face of the Third Reich,* Penguin, 1979.

Fisher, M.J., *A Terrible Splendor: Three Extraordinary Men, A World Poised for War, and the Greatest Tennis Match Ever Played,* Crown Publishers, 2009.

Friedländer, S., *Nazi Germany and the Jews 1933-1945,* Phoenix, 2009.

Fromm, B., *Blood and Banquets: A Berlin Social Diary,* Carol Publishing Group, 1990.

Gadberry, G., *Theatre in the Third Reich, the Prewar Years: Essays on Theatre in Nazi Germany,* Greenwood, 1995.

Gerwarth, R., *Hitler's Hangman: The Life of Heydrich,* Yale University Press, 2011.／ロベルト・ゲルヴァルト『ヒトラーの絞首人ハイドリヒ』宮下嶺夫訳、白水社、2016年

Gilbert, G., *Nuremberg Diary,* Da Capo Press, 1947.

Goebbels, J., *The Diaries of Joseph Goebbels: Final Entries 1945,* ed. H. Trevor-Roper, GP Putnam's Sons, 1978.

—— *The Goebbels Diaries 1939-1941,* ed. and trans. F. Taylor, Sphere, 1982.

—— *The Goebbels Diaries 1942-1943,* ed. and trans. L. Lochner, Doubleday, 1948.

Goering, E., *My Life with Goering,* David Bruce & Watson, 1972.

Goering, H., *Germany Reborn,* Elkin Mathews and Marrot, 1934.

Goeschel, C., *Mussolini and Hitler: The Forging of the Fascist Alliance,* Yale University Press, 2018.

Görtemaker, H.B., *Eva Braun: Life with Hitler,* Penguin, 2011.／ハイケ・B・ゲルテマーカー『ヒトラーに愛された女——真実のエヴァ・ブラウン』酒寄進一訳、東京創元社、2012年

Graber, G., *The Life and Times of Reinhard Heydrich,* McKay, 1980.

Grange, W., *Hitler Laughing: Comedy in the Third Reich,* University Press of America, 2006.

Grunberger, R., *A Social History of the Third Reich,* Penguin, 1974.／リヒアルト・グルンベルガー『第三帝国の社会史』池内光久訳、彩流社、2000年

Guenther, I., *Nazi Chic? Fashioning Women in the Third Reich,* Bloomsbury, 2004.

Gun, N., *Eva Braun: Hitler's Mistress,* Meredith Press, 1968.／ネリン・E・グーン『エヴァ・ブラウン——ヒトラーの愛人』村社伸訳、日本リーダーズダイジェスト社、1973年

Hake, S., *Popular Cinema of the Third Reich,* University of Texas Press, 2001.

Hamann, B., *Winifred Wagner: A Life at the Heart of Hitler's Bayreuth,* Granta, 2005.／ブリギッテ・ハーマン『ヒトラーとバイロイト音楽祭——ヴィニフレー

Browning, C. and Matthias, J., *The Origins of the Final Solution: The Evolution of Nazi Jewish Policy September 1939- March 1942,* William Heinemann, 2004.

Bryant, M., *Confronting the 'Good Death': Nazi Euthanasia on Trial 1945-1953,* University Press of Colorado, 2005.

Calic, E., *Reinhard Heydrich: The Chilling Story of the Man who Masterminded the Nazi Death Camps,* William Morrow and Co., 1985.

Cocks, G., *Psychotherapy in the Third Reich: The Göring Institute,* Oxford University Press, 1985.

Crasnianski, T., *Children of Nazis: The Sons and Daughters of Himmler, Göring, Hoss, Mengele and others - Living with a Father's Monstrous Legacy,* Arcade Publishing, 2018.／タニア・クラスニアンスキ『ナチの子どもたち──第三帝国指導者の父のもとに生まれて』吉田春美訳、原書房、2017年

D'Almeida, F., *High Society in the Third Reich,* Polity, 2008.

De Courcy, A., *Diana Mosley,* Vintage, 2004.

Dederichs, M., *Heydrich: The Face of Evil,* Greenhill, 2009.

Deschner, G., *Heydrich: The Pursuit of Total Power,* Orbis, 1981.

Dietrich, O., *The Hitler I Knew: Memoirs of the Third Reich's Press Chief,* Skyhorse Publishing, 2010.

Döhring, H., Krause, W.H. and Plaim, A., *Living with Hitler: Accounts of Hitler's Household Staff,* Greenhill, 2018.

Dornberg, J., *Munich 1923: The Story of Hitler's First Grab for Power,* Harper & Row, 1982.

Douglas-Hamilton, J., *Motive for a Mission: The Story Behind Hess's Flight to Britain,* Macmillan, 1971.

Evans, R., *The Coming of the Third Reich,* Penguin, 2004.／リチャード・J・エヴァンズ『第三帝国の到来』上・下、大木毅監修、山本孝二訳、白水社、2018年

── *The Third Reich at War: How the Nazis led Germany from Conquest to Disaster,* Penguin, 2009.

── *The Third Reich in Power: 1933-1939,* Penguin, 2006.

Farago, L., *Aftermath: Martin Bormann and the Fourth Reich,* Hodder and Stoughton, 1975.

Fest, J., Inside Hitler's Bunker: The Last days of the Third Reich, Pan, 2004.／ヨアヒム・フェスト『ヒトラー──最期の12日間』鈴木直訳、岩波書店、2005年

── *Speer: The Final Verdict,* Weidenfeld & Nicolson, 2001.

参考文献

✣アーカイヴ資料

Donovan Nuremberg Trials Collection, Cornell University Library (DNTC).

Institute for Contemporary History, Munich (ICH).

Musmanno Collection, Gumberg Library, Duquesne University (MC).

National Archives, Washington DC (NA).

Swiss Federal Archives, Bern (SFA).

United States Holocaust Memorial Museum (USHMM).

✣書籍

Alford K.D., *Nazi Plunder: Great Treasure Stories of World War II,* De Capo Press, 2000.

Andrus, B., *The Infamous of Nuremberg,* Leslie Frewin, 1969.

Ascheid, A., *Hitler's Heroines: Stardom and Womanhood in Nazi Cinema,* Temple University Press, 2003.

Bach, S., *Leni: The Life and Work of Leni Riefenstahl,* Knopf / Doubleday, 2007.／スティーヴン・バック『レニ・リーフェンシュタールの嘘と真実』野中邦子訳、清流出版、2009年

Bassett, R., *Hitler's Spy Chief: The Wilhelm Canaris Mistery,* Cassell, 2005.

Bird, E., *The Loneliest Man in the World: The Inside Story of the 30-year Imprisonment of Rudolf Hess,* Sphere, 1974.／ユージン・バード『囚人ルドルフ・ヘス——いまだ獄中に生きる元ナチ副総統』笹尾久、加地永都子訳、出帆社、1976年

Black, M. and Kurlander, E., (eds), *Revisiting the 'Nazi Occult': Histories, Realities, Legacies,* Camden House, 2015.

Bloch, M., *Ribbentrop,* Abacus, 2003.

Boak, H., *Women in the Weimar Republic,* Manchester University Press, 2013.

Bormann, M., *The Bormann Letters: The Private Correspondence between Martin Bormann and his Wife from January 1943-April 1945,* Weidenfeld and Nicolson, 1954.

Bramwell, A., *Blood and Soil: Walther Darré and Hitler's Green Party,* Kensal Press, 1985.

Bridenthal, R., Grossmann, A. and Kaplan, M., (eds), *When Biology Became Destiny: Women in Weimar and Nazi Germany,* Monthly Review Press, 1984.／レナード・ブライデンソール、マリオン・カプラン、アチナ・グロスマン『生物学が運命を決めたとき——ワイマールとナチスドイツの女たち』近藤和子訳、社会評論社、1992年

ま行／や行／わ行

た行／な行

は行

さ行

索　引

あ行

か行

著　者
ジェイムズ・ワイリー（James Wyllie）
ケンブリッジ大学で歴史を学んだのち、シナリオライターとして活動を始め、人気の若者向けコメディショー「Atlantis High」の制作などに関わる。Carl Foreman Screenwriting Award受賞。作家としては、ナチス関連本をこれまでに2冊執筆している。

訳　者
大山　晶（おおやま・あきら）
1961年生まれ。大阪外国語大学外国語学部卒業。翻訳家。訳書に、『ナチスの戦争 1918-1949』（リチャード・ベッセル著、中公新書）など。

ナチの妻たち
——第三帝国のファーストレディー

2020年11月10日　初版発行

著　者　ジェイムズ・ワイリー
訳　者　大山　晶
発行者　松田陽三
発行所　中央公論新社
〒100-8152　東京都千代田区大手町1-7-1
電話　販売 03-5299-1730　編集 03-5299-1740
URL http://www.chuko.co.jp/

印　刷　大日本印刷
製　本　小泉製本

Published by CHUOKORON-SHINSHA, INC.
Printed in Japan　ISBN978-4-12-005351-1 C0022